2022
제67회

現代文學賞
수상소설집

안규철,「두 개의 빈 의자」, 드로잉

| 현대문학상 기념조각 |

안규철

책은 양면적인 요소들이 중첩되어 있는 물건이다.
책에는 왼쪽과 오른쪽 페이지가 있고, 보이는 앞면과 보이지 않는 뒷면이 있다.
안과 밖이 있고, 시작과 끝이 있다. 흰 종이와 검은 잉크가 있고,
드러난 것과 숨겨진 것이 있으며, 저자와 독자가 있다.
서로 상반되면서 동시에 상호 의존적인 이런 요소들은 책이 닫혀 있을 때는 드러나지 않는다.
책은 상자와 같아서, 책장이 펼쳐지기 전에 그것은 무뚝뚝한 한 덩이 종이 뭉치에 불과하다.
책을 열면 이렇게 하나였던 것이 둘이 된다. 왼쪽과 오른쪽이, 안과 밖이, 저자와 독자가 거기서 생겨난다.
그리고 그 둘 사이에서, 낯선 한 세계의 지평선이 떠오른다.
마술사의 손바닥에서 피어나는 꽃처럼, 작은 책갈피 속에서 세계 하나가 온전한 윤곽을 드러낸다.
문학작품 앞에서 늘 그것이 경이롭다.

제67회 現代文學賞 수상소설집

정소현

그때 그 마음 외

현대문학

심사평

수상소감

수상작

그때 그 마음

정소현

수상작가 자선작

어제의 일들

정소현

그때 그 마음

1975년 서울 출생.
2008년 『문화일보』 등단.
소설집 『실수하는 인간』(개정판 『너를 닮은 사람』) 『품위 있는 삶』. 중편소설 『가해자들』.
〈젊은작가상〉〈김준성문학상〉〈한국일보문학상〉 수상.

그때 그 마음

1

혜성과 순정은 23년 만에 재회했다. 순정이 전화를 했을 때 혜성은 모르는 전화번호여서 받지 않았다. 같은 번호로 예닐곱 번 더 걸려오는 것을 보고 혜성은 그것이 스팸전화일 거라고 생각했지, 순정의 전화일 거라고는 생각하지 못했다.

'혜성아, 나 순정이야. 얼마 전에 귀국했어. 아예 들어온 거야. 정말 보고 싶다. 이 번호로 연락 줘. 이 무정한 것아.'

문자메시지를 받고서야 혜성은 순정의 이름을 떠올렸다. 순정이라는 이름을 생각하자, 순두부처럼 말캉하게 생긴 얼굴과 조용하고 다정한 말투, 숨이 넘어갈 것 같이 웃던 웃음이 떠올랐다.

둘은 대학교 2학년 때 영국문화원 어학원에서 만난 사이였다. 그때 혜성은 어학연수를, 순정은 교환학생을 준비하고 있었다. 학교도 전공도 달랐고, 사는 지역도 달랐기에 어학원이 아니었다면 평생 만날 일은 없었을 것이다. 그들이 친구로 함께 지낸 기간은 그때부터 순정이 대학을 졸업하고 멕시코로 취업을 나가기까지 3년간이었다. 성인이 된 후 만났음에도 둘은 오랜 친구처럼 마음이 잘 맞았다. 둘 다 더 오래된 친구들이 있었지만 그 시기에는 거의 둘만 만났다. 일주일에 세 번은 만나 스터디를 했고, 남는 시간을 함께 보냈다. 순정은 율곡로에, 혜성은 을지로에 살아서 늘 인사동 입구에서 만났다. 영화를 보거나 그림을 보았고, 서점과 레코드 가게도 갔다. 청계천과 을지로를 지나, 남산으로, 후암동과 이태원까지 골목을 돌아다녔다. 함께 도서관에서 10시까지 공부를 했고, 그때부터 1시까지 술을 마시거나 춤을 추러 갔다. 집에 가서도 동이 틀 때까지 전화를 잡고 이야기를 나눴고, 다음 날 수업이 끝나면 다시 만나곤 했다. 둘 다 입으로는 외롭다, 연애하고 싶다고 노래했지만 사실 그때만큼 외롭지 않았던 적이 없었다. 그렇게 두 해 동안 둘에겐 서로밖에 없었다. 혜성은 순정이 갈 학교와 가까운 곳으로 연수를 갈 생각이었다.

계획대로라면 3학년을 마치고 모두 미국으로 떠났어야 하는데, 두 명 모두 IMF 외환 위기 직전에 가세가 기울었기에 그럴 수 없었다. 등록금을 마련할 수 없었던 혜성은 일하느라 휴학했지만, 4년 장학금을 받았던 순정은 학교를 다닐 수 있었다. 그녀는 대학원에 진학해 더 공부하고 싶었으나 어려워진 집안을 위해 돈을 벌 수밖에 없었다. 혜성은 그녀가 하고 싶은 일을 하기를 바랐으나 순정은 대학 졸업과 동시에 국내 기업의 멕시코 공장 통역으로 취업해 나갔다. 혜성은 순정에게 말했다.

"거기 가면 가족들하고 연락 끊고 너를 위해서만 살아. 나도 그렇게 할 거야. 안 그러면 너 안 볼 거야."

그러나 순정은 그렇게 하지 못했다.

그곳에 가서 한동안 거의 매주 혜성에게 이메일을 보냈다. 이국의 낯선 냄새, 공장 노동자들의 나태함, 그들과 다를 바 없는 자신의 삶, 자주 찾아오는 향수병, 먹고 싶은 음식, 함께 걷던 그리운 거리에 관해 이야기했다. 가족들이 자신을 얼마나 착취하고 있는지에 대해, 그 먼 곳까지 가서도 그들을 놓지 못하고 있는 자신의 나약함에 관해 이야기했다. 그 이메일 주소는 혜성이 오래전에 만들어놓기만 하고 사용하지 않는 계정이어서 한 번도 답신을 받지 못했으나 순정은 꾸준히 메일을 썼다. 혜성이 그 편지들을 확인한 것은 오래 로그인을 하지 않아 계정이 비활성화된다는 공지를 받았을 때였다. 혜성은 순정이 그리웠고 자신이 겪고 있는 일들에 대해 말하고 싶었음에도 도저히 아무것도 쓸 수가 없어 그녀의 편지에 추임새를 넣는 정도로 답신했다. 순정은 혜성이 계획대로 돈을 모아 어학연수를 갈 수 있게 되었는지, 학교는 졸업했는지 물었으나 혜성은 그저 잘 지낸다고, 네가 건강했으면 좋겠다는 답장만 했을 뿐이다. 혜성은 자신의 근황을 궁금해하는 사람이 세상에 존재한다는 것이 고맙고 다행이라고 생각했지만 그녀가 너무 멀리 있었기에 아무 말 할 수 없었다. 구구절절 자신의 이야기를 했던 순정도 세월이 지나면서 생사 여부 확인에 가까운 이메일을 보내게 되었고, 점점 뜸해지다가 더는 쓰지 않게 되었다. 순정은 혜성이 멀어진 것이 자기가 가족들을 끊어내지 못했기 때문일지 모른다고 생각했다. 혜성 역시 자신의 탓으로 멀어졌다고 자책하면서도 관계를 이어가기 위해 노력하지는 않았다.

둘이 만나기까지는 시간이 제법 걸렸다. 혜성은 여러 번 그녀에게 전화하려다 말았다. 23년간 아무 연락 하지 않고 살아도 아무렇지 않은 관계가 되어버린 둘이 다시 만날 필요가 있을까 고민했다. 그녀를 다시 만날 경우 자신이 감수해야 할 것들에 대해 생각했다. 혜성은 매일 같은 루틴으로 하루를 보냈는데, 그것이 흐트러지는 것이 싫었다. 무언가에 써야 할 시간과 마음이 부담스러웠다. 어제와 오늘과 내일이 똑같고 변수가 없는 삶이 그녀가 추구하는 삶이었다. 한번 같은 동네 여자와 안면을 트고 지냈다가 그녀가 친하게 굴며 선을 넘는 바람에 고생을 한 적이 있어서 누군가와 가까이 지내는 것이 불편했다. 게다가 23년 만에 연락한 친구라면 생각을 해봐야 할 필요가 있었다. 그녀가 어떤 사람이었는지 기억해야 했고, 어떤 사람이 되어 있을지 추측해야 했다. 그리고 그녀가 왜 연락했는지도 의심해봐야 할 일이었다. 그런 식으로 혜성은 긴 시간에 걸쳐 모든 관계를 정리해왔다. 그녀의 곁에는 친구도 연인도 이웃도 남아나지 않았다. 그녀는 자신을 알고 있는 모든 사람으로부터 떠난 채 혼자 오래 살았다.

그러나 혜성은 순정에게만은 그렇게 하지 못했다. 그녀의 문자를 받은 뒤 그녀와 지냈던 시간을 떠올렸다. 도서관 정원에 흩날리던 벚꽃과 경복궁 옆 사간동 길을 뒤덮던 은행나무, 남산 소월길의 밤공기, 후암동의 비탈길에서 바라보던 일몰이 바로 옆에 다가와 있는 것 같았다. 오랜 세월이 지났음에도 그것을 여전히 기억하고 있다는 것이 놀라웠다. 혜성은 순정이 어떤 사람이 되었든 간에 만나고 싶었다. 행여 실망스럽고 시간만 빼앗기는 일이라도 아무 걱정 없이 희망만 있었던 시절을, 절망의 구렁텅이에서 뒹굴었던 시절을 함께 보냈던 그녀를 만나고 싶었다.

둘은 늘 만나곤 했던 인사동 입구에서 만났다. 혜성은 순정이 외국인인 줄 알고 그녀를 지나쳤다. 뽀얗던 순정의 얼굴은 새카맣게 그을렸고 갈색으로 염색한 머리는 햇빛에 탈색되어 있었다. 커다란 펜던트 목걸이와 네크라인이 깊이 파인 민소매 티셔츠가 눈에 띄어 다시한번 쳐다보고서도 혜성은 순정을 알아보지 못했다. 순정도 전화를 받을 때까지 혜성을 못 알아봤다. 검은색 티셔츠에 누런 기가 도는 청바지를 입은 혜성의 행색은 눈에 띄게 초라했고, 얼굴은 열 살도 더 들어 보였기에 놀라움을 금치 못했다. 아무 말 하지 않고 서로를 바라보았을 뿐인데, 흘러버린 긴 세월이 그들 사이로 빠르게 흘러 지나가는 듯했다. 잘 지냈지? 그럼 잘 지냈지. 너는. 나도 그렇지. 그런 말들이 아무 의미가 없다는 것을 서로 알면서도 그것 말고는 할 말이 없었다. 중간에 만났더라면 둘은 나눌 이야기가 많았겠지만, 세월이 너무 흘러버린 까닭에 이야기가 부드럽게 연결되지 않았다.

혜성은 아무것도 묻지 않았지만 순정은 자기 이야기를 했다. 차마 혜성에게 어떻게 지내느냐고 물을 수는 없었다. 순정은 멕시코에서 일하는 동안 한 번도 귀국한 적이 없었다. 항공권과 휴가를 아끼기 위해서였다. 그렇게 아낀 돈은 가족들에게로 보내졌고 부모는 다행히 빚을 청산할 수 있었다. 그녀는 두 살 많은 오빠가 대학을 졸업하고 취직을 하기까지 학비를 대고 가족을 먹여 살렸다. 온전히 자신을 위해 돈을 모은 것은 오빠가 취직해서 결혼하기 전의 3년뿐이었다. 부모는 가정을 이룬 아들이 힘들게 버는 돈을 받을 수는 없다며 순정에게 다시 손을 내밀었다.

"너희 부모님은 정말 변하지 않으셨구나. 너는 돈을 쉽게 벌었다는 거야?"

"아니야. 이제는 딸이 제일이다, 네가 제일이다, 그런 소리를 해."

순정의 부모는 오빠보다 월등히 공부를 잘하고 제 앞가림을 똑소리 나게 했던 딸에게 칭찬을 제대로 해준 적이 없었다. 잘하면 잘할수록 오빠의 기를 죽이고 앞길을 막는다고 외면했다. 혜성은 그 칭찬이라는 게 얼마나 공허한 것인지 알기에 혀를 차며 헛웃음을 웃었다. 순정도 따라 웃었다.

"거기까진 괜찮았어. 정말이야. 그 정도는 참을 수 있었어."

순정은 30대 초반에 남자를 만났다. 순정은 자주 가는 카페 사장과 연인이 되었다. 집과 공장을 오가는 생활을 했던 그녀는 그제야 칸쿤과 아카풀코, 로스카보스 같은 휴양지를 여행했다. 그와 함께 있으면 평생 뜨겁게, 사는 것처럼 살 수 있을 것 같아 그의 청혼을 받아들였다. 그와 결혼을 할 거라고 말했을 때부터 가족들은 악담을 퍼붓기 시작했다. 서양 애들은 동양 여자를 쉽게 생각한다느니, 마음이 변하면 바로 버려질 거라고 어디서 주위들은 말을 해댔다. 그가 흑인이라는 것을 안 뒤에는 흑인 혼혈아를 어떻게 키울 거냐고 하며 결혼을 반대하는 정당한 이유라도 생긴 것처럼 난리를 쳤다. 가족들의 염원 때문이었는지 그의 마음은 두 해를 넘기지 못하고 변했다. 그는 순정 몰래 다른 여자들과 만났고 그것을 들키고도 미안해하지 않았다. 순정은 그가 다른 여자를 만난 것보다 미안해하지 않는 것이 더 화가 났다. 더 화가 난 것은 가족들의 안도하는 듯한 반응이었다. 혜성은 오랜만에 화가 머리끝까지 치밀어 오르는 기분이 들었다.

"혜성아, 너무 화내지 마. 다 지난 일이야. 벌써 15년 전 일인데 뭐."

순정은 속이 없는 사람처럼 웃으며 말했다. 혜성은 순정이 보낸 세월을 짐작할 수 없었다. 순둥이가 누구에게 발목을 잡혀 지냈을까 하는 생각에 속이 탔다. 혜성은 문득 이런 요동치는 마음을 느껴본 것이 아주 오랜만이라는 것을 깨달았다.

"진짜 못 참을 것 같았던 건 뭔데? 왜 들어온 거야?"

"거기 치안이 안 좋아져서 더는 못 살겠어. 좀 아팠고."

순정은 대상포진 후유증을 오래 앓았다. 그것만이었다면 잠시 왔다가고 말았을 텐데, 엎친 데 덮친 격으로 퇴근길에 길에서 강도를 만나 칼에 찔려 죽을 고비를 넘겼다. 아무도 도와주지 않고 구경만 하는 사람들을 보고 그 나라에 정이 떨어져버렸다. 혜성은 놀라서 순정의 손을 덥석 잡았다. 살아 있어 다행이라고, 모르고 있어서 미안하다고 말하고 싶었지만 입이 떨어지지 않았다. 그러다가 강도보다 여기 있는 식구들이 더 나을 건 뭔가 하는 생각이 들어 그녀가 안쓰러웠다.

"네가 정말 보고 싶었어. 나 이해해주는 사람은 너밖에 없잖아."

그 말이 부담스럽고 낯간지러웠으나 혜성은 자신도 예전에 그런 생각을 한 적이 있었던 것 같아 아련해졌다.

"별소리를 다 하고 있다. 우리 딱 3년 만났거든. 네 친구들이 들으면 서운하겠다."

"아니야. 난 네가 정말 고맙고 좋았어. 내가 못 하는 말을 네가 대신 했잖아. 욕 같은 거."

"빌어먹을 오빠 새끼 같은 거? 그게 무슨 욕이라고. 더한 욕도 하겠구만. 오빠 새끼는 잘 지내냐?"

"오빠는 무능, 올케는 사악, 조카는 뻔뻔. 귀국해서 보니 내 앞으로 올케가 생명보험을 다 들어놨더라. 수익자가 조카였어. 돈을 자기가 내고 있는데 어떠냐고 그러더라. 조카는 할머니가 자기를 내 상속인이라고 말해줬다고 킬킬거리는데, 진짜 기가 막히더라. 엄마는 조카가 내 제사를 지내줄 거라고 말도 안 되는 소리를 해. 다 제정신이 아니야. 내가 돈이라도 많았으면 정말 목숨이 위태로웠을 거야."

순정은 킥킥 웃으며 말했다.

"웃음이 나오니? 앞으로 어떻게 할 거야?"

혜성의 말에 순정은 가볍게 말했다.

"돈을 다 써버릴 거야. 내가 원하는 거 하는 데 쓸 거야. 그림을 살 거야. 꼭 살 거야."

혜성은 그 말이 마치 꼭 살아갈 거라는 말로 들렸다. 하필 그림이냐는 말에 집이라도 샀다가는 모두 그 집에 들어와 앉을 거라고 하며 고개를 절레절레 흔들었다.

"최대한 쓸모없고 아름다운 걸로, 많이."

2

갤러리는 혜성의 집에서 숲으로 가는 대로변에 있었다. 공장지대였던 동네에 카페와 식당, 문화공간이 들어서기 시작하면서 길의 풍경은 하루가 다르게 변했다. 오랜 세월 동안 '태양 정밀'이라는 간판이 붙어 있던 자리에 '화'라고 쓰인 간판이 새로 걸렸다. 꾀죄죄한 건물의 외벽과 어울리지 않게 미니멀한 간판이었는데, 이름만으로는 그곳이 무엇을 하는 곳인지 짐작할 수 없었다. 혜성은 매일 구길의 마트에서 수거한 폐박스를 손수레에 싣고 그 앞을 지나다니면서도 그곳에 관심을 둔 적이 없었다. 순정이 아니었더라면 혜성은 그곳이 갤러리라는 것을 영영 모르고 지냈을지 모른다. 혜성은 순정에게 자기가 그 동네에 살고 있다고 말하지 않았다. 분명 집에 가보고 싶어 할 거였기 때문이었다. 혜성은 일주일에 한 번 혹은 두 주일에 한 번 만나 함께 그림을 보러 가는 정도가 둘 사이의 적당한 거리라고 생각했다. 순정은 여러 가지 핑계를 대며 자주 만나고 싶어 했지만 혜성이 그녀를 위해 내줄 수 있는 시간은 그 정도가 최선이었다.

지하로 내려가는 갤러리의 입구에는 시커멓게 타고 반쯤 남은 집의 폐허와 그것 위로 듬성듬성 새로 돋아나기 시작한 잡초가 그려진 포스터가 붙어 있었다. 잡초가 그림을 뚫고 올라온 것처럼 싱싱해 보여서 혜성은 손으로 포스터를 더듬어보았다. 순정은 잡지에서 이 포스터를 보고 와보고 싶었다고 호들갑스럽게 말했다. 잡초 아래 '잠자, 두 번째'라는 글씨와 전시 기간이 쓰여 있었다.

"화가 이름이 '잠자'래. 그레고르 '잠자'에서 따온 것 같지? 내가 잠자라 이걸 안 볼 수가 없더라."

혜성은 순정을 만날 때마다 기가 빨리는 기분이었다. 그녀를 만나면 잔잔하게 가라앉은 감정이 흙탕물처럼 휘저어지는 것 같아 피곤했다. 순정은 20대 시절처럼 여전히 발랄했고, 말이 많았다. 그나마 다행인 건 혜성에게 아무것도 물어보지 않는다는 점이었다.

"내가 직장 그만두고 돌아오니까 식구들이 벌레 취급을 하더라. 지난번에 산 그림이 집에 왔을 때 진짜 사과라도 던질 판이었어."

혜성은 만날 때마다 식구들에 대해 말하는 순정을 갑갑하게 생각했는데, 어찌 보면 순정은 마치 신이 난 사람처럼 보이기도 했다. 쉰 살이 다 되도록 가족과 분리되지 못하고 여전히 휘둘리는 것이 한심하기도 했고, 안쓰럽기도 했다. 한편으로는 그런 가족이라도 있는 것이 다행인 건가 싶기도 했다. 혜성은 순정이 속 터지는 말을 더는 못 하도록 갤러리 문을 열었다.

공장의 내부를 그대로 활용한 그 공간은 커다란 공기청정기로도 해결되지 않는 페인트 냄새와 눅눅한 시멘트 냄새로 가득했다. 원래 방이었던 곳의 벽 일부를 허물어 섹션을 나눠놓았기에 갤러리는 철거 중인 폐허처럼 보였다. 조명이 아니었다면 잿빛 벽에 걸린 작품들 역시 폐허의 일부로 보였을 것이다. 폐허와 낡은 건물, 오래된 골목을 극사실적으로 그린 작품들이 섹션별로 나뉘어 전시되어 있었다. 골목 보도블록 사이에 끼어 있는 이끼, 담장의 미세한 균열, 높은 곳에서 본 빼곡한 지붕과 그 사이의 골목들, 상가 건물 뒤편에 세워진 빈 손수레같이 하찮아 보이는 풍경이 세밀하게 그려져 있었는데, 너무 생생해서 오히려 비현실적인 느낌을 주었다.

"이거 내가 살던 동네 골목의 옛날 모습 같아. 요즘엔 이런 데가 있겠어? 지난번에 북촌에 있는 갤러리 갔을 때 가봤는데 동네가 천지개벽했더라. 우리 집도 갤러리가 됐더라고. 내 방이었던 곳에 그림이 걸려 있는 걸 보니 기분이 이상했어. 눈물 나서 혼났어."

그녀가 살던 계동의 집은 할머니 때부터 살았던 한옥이었는데, 아버지의 가게가 망하면서 경매에 부쳐졌다. 그곳에서 좋은 일도 없었을 텐데 눈물이라니, 혜성은 순정의 팔랑거리는 그 마음이 징그러웠다.

벽을 따라 안쪽으로 들어가자 오래된 골목의 풍경을 그린 작은 크기의 작품들이 공간의 삼면을 둘러싸고 모자이크처럼 촘촘하게 걸려 있었다. 인테리어 재료 상가 뒤편의 그늘진 골목, 인쇄소가 있는 구불구불한 골목, 노포가 있던 뒷골목, 일요일에나 텅 비곤 했던 주차장으로 쓰던 광장이 하나하나 모여 옛 동네를 재현하고 있었다. 혜성은 순정이 그랬던 것처럼 그곳이 자신이 살던 주교동의 뒷골목과 아주 비슷하다고 생각했다. 이렇게 기시감을 느끼게 하는 것이 작가가 의도하는 바가 아닌가 하는 생각이 들었다. 혜성은 옛 골목은 그대로일까 궁금했다. 그곳을 떠난 뒤 한 번도 가본 적이 없어 어떻게 변했을지 알 수 없었다.

그 그림이 끝난 곳에 포스터에서 본 그림이 걸려 있었다. 포스터 속의 그림은 커다란 실물의 질감과 색감을 온전히 다 담지 못했다. 순정은 이거다, 하며 그 앞에 멈춰 섰다. 혜성은 그 옆에 걸린 마지막 그림으로 고개를 돌렸다가 가슴이 철렁하고 내려앉는 듯한 기분을 느꼈다. 그 그림은 극사실적이고 채도가 낮은 다른 작품과는 이질적이어서 다른 화가의 작품처럼 보였다. 단순화되고 화려한 색채로 뒤덮인 그 그림이 무엇을 재현하고 있는지 혜성은 한눈에 알아보았다. 그 속에는 아버지가 어린 동생을 위해 감나무 가지에 묶어준 그네와 무성한 등나무 퍼걸러와 야외 테이블, 잔디가 펼쳐진 정원, 정원을 향해 전면 유리창이 나 있는 2층집이 고스란히 들어 있었다. 혜성이 태어나 스물다섯 살까지 살았던 집이었다. 그네가 있고 등나무가 무성한 것을 보면 혜성이 중학생에서 고등학생이었던 무렵의 집을 그린 것 같았다. 혜성은 앞의 오래된 골목 풍경이 자신이 살던 동네인 것이 확실하고 풀이 돋아난 폐허 또한 자기 집이라는 것을 알았다.

"이 두 개가 연작인가 봐. 하나의 제목으로 묶여 있네. 함께 사야 하나. 난 저 폐허는 마음에 드는데 저 집 그림은 별로다."

"두 개가 같은 거야. 폐허가 저 집이야. 잘 봐. 우리 집을 그린 것 같지 않니? 너도 봐서 알잖아."

순정이 오빠와 싸우고 집을 나와 혜성의 집에서 한동안 지냈던 적이 있었기에 한눈에 알아보리라고 생각했다. 그러나 순정은 고개를 갸웃했다. 순정이 보았던 혜성의 집은 조금 달랐다. 마당은 잔디 대신 종아리를 넘어서는 잡초로 덮여 있었고, 그네나 등나무 퍼걸러 같은 것은 없었다. 대리석 타일로 덮인 2층집은 따뜻한 느낌이 전혀 없이 황량한 느낌을 주었다. 순정은 혜성의 집이 자신의 집과 비교할 수 없이 컸지만, 자신의 집과 마찬가지로 서서히 무너지고 있다고 생각했던 기억이 났다. 혜성은 저런 집이 한두 집이겠냐고 하며 동의하지 않는 순정에게 갑갑하다는 듯 말했다.

"너는 우리 집의 원래 모습을 몰라서 그래. 저런 모습이었어. 동네에서 제일 아름다운 집이었다고."

혜성은 더 설명하다가는 목소리가 커질까 봐 말을 멈췄다.

"알지 알지. 너희 집에 가서 깜짝 놀랐잖아. 그렇게 큰 집은 처음 봤어. 지나면서 보고도 어느 나라 대사관쯤 되는 줄 알았어. 똑같이 망했어도 너희는 우리 집보다 사정이 나았을 거야. 우리는 없는 살림에 그것마저 다 잃어버린 거거든. 너는 너만 추스르면 됐겠지만 내가 아니면 우리 식구는 일어서지 못했을 거야. 난 부모님이 나쁜 생각을 할까 봐 걱정스러웠어."

"그래 잘했어. 넌 정말 효녀야. 그래서 아직까지 그러고 있지. 칭찬은 듣고 싶고, 피해 보는 건 싫은 거지. 얻는 게 있으면 잃는 것도 있는 건데 어떻게 다 가지려고 하니? 네가 선택해놓고 왜 그렇게 징징거리는 건데. 정말 이렇게 될 걸 몰랐다는 거야?"

혜성은 무슨 말을 해도 결국 자신의 이야기로 돌아가는 순정이 지겨워 쓴소리를 내뱉었다. 순정의 얼굴에 상처받은 표정이 지나가는 것을 알았지만 모르는 척했다.

"너는 좋겠다. 가족을 끊어낼 수 있어서 좋았겠어. 그래서 지금 자유롭게 살고는 있어? 그런데 왜 그렇게 불행한 표정으로 아무 말 하지 않는 거야?"

"저 폐허 말이야. 저것도 우리 집이야. 알겠어? 다 타서 없어졌다고. 식구들 모두. 그렇게 끊어냈어, 내가, 자유롭지 않을 이유가 있겠니?"

혜성은 그림 앞에 더는 서 있기가 어려워 서둘러 갤러리를 나갔다. 순정은 혜성이 무슨 말을 하는 건지 알 수가 없어 당황했다. 그녀를 쫓아 나가며 제대로 이야기하라고 소리를 질렀지만, 혜성은 짧고 냉정하게 대답할 뿐이었다.

"집에 불이 나서 식구들이 다 죽고 나만 남았어. 그게 다야."

순정의 부모님의 잡화점이 서서히 쪼그라든 것과는 달리 혜성의 아버지가 운영했던 섬유 공장은 순식간에 쓰러져버렸다. 순정의 부모님이 근교로 이사를 했을 때쯤 혜성의 아버지는 잠적했다. 혜성의 어머니는 쓰러진 집을 일으키겠다며 취직을 했다. 늘 바쁘게 돌아다니고 금방 팀장이라는 직함을 달았다고 하기에 혜성은 곧 가계가 회복되고 아버지가 돌아오게 될지 모른다는 희망을 가졌다. 그러나 곧 집에 상자가 수도 없이 쌓여가는 것을 보고 그것이 다단계라는 것을 알았다. 엄마는 외가 식구들과 친구, 오랜 이웃들에게 많은 돈을 빌려 물건을 사재기해 실적을 올렸지만 업자들이 엄마를 홀릴 때 장담했던 수입은 전혀 들어오지 않았기에 빚을 갚을 길이 없었다. 그나마 다행인 것은 사정이 좋을 때 엄마의 도움을 받지 않은 사람이 없었던지라 빚을 독촉하지 않고 인연을 끊는 것으로 마무리되었다는 거였다. 거실에는 높이 쌓인 엄청난 양의 옥 장판과, 안마기, 생활용품과 건강식품이 담긴 박스들이 창문을 가리고 있어 빛이 들지 않았다. 엄마는 그것들과 함께 집에 들어앉아버렸다. 설상가상으로 아버지가 뇌졸중으로 쓰러져 집으로 돌아왔다. 다행히 후유증이 남지 않아 일을 할 정도는 되었지만 아무 일도 하지 않고 종일 잠만 잤다. 모든 희망을 잃은 혜성은 휴학을 해 돈을 벌기 시작했다. 남은 한 학년의 등록금과 어학연수 비용을 마련할 셈이었다. 그때까지도 혜성은 제대로 된 대기업에 취직하려면 어학연수가 필수라고 생각했기에 포기하지 않았다. 같은 과 친구의 소개로 그의 친척 사무실에 나갔고, 밤에는 과외를 했다. 직장과 집이 멀다는 핑계로 남자 친구 경훈의 자취방에 한동안 얹혀살았다. 그렇게 지내느라 동생의 중학교 졸업식을 잊고 가지 못했다.

졸업식이 일주일쯤 지난 뒤 집에 가보니 집은 완벽한 쓰레기집이 되어 있었다. 추운 날인데도 현관문만 열어도 악취가 풍겨 머리가 아플 지경이었다. 현관부터 소파가 있는 곳까지, 2층 계단까지, 안방까지 가는 세 갈래의 길이 나 있고 그 양옆으로는 쓰레기가 산더미처럼 쌓여 있었다. 상자들과 비닐봉지에 묶어놓은 쓰레기들, 방 안에 들어가 있어야 하는 옛날 물건들, 철 지난 옷가지, 짝을 잃은 양말, 음식 포장지, 음식물 쓰레기들이 온통 뒤엉켜 산을 이루고 있었다. 어머니는 소파에 이불을 뒤집어쓰고 누워 오랜만에 본 혜성에게, 집이 결국 경매에 넘어갔다며 한숨을 쉬었다. 그러고는 동생을 데리고 나가 고등학교 갈 준비를 시키라고 했다. 처음에는 부탁처럼 말하기 시작했는데, 점점 화를 내더니 나중에는 손에 집히는 대로 아무거나 집어 던지며 욕을 해댔다.

"이 계집애야, 동생을 네가 책임져야지. 너 혼자 잘 먹고 잘 살겠다고 팔랑거리고 다니면 다야? 아들 못 낳는다고 구박하던 시짜들한테 딸이 살림 밑천이라고 그런 소리 하지 말라고 노래를 했는데, 내가 병신이었네. 너를 정성 들여 키운 게 잘못이다."

혜성은 그 와중에 엄마에게 배신감을 느꼈다. 조부모와 아버지가 아들을 꼭 봐야 한다고 '기남'이라는 이름으로 부르곤 했을 때, 모든 문장을 '계집애가'로 시작했을 때도 그런 배신감을 느끼지 않았다. 8년 만에 동생을 낳고 혜성에게 그래도 네가 첫째라고 말해주었던 엄마의 입에서 그런 말이 나오게 될 줄은 몰랐다. 혜성은 자신도 쓰레기의 일부가 된 것 같은 기분이 들었다. 눈물이 나오는 것을 간신히 참고 동생이 있는 2층으로 올라갔다. 1층은 쓰레기 때문에 추운 줄 몰랐는데 2층은 냉골이었다. 동생은 문을 잠그고 열지 않았다.

"씨발, 꺼지라고. 다 필요 없다고. 얼어 죽든 굶어 죽든 상관하지 말라고."

혜성은 밀린 전기세와 가스비를 내주고, 라면 한 박스, 참치캔 스무 캔을 사다 놓았다. 여기까지가 자신이 해야 하고, 할 수 있는 일이고, 그 이상은 부모가 알아서 할 일이라고 생각했다. 집을 떠나며 혜성은 동생에게 정신 차리고 일어나 집을 좀 치우라고 말했다. 동생은 문을 닫아둔 채 소리 질렀다.

"저기다가 불을 싸질러버릴 거야. 다 죽어줄 테니까 걱정 마."

그리고 며칠 지나지 않아 정말 불이 났다. 집을 잿더미로 만든 불은 마당의 잡초를 태우고 옆으로 번져나가, 같은 골목의 인쇄소와 상가의 일부를 태웠다. 집 안에 쌓인 쓰레기들이 순식간에 타오른 데다 커다란 박스들이 입구를 막고 있어 소방관의 진입이 어려웠다. 혜성이 연락을 받았을 때는 이미 모든 것이 끝난 뒤였다. 그녀가 마지막으로 본 것은 불에 타서 새카만 거죽만 남은 집이었다. 화재의 원인은 안방 전기장판의 누전으로 보인다고 했다. 셋이 거실 한곳에 모여 있었다는 이야기를 듣고 혜성은 소리 내 울었다. 자기가 전기세를 내주지 않았다면 그런 일은 없었을 거라는 후회가 들었다. 설령 동생이 말한 것처럼 불을 냈다 할지라도 자기 탓이라는 사실은 변함없는 것 같았다. 그들을 사랑하지 않아서, 혼자 불행에서 빠져나오려고 해서 그런 일이 일어난 것 같아 죄스러웠다. 혜성은 가족을 잃고 나서야 어쩌면 그들을 사랑했을지 모른다고 생각했다.

혜성의 이야기를 들은 순정은 할 말을 잃었다. 그래서 그때 편지에 아무 말 못 했구나, 그래서 네가 이렇게 되었구나, 아무것도 몰라서 미안하다, 하며 우왕좌왕했다.

"너무 놀라지 마. 오래전 일이잖아. 이젠 잘 살고 있으니까 괜찮아. 어쩌면 네가 잘한 건지 몰라. 내가 가족을 떠나서 자유로워지고 싶은 욕심이 커서 그런 일이 벌어졌나 싶기도 하고."

혜성은 순정을 위한 자신의 역할이 이제 끝났다고 생각했다. 그녀 대신 화내주는 역할이자 그녀의 선택이 옳았다는 것을 증명해주는 역할이…….

3

혜성은 그 그림을 보고서야 옛집을 그리워했다는 것을 깨달았다. 그다지 행복하지도 않았던 시절이 그토록 그리울 줄은 몰랐다. 모든 것이 불에 타버리고 사진조차 남지 않은 것이 무엇을 의미하는지 뒤늦게 알아버린 기분이었다. 혜성은 그 그림을 갖고 싶었다. 작가가 누구인지 왜 그것을 그렸는지 알 수 없었지만 어떻게 되었건 간에 갖고 싶었다. 갑자기 밀려온 그런 욕구가 불편했다. 혜성은 아무 욕구가 없는 상태로 살아가는 것이 좋았다. 요동치는 마음이 없는 것이 좋았다. 마흔이 넘어가니 잔걱정이 줄어들었고, 미칠 듯한 고독도 사라졌다.

울렁거리는 마음이 사라져 매일을 편안하게 지낼 수 있었다. 혜성은 마치 수도승처럼 살았다. 철마다 외출복 두 벌, 잠옷 한 벌, 작업복 한 벌로 지냈다. 5시에 일어나 백팔배를 하고 새벽 산책을 다녀와 아침 식사를 했다. 오전에 폐지를 줍고 낮에는 복지관 배식 봉사를 했다. 그 후에 폐지와 고물을 주웠고, 자기 전에는 감사 일기를 썼다. 매일 그렇게 살다 보니 모든 욕심과 번뇌가 사라졌고 마음이 편안해졌다.

그래서 혜성은 그림을 가지지 말아야 할 이유를 생각했다. 그림을 걸 자리가 없다는 것이 큰 문제였다. 집이라기보다 방이라고 부르는 게 적당한 원룸에는 빈 벽이 없었다. 한쪽 벽에는 싱크대와 세탁기, 수납장이 서 있었고, 2층 벙커 침대와 1층에 놓인 책상이 두 벽을 가득 채웠다. 침대와 책상 때문에 창을 활짝 열 수 없는 구조였는데 어차피 앞 건물의 외벽과 가까이 붙어 있어 여나 마나 한 창이었다. 남은 한 면은 현관과 신발장, 화장실 문으로 채워져 있었다. 풀옵션 원룸이라는 부동산의 광고가 무색할 정도로 작은 집이었으나 혜성은 첫눈에 이 집이 마음에 들었다. 혼자 살면서 큰 공간을 차지하고 사는 것도 죄라고 생각했고, 넓은 공간에 짐이 쌓이기 시작하면 감당하기 어려울 것 같았기 때문이다. 그 그림을 보기 전까지 혜성은 빈 벽이나 비좁은 집에 대해 생각해본 적이 없었다. 사실 그보다 더 큰 문제가 있었지만, 혜성은 그런 문제는 존재하지도 않는다는 듯 침대에 누워 방을 두리번거리며 50호짜리 그림을 걸 만한 자리를 찾았다. 역시 그런 자리가 없음을 확인하고, 그 때문에 그림을 살 수 없는 거라고 자신을 설득했다.

사실 가장 큰 문제는 그림을 살 만한 돈이 없다는 것이었다. 혜성이 매달 받는 생계급여는 월세와 공과금으로 흔적도 없이 사라졌다. 폐지 수거가 주 수입원인 혜성에게는 그날 번 돈과 전날 번 돈에서 쓰고 남은 돈, 또 전날 번 돈에서 쓰고 남은 돈 말고는 없었다. 세끼를 먹었다면 그조차도 남지 않았겠지만, 혜성에겐 식욕이 없었다. 아침에는 남은 밥으로 만든 누룽지를 끓여 먹었고, 배식 봉사하는 복지관에서 점심 식사를 해결했다. 저녁이 문제였는데, 수입이 없는 날에는 굶기도 했지만, 많이 번 날엔 매식을 했고 커피도 한 잔 사 마셨다. 워낙 조금 먹었기에 1인분을 사면 반은 먹고 반은 남겨두었다가 다음 끼니에 먹었다. 커피 한 잔도 카페인을 이기지 못해 한 번에 마시지 못했으므로 반은 얼려두었다가 나중에 마셨다. 식비 말고는 돈을 쓸 데가 없었던지라 적은 돈이나마 모을 수 있었다. 옷은 재활용 수거함에서 얼마든 골라 입을 수 있었고, 책은 도서관에서 빌려 읽을 수 있었다. 텔레비전에서는 영화를, 라디오에서는 음악을 무제한으로 제공해주었으니 부족함을 느끼지 못했다. 간혹 작은 화분이나 먹거리를 나눠주는 이웃도 있었고, 집에서 가까운 곳에 공원이 있어 매일 산책할 수 있었다. 깨끗한 신발이나 물병이 필요할 때도 있었지만 그 정도는 새로 살 수 있었다. 가끔 갖고 싶은 것이 생기면 그녀가 가진 것 중에서 그것을 대체할 수 있는 물건을 찾았고, 찾지 못했을 때는 그것이 필요하지 않은 이유를 찾아냈다. 그러다 보면 정말 물욕이 사그라들었기에 돈이 없다는 가장 큰 문제점에 도달할 틈이 없었다.

혜성은 그 그림을 대체할 만한 물건을 찾지 못했으나 사지 말아야 할 이유를 여러 가지 찾아냈다. 그 그림은 쓸데없이 컸고, 유화에서 풍기는 냄새 또한 견디기 어려울 터였다. 벽에 비스듬히 세워놓은 그림 옆에 다른 물건이 놓이고, 그 위에 다른 물건이 쌓이고, 덮이고, 머지않아 산을 이루게 될 것이다. 혜성은 그렇게 돼버릴까 두려웠다. 쓰레기집이 되어버린 집을 상상하자 가지고 싶은 마음이 사라지는 것 같았다. 욕구가 사라진 뒤에야 혜성은 마음이 편안해졌고, 잠들기 전 매일 그랬듯 감사 일기를 쓸 수 있었다. 진심이 아닌 것도 있지만 그래도 쓰다 보면 정말 감사한 마음이 들었다.

'옛집을 다시 볼 수 있어서 감사하다. 그곳으로 인도한 친구가 있어 감사하다. 그리움이 깊지 않아 감사하다. 친구에게 모든 것을 말하게 되어 감사하다. 욕구를 스스로 가라앉힐 수 있는 사람이 되어 감사하다. 평온한 마음을 되찾을 수 있어 감사하다.'

혜성은 다음 날 배식 봉사가 끝난 뒤 식사도 하지 않고 갤러리를 찾아갔다. 그림을 다시 한번 보고 싶었고, 사진이라도 한 장 찍어두려고 했다. 아직 2G 폰을 쓰고 있어 사진이 제대로 찍히지 않을 것이 분명했지만 그래도 없는 것보다는 나을 듯했다. 오후 폐지 수거 작업은 포기하고 그림을 오랫동안 볼 계획이었다. 전날도 공쳤지만 어쩔 수 없는 일이었다. 다음 날 새벽 산책을 하지 말고 폐지 수거를 시작하면 만회할 수도 있을 터였다. 평소 작업 속도가 느린 노인들을 위해 오전 작업을 조금 늦게 시작하곤 했지만 잘못하면 저녁을 며칠 굶어야 할 수도 있기에 어쩔 수 없었다.

그런 혜성의 계획과는 상관없이 잠자의 전시는 이미 끝나 있었고, 그의 그림 대신 새로운 그림이 벽에 걸리는 중이었다. 인부들에게 작업 지시를 내리던 큐레이터가 계단을 내려오는 혜성을 보고 무슨 일로 들어왔느냐고 물었다. 전날 순정과 왔을 때와 사뭇 다른 태도에 놀라 당황하는 혜성에게 큐레이터는 무슨 일이냐고 다그쳐 물었다. 혜성은 기분이 좋지 않았지만 그림을 보고 싶은 마음에 '잠자'의 전시가 끝난 건지 물었다. 큐레이터는 문에 휴관이라고 쓴 것을 못 봤냐며 혀를 찼다. 문이 열려 있어 들어온 것뿐인데 침입자 취급을 당하고 나니 기분이 좋지 않았다. 작가의 그림을 다시 보려면 어떻게 해야 하는지 묻자 큐레이터는 귀찮다는 듯 말했다.

"전시가 끝났으니까 볼 수 없죠. 작가를 찾아가시든지요. 남은 도록이라도 사시겠어요?"

"작가님 연락처를 알 수 있을까요? 꼭 다시 보고 싶은 그림이 있거든요."

"연락처를 남겨주시면 작가님께 전해드릴게요. 작가님이 사람 만나는 걸 싫어하셔서 연락드릴지 장담은 못 할 것 같네요."

"그림을 사고 싶어서요. 마지막 그림이요."

"그게 연작이라 두 점을 함께 판매하는 거여서 그렇게는 판매가 안 됩니다."

"두 점 다 살 거예요."

혜성은 그 그림을 정말 사고야 말겠다고 생각했다. 무언가를 이토록 가지고 싶었던 것은 정말 오랜만이었다. 마지막으로 가지고 싶었던 것은 10년 전쯤, 롱패딩과 전기장판이었다. 그 겨울은 유난히 추워서 그것들이 매우 간절했으나 혜성은 추운 집에서 고생했던 동생을 생각하니 욕심을 버릴 수 있었다. 많은 것을 원하는 것은 죄악이라고 생각했다. 그럼에도 혜성은 그때의 롱패딩보다, 전기장판보다 그 그림이 더 간절하게 가지고 싶었다. 큐레이터는 작가에게 말해보고 연락해주겠다고 대답하면서도 석연치 않은 표정을 숨기지 않았다. 폐지를 수거할 때, 재활용품들에서 고철을 빼낼 때 지나가던 사람들의 얼굴에서 가끔 보았던 표정이었다. 혜성은 그런 표정을 신경 쓰지 않은 지 오래였는데, 그녀의 표정은 견디기 힘들 정도로 모멸감을 주었다.

혜성은 어떻게 돈을 구해야 할지 막막했다. 목돈을 쓰려면 보증금에서 뺄 수밖에 없었고, 그러면 더 작은 집으로 이사해야 할 터였다. 지금은 간신히 세워놓을 수 있을 정도는 되겠지만 집이 작아지면 그림을 둘 자리조차 없을 텐데 큰 문제였다. 평소 같으면 그냥 포기하고 말았을 테지만 그 모든 문제가 꼭 사야만 하는 이유처럼 느껴졌다. 가질 수 없다는 것이 가져야 할 큰 이유처럼 느껴졌다. 혜성은 그것을 가질 수 없어 고통스러웠다. 돈이 없는 자신의 처지와 그렇게 인생을 이끌어온 자신이 싫어졌다. 혜성은 '않았더라면'의 세계로 진입했다. 집이 망하지 않았더라면, 내가 가족을 내치지 않았더라면, 불이 나지 않았더라면, 직장을 그만두지 않았더라면, 연인을 떠나지 않았더라면……. 모든 게 부질없는 생각이라는 것을 알지만 모든 게 후회스러웠다.

혜성은 그 정도 크기의 그림이 얼마에 거래되는지 알고 싶었다. 순정 말고는 물을 곳이 없었지만 그런 마음을 들키고 싶지는 않았다. 혜성은 인터넷으로 찾아보면 알 수 있을 것 같아 도서관 미디어실로 갔다. 컴퓨터를 쓸 수 있는 시간은 최대 두 시간이었다. 혜성은 기성 작가의 그림 가격을 검색했는데, 작가에 따라 천차만별이라 도무지 짐작할 수 없었다. 혜성은 '잠자'가 누구인지 검색해보았다. 『변신』의 주인공과 미국의 록그룹 말고는 검색되는 정보가 없었다. 여러 페이지를 넘겨 겨우 그의 블로그를 찾을 수 있었을 뿐, 그의 이력이나 사진 같은 것은 찾아볼 수 없었다.

혜성은 그의 블로그를 읽어나가기 시작했다. 가장 최근 날짜에 두 번째 전시 포스터가 포스팅되어 있었다. 그 이전에는 작품들이 반년에 한 번꼴로 업데이트되어 있었다. 작업 노트 같은 짧은 글을 써놓은 것도 있었고, 그냥 올린 것도 있었다. 혜성은 찾던 그림을 2년 전에 올린 글에서 찾을 수 있었다. 그 그림에 대해서는 별다른 말 없이, 그때 그 마음이라고 쓰여 있었다. 계속 시간을 역행하다 보니 첫 번째 전시회 포스터와 작품들이 포스팅되어 있었는데, 지금보다는 자주 업로드되어 있었고 작품마다 이웃들의 댓글과 그의 답글이 달려 있었다. 시간을 거슬러갈수록 자주, 많이 글을 썼다는 것을 깨닫고 혜성은 가장 첫 페이지로 갔다.

그는 어느 날 갑자기 직장을 그만두고 그림을 그리기로 결심했다. 그는 그 무렵 블로그를 시작해, 작업실을 얻고 첫 그림을 그리기까지의 과정을 써나갔다. 그는 예상대로 자신을 그레고르 잠자에 비유하고 있었다. 그는 처음부터 낡은 건물과 오래된 골목같이 곧 사라질 것들을 그리고 싶어 했다. 자기가 왜 그런 것을 그리고 싶은 건지도 모르고, 자기 작업이 무슨 의미가 있는지 모른다고 글을 쓰면서도 그릴 대상을 찾아 도심을 헤맸다. 독창성이 있기는 한 건지, 자기도 모르게 누군가의 작품을 베끼려고 하는 건 아닌지, 아무도 자기 작품을 알아봐 주지 않는 건 아닌지 고민하며 처음 작품을 그렸다. 그가 완성한 첫 작품이 다름 아닌 혜성이 갖고 싶어 하는 그 작품이었다. 그 작품은 첫 번째 전시회에서는 빠져 있었고, 훗날 연작이 완성되고 두 번째 전시회에 전시되었다. 첫 그림을 구상하고 그리는 동안 썼던 글에서 파편적으로 그 집과 그에 대한 정보를 찾아낼 수 있었다. 잠자는 어린 시절 할머니에게 맡겨져 슬럼가의 다 쓰러져가는 집에서 살았다. 그가 묘사하는 것으로 보아 혜성이 살던 동네에 여러 채 남아 있던 적산가옥에 살았던 것 같았다. 어느 여름, 큰길에서 집에 가는 길목에 있던 넓은 집, 담장이 높은 데다 커다란 대문이 굳게 잠겨 있어 들여다보지 못했던 그 집을 한 번 엿본 적이 있었다. 어린 남자아이는 그네를 타고 있었고, 원피스를 입은 그 또래의 여자아이는 등나무 덩굴 밑에 앉아 노래를 부르고 있었다. 아이들의 엄마로 보이는 여자가 아이들에게 수돗물을 뿌리며 장난을 치자 아이들은 깔깔거리며 웃었다. 햇빛을 받아 반짝이던 정원과 곱게 분사되는 물방울 너머에 떠 있던 작은 무지개를 그는 기억하고 있었다. 그 정원과 자신의 거리가 삶과 죽음의 거리처럼 느껴졌다. 그는 다시 그 풍경을 보고 싶지 않아 멀리 돌아서 집에 가곤 했다. 그는 집과 먼 뒷골목이나 버스 정류장, 지하도 혹은 육교에서 교복을 입은 그 여자아이와 자주 마주치곤 했다. 그녀는 자주 울었고, 가끔은 넋이 나간 표정으로 목적 없이 걸었다. 그는 매일 그녀와 마주치기 위해 골목을 걷고 또 걸었다. 번번이 그녀를 찾아내곤 했지만 한 번도 알은체하지 않고 멀찍이 서서 따라가기만 했다. 그러다가 잠시 그 동네를 떠난 사이 그 집이 불타버렸다. 그는 첫사랑을 하기도 전에 그 대상을 잃어버렸음을 깨달았다.

혜성은 그 집이 자신의 집이고, 그 여자아이가 자신이라는 것을 확신했다. 그가 써놓은 모든 정황이 그녀의 기억 속에 고스란히 담겨 있었다. 혜성은 그 시절 자주 울었고, 울음을 참느라 끝없이 걸어 다녔던 것도 기억났다. '기남'이라는 이름이 끔찍하게 싫었고 늘 외로웠던 것이 기억났지만, 그게 그렇게 울 일이었나 싶었고, 그런 자신을 사랑했다고 하는 그의 마음 전개도 썩 이해되지는 않았지만, 혼자 걷고 있었던 순간에 누군가 자기를 지켜보고 있었다는 사실에 전율을 느꼈다. 오랫동안 혜성은 자신이 누군가의 첫사랑도 아니고, 자신 또한 아무도 진심으로 사랑한 적이 없다고 생각하며 살아왔다. 그런데 누군가 자신을 사랑하고 있었다고 생각하니 마음이 아렸고, 그 사랑을 이제 알았다는 것이 한탄스러웠다. 잿빛이었던 과거가 그의 그림처럼 찬란하게 채색되는 느낌이었다. 혜성은 '저 여기 있어요, 잘 살아 있어요'라고 댓글을 썼다가 지우기를 반복했다. 인터넷 사용 시간이 끝나지 않았더라면 기어이 댓글을 달았을지도 몰랐다. 혜성은 그가 누구인지 여전히 알 수 없었지만 누구건 상관없었다. 언젠가 그가 자신을 사랑했고, 자신이 그것을 알았다는 사실이 중요했고, 그 그림을 사야만 하는 이유가 하나 더 생긴 것이 중요했다.

4

혜성은 매일 점심 식사 후 도서관에 들렀다. 방명록에 답글은 달리지 않았지만 다행히 그가 블로그에 써놓은 17년 분량의 글이 있어서 매일 그와 만나는 기분이 들었다. 그것을 다 읽을 때까지는 그럭저럭 기다릴 수 있을 것 같았다. 혜성은 그의 글을 시간순으로 읽어나가기 시작했다. 그러다 보면 두 시간이 훌쩍 지나가버렸고, 그에 대해 새로운 사실들을 알게 되었다. 그가 어떤 책과 영화를 좋아하는지, 작업할 때 듣는 음악은 무엇인지 알 수 있었다. 그가 좋아하는 시간대와 싫어하는 냄새가 무엇인지, 그리워하는 장소가 어디인지 알게 되었다. 그의 단골 카페와 식당, 자주 가는 극장과 갤러리, 그가 산책하는 곳, 그가 좋아하는 풍경, 그 모든 것이 그의 글 속에 있었다. 현재의 혜성에겐 취향이란 것은 없지만 그가 사랑하는 것들 모두 자신이 한때 사랑했던 것들이라고 생각했다. 혜성은 그가 다 불타버리고 흔적도 남지 않은 자신의 과거를 복원해주고 있는 것 같았다. 혜성은 그의 글 속에서 자신일지도 모르는 첫사랑에 대한 그리움을 발견했고, 그와 자신의 비슷한 부분을 찾아냈다. 자신과 다른 시간, 같은 길을 걷고 있던 그를 발견하고 그곳에 가 닿지 못했던 시간을 안타까워했다. 그의 과거와 자신의 과거가 맞닿거나 엇갈린 지점을 발견하는 순간에 쿵 하고 울리는 마음을 포기할 수 없어 글을 읽고 또 읽었다. 오랜 세월에 걸쳐서 애써 비워놓은 마음과 시간이 그에 대한 생각으로 가득 찼다. 누군가를 그렇게 끊임없이 생각해본 것은 태어나 처음인 것 같았다.

매일 오후를 그렇게 보내느라 오랫동안 유지해왔던 일과는 조금씩 무너졌다. 두 시간만큼의 일을 하지 못하는 게 아니라 그만큼 늦음으로써 제 몫의 폐지를 확보하지 못해 한 푼도 벌지 못했다. 도서관에 매일 가지 않으려고 했지만, 그 앞을 지나다 보면 들어가서 댓글만 확인하자 하는 생각이 들었고, 컴퓨터 앞에 자리를 잡고 앉으면 금세 두 시간이 흘러 있었다. 그 시간을 만회하느라 매일 새벽마다 했던 백팔배와 산책은 하지 않고 새벽부터 점포 앞에 쌓인 폐지를 수거하러 다녔다. 그 시간에 일하던 노인들은 갑자기 나타난 혜성을 보고, 젊은 사람이 늙은이들의 일을 빼앗는다고 혀를 차며 제대로 된 일을 하라고 훈계를 했다. 스마트폰이라도 있었다면 도서관에 가느라 굳이 시간을 내지 않아도 되었을 테고, 하루 일과를 마친 후 집에서 여유롭게 인터넷을 사용할 수 있었을 텐데, 매달 나갈 돈이 무서워 살 엄두도 내지 못했다.

혜성은 자기가 어쩌다가 이런 일을 하기로 마음먹었던 건지 후회스러웠다. 이 일을 하기 전까지는 휴학 중에 일했던 직장에 계속 다녔다. 과 동기의 당숙인 사장은 물려받은 돈이 많았던 한량이었는데, 딱히 하는 일은 없었지만 출근할 직장이 있어야 해서 사무실을 만들었다. 혜성은 전화를 받거나 공과금을 처리하고 그가 속한 동호회 모임의 예약을 하는 등 잡무를 보았다. 박봉에 경력도 안 되는 일이었으나 사무실을 혼자 썼던 데다 할 일이 없어 괜찮았다. 가족을 잃고 오랫동안 출근을 하지 않았음에도 사장이 다시 불러주어 다시 나갔다. 사장 부인이 둘의 관계를 오해하지만 않았다면, 혜성이 그 오해를 적극적으로 해명했다면 그만두지 않아도 됐을 텐데, 혜성은 그렇게 하지 않았다. 자기에게 과분한 직장이라고 생각했으므로 미련 없이 깔끔하게 그만두었다. 혜성은 자신에게 맞는 일은 폐지를 줍는 일이라고 생각했다. 고된 일을 하면서, 적게 벌고 적게 쓰며, 세상에 폐를 끼치지 않고 조용히 살다 조용히 죽으리라는 생각으로 선택한 삶이었다. 하루하루 같은 일을 반복하며 몸에 밴 습관은 요동치는 마음을 잡아주었고, 먹고살 걱정은 복잡한 머리를 단순하게 해주었다. 10년이 넘게 이렇게 사는 동안 자신의 선택을 후회한 것은 처음이었다. 그림은커녕 스마트폰조차 마음대로 살 수 없고 밥까지 굶게 된 자신이 초라하다고 생각한 것도 처음이었다.

글을 거의 다 읽어가고 있는 동안에도 방명록에는 답글이 달리지 않았고, 갤러리에서도 아무 연락이 오지 않았다. 무슨 돈으로 그림을 사야 할지 대책을 세우지도 못했으면서 혜성은 연락을 줄곧 기다렸다. 그림을 보고 싶은 건지, 갖고 싶은 건지, 그에게 자신을 알리고 싶은 건지, 그를 만나고 싶은 건지 헷갈렸지만 열망은 점점 더 커졌다. 혜성은 글을 읽는 것으로 성에 차지 않아 자신이 잘 알고 있거나 공감하는 것들, 자신의 이야기라고 생각하는 글마다 댓글을 달았다. 한 번쯤 댓글을 달아줄 법도 한데 그는 계속 묵묵부답이었다. 시간이 지나면서 열망은 사랑으로 변질되었고, 그와 동시에 외로움이 자라나기 시작했다. 그를 생각하면 마음이 들떴다가도 금세 쓸쓸해졌고, 차라리 그를 몰랐을 때로 돌아갔으면 좋겠다는 생각이 들었다. 심지어 그가 자신의 빛났던 과거와 사랑을 빼앗아 간 듯한 착각에 원망도 했다. 집에 있을 때, 산책할 때, 밥 먹을 때, 일할 때 혜성은 너무도 혼자라는 것을 절감했다. 혜성은 그 널뛰는 마음이 낯설지 않았다. 겨우 떼어버린 병이 다시 돌아온 것 같았다. 외로움은 혜성의 고질병이었다.

　혜성은 가족을 잃은 후 복학하지 않았고, 직장도 나가지 않은 채 경훈의 집에서 죽은 듯이 잠만 잤다. 그런 그녀를 안쓰러워하던 경훈도 오래지 않아 그녀를 견딜 수 없어 했다. 차마 나가라는 소리를 하지는 못하고 자기가 본가로 들어갔고, 혜성은 그의 집에 혼자 남아 먹고 자는 것 말고는 아무것도 하지 않았다. 그가 집에 돌아왔을 때 집은 쓰레기통이 되어 있었고, 그 모습에 질려버린 그는 그녀와 헤어졌다. 혜성은 그가 자신을 사랑했던 게 아니었고, 자기 역시 그랬다고 생각했기에 순순히 나와놓고는 뒤늦게 그를 사랑했음을 깨달았다며 그에게 매달렸다. 마음이 약했던 그는 헤어진 뒤에도 혜성을 만나주었다. 그 무렵 사장의 친구가 그녀에게 다가왔다. 남자 친구를 만나도 채워지지 않는 허기 때문에 열한 살 많은 유부남인 그를 동시에 만났다. 혜성은 다가오는 사람을 아무도 거부하지 않았다. 혼자 있는 시간을 견딜 수 없었기에 비어 있는 시간을 촘촘하게 채워 여러 명의 남자를 만났다. 다른 남자가 있다는 것을 알게 된 경훈은 진저리를 치며 그녀를 완전히 떠났다. 혜성은 다시 온 힘을 다해 매달렸지만, 온갖 모욕을 당하고 난 뒤에야 비로소 헤어질 수 있었다. 사장 친구도 그녀가 여러 명을 동시에 만나고 있다는 것을 알고 그녀를 떠났다. 다른 남자들도 마찬가지였다. 혜성은 그들을 사랑하지 않았지만, 매번 최선을 다해 매달렸고, 질려버린 남자들은 뒤도 돌아보지 않고 떠났다. 어느 날 사장 부인은 어디서 무슨 이야기를 들었는지, 사무실로 달려와 그녀의 머리채를 잡아 흔들었다. 혜성은 자기 자신을 쓰레기라고 생각했기에 오해를 받고도 가만히 있었다. 직장에서 해고된 뒤, 잠시도 혼자 있지 못했던 그녀는 연락이 뜸했던 친구들을 만났다. 그들을 만나 자신에게 아무 불행도 닥치지 않은 사람처럼 행동했지만, 대부분 그녀에게 일어난 일을 알고 있었다. 친구들이 자신을 어떻게 위로해야 할지, 어떤 표정을 보여야 할지 불편해하는 것 같아 더는 만날 수가 없었다.

어느 날 직장과 같은 건물의 세무사 사무소 직원이 혜성에게 밥을 사겠다고 연락을 해왔다. 사장과의 관계를 오해받고 그만두게 된 사정을 사장과 친한 세무사에게 들었다며 그녀를 위로했다. 혜성은 그게 사실이라고, 외로워서 누구라도 상관없었다고 거짓말을 했다. 그는 그녀가 거짓말을 하는 이유가 외롭다는 말을 하기 위해서라고 생각했다. 그는 사랑한다거나 사귀자는 말 없이 혜성과 계속 만났고, 친구나 가족처럼 그녀를 챙겨주었다. 혜성은 그를 만나는 동안 다른 남자나 친구를 만나지 않았다. 어디에 있어도 그와 자신이 연결되어 있는 것 같아 외로움은 조금씩 줄어들었다. 그러다가 둘 사이에 아이가 생겼다. 그는 그녀에게 청혼했지만, 혜성은 거절하고 아이를 지웠다. 혜성은 자기는 가정을 만들 자격이 없다고 했다. 가족들을 잃어봤기에, 아직 탯줄도 연결되지 않은 아이를 잃는 것쯤은 아무것도 아니라고 그에게 독하게 말했다. 혜성은 헤어지자고 했으나 그는 연민 때문에 쉽게 떠나지 못했고, 훗날 결혼이 절실해졌을 때에야 그녀를 완전히 떠날 수 있었다. 이번에도 역시 혜성은 헤어지고 난 뒤, 그를 마음 깊이 사랑하고 있었음을 깨달았지만 그에게 매달리지 않고 깨끗이 헤어져주었다. 그것이 그에 대한 예의라고 생각했다. 나이를 먹어서인지 여러 번의 이별을 겪어서 그런지 혜성은 전보다 덜 아팠다. 혜성은 매번 자신 때문에 헤어졌으면서도 그들이 자신을 진짜 사랑한 게 아니어서 떠난 거라고 생각했다. 혜성은 세상에 자기를 사랑하는 사람은 아무도 없고, 혼자 남겨졌다는 사실을 증명받은 것처럼 굴었다. 혜성은 더는 아무도 만나지 않았고, 그랬기에 상처받을 일도 없었다. 세월이 흐르면서 외로움도 희미해져 살 만해졌는데, 그 외로움이 갑자기 돌아와 혜성을 괴롭히기 시작했다.

아마도 외로움이 아니었다면, 혜성은 순정의 연락을 받지 않았을 것이다. 혜성은 순정이 다른 친구들처럼 연락이 뜸해지다가 만나지 않는 관계가 될 줄 알았다. 그러나 순정은 아무것도 못 들은 사람처럼 혜성에게 연락을 해왔다. 혜성은 이제 순정을 위해 시간을 내주기도 힘들었고, 돈도 없어 외출하기도 힘들었다. 그림을 사러 다니는 순정과는 비교도 할 수 없는 자신의 처지를 자각하게 되었으므로 만나는 것이 괴로울 것 같았다. 순정은 혜성에게 만나자는 말 대신 당분간 함께 지내면 안 되겠는지 물었다. 혜성은 집이 비좁아 누군가와 함께 살 수 있는 환경이 아니라고 거절하고도 마음이 편치 않았다. 순정은 부모님의 집을 나왔다며 새집을 얻을 때까지만 같이 있게 해달라고 했다. 혜성은 잠시 망설였지만, 순정이 집을 나온 것이 기뻐서, 그리고 사실은 혼자 있고 싶지 않아서 그녀를 받아주기로 했다.

순정은 작은 가방 하나만 들고 혜성의 집으로 왔다. 그녀가 집을 나온 지는 며칠 되었다고 했다. 순정은 혜성이 폐지 수거용 손수레를 정리하는 것을 보고 놀랐지만 내색하지 않는 데 성공했으나, 손바닥만한 방에 들어서서 당황한 표정을 수습하지 못했다. 혜성은 앉을 만한 자리가 없어 어색하게 선 순정을 침대 밑 벙커의 걸상에 앉히고 호텔을 알아보는 게 어떻겠냐고 물었다. 순정은 모처럼 함께 있을 수 있어서 좋다며 함께 있겠다고 했다. 혜성은 순정이 집을 나온 이유가 궁금했다. 순정은 혜성의 가족 이야기를 듣고, 자신이 가족을 미워하고 있다는 것을 깨달았다. 혜성의 이야기를 듣고 그녀가 겪었을 고통이나 죽은 가족의 안타까움보다 그들이 사라져버려서 얼마나 홀가분할까, 하는 생각이 먼저 들었다. 모든 나쁜 일들이 가족에서 비롯되었다는 생각이 들기 시작했고, 가족들은 시퍼렇게 살아 있는데 자신만 시들어가고 있다는 것을 알았다. 그럼에도 나약한 마음 때문에 그들을 떼어낼 수 없을 것 같았다. 가족을 떠나야 한다고 생각한 것도 자신을 위해서가 아니라 가족을 위해서였다. 자신도 모르는 사이에 집에 불을 지르면 그들에게서 벗어날 수 있을까 상상했다. 그녀는 화들짝 놀라 언제고 기어이 가족을 해치고 말 것 같은 기분이 들었다. 순정은 차마 혜성에게 이런 이야기까지는 하지 못했고, 부모님과 함께 사는 게 힘들다고만 말했다. 오랫동안 혼자 살았던 순정은 노부모와 함께 사는 것이 불편했다. 집이 쩌렁쩌렁 울리도록 틀어놓은 텔레비전의 소음을 견디기 힘들었고, 방도 좁은 데다, 노크도 하지 않고 문을 벌컥 열어젖히는 것도 참기 힘들었다. 순정이 혼자 살 집을 알아보는 것을 알게 된 부모는 큰 아들이 둘이나 있는 오빠네가 좁은 집에 사는 것이 큰 걱정이라고 노래를 불렀다. 순정은 집을 사지 않고 빌릴 거라고, 오빠에게 보태줄 만한 돈은 없다고 하는데도 부모는 그녀를 매일 괴롭혔다. 이제 그만할 때도 됐다 싶은데, 아들이 중늙은이가 다 되었는데도 그 사랑은 닳아 없어지지 않았다. 순정은 이제 더는 휘둘리지 않겠다고 결심했지만, 어머니가 앓아눕고 아버지가 화를 내면 기어이 통장을 내놓게 될 것이고, 너 같은 딸이 있어 세상을 다 얻은 것 같다는 허울뿐인 말에 금세 마음이 풀리게 될 것만 같아 걱정스러웠다. 그런 생각이 들 때마다 순정은 그림을 샀다. 순정이 집을 나온 날은 갤러리에서 산 그림이 배송된 날이었다. 아버지는 또 그림을 사들였다고 쓸데없는 짓이나 하고 다닌다며 소리를 질렀고, 어머니는 이제 쌓아둘 데가 없다며 오빠네 집 거실에 걸면 잘 어울리겠다고 이리저리 크기를 가늠했다. 화가 난 순정은 그림을 다시 싸서 방에 넣어두고, 내 집에 걸 그림이니 손대지 말라고 소리치며 집을 나왔다. 부모에게 늘 공손했던 순정이 태어난 이후 가장 크게 화를 낸 거였다.

순정은 짐을 가지러 함께 가달라고 했다. 나이를 먹고도 부모를 두려워하는 것 같았기에 혜성은 동행했다. 순정의 부모님은 며칠 만에 들어온 순정이 친구를 데리고 온 것도 못마땅한데, 그 친구의 행색이 변변치 않은 것도 마음에 들지 않아 눈치를 주었다. 20대에 순정이 집을 나갔을 때 혜성의 집에 오랫동안 살았던 것을 기억하는 부모는, 나이를 먹어서도 또 그러고 있다고 혀를 쯧쯧 찼다. 혜성에게 결혼은 했는지, 어디서 사는지 꼬치꼬치 캐묻더니 시원치 않게 대답하자 금세 무시하는 표정을 지었다. 순정이 짐을 싸는 동안 아버지는 계속 재취업할 생각을 하지 않는다며 잔소리를 했고, 어머니는 남자랑 살러 나가는 거 아니냐고 빈정거렸다. 혜성은 그 등쌀을 못 견디고 말했다.

"이 나이에 남자를 만나는 게 잘못된 건 아니잖아요, 어머님."

"남자한테 속아 돈을 다 뜯길까 봐 그러는 거 아니냐? 쟤가 좀 얼뜨냐고."

"누구한테 뜯기든 다 똑같아요. 더 나은 게 있는 줄 아세요?"

어머니가 기분 나쁜 소리를 하자, 조용히 있던 순정이 소리를 빽 질렀다.

"경제적 능력이 없으면 부모가 아니냐? 그거 한마디 한 게 뭐 그리 고까워서 소리를 지르는 거야? 자꾸 그림이나 사 나르고 집을 나갈 거면 차라리 인연을 끊자."

아버지는 순정보다 더 크게 소리를 질렀다. 어머니는 순정에게 버릇없이 소리를 지른다며 아이한테 하듯 질책을 했다. 혜성은 칠순이 넘은 노인들이 이 정도면 젊어서는 대단했겠다 싶었고, 인연을 끊으면 대체 누구의 손해인가 생각해봤다.

"네 그러자고요, 아버지."

순정은 허탈하게 웃으며 단호하게 말했다. 순정은 귀국할 때 가지고 들어온 이민 가방을 그대로 챙겼다. 그림을 두고 나오는 것도 찜찜하다며 사람을 불러 옮겼다. 집을 나올 때까지 그녀의 부모는 잔소리를 멈추지 않았다. 아버지는 혜성의 어깨를 잡고 물었다.

"너희는 무슨 관계야? 둘이 사는 게 무슨 의미냐? 하여간 요즘 것들은, 알 수가 없어."

순정은 혜성을 쿡 찌르며 아무 말 하지 말라는 듯 고개를 저으며 현관을 나섰다.

5

비좁은 집에서 사는 것은 매우 불편한 일이었다. 혜성은 바닥에 이불을 깔고 잤는데, 순정이 싸 들고 온 그림이 손바닥만 한 바닥의 4분의 1을 차지하고 있어, 매일 새우잠을 잤다. 그림을 걸 곳이 없어 포장을 벗겨볼 엄두도 내지 못했다. 포장이 꼼꼼하게 되어 있는 상태인데도 그림에서 냄새가 심하게 나 머리가 아파 깊이 잠을 잘 수 없었다.

순정은 그런 상황에서도 불편하지 않았고, 혜성과 함께하는 날이 즐거웠다. 순정에게 스마트폰이 있어 도서관에 가지 않아도 되었기에 혜성은 다시 원래의 생활로 돌아갈 수 있었고, 순정은 혜성이 매일 하는 일들을 함께 했다. 둘은 백팔배를 하고 숲을 함께 산책했다. 혜성의 만류에도 순정은 폐지 수거를 함께 했고, 배식 봉사도 함께 갔다. 순정이 쉴 새 없이 떠들고 뭐든지 함께 하려고 하는 통에 혜성은 가끔 원래의 조용한 생활이 그리웠다. 조금 거리를 두고 싶어 혼자 공원에 나가기라도 하면 순정은 저녁 내내 외로웠다며 징징거렸다. 혜성은 나이를 먹을 대로 먹고도 외로움을 어쩌지 못하는 꼴을 차마 눈 뜨고 볼 수 없었다. 이제 나가주었으면 하는 생각도 들었지만 그녀가 생활비를 감당하고 있는 데다 스마트폰을 가지고 있어서 혜성은 내보내지 못했다.

순정이 자는 동안 혜성은 스마트폰으로 블로그에 들어갔다. 블로그의 글을 모두 읽었지만, 그때까지도 잠자는 방명록에도 포스트 댓글에도 아무런 답을 달지 않았다. 그가 무슨 일을 한 게 아닌데도 혜성은 혼자 소외감을 느꼈다. 그러다가도 그녀가 좋아하는 글을 다시 찾아 읽고 다시 설레고, 기뻐했다. 갤러리에서는 아무 연락이 없었지만, 혜성은 다시 물을 엄두가 나지 않았다. 아직 그림을 살 돈을 구할 방법을 찾지 못했기 때문이었다. 혜성은 이런 마음을 순정에게 드러내지 않았다. 자신이 무언가를 그렇게 강렬히 원하고 있다는 것이 부끄러웠고, 그런 것 하나 얻을 수 있는 능력도 못 되는 자신이 한심했기 때문이었다.

순정은 꾸준히 그림을 보러 다녔는데, 혼자 다니지 않고 꼭 혜성을 데리고 갔다. 집을 나왔으니 이제 그림 사는 것을 멈춰도 괜찮을 것 같았는데도 순정은 계속 그림을 사댔다. 더 사들였다가는 혜성이 누울 자리조차 없어질 노릇이었는데도 순정은 아무 생각 없이 그림을 샀다.

혜성은 잠자의 그림을 순정에게 사게 하면 어떨까 생각했다가, 그렇게 되면 영원히 자신의 것이 되지 못하리라는 생각에 고개를 저었다. 혜성은 일을 하다가도 문득 그림을 다른 사람이 이미 사 갔을까 봐 초조해졌고, 그것을 구입할 능력이 없어 곧 빼앗길 거라는 생각에 비참해졌다. 혜성은 결국 그것을 사지 못하고 후회하게 되리라고 생각했다. 자신이 늘 뒤늦게 후회하는 사람이라는 걸 알면서도 어쩌지 못하고 또 그렇게 할 거라 생각하니 슬펐다. 혜성의 감정은 매일 롤러코스터를 탄 것처럼 요동쳤다. 이제 그만하고 싶어도 내릴 수가 없었다.

잠자의 블로그가 업데이트된 것은 며칠 뒤였다. 을지로의 한 갤러리에서 작가와의 대화가 마련된다는 포스터가 업로드되었다. 혜성은 자신의 댓글에 답글을 하나도 써주지 않아 서운했지만, 곧 그를 만날 수 있으리라 생각하니 괜찮았다. 영영 못 만날 줄 알았는데, 게다가 그림을 산다는 핑계가 아니면 만날 수 없을 줄 알았는데 이런 기회가 올 줄은 몰랐다. 블로그에는 이제 더 읽을 새로운 글도 없었다. 혜성은 그가 블로그에 소개한 단골 카페와 식당의 상호와 전화번호를, 책과 음악과 영화의 제목을, 그가 좋아하는 원두의 이름을 차례차례 수첩에 적어두었다. 그를 만나기 전까지, 시간이 날 때마다 하나하나 찾아볼 생각이었다. 그를 만나면 그와 자신의 과거가 맞닿아 있다고, 그가 만들어낸 모든 것이 잃어버린 자신을 깨우고 있다고 말하고 싶었다.

혜성은 자주 정해진 일과를 깨고 외출을 했다. 혼자 다니고 싶었으나 순정이 늘 따라나섰다. 둘은 오래전 그들이 자주 갔던 광화문과 종로의 서점에 들렀다. 사라진 건물들과 골목들, 그 자리에 새로 지어진 거대한 빌딩들은 둘의 마음을 아련하게 했다. 둘이 자주 만났던 서점 하나는 사라졌고, 남아 있는 곳들은 위치만 그대로일 뿐 외관과 실내 인테리어가 완전히 달라졌으나 서점의 향기만은 옛날 그대로였다. 혜성은 수첩에 적어둔 책들을 샀다. 음반과 DVD도 사고 싶었지만, 그것을 살 만한 금전적인 여유도 없고, 무리해서 사봐야 플레이어도 없기에 구경하는 것으로 만족했다. 잠자가 좋다고 한 책이야, 잠자가 비가 오는 날 들으면 행복하다고 했던 음악이야, 하면서 그의 이름을 입 밖으로 줄줄 흘릴까 봐 입술을 다물었다. 둘은 옛날에 산책하던 것처럼 종로와 청계천을, 남산과 명동을 걸었다. 유행하던 음악들과 노래방에서 자주 부르던 노래를, 전주 한 마디만 들어도 90년대 중반으로 순간 이동하는 노래를 부끄러운 줄도 모르고 흥얼거리며 걸었다. 걷다가 그들이 들르곤 했던 레코드 가게와 극장이 사라진 것을 발견했다. 혜성은 수첩에 적어놓은 카페와 식당의 위치를 순정의 스마트폰으로 검색해달라고 했다. 순정이 어디냐고 물었지만 혜성은 그냥, 이라고만 대답했다. 아무리 검색을 해봐도 지도에는 단 한 곳도 검색되지 않았다. 오래전의 글이었으므로 그럴 만도 했다.

혜성은 작가와의 대화가 열리는 갤러리가 을지로에 있다는 것이 마음에 걸렸다. 그녀의 집이 있던 곳이 을지로와 청계천로 사이였는데, 사고 후 동네를 떠나고는 한 번도 가지 않았다. 외출할 때마다 갤러리의 위치를 미리 확인하고 싶었으나 옛 동네 근처를 갈 엄두가 나지 않아 과연 그날 갤러리에 갈 수 있을지 걱정스러웠다. 그녀가 옛 동네에 다시 간 것은 계획된 일이 아니었다. 순정과 이야기를 나누며 걷다 보니 대로변에 병풍처럼 서 있는 인테리어 재료 상가가 눈에 들어왔다. 혼자 걷고 있었다면 가던 길을 되돌아왔겠지만 다행히 순정과 함께 있어 앞으로 걸어갈 수 있을 것 같았다. 생각만으로는 근처에 가기만 해도 서 있을 수 없을 것 같았는데, 동네가 너무 많이 변해서인지 오랜 시간이 흘러서인지 아무 느낌이 없었다. 상가의 뒤편에 있던 골목과 크고 작은 집들이 모두 사라진 채, 대형 빌딩 말고는 아무것도 없는 곳이 되어 있었다. 순정은 혜성에게 집이 있던 자리를 알겠냐고 물었다. 혜성은 빌딩 사이를 이리저리 두리번거리며 걸어 다니다가, 한 빌딩의 주차장 진입로에 멈춰 서서 여기쯤이라고 말했다. 혜성은 정원에 섰을 때 보였던 남산과 인왕산, 상가의 모양을 기억하고 있었다. 그 자리에는 아름다웠던 그녀의 집도, 불타버린 흔적도 남아 있지 않았다. 혜성은 그것이 슬프지 않고 오히려 위안을 주는 것 같아 이상한 기분이 들었다.

강연이 열리는 갤러리는 을지로의 한 상가를 리모델링한 곳이었다. 그날 혜성은 외출을 위해 평소와 달리 많은 준비를 했다. 두 벌 있는 외출복 중, 비교적 덜 낡은 카키색 셔츠와 검은 바지를 다려 입었다. 부스스한 단발머리를 반머리로 묶고, 작년에 산 검은색 샌들을 신었다. 혜성이 잠자의 작가와의 대화에 간다고 하자 순정은 그게 누구인지 기억도 못 하면서도 함께 가겠다고 했다. 그사이 너무 많은 전시를 보고 그림을 사서 누가 누구인지 헷갈린다며 웃었다. 그동안 잠자에 대해 아무 말 하지 않았던 혜성은 갤러리로 가는 내내 그가 어떤 사람인지, 그가 어떤 작품을 그렸는지, 그가 좋아하는 것이 무엇인지 신이 나서 떠들었다. 순정은 혜성의 말이 많아진 것이 신기해 왜 그러는 거냐고 물었다. 혜성은 마음을 숨길 수 없었다. 그동안 그의 블로그를 읽고 알게 된 것들, 그가 자신을 사랑한 적이 있다는 것을 이야기해주었다. 혜성은 태어나서 이런 기분은 처음이라고, 누군가를 끊임없이 생각하고, 그 사람으로 가득한 건 처음이라고, 이런 말을 해본 것도 처음인 것 같다며 웃었다. 순정은 평소와 달리 자신의 마음을 솔직하게 말하는 혜성을 보고 이제야 다시 그녀를 만난 듯한 기분이 들어 행여 자신의 말이 그녀를 멈추게 할까 봐 말없이 듣기만 했다.

갤러리에 들어서서도 혜성은 들뜬 채 말을 멈추지 않았고, 큐레이터가 앞에 나와 인사를 시작한 뒤에야 황급히 입을 다물었다. 혜성은 교실 안팎을 두리번거리며 잠자가 누구인지 찾아보려 했지만 열댓 명 정도 되는 사람들이 작가를 기다리고 있을 뿐이었고, 그는 아직 도착하지 않은 것 같았다. 큐레이터가 작가를 소개하자 앞에 앉아 있던 굵은 웨이브가 진 긴 머리의 중년 여성이 앞으로 나갔다. 작가가 자신을 '잠자'라고 소개하고, 인사를 했음에도 혜성은 상황 파악을 하지 못했다. 작가는 '잠자'를 자신이 만든 가상의 인물이며, 자신의 작업하는 자아이기도 하다고 했다. 그녀는 '잠자'라는 인물과 그의 스토리를 소개했고, 그녀가 그 이름으로 블로그와 인스타그램, 페이스북을 동시에 운영하고 있다고 했다. '잠자'를 이루고 있는 모든 것이 그녀의 작업이라고 했다. 순정은 웃고 있던 혜성의 얼굴이 당혹스러운 표정으로 변하는 것을 보았다. 혜성은 그녀의 강의를 들으며 블로그에서 읽었던 이야기들이 그대로 그녀의 입에서 나오고 있음을 알았고, 그녀가 누구도 아닌 '잠자'인 동시에 '잠자'가 아니라는 것을 깨달았다. 혜성은 '잠자'의 모든 것이 픽션인지, 그중 하나는 진실이 아닌지 묻고 싶었으나 하나 마나 한 질문인 것 같아서 하지 않았다. 혜성이 잠자에게 하려고 마음 한가득 담아두었던 말들은 발화되지 못한 채 사그라들었다. 혜성은 사랑 고백을 하기도 전에 거절당한 사람처럼 슬프고 부끄러웠다. 그녀가 여자여도, 혹은 사람이 아니어도 괜찮았지만 그 모든 게 픽션일 뿐이었다는 사실이 마음 아팠다. 혜성은 사소한 계기로 쉽게 동요하는 자신이 우스웠고, 오랜 시간 담담한 마음을 유지하며 살아왔다고 믿고 마치 구도자인 양 허세를 떤 것 같아 부끄러웠다. 한순간에 이렇게 된 마음을 다시 가라앉힐 수 있을지도 알 수 없었다. 집으로 돌아가는 내내 혜성은 아무 말 하지 않았다.

저녁을 먹고 치우는 동안 아무 말 하지 않던 혜성은 잠자리에 누워서야 입을 열었다.

"누군가에게 사랑을 받았다고 생각한 것도, 사랑으로 가득 찼던 것도 처음인 것 같았어. 한동안 그 생각으로 좋았는데 왠지 우습네. 생각해보면 나한테 그런 날은 없었던 것 같아."

혜성은 지금 캄캄한 방바닥에 혼자 누워 있지만 2층 침대에서 그녀의 말을 들어주는 순정이 있어 다행이라는 생각을 했다.

"그런 날이 왜 없었겠어? 나는 분명히 기억하는데."

순정은 사랑으로 가득했던 날이 혜성에게 분명히 있었다고 담담하게 말했다. 순정은 경훈을 기억하고 있었다. 그들이 어학원에 다닐 때만 해도 경훈은 혜성의 동아리 친구였을 뿐, 연인은 아니었다. 그는 입대를 앞두고 휴학 중에 이벤트 회사에서 아르바이트를 했다. 그가 하는 일은 내레이터 모델들을 일하는 장소까지 데려다주고 끝나면 짐을 챙겨 회사로 돌아오는 일이어서 늘 승합차를 몰고 다녔다. 퇴근 후 그는 자주 혜성이 있는 곳이면 어디든 회사 차를 끌고 찾아가곤 했다. 순정은 혜성과 있으면 자꾸 끼어드는 그가 귀찮았던 적도 있었고, 둘 사이에 괜히 자신이 끼어 있는 듯한 불편함을 느끼기도 했기에 그때를 정확히 기억하고 있었다. 멀대같이 키만 큰 경훈이 들뜬 얼굴로 나타나면 귀찮게 왜 자꾸 오냐고 툴툴거리면서도 환하게 웃던 혜성의 모습을 기억한다. 경훈은 늦게 차를 몰고 그녀가 원하는 풍경 속에 데려다 놓았다가 아침에 집 앞에 내려주곤 했다. 혜성은 경훈을 먼 곳으로

데려다주는 사람이라고 했다. 순정도 여러 번 그들과 함께 밤 드라이
브를 가 강변에서 불꽃놀이를 한 적이 있었다. 그날의 불꽃과 음악과
춤을, 혜성과 경훈을 감싸고 있던 온기를 순정은 기억하고 있었다.

"그때 경훈이랑 자주 했던 불꽃놀이 기억나? 우리 음악 틀어놓고 춤
추고 굴러다녔잖아. 그날을 기억해봐."

혜성은 그런 날이 자신에게 있었다는 것을 까맣게 잊고 있었다. 울
고 웃고 흥에 겨워 춤추던 일들이 전생의 기억처럼 느껴졌다. 혜성은
그때의 자신에게도, 그 이후의 자신에게도 그런 마음들이 있었다는 것
을, 긴 세월 아무리 도려내버리려 노력했음에도 자신의 고통이 그 자
리에 살아 있듯 사랑 또한 그 자리에 살아 있음을 생각했다. 모든 것이
사라지고 흔적도 남지 않았지만, 그것이 분명 있었다는 사실만은 변함
없음을 혜성도 알고 있었다. ▪

어제의 일들

1

　어제는 경찰이 주차장으로 찾아왔다. 아침 식사 전, 티타임을 가지려던 차였다.

　주차장은 대로를 향해 정문이 난 빌딩들의 뒤편에 딱 붙어 있는 데다 곧 부서질 건물들이 둘러싸고 있어 좀처럼 해가 들지 않았다. 주차장이 그늘에서 벗어나는 시간은 이른 아침 잠깐과 해가 머리 위에 있을 때뿐이었다. 주차장은 내가 직접 심거나 어디선가 날아와 뿌리를 내린 식물들로 둘러져 있었다. 이른 아침 햇빛이 빌딩 사이를 비집고 들어오는 짧은 순간, 주차장은 햇빛 가득한 정원이 되었다. 나는 그 시간을 사랑했다. 나는 커피 한 잔을 타 들고 부스 밖으로 의자를 들고 나와 앉아 햇빛을 쬈다. 떠돌이 고양이 한 마리와 비둘기 두 마리가 햇빛을 찾아 들어와 한적한 풍경을 완성시켜주었다. 모든 게 제자리에 있었고, 아무도 찾아오지 않았으므로 행복했다.

경찰차가 주차장 안으로 들어섰다. 고양이와 비둘기는 재빨리 달아나버렸고 조용한 풍경은 무참히도 깨어져버렸다. 경찰은 영업을 하는지 물었다. 내가 그렇다고 하며 요금을 받아야 할지 고민하고 있는데 그가 신분증을 보여달라고 했다. 내가 여기에 없다고 하자 장애인등록증도 괜찮다고 했다. 장애인이라는 말을 들으니 정신이 번쩍 들었다. 도무지 말을 듣지 않는 내 몸뚱어리를 보면 그 말도 맞는 것 같은데, 장애인이라는 말에 대해서 생각해본 적도 없고 등록을 해야 하는지도 몰랐기에 등록증 같은 건 없었다. 내가 빨리 대답을 하지 않자, 경찰은 귀가 먹먹하도록 소리를 질렀다.

"장, 애, 인, 등, 록, 증, 이, 요. 알, 아, 듣, 겠, 어, 요?"

'없어요' 하고 쌀쌀맞게 대답하고 싶었지만, 내 입에서는 '업, 떠, 요' 하고 혀짜래기소리가 나올 뿐이었다. 경찰은 한숨을 푹 쉬더니 사장이 언제 오는지 물었다.

"안 오세요. 일은 다 내가 알아서 해요."

그는 내게 몇 시부터 몇 시까지 일하는지, 시간당 얼마를 받는지 물었다. 나는 부끄러울 게 없는 사람이므로 있는 그대로 말해주었다. 그는 고개를 절레절레 흔들며 사장의 연락처를 물었다. 내가 대답을 하지 않자 그는 답답하다는 듯 말했다.

"아줌마, 신고가 들어와서 그래요. 신, 고, 가. 알아들어요? 도와드릴 테니까 대답해요."

"괜찮아요. 아무 문제 없어요."

나는 신고라는 말에 가슴이 철렁했다. 경찰은 미심쩍은 눈으로 내

주민번호를 물었다. 그것쯤은 외우고 있었지만 모른다고 해버렸다. 경찰은 부스 안을 흘끔거리더니 말했다.

"여기서 사는 거예요?"

"여기는 사무실이에요. 나도 집 있어요."

일어나자마자 간이침대를 접어놓기를 잘했다 싶었다. 내가 부스에서 거의 살다시피 하지만 거짓말을 한 건 아니었다. 자주 가지는 않아도 살림살이가 있는 집이 따로 있었다. 그는 내 집 주소를 물었는데 난 그것도 못 외운다고 했다. 왠지 이야기하면 안 될 것 같기도 했고 사실 못 외우고 있기도 했다. 외우는 일은 정말 어려운데, 짐만 갖다 놓고 잘 들어가지도 않는 집의 주소까지 쓸데없이 외울 필요는 없었다.

"아줌마, 어차피 결국 다 알게 돼요. 그냥 얘기하면 편하겠구만 꼭 일을 두 번 시키네. 그 돈 받고 그렇게 오래 일 안 해도 돼요. 도와준다니까요."

"내가 하고 싶어서 하는 일이에요. 안 도와줘도 돼요."

경찰은 어슬렁거리며 주변을 살피더니 주차장 입구에 쌓여 있는 쓰레기를 가리키며 짜증스러운 말투로 말했다.

"아줌마가 하고 싶어서 하는 거라도 사장이 벌받아요. 그리고, 저기 쌓인 쓰레기 치우세요. 이렇게 쌓여 있으면 자꾸 버리고 간다고요. 아줌마가 여기 와서 좀 봐요. 여기가 어디 주차장 같아요? 쓰레기장이지. 냄새난다고 민원이 자꾸 들어온다고요. 아 진짜. 영업을 안 하면 문을 닫든지 해야지. 이게 무슨 민폐니까?"

그가 떠난 뒤에도 주차장을 가득 채우고 있던 햇빛은 한참 그 자리를 비추고 있었지만, 나는 식어버린 커피를 하수구에 흘려 버렸다. 조금 전까지도 그토록 아름다웠던 풍경이 황량하고 더럽게 느껴졌다. 주차장은 자동차 여섯 대가 겨우 들어갈 정도로 작은 데다 시멘트로 포장만 해놓았을 뿐 주차선도 그려져 있지 않아 유료 주차장이 아닌 공터 같았다. 양심 없는 인간들이 밤사이 입구에 쌓아놓은 쓰레기봉투들이 주차장 안쪽으로 밀려들어오고 있었고, 주차장 구석에는 바람이 몰고 들어온 나뭇잎과 종이 뭉치들이 굴러다녔다. 그것들은 내가 매일 아침마다 치워왔던 것이지만 유난히 더러운 오물처럼 느껴졌고, 바닥에 덕지덕지 말라붙은 허연 비둘기 똥 자국들을 보니 구역질까지 났다. 나도 주차장으로 굴러 들어온 쓰레기들과 다를 바 없다는 생각이 들었고, 부스 역시 누군가 버리고 간 폐가구와 다를 바 없어 보였다. 나아지려고 발버둥 쳤지만 결국 제자리로 돌아온 것 같아 서글펐다.

어머니가 이 자리에 주차장을 만든 후 7, 8년 정도는 호황이었다. 뒷골목이라 접근성이 좋지 않음에도 길 건너에 의류 도매상가와 재래시장이 있어 손님이 끊이지 않았다. 주차장이 부족했던 시절이라 차를 댈 자리를 못 찾은 손님들이 급하게 찾아들어오곤 해 공영 주차장의 두 배까지 올려 받아도 항상 만차였다. 재래시장이 재건축되고 의류 도매상가가 리모델링되면서 상가 주차장이 늘어났을 때만 해도 조금 귀찮더라도 돈을 아끼려는 사람들이 찾아오곤 해 큰 타격은 없었는데, 지난해 큰길에 고층 주차타워가 생긴 뒤부터는 손님이 완전히 끊겨버렸다. 주차장 문을 닫는다고 생각하면 입맛이 뚝 떨어졌다. 안 그래도 어머니가 자꾸만 주차장을 그만두고 싶다면서 내 갈 길을 가라고 하기에, 아직은 손님이 든다고 거짓말을 하며 내 돈으로 매상을 채우고 있던 차였다. 그런데 도대체 어떤 인간이 신고를 했을까. 혹시 내가 기억하지 못하는 일이 있었던가 싶어 노트를 뒤적여보았지만 오랫동안 아무 일도 없었다. 심지어 거의 매일 찾아오던 율희도 발을 끊은 지 오래되었다.

2

어제도 율희가 찾아왔다. 또 자신에게 필요 없는 물건이라고 하며 선물을 들고 왔다. 차에서 내린 그녀의 손에 백화점 쇼핑백이 들려 있는 것을 본 순간, 나는 머리가 터질 것처럼 화가 났다. 그렇게 화가 난 것은 성인이 된 이후 처음이었던 것 같았는데, 도저히 그것을 가라앉힐 수가 없어 책상에 이마를 꽝꽝 내리쳤다. 머리가 깨질 듯 아파오고서야 비로소 그 통증 때문에 화를 삭일 수가 있었다. 율희는 부스 밖에서 나를 들여다보고 있다가 내가 행동을 멈추자 쇼핑백을 건넸다. 영문을 모르겠다는 표정의 얼굴을 보자 사그라들었던 화가 다시 솟구쳤다.

그녀를 다시 만난 것은 여름이 시작될 무렵이었다. 두 달 만에 처음 든 손님이었던 그녀는 일방통행로로 잘못 들어섰다가 온 동네를 뱅글뱅글 돌아 겨우 주차장을 찾았다며 투덜거렸다. 자동차 키를 맡기고 나갔을 때까지만 해도 우리는 서로를 알아보지 못했다. 나는 어두운 부스 안에 앉아 있었고, 그녀의 얼굴은 반 이상이 선글라스로 덮여 있었다. 그녀는 요금을 정산할 때 내 목소리가 귀에 익어서 유심히 살펴보았다고 했다. 그때 난 내가 무슨 실수를 해 그녀가 노려보는 줄 알고 가슴이 두근거렸다. 주차된 차가 한 대뿐이었으니 차 넘버를 착각한 것도 아니었고, 계산기를 다시 두드려봐도 틀리지 않았다. 혹시 자동차 키를 빨리 안 내줘서 그런 건가 싶어 슬그머니 그녀 앞에 내놓았다. 그녀는 내 이름과 내가 나온 중고등학교 이름을 말하더니 맞냐고 물었다. 내가 고개를 끄덕이자 자기가 누구인지 밝히지도 않고 호들갑스럽게 소리를 질러대며 내 두 손을 잡고 위아래로 흔들며 말했다.

"어머, 상현아, 상현아. 그래, 상현이었어. 내가 못 알아볼 리가 없지. 목소리만 들어도 알지. 정말 상현이가 맞구나. 그동안 어떻게 지냈고? 잘 지냈어?"

그녀가 선글라스를 벗어 얼굴을 보여주었는데, 내가 전혀 모르는 사람이었다. 알은체하지 않고 멀뚱히 바라보자 그녀는 이름을 말하면 내가 기억할 거라는 듯 말했다.

"나야, 나. 율희잖아. 정말 못 알아보겠어?"

난 그녀의 이름을 제대로 알아듣지 못하고 유리, 하고 따라 해보았다. 그녀는 유리가 아니고 율희라고 몇 번 고쳐 말했는데, 유리건 율희건 간에 처음 듣는 이름인 건 마찬가지였다.

"유, 디, 가 아니고 율히, 율, 히."

입 속에서 덜그럭거리는 이름을 몇 번 따라 불러보다가 입술 밖으로 침이 흘러내릴 것 같아 그만두었다. 입 속을 한가득 채운 뻣뻣한 혀가 내 것 같지 않았다. 내 것 같지 않은 건 혀뿐이 아니라 머리 또한 마찬가지였다. 아무리 머리를 쥐어짜봐도 누구인지 도통 기억해낼 수가 없었다. 율희는 우리가 중고등학교 시절 같은 학교를 다녔던 단짝 친구였다고 알려주었다. 내게 친구가 있었다니 당황스러웠다. 친구가 있었다면 20년 가까운 세월 동안 한 번도 나를 찾지 않았을 리가 없었다. 내가 기억을 전혀 하지 못하자 그녀는 내가 몇 반이었고 내 담임의 이름이 무엇이었는지, 내가 반장 혹은 부반장을 언제 했는지, 그때 우리가 얼마나 가까운 사이였는지 이야기했다. 그녀가 이야기하는 사실들은 틀리지 않았지만 나의 친구였다는 말은 믿을 수가 없었다. 그 마음이 전해졌는지 그녀는 내가 조부모, 고모와 함께 살았다는 것과 나의 할머니가 콩가루를 섞어 반죽한 칼국수를 맛있게 끓이곤 했다고 이야기했다. 또, 나의 할아버지가 근처 남자 고등학교의 교장으로 일하다가 정년퇴직을 한 사실과 할아버지의 서재를 한가득 채우고 있던 서가와 커다랗고 묵직해 보였던 마호가니 책상도 기억했다. 할아버지가 코끝에 걸친 금테 돋보기 너머로 확대된 커다란 눈을 굴리며 '넌 누구냐. 어른을 봤으면 자동으로 허리를 접어야지' 했을 때 호랑이 앞에 선 것처럼 숨이 막혔다고 이야기했다. 그리고 그 시절이 끝나갈 무렵 내게 있었던 추락 사고에 대해 이야기하다가 말끝을 흐렸다. 그녀가 할아버지의 표정과 카랑카랑한 목소리와 고압적이지만 유머러스한 말투를 그대로 흉내 내었을 때, 비로소 내 기억에서 그녀가 누락되어 있다는 것을 알았다. 새로운 것을 잘 기억 못 하지만 사고 이전의 일들만큼은 확실히 기억하고 있다고 생각했는데, 그것도 아니었던 거다. 그동안 옛날 일을 온전히 기억하고 있는지 확인할 방법이 없었을 뿐이었다.

"미안해, 기억을 잘 못 해. 내가, 그렇게 됐어."

나는 그녀를 세워둔 것이 미안해져 부스 밖으로 나가 접이의자를 펼쳐주었다. 내 왼쪽 다리는 평소보다 더 말을 듣지 않고 심하게 절룩거렸고 왼쪽 팔은 부들부들 떨렸다. 율희는 내가 펴놓은 의자에 나를 앉히며 말했다.

"에휴, 어떻게 이 지경이 됐니."

이런 몸으로 오래 살다 보니 내 몸이 남에게 어떻게 보이는지 신경 쓰지 않게 되었다. 그런데 그녀의 말을 듣자, 오래된 부끄러움들이 한꺼번에 몰려오는 것 같았다.

율희는 그날 이후부터 아침 일찍 남편과 딸을 배웅하자마자 나를 찾아왔다. 너무 덥거나 비가 많이 오는 날을 제외하고 거의 매일 찾아온 것 같다. 나는 매번 그녀를 알아보지 못했다. 헤어지는 순간부터 그녀의 얼굴과 이름은 서서히 흐려지기 시작했고, 다음 날 아침이 되면 머릿속에서 거의 지워져 있었다. 처음 며칠은 그녀의 차가 주차장으로 들어오면 오랜만에 들어온 손님인 줄 알고 인사를 했다. 그녀는 기억하지도 알아보지도 못하는 나에게 섭섭하다고 했지만 나로서는 어쩔 수 없었다. 그녀를 만날 때마다 노트에 그녀의 이름을 쓰고, 얼굴을 그렸다. 그녀가 했던 이야기를 받아 적고 그녀가 돌아간 뒤 다시 그것을 소리 내어 읽었다. 이것은 주차장에서 일을 시작하고 생긴 습관이었다. 주차장에서 한 일은 자동차 키를 받고, 장부에 자동차 넘버와 입·출차 시간을 적고, 간단한 계산을 하는 정도였다. 가장 큰 걱정은 계산할 때 실수를 하지 않을까 하는 것이었는데, 시간이 조금 걸리는 것 말고는 괜찮았다. 그런데 차주의 얼굴을 기억하지 못해 엉뚱한 사람에게 자동차 키를 내어주는 실수를 저질렀다. 그 이후 자동차를 도둑맞게 될 것 같은 불안감 때문에 노트를 한 권 사서 메모를 시작했다. 자동차 넘버를 적고, 자동차 심벌을 그리고, 차주의 얼굴을 그렸다. 메모를 통해 기억력을 되찾을 수 있을 거라 생각했는데 큰 효과는 없었고, 그림 실력만 조금 늘었을 뿐이었다. 기억력을 되찾는 것은 실패했지만 노트가 기억을 보완해주기도 하고 그렇게 계속 쓰고 그리다 보면 결국에 가서는 단골손님 한둘쯤은 기억할 수 있게 되었다. 나는 일주일 정도 지나자 노트를 뒤적이지 않고도 그녀의 얼굴과 이름, 그녀의 자동차 차종과 넘버를 기억할 수 있었다. 그렇게 빨리 기억하게 된 데는 그녀의 선물이 한몫했다.

그녀의 선물은 캔 커피나 빵 같은 간식거리 정도에서 시작해 자신에게 더는 필요 없는 물건이라고는 하지만 새것으로 보이는 액세서리, 내게 맞는 구두나 옷 같은 물건들로 점점 규모가 커졌다. 나는 매번 사양했으나 그녀는 우리 사이에 자존심 같은 건 필요 없다며 받아두라고 했다. 나는 그 물건들을 받는 것도 거절하는 것도 견딜 수가 없었다. 예의상 사양하는 것도 아니었고 율희에게 빚지는 게 싫다거나 자존심이 상해서 그러는 것도 아니었다. 그것들이 필요 없었고, 필요도 없는 물건을 억지로 가져야만 하는 상황이 견딜 수 없이 싫었다. 내게 필요한 물건은 계절마다 입을 옷 서너 벌, 신발 두 켤레, 로션 정도였다. 어쩌다가 가지고 있는 물건과 같은 품목이 생기면 어머니나 동네 할머니에게 선물하거나 동사무소 재활용센터에 기부했다. 다 쓰고 나면 내 돈을 들여 새로 사야 할지언정 한꺼번에 여러 개를 쌓아놓는 것은 정말 싫었다. 나는 억지로 받은 선물을 버리거나 남에게 줄 수 없어서 쇼핑백에 담긴 그대로 책상 밑에 쌓아두었다. 그런 일이 몇 번 반복되고 나니 책상 밑은 쇼핑백으로 가득 차 발을 넣기가 힘들어졌다. 책상 밑에 가득한 쇼핑백을 보면 불편한 마음이 들었는데, 그로 인해 율희의 얼굴과 이름을 빨리 기억할 수 있었다.

나는 불편한 마음을 숨긴 채 반갑게 그녀를 맞아 의자를 꺼내놓고 커피를 타주곤 했다. 그녀는 마치 내 기억을 되돌려야 할 사명을 가진 사람처럼 옛이야기를 했고 나는 그 이야기들을 받아 적었다. 그녀는 내가 잊어버린 나를 아주 잘 알고 있었다. 나는 국사 선생님이 시험지 채점을 맡기고 밥을 먹으러 갈 정도로 정직한 아이였고, 도시락을 싸오지 못하는 아이에게 자신의 도시락을 내주었던 상냥한 아이였다. 그녀는 아이들과 선생님들이 나를 매우 좋아했다고 했는데, 나는 사춘기 내내 나를 괴롭혔던 소외감과 고립감을 분명히 기억하고 있었기에 그녀가 잘못 기억하고 있거나 나를 위해 거짓말을 하고 있다고 생각했다. 그것을 제외하면 그녀의 이야기들은 사고 직후 완전히 잊었다가 서서히 돌아와 제자리를 찾은 기억들과 거의 비슷했다. 그런데 이상하게도 내 기억 속에는 그녀가 없었다. 다른 것들은 기억하면서 그녀만 잊어버렸다는 사실을 들키게 되면 그녀가 섭섭해할 것 같아 옛일들이 거의 기억나지 않는다고 얼버무렸다.

그녀는 엄청나게 기억력이 좋은 것인지 거짓말을 잘하는 것인지 아주 사소한 것까지 기억하고 있었다. 그녀는 내가 그렸던 게을러빠진 풍경화에 대해 이야기했다. 붓을 빠는 것이 귀찮아서 울트라 마린과 비리디언, 번트 엄버를 붓마다 묻혀놓고 그 세 가지 색의 조합으로만 그렸던 탓에 채도가 낮아져 매우 음울해 보였던 수채화를 기억했다. 제대로 된 기억이 그렇게 구체적인 것이라면 나는 구멍이 숭숭 뚫린 기억만을 가지고 있을 뿐이라는 생각이 들었다. 어느 부분에 구멍이 뚫려 있는 것인지는 알 수 없는 노릇이었다. 처음에는 그녀와 나의 기억을 비교하면서 내가 잊고 있는 부분이 무엇인지 가늠해보았다. 계속 옛이야기를 듣다 보니 어떤 깨달음에 도달했다. 내가 기억하지 못하는, 그녀를 포함한 구멍들은 중요한 일들이 아니었기에 잊혔다는 생각이 들었다. 그것들은 이미 지나갔고, 나는 그것 없이도 잘 살아왔다. 아마 내가 머리를 다치지 않았다 하더라도 20년 이상 지난 지금쯤이면 잊었을 것들이었다. 그렇게 생각하니 더는 아무것도 궁금하지 않았다. 난 그녀가 이야기를 그만두었으면 좋겠다고 생각했으나 너무 열심이어서 말하지 못했다. 다만 더 이상은 그녀의 이야기를 받아 적지 않았고 귀 기울이지도 않았다.

내 마음이 어떻게 변했건 간에 그녀는 종일 떠들다가 딸이 학교에서 돌아오는 저녁이 다 되어서야 집으로 돌아가곤 했다. 그녀는 주차장에 너무 오래 머물렀고, 그로 인해 내 조용한 일상은 망가져버렸다. 그녀는 내가 자꾸 거절해야 하는 상황을 만들었다. 이야깃거리가 떨어질 때면 그녀는 나와 함께 맛집 순례를 하거나, 수영이나 아쿠아로빅을 하거나, 문화센터를 다니며 이것저것 배워보자고 했다. 문화센터의 미술치료나 글쓰기, 노래나 악기를 배우는 일이 나의 마음을 치료하는 데 많은 도움이 될 거라고 권유했다. 내 몸은 나으려야 나을 수가 없고, 마음은 이미 괜찮아졌다는 것을 율희는 모르는 것 같았다. 구구절절 말하는 것도 힘이 들어 아주 짧게, 주차장을 비울 수 없다고 거절했다. 그녀는 자기가 와 있는 동안 차가 들어오는 것을 전혀 본 적이 없는데 왜 주차장 영업을 계속하는 건지 이해가 안 간다고 했다. 그녀는 내가 주차장의 좁은 부스에 매여 있어서 상태가 더 나빠지는 것 같다며 다른 직장으로 옮겨보라고 했다. 나는 내 인생의 반가량을 보낸 이곳에서 벗어날 생각이 없었다. 일흔을 훌쩍 넘긴 어머니가 자꾸 주차장을 그만두고 싶어 해 말리고 있는 참인데, 내가 자리를 자꾸만 비우게 되면 정말 주차장은 텃밭으로 갈아엎어질지도 모르는 일이다. 번번이 여러 가지 거절을 해야 하는 나는 늘 불편하고 화가 났다.

그래서 나는 어제 기어이 율희의 쇼핑백을 받아 들지 않았다. 그녀는 계속 나를 향해 쇼핑백을 내민 채로 서 있었다. 이제 자리가 없으니 그만두라고, 반쯤은 소리를 질렀다. 그녀는 개의치 않는다는 듯 쇼핑백 안에 든 선물을 직접 꺼내 포장을 뜯었다. 그 안에는 내가 읽지 못하는 외국어가 쓰인 화장품 세트가 들어 있었는데, 처음 본 것이지만 한눈에도 고가의 물건으로 보였다.

"마흔 살쯤 되면 좋은 걸 써야 돼. 얼굴 쭈글쭈글한 거 봐라. 아무리니가 이런 처지라도 그렇게 살지 마."

"아니야. 정말 괜찮다니까. 나갈 일도 없어."

"괜찮긴 뭐가 괜찮아. 자존심 세우지 말고 그냥 받아둬. 결혼은 해보고 죽어야지. 계속 이 꼴이면 아무도 너 안 데려가. 혼자 살다 시체로 발견될걸?"

율희는 신발이나 옷 같은 다른 선물을 주면서도 그런 식으로 말을 했는데 어제는 나의 확고한 거절 때문이었는지 한층 더 독한 말을 내뱉었다. 그러자 오래전에 그녀가 뱉어낸 말들이 부옇게 덮여 있던 안개를 갑작스럽게 헤치고 우르르 뒤따라 나와 내 가슴팍을 툭툭 치고 지나갔다. 중학교 시절 나는 점심을 늘 혼자 먹곤 했는데, 다른 반이었던 그녀가 찾아와 말했다. '어머, 불쌍하게 밥을 혼자 먹네. 어떻게 아무도 너랑 안 먹어주니? 걱정 마. 이제 내가 같이 먹어줄게.' 나는 밥을 혼자 먹는 것이 불편하거나 부끄럽다고 생각하지 않았는데, 그 말을 듣는 순간 비참해져 울고 싶어졌다. 나는 그때의 기억이 나 기분이 나빠졌다. 어떻게 이야기하면 이런 필요 없는 호의를 그만둘지 알 수 없었다.

"나는 지금이 딱 좋아. 가족도 있고, 친구도 있고, 이웃도 있어. 내 몫의 일도 있으니까 난 여기서 혼자 늙어 죽어도 좋아. 그리고 네가 준 선물은 정말 필요 없어서 그러는 거야. 둘 데도 없어."

나는 그녀가 기분 나빠 할 거라 생각했는데, 그녀는 아무 이야기도 듣지 않은 사람처럼 입가에 미소를 띤 그대로였다. 그녀의 표정은 쇼핑백으로 가득 찬 책상 밑에 발을 억지로 구겨 넣을 때처럼 답답하고 불편한 마음이 들게 했다.

"으이구, 알았다 알았어. 그래도 이건 넣어둬. 얼마나 쥐구멍만 하기에 둘 데가 없다고 해?"

그녀는 부스 문을 열고 안으로 쑥 들어왔다. 그녀는 부스 안이 생각보다 넓고 없는 게 없다고 감탄하며 둘 곳도 많은데 엄살 부린다고 등을 쿡 찔렀다. 쇼핑백들이 그대로 책상 밑에 처박혀 있는 것을 본 그녀가 한숨을 쉬었으나 표정은 그대로였다. 그녀는 책상 앞쪽 벽에 붙여놓은 내 그림들을 보았다. 건조시키기 위해 붙여놓은 세 장의 그림은 바싹 말라 있었다. 다음 장을 그려야 했지만, 그녀를 다시 만난 후 그릴 시간이 나지 않았다.

"네가 그린 거야?"

난 고개를 끄덕이며 책을 꺼내 건넸다. 그것은 내가 9년 전 그림책 공모전에 당선되어 처음 낸 그림책이었다. 그녀는 그것을 들춰보더니 다시 제자리에 꽂았다. 그 옆에 꽂힌 두 권의 책에 내 이름이 쓰여 있는 것을 못 보았는지 더 꺼내보지는 않았다.

"이 꼴로 살면서 뭘 믿고 그렇게 자존심을 세우나 했더니 믿는 구석이 있었구나. 나 같은 사람이랑은 뭣도 같이 하기 싫다는 거였네. 넌 어렸을 때부터 그랬어. 남의 호의를 쉽게 거절하고, 밀어내고, 사람을 참 비참하게 만들었어. 그러니까 친구가 없었던 거야. 너는 기억 못 하겠지만, 상처받을까 봐 말 안 하려고 했는데, 너 따돌림 좀 당했어."

"나도 알아. 안 그랬으면 내가 왜 이렇게 됐겠니?"

그녀는 어이없다는 듯, 나를 한 번 쳐다보더니 책상 밑의 쇼핑백을 모두 꺼내 차에 실었다. 그러고는 뒤도 돌아보지 않고 돌아갔다. 주차장은 예전의 평온함을 되찾았다. 내가 나쁜 사람이 된 것 같은 기분이 들었지만, 모처럼 혼자인 시간을 즐기며 그녀가 다시 오지 않기를 바랐다.

3

어제는 의진 부부가 찾아왔다. 의진은 치킨을, 상혁은 맥주를 사 들고 주차장으로 각자 퇴근했다. 모처럼 주차장에 두 대의 차가 서 있어서 마음이 흡족했다. 의진은 내가 태어나서 처음 사귄 친구다. 적어도 율희를 다시 만나기 전까지는 그녀가 유일하다고 생각했다.

그녀와 나를 엮어준 것은 나의 불운이었다. 내가 사고를 당하는 불운이 없었다면 머리를 다치는 일도 없었을 것이고, 이 정도로 머리가 나빠지지는 않았을 것이다. 그랬다면 주차장 같은 곳에서 일하지 않았을 거고, 노트에 메모를 그렇게 열심히 하지도 않았을 것이다. 아마 노트에 메모를 하지 않았다면 결코 그림을 그릴 수 없었을 것이다. 내가 그린 그림이 그녀를 이곳으로 데려왔고, 그녀와 친구가 된 것은 내 인생에서 얼마 되지 않는 행운이었다. 처음에 불운이라고 생각했던 것이 훗날 행운으로 변한 것이 꽤 있는 걸 보면, 살아 있는 게 다행이라는 생각이 들었다.

멀쩡하게 장사가 잘되던 주차장의 손님이 눈에 띄게 줄어들어갈 때, 어머니는 맑은 날도 흐린 날도 있는 거라며 괜찮다고 했지만 나는 내가 불운을 몰고 다녀 그렇게 된 것 같아 급여를 받는 것도 미안해졌다. 그때부터 늦은 시간에 들어오는 손님까지 놓치지 않으려고 퇴근하지 않고 주차장에서 지냈다. 딱히 할 일도 없고 멍하게 있는 것이 싫어서 주로 외울 것들을 메모하던 노트에 다른 것들을 쓰고 그렸다. 내가 기억하는 옛일들, 가족들과의 추억, 내가 잘못한 일이나 잘한 일, 나를 이렇게 몰고 온 것들, 가족들에게 하고 싶은 말 같은 것들을 적어두고 옆에 그림을 그렸다. 새벽 시장의 손님이 완전히 끊기고 밤 시간이 온전히 내 것이 된 뒤에는 물감과 종이를 사서 본격적으로 그림을 그렸다. 날마다 그린 작은 그림들은 빠른 속도로 쌓였는데, 어머니는 그것을 그냥 버리기 아까워해 아버지의 세탁소 벽에 붙여놓고 자랑하곤 했다. 그것을 본 이웃들은 그냥 썩히기 아까운 솜씨라며 내가 뭐를 어떻게 해서든 무엇이라도 되기를 바랐지만 그 '뭐'나 '어떻게'나 '무엇'이 무엇인지 알 수 없었다. 한 젊은 여자 손님이 그림책 공모전이 있다는 것을 알려주기 전까지 나도 내가 무엇을 할 수 있을지 전혀 감을 잡지 못했다. 나는 처치 곤란한 그림들을 모아서 공모전에 응모하기 시작했는데 번번이 떨어졌다. 당선될 거라고 생각했던 것도 아니고 딱히 다른 할 일이 있는 것도 아니어서 포기하지 않고 연례행사처럼 응모하곤 했다.

의진은 내가 응모했던 원고를 들고 나를 찾아왔다. 연락처가 없어 주소를 보고 찾아왔다고 하기에 당선이 되면 으레 그러는 줄 알고 혼자 좋아했다. 의진은 공모전을 개최한 출판사의 담당 직원이었던 상혁의 여자 친구일 뿐이었고 사적인 방문이었다. 그녀는 내 원고를 우연히 보았는데 그림이 마음에 들어 나를 꼭 만나고 싶었다고 하며 명함을 건넸다. 그녀는 대안 공간의 큐레이터로 서양화를 전공했다가 적성에 맞지 않아 미술이론으로 석사 학위를 받은 지 얼마 안 되었다고 자신을 소개했다. 큐레이터, 전공, 대학원, 석사 이런 말들은 입에 올려본 적조차 없었던 것들이었기에 그녀가 나와는 다른 부류로 여겨져 위축되었다. 의진이 훗날 말하길 상혁이 내 그림을 보여주며, 매년 조금 이상한 원고를 몇 편씩 내는 사람이 있는데 왠지 무섭다고 했다고 한다. 그도 그럴 것이 그때는 어떻게 이야기를 만들고 어떻게 글을 써야 하는지 전혀 몰랐다. 이미 그려놓은 그림들을 붙여 이야기를 만들기도 했고, 이야기를 만들어 그림을 그리기도 했는데, 끝도 시작도 없는 이야기들이었다. 게다가 그때는 나를 이렇게 만든 것들과 나 자신을 원망하는 마음이 엄청나게 컸으니, 그게 드러난 그림들이 무섭게 느껴질 만도 했다. 그녀가 본 원고는 자신이 물고기라고 생각하는 소녀가 원래 자신이 무엇이었고 왜 그런 이상한 생각을 하게 되었는지 알아가다가 결국 강으로 뛰어들어 물고기가 되는 이야기였다. 아동용 그림책에 맞지 않는 기괴한 내용이었음에도 에메랄드빛 강을 배경으로 한 몽환적인 수채화가 인상적이어서 나를 찾아왔다고 했다. 그녀는 다른 그림을 볼 수 있는지 물었다. 그림은 넘치도록 많았으므로, 책상 밑에 쌓인 그림들을 꺼내 보여주었다. 그녀는 자리를 잡고 앉아 그림들을 찬찬히 들여다보더니 다른 방식으로 글을 써보면 좋은 결과를 얻을 수 있을 것 같다고 말했다. 의진은 퇴근 후 가끔 나를 찾아와 그림과 이야기의 방향에 대해 이야기를 나누었다. 처음에 그녀는 내가 자기와 대화하기 싫어 딴짓을 하는 줄 알았는데, 그녀의 이야기를 잊지 않기 위해 받아 적고 있었다는 것을 알고 놀랐다. 자기를 매번 기억하지 못할 만큼 내 기억력이 좋지 않다는 사실에 놀랐고, 누군가가 자신의 이름과 얼굴을, 자신이 한 이야기를 잊지 않기 위해 노력하는 건 처음이라며 감동하기까지 했다.

결국 난 이듬해, 늘 응모하던 공모전에 당선되었다. 당선작이 출간되고, 의진이 다른 일러스트레이터들과 나를 묶어 그림책 원화전을 기획해 전시를 하기도 했다. 어머니는 내가 정말 한 사람 몫을 제대로 하게 되었다며 앞으로 완전히 다른 인생을 살 수 있을 거라고 기뻐했다. 그러나 나는 부스에 앉아 그림을 그리기 시작한 그 밤에 이미 이전과는 다른 세계로 진입했기에 더 달라질 것이 없다고 생각했다. 작가가 된 것은 그 결과일 뿐이었다. 나는 계속 주차장에서 일을 하고 그림을 그렸다. 어차피 살아가는 데 돈이 많이 드는 것도 아니었고 성공하고 싶은 생각도 없었기에 다른 것은 바라지도 않았다. 그동안 나는 상혁이 독립해 만든 출판사에서 두 권의 책을 더 냈다. 의진은 자기가 한일이 없다고 했지만, 내가 쓰는 이야기가 써도 될 만한 내용인지, 말이되기는 하는 건지 봐주었고 팬 블로그도 운영했다. 블로그에 내 책에관한 이야기, 일러스트와 짧은 글, 책의 리뷰 같은 것들을 간간이 올렸고, 가끔은 작업 근황에 대해 올리곤 했는데, 아주 많지는 않지만 고정적인 독자나 책 검색을 통해 들르는 사람들이 있다고 했다.

의진이 찾아온 이유는 얼마 전부터 블로그에 올라오기 시작한 악의적인 익명의 댓글 때문이었다. 나는 블로그가 무엇인지 잘 모르므로그것이 어떤 상황인지 이해되지 않았지만 그녀가 신경 쓰는 것 같아대수롭지 않게 말했다.

"지웠으면 되지 뭐."

그러나 지운 다음 날 그 자리에 똑같은 댓글이 달렸고, 다른 글에도하나씩 같은 댓글이 붙기 시작했다. 지워도 자꾸만 올라오는 것을 보면 누군가 악의적으로 하고 있는 일 같아 내가 알아두어야 할 것 같다고 하며 의진은 댓글을 보여주었다.

'거짓 이야기 만들지 말고 네가 저지른 나쁜 짓에 대한 반성문이나써라. 너에 대한 더러운 소문을 알고 있다.'

상혁도 그 비슷한 시기에 출판사 건의 게시판에 며칠에 걸쳐 반복적으로 나를 모함하는 글이 올라왔다고 했다. 블로그 댓글처럼 짧은글이 아니라 조금 긴 글이었다. 나와 중고등학교 동창임을 밝힌 독자가, 내가 중학교 시절부터 고등학교 때까지 유부남 미술 교사와 부적절한 관계를 지속했다고 했다. 그 소문이 퍼지게 되자 나는 따돌림을 당했고, 그로 인해 자살 기도를 했던 것이라고 써놓았다. 그 일로 교사는 구속되었다가 풀려나긴 했지만 해직되었고, 부인과도 이혼했다고 했다. 그리고 어린 나이에 한 가정을 파괴한 파렴치한 작가가 아이들을 대상으로 책을 쓰는 것도 역겹다며, 사실을 밝히고 조처하지 않으면 불매운동을 벌일 거라고 했다.

"그렇게 자세히 읽어줄 필요는 없잖아? 기분 나쁘게."

의진은 상혁이 무신경하다며 화를 냈다. 그들이 자꾸 툭탁거리는 것이 내 탓인 것 같아 나는 아무렇지도 않다고 했다. 사실 나는 그들의 말을 듣고도 그게 무슨 뜻인지 도통 이해가 가지 않았다. 더러운 소문, 부적절한 관계가 구체적으로 무엇이겠냐고 물으니 의진은 좀 난감해하면서 조심스럽게 말했다.

"뉘앙스로 봐선 섹스 스캔들을 말하는 것 같아. 말이 돼야 말이지. 중학생이면 애잖아."

나는 갑자기 웃음이 터져 나와 멈출 수가 없었다. 그 순간에는 40년 동안 남자 손도 한번 못 잡아본 나에게 건네는 더러운 농담이라고 생각했다.

"내가? 정말? 내가 그랬다고?"

나의 웃음에 안심이 되었는지 의진 부부도 따라 웃었다. 웃다 보니 어디선가 맡아본 냄새가 훅 끼쳐오는 것 같았다. 그것은 밖에서 오는 것이 아니라 내 몸속에 저장되어 있다가 피어오르면서 그 시절의 기억을 불러오는 냄새였다. 그 냄새는 따뜻하고 비릿한 체취였는데 부드럽고 포근한 느낌이었다. 그것은 선생님의 하얗고 갸름한 얼굴을 가까이 불러왔다. 그리고 그의 목덜미에 송골송골 맺힌 땀과 단단한 어깨,

넓은 등을 하나하나 되살렸다. 뺨에 와 닿던 그의 부드러운 손이 떠올랐을 때, 나는 더 이상 웃을 수가 없었다. 그의 다정했던 목소리와 그의 차 안에서 듣던 '들국화'의 노래가 귀에 들려오는 것 같았다. 마치 헤어진 옛사랑을 떠올릴 때처럼 마음이 설레고 아팠다. 차라리 기억에서 완전히 사라져버렸다면 마음이라도 편했을 텐데, 어설프게 떠오른 기억들 때문에 절대 그런 일을 한 적이 없다고 장담할 수 없었다. 나와 율희가 기억하는 것이 그렇게 다른데, 진짜 나는 또 얼마나 다른 사람이었는지 알 수가 없었다.

"같은 시기에 올라온 걸 보면 같은 사람인 것 같은데, 왜 그러는 걸까 싶어. 원한이 있는 사람처럼 그러는 게 영 마음에 걸려서 이야기해 두는 거야. 내용이야 뭐 말할 것도 없지. 마음에 담아두지 말아."

떠오른 기억을 의진에게 차마 이야기하지 못했지만, 그런 일을 한 적이 없다고도 말하지 못했다.

"사실 나도 잘 모르겠어. 기억 못 하는 건지도 모르고. 나를 믿을 수가 있어야지."

의진은 어이없다는 듯이 대답했다.

"내가 너를 10년 가까이 봤잖니? 너는 그런 사람이 아니야. 네가 살아온 세월 자체가 그걸 증명하고 있는데 뭔 소리? 너도 널 믿어. 이건 단순한 악플이야. 골치 아프니까 일단은 계속 지울 거야. 당신도 조처고 뭐고 간에 그냥 지워버려. 더 골치 아프게 하면 신고하자고."

의진은 내 노트를 펼치고 연필꽂이에서 마커 펜을 꺼냈다.

"너는 걱정 말고 그림이나 그리셔. 얼른 그리셔. 찝찝할 때마다 이거 펼쳐서 따라 읽어. 기억이 안 나면 외워."

'나는 그런 사람이 아니다.'

커다랗고 굵은 글씨로 노트에 꽉 차게 써놓았다. 그녀의 글씨는 동글동글하면서도 끝이 날렵해 경쾌한 느낌을 주었다. 그 문장을 경쾌하게 따라 읽어보려 했지만 입이 떨어지지 않았다. 나는 그 말을 믿을 수가 없었다.

4

어제는 옛집에 다녀왔다. 다녀온 것은 아니고 그냥 지나쳤다고 하는 게 맞겠다. 나는 율희의 차에 타고 있었고, 어딘가로 가는 길이었다. 율희가 오랜만에 찾아와 다짜고짜 차에 타라고 했다. 무엇 때문이냐고 묻자 그녀는 보조석 문을 열고 선 채로 나를 쳐다보며 말했다.

"오늘 일당은 내가 줄 테니 그냥 타. 선생님 소식이 궁금하다면서?"

그녀는 내가 전화를 해 물어봐놓고 또 잊었다며 타박을 했다. 나는 부스의 창을 내리고 문을 잠근 뒤, 그녀의 차에 올랐다. 나는 다급한 마음에 물었다.

"저기, 나, 미술 선생님이랑 이상한 소문이 있었다는데, 진짜야?"

"이상한 소문이 있었다는 게 진짜냐는 거야? 아님 그 이상한 내용이 진짜냐는 거야?"

"둘 다. 그때 나한테 이야기해준 적 없었지? 난 처음 알았어."

"아, 언제 적 이야길 하는 거야. 기억도 안 나. 소문이 한두 개 돌아다니는 것도 아니고, 그러다가 사라지는 거지, 그런 걸 아직까지 누가 기억하겠어."

"그 소문이 믿어져? 말이 된다고 생각해?"

"나야 뭐 둘 사이에 뭔 일이 있었는지 모르지. 소문이 어떻든 너만 아니면 되는 거 아니야? 그리고 그 변태 선생한테 한두 명 당한 게 아니야. 우리가 다 응징했으니까 신경 꺼."

나는 그녀의 말에 적잖이 당황했다. 그 선생님은 그런 사람이 아니었어, 라고 말하고 싶은 것을 간신히 참았다. 그녀가 말하는 우리가 누구인지 알 수 없어 물었지만 율희는 '있어'라는 말로 일관했다. 율희의 자동차는 큰길로 나갔다. 주차장에서 50미터만 나가면 큰길이었지만 오랫동안 그리 나갈 일이 없었다. 율희는 내가 묻는 말에 대답하지 않고 말을 돌렸다.

"저기 길 건너 시장에도 못 가봤지? 주차장 밖으로 나가본 적은 있니?"

율희는 친절한 말투로 말했지만 나는 조금 기분이 나빴다. 나도 시장 정도는 가보았다. 가족도 찾아오지 않는 나를 10개월간 보살펴준, 지금 내가 어머니라고 부르는 간병인을 따라서 동네에 들어왔던 날 그곳에 갔다. 병원에서 오는 길에 이불과 간단한 가재도구를 사기 위해 들렀던 시장은 헐겁게 들어선 나지막한 상가 건물들과 길바닥의 난전들로 뒤엉켜 복잡하고 더러웠다. 지나가는 오토바이와 짐꾼들이 다리를 절며 굼뜨게 걷는 내게 빨리 비키라고 소리를 질러댔고, 상인들은 가격만 묻고 지나가는 어머니의 뒤통수를 향해 재수없다고 악다구니를 썼다. 나는 아비규환의 세상에 맨몸뚱이로 내던져진 것 같아 슬프고 두려웠다. 어머니는 앞으로 이런 곳에 오지 말자고, 좋은 말만 듣고, 좋은 사람만 만나자고 하며 내 손을 꼭 쥐고 얼른 길을 건넜다. 그 뒤로 다시는 그곳에 가지 않았다. 길 건너편에는 멀리서도 한눈에 보이는 높은 빌딩과 아케이드가 있었고, 의류 쇼핑센터 옆에는 말로만 듣던 거대한 주차타워가 있었다. 줄을 서서 타워로 진입하는 자동차들의 꼬리 물기 때문에 그 일대의 교통이 매우 혼잡했다. 그 광경을 직접 보고 나니 이제 우리 주차장은 정말 끝난 게 맞다는 생각이 들었다. 복잡한 도심을 빠져나와 터널로 들어선 자동차는 한참을 달려 반대편의 출구에 도달했다. 율희는 내 옆쪽 창밖을 가리키며 말했다.

"저기가 너 살던 아파트야. 기억나?"

아파트는 지나간 세월만큼 허름해진 채로 그 자리에 있었는데, 그 동안 울창해진 나무들이 주변을 둘러싸고 있어 마치 뒷산의 일부가 된 것처럼 보였다. 나는 그 아파트에서 조부모님과 고모와 함께 살았다. 내가 그곳에 간 것은 세 살 무렵, 교통사고로 부모님을 한꺼번에 잃은 뒤였다. 조부모님과의 생활은 늘 조용했지만 소소한 즐거움이 있었다. 할아버지는 나를 도서관이나 서점에 데려가는 것을 좋아했다. 할아버지와 나란히 앉아 책을 읽다가 내가 모르는 것을 물으면 대답해주지 않고 도리어 내게 이상한 질문을 던졌다. 할아버지의 질문에 계속 답하다 보면 결국 내 질문의 답까지 도달하긴 했지만, 놀림을 당한 것 같아 뾰로통해지곤 했다. 달달한 간식을 사주면 금세 풀어져 헤헤거리는 나를 데리고 할아버지는 도심을 산책하며 옛이야기를 해주었다. 할머니는 계절이 바뀔 때면 나를 백화점으로 데려가 새로 나온 원피스와 속옷을 사주었다. 쇼핑이 끝나고 우리를 데리러 온 할아버지와 함께 백화점 식당가에서 일식 돈가스와 메밀국수를 먹고 새로 개봉한 가족 영화를 보거나 공원을 산책했다. 조부모님은 나와 함께 걷는 것을 좋아했다. 매일 이른 새벽마다 뒷산에 오를 때도 나를 데리고 가고 싶어 했지만 난 잠에 취해 일어나지 못했다. 아파트의 뒤편은 뒷산을 향해 있어 내 방이나 뒷베란다 창 앞에 서면 산책로로 이어지는 길이 보였다. 뒤늦게 잠에서 깨어 창밖을 내다보면 산책로를 걷던 할머니와 할아버지가 어느새 나를 향해 손을 흔들어주었던 것을 기억한다. 나는 어디에 있건 늘 할머니, 할아버지와 연결되어 있는 듯한 기분이 들었다. 그곳에서 보낸 시절은 내 인생에 다시없을 완벽한 시간이었으므로 잊을 리가 없었다. 결국 함께 뒷산을 한번 못 갔네, 하고 혼잣말을 삼키다가 결국이라는 말이 참 싫은 단어였구나, 하고 깨달았다.

"너희 집이 제일 바깥 동 5층이었잖아. 그런데 이제 와서 하는 이야기지만, 계속 궁금했어. 그때, 5층이란 거 생각 못 했어?"

"그때?"

"너 사고 쳤을 때 말이야. 이것도 기억 못 하려나? 이렇게 되는 걸 원한 건 아니었을 텐데. 정말 안됐어."

나는 그녀가 무엇을 묻고 있는지 이해했으나 나를 위로하는 건지 조롱하는 건지는 알 수 없었다. 고등학교 3학년이었던 나는 5월의 첫날 이른 아침, 속치마와 스타킹을 걷으러 뒷베란다에 나갔다가 학교를 안 갈 수 있을 뿐 아니라 고통을 근본적으로 끝낼 수 있는 간단한 방법을 떠올렸다. 방충망을 열고 속치마를 머리에 쓴 뒤 난간 밖으로 허리를 숙이는 것까지 순식간의 일이었다. 창밖은 아주 화창한 봄날이었고, 아파트 뒷마당에는 아무도 없었다. 언제고 죽을 거라면 그날이 딱 좋을 것 같았다. 깊은 생각 따위는 필요도 없었다. 내가 조금만 느렸더라면, 조금 덜 힘들었더라면 그곳이 5층이라 실패할지도 모른다는 생각을 했을 것이고, 아마도 그길로 엘리베이터를 타고 아파트 옥상으로 올라갔을 것이다. 옥상으로 올라가는 동안 마음이 바뀌어 다시 내려왔을 수도 있었을 테고, 올라갔다면 어쨌든 지금처럼 불편한 몸으로 살아 있지는 않았을 것이다. 한때 이런 몸으로 살아 있는 것이 저주스러웠던 적도 있었지만, 지금은 그렇지 않다. 어쨌건 살아 있으니 이곳에 다시 와보는 날도 있는 거 아닌가 하는 생각이 들었다. 나는 뭐라고 대답해야 할지 몰라, 응, 하고 대충 대답했는데 그녀가 딱히 대답을 원해서 물은 것 같지는 않았다.

"나는 이 동네에 진짜 오랜만에 와봐. 우리 부모님은 오래전에 이사하셨거든. 너희 가족들은 아직 여기 사시니?"

율희에게 사고 뒤 내가 집으로 다시 돌아가지 못했다는 말을 했는지 기억나지 않았지만 입에 올리기 싫어 대답하지 않았다.

"이런, 미안. 의절당했다고 했지."

율희는 뒤늦게 생각났다는 듯 말했다. 그 말을 듣고 나니 콘센트에서 플러그가 빠져 있는 것을 뒤늦게 발견한 듯한 기분이 들었다. 10개월 넘게 병원에 입원해 있는 동안 할머니는 한 번도 찾아오지 않았고, 할아버지는 단 한 번 찾아왔다. 일주일이 넘도록 의식이 없다가 정신을 차렸을 때 할아버지가 침대 옆에 앉아 있었다. 나는 그곳이 어디인지, 무슨 일로 누워 있는 건지 알 수가 없었다. 할아버지가 나를 향해 '죽을 용기로 살았어야지' 하고 울부짖는 것을 듣고서야 내가 큰일을 저질렀다는 것을 알았다. 기억이 돌아오지 않았던 데다가 아무 생각도 할 수 없었던 상태였지만 그 말이 틀림없이 틀렸다고 생각했다. 그것은 생각이 아니라 반사에 가까웠다. 분 단위, 초 단위로 용기를 쥐어짜며 삶을 버티는 것과 한 번의 용기로 모든 것을 끝내버리는 것을 등가로 놓는 건 말이 안 된다고 생각했다. 내가 왜 그런 슬픈 생각을 하게 되었는지는 전혀 기억나지 않았다. 멍청하게 바라보는 나를 보며 울던 할아버지는 병실을 나갔고 다시는 찾아오지 않았다. 퇴원할 때 찾아온 사람은 고모뿐이었다. 고모는 내 옷가지 등속을 담아 온 커다란 캐리어를 건넸고, 내 이름으로 된 통장을 주며 이제 내 갈 길로 가라고 했다. 통장에는 허름한 원룸 전세를 얻을 정도의 돈이 들어 있었다. 자기는 할 만큼 한 거라고, 엄청난 액수의 병원비 영수증을 보여주었다. 고모는 나 때문에 집안이 풍비박산이 났으며, 장애까지 얻은 나를 부양할 수 없으니 집을 나가라고 했다. 내가 내쳐져야 할 만큼 잘못한 것인지 이해가 되지 않았고, 왜 그런 일을 했는지 한마디 물어보지 않는 가족들이 원망스럽긴 했지만 어쨌거나 잘못을 저지르긴 한 것 같아서 고모의 말대로 해야겠다고 생각했다. 아무리 그래도 할머니와 할아버지에게 용서라도 빌고 마지막 인사라도 하겠다고 하자, 고모는 내가 이렇게 망가진 꼴을 아무도 보고 싶어 하지 않는다며 다시는 가족 앞에 나타나지 말라고 했다. 그것이 그들의 마지막 부탁이라고 했다. 나는 집으로 돌아가지 못했고, 가족들을 다시 만나지 못했다. 그러한 부탁이라도 들어주는 것이 사죄하는 길이라 생각했는데, 과연 잘한 건지 잘 모르겠다. 나는 잠시 차에서 내려 집에 다녀오고 싶었지만, 그런 식으로 찾아가는 건 아닌 것 같아 다음에 가기로 했다.

내 노트에는 내가 살던 아파트와 뒷산의 풍경이 그려져 있을 뿐, 우리의 대화 내용은 여기까지만 쓰여 있었다. 고통스러운 기억을 떠올리는 것만으로도 힘들어 메모를 계속할 수가 없었던 것일까. 우리가 어디로 가고 있었는지도 써두지 않아서 잊었다. 선생님을 만난 것이 아닌가 생각해보았는데, 그것도 아닌 듯했다. 선생님을 잊을 리가 없는 데다 아무것도 쓰지 않을 수 없었을 것이다. 머리가 더 나빠지는 것 같은 기분이 들었다.

5

어제는 중학교 동창들이 찾아왔다. 점심에 부친 김치전을 들고 왔던 어머니가 돌아가는 중이었는데, 주차장으로 자동차 세 대가 줄지어 들어왔다. 어머니는 손님이 계속 들어오긴 하는구나, 하며 얼른 돌아갔고 나는 무슨 일인가 하는 생각이 들었다. 여자 넷이 차에서 내려 내게 알은체를 할 때도 난 그들이 그냥 손님인 줄 알았다. 그들은 내가 자신들을 못 알아보는 것이 거짓말이라 생각하는 건지 아니면 신기해서 그러는 건지, 정말 모르는 거냐고 되물었다. 그들은 내가 율희와 함께 그들이 모여 있던 곳에 간 적이 있다고 했다. 노트를 뒤적여봐도 그런 기록은 없었는데, 곰곰이 생각해보니 그런 것 같기도 했다. 그들의 얼굴은 처음 보는 것처럼 낯설었다. 그들 중 몇은 완전히 푹 퍼진 아줌마가 되어 있었고 몇은 젊은 차림새를 하고 있었지만 나이를 속일 수 없는 얼굴이었으나, 모두 나보다는 젊어 보였다. 20년 넘게 너만 뺀 나머지 아이들이 모두 만나고 있었다는 율희의 말이 떠올랐다. 나를 뺀 나머지라는 말은 언젠가 내가 거기 들어 있었다는 이야기처럼 들렸는데, 나는 그런 친구들이 있었는지조차 기억나지 않았다. 그들은 우리가 만났던 날, 갑작스러운 만남에 당황해서 이야기를 많이 나누지 못해 찾아온 거라고 했다. 나는 그들에게 다시 자기소개를 좀 해달라고 했고, 노트에 그들의 얼굴을 그리고 이름을 써두었다. 미영, 지영, 선미, 예숙. 나는 그들 중 몇 명의 이름을 알고 있었다. 사실 내가 알고 있는 이름이 그들의 이름인지는 잘 모른다. 여자들의 이름은 거의 비슷비슷했다.

내가 입원해 있는 동안 비슷한 이름을 가진 수많은 여자아이들이 병실을 다녀갔다. 반 아이들은 내가 혼수상태였을 때 모두 다녀갔다고 했다. 그들은 메모장에 짧게 글을 남기고 갔다. 모두 미안하다, 얼른 일어나서 함께 학교 다니자는 이야기들이었다. 의식이 돌아온 뒤에도 아이들의 방문은 끊이지 않았다. 입원해 있는 동안 나를 알고 있는 아이들이 대부분 찾아온 것 같았다. 같은 재단 중학교에서 고등학교로 진학을 했으므로 거의 전교생에 가까운 아이들이었다. 아이들은 내 손을 잡고 대성통곡을 하거나, 무릎을 꿇고 빌었다. 나는 그들이 내게 무슨 짓을 해 미안하다고 징징대는 건지 알 수 없었고 기억도 나지 않았다. 그들은 내가 자기들 때문에 투신을 했다고 생각하는 것 같았다. 사실 나는 왜 그런 무서운 짓을 결심했는지 도통 이해가 가지 않았고 기억도 나지 않았다. 자기들이 따돌리고 괴롭혀 내가 그런 거라고 울고불고하니 그런가 보다 했다. 아무것도 기억나지 않았으므로 그들의 사죄도 와닿지 않았다. 나는 그저 자꾸 찾아와 우는 것이 귀찮아서, 그래, 다 용서한다, 괜찮다, 라는 말을 기계적으로 해주었을 뿐이다. 울며 들어온 그들은 웃는 얼굴로 돌아가곤 했고, 나는 그들의 예쁜 다리와 건강한 걸음걸이를 견디기 힘들었다. 그들이 용서받고 행복하게 사는 동안, 나는 병실 커튼 뒤 사람들이 웅성거리며 했던 말처럼 '반병신'이 되어 고통스러운 인생을 살아가게 될 거라는 생각을 하면 괴로웠다.

그들이 왜 나를 찾아왔는지 잘 모르겠지만, 선생님에 대해 물을 수 있을 것 같아 일단 앉을 수 있는 모든 것들을 꺼내 자리를 만들어주었다. 그들과 나는 주차된 차로 비좁아진 주차장에 둘러앉아 이야기를 나누었다. 오랜만에 만난 친구들과 할 수 있는 이야기는 옛날이야기뿐이었다. 기억하거나 못 하거나 별 상관없는 이야기, 하나 마나 한 이야기들이었다. 그들은 내가 모든 것을 잊은 줄 알고 이야기를 아름답게 윤색했다. 그러나 그 일들은 굳이 떠올려봐야 좋을 것이 없었기에 뒤로 밀려나 있던 기억이었을 뿐, 몇 가지 키워드를 통해 빠르게 내 머릿속에서 사실 그대로 재생되었다.

나와 함께 미술반이었다는 지영은 우리가 학교 대표로 사생 대회에 나갔던 이야기를 해주었다. 그녀는 내 완성된 그림과 옷에 붓을 빤 물을 엎었고, 옷을 닦아준다며 그림을 옷에 문질렀다. 물에 흠뻑 젖은 그림은 찢어져버리고, 내 옷은 물감 범벅이 되었다. 나와 같은 아파트에 살았던 미영과 예숙은 나와 함께 하교를 했던 사이라고 했다. 그들은 내가 쌀집 앞에 놓아둔 콩 다라이 위로 넘어지는 바람에 콩과 팥이 뒤섞여버린 이야기를 하며 웃었다. 나는 내 등을 떠밀던 작은 예숙이의 손을, 둘은 학원에 가야 한다며 집으로 가버리고 나 혼자 해가 질 때까지 그것을 나눠 담았던 일을 기억하고 있다. 입을 다문 채 아무 말 하지 않고 있던 선미는, 물론 범인으로 밝혀지지는 않았지만, 체육 시간이 끝난 뒤 내 교복을 가위로 다 잘라버렸고, 구두를 쓰레기장에서 불태웠다. 지영과 예숙은 함께 쓰레기통을 비우고 오다가 수돗가에서 걸레를 빨고 있는 나를 지나쳐 가며 이상한 소리를 지껄였다. '걸레가 걸레를 빨고 있네.' '서 있는 뒷모습만 봐도 처녀인지 아닌지 딱 알 수 있대.' 나는 곧잘 '더러운 년'이라는 말을 듣곤 했는데, 사고 이후 들은 '병신 같은 년'이라는 말보다 훨씬 더 많이 들었다. 교복 블라우스가 네 개에 치마가 세 개였고, 날마다 빨아 빳빳하게 다려 입었는데도 그런 소리를 듣는 것이 이해가 안 됐다. 그때는 무슨 말인지 몰랐지만, 소문을 알고 보니 그런 소리가 나오는 것도 이상하지 않았던 상황이었다. 다른 아이들이 내게 침을 뱉은 일, 일부러 건 다리에 걸려 계단을 구른 일, 책상 서랍에 우유가 한가득 부어져 있던 일이 쭈뼛거리며 뒤따라 나와 내 앞에 널브러졌다. 그때 힘들고 비참했던 마음이 퍼렇게 살아 올라 내 가슴을 깊게 찔렀고 그 마음이 재생시킨 수많은 기억들이 한꺼번에 내 머리를 치고 지나갔다.

나는 그 시절 늘 죽고 싶은 마음이 들곤 했지만, 내 얼굴과 머리에 침을 뱉은 아이를 죽이기 전에는 절대 혼자 죽지는 않겠다고 다짐했다. 꼭 잘돼서 그들이 어떻게 할 수 없는 사람이 되겠다고 결심했다. 책상 앞에 그 아이들의 이름을 써 붙여놓았던 것 같은데, 정작 그 이름들은 기억나지 않는다. 나는 이를 악물고 6년을 견뎠다. 같은 재단의 고등학교로 진학하니 새로운 아이들이 유입되어 괴롭힘은 조금 덜해졌다. 중학교 시절에 비하면 살 만했고 졸업도 얼마 안 남았던 그때, 뒤늦게 왜 그런 일을 했던 건지 정말 이해가 되지 않았다. 나는 그들에게 미술 선생님에 대해 물었다. 그들은 지난번 만났을 때 율희 앞에서 모든 것을 이야기해주지 못한 것이 마음에 걸렸고, 선생님을 만나게 해주고 싶어 찾아왔다고 했다. 계속 침묵을 지키고 있던 선미는 어렵게 입을 뗐다.

"우리가 선생님 인생을 망쳤어. 율희는 선생님이 죗값을 덜 치렀다고 하지만, 우리는 그 애랑 달라. 난 죄책감 때문에 종교까지 가졌어."

선미는 눈물을 글썽거렸다. 나는 그녀가 무슨 말을 하는지 알아듣지 못했다. 그들은 내가 병원에 누워 있을 때 일어났던 일들을 이야기해주었다.

사고가 터진 다음 날, 할아버지가 중학교로 선생님을 찾아가 주먹을 휘둘렀다는 이야기가 고등학교까지 퍼져나갔다. 선생님이 구속되어 재판정에 서게 되었을 때, 증언을 한 것이 이 네 명과 율희였다. 그들은 선생님이 자신의 몸을 만졌고, 옷 속을 더듬었고, 더러운 짓을 시켰다고 거짓으로 증언했다. 율희는 그와 내가 모텔에서 나오는 것, 선생님의 차 안에서 키스하는 것을 보았다고 진술했고, 그가 자신도 성추행했다고 했다. 그러나 선생님의 알리바이가 증명되고, 지영이 진술을 번복하는 바람에 무죄로 풀려나게 되었다.

"율희는 정말 당했다고 했는데, 걔가 여럿이 증언을 해야 감옥으로 보낼 수 있다고 해서 우리가 입을 맞춰주었던 거야. 그래도 지영이가 우리를 살렸지, 안 그랬다면 더 큰 잘못을 저지를 뻔했어. 선생님은 학교 그만두고 이혼도 했어. 뭐라고 변명도 할 법했는데, 아무 말 안 해서 더 의심을 산 것 같아. 그때는 정말 너랑 그런 사이가 아니었나 하고 의심도 했는데 오랜 세월 선생님을 지켜보니까 그럴 사람이 아니더라고. 우리가 너무 어리고 무지해서 악했던 것 같아."

선미는 곧 울 것 같은 얼굴이었다. 옆에서 조용히 있던 지영이 조그만 목소리로 말했다.

"난, 중학교 때 소문을 믿었어. 율희가 정말로 봤다고 했고, 다른 애들도 학교 밖에서 같이 있는 걸 봤다고 해서 믿었어. 그래서 너를 괴롭혔던 거야. 얘들도 그랬고, 다른 애들도 그랬을 거야. 그 소문이 엄청났었거든. 너 그렇게 되고 나서 할아버지가 학교까지 찾아와 도저히 용서할 수 없다고 하시기에 맞는 거구나, 고등학교 가서도 만났구나 했지. 나도 선생님 좋아했잖아. 그래서 더 배신감이 들었던 것 같아. 그래도 없었던 일을 거짓으로 말하는 게 두려웠어."

아줌마가 되었지만 소녀처럼 수줍은 인상의 지영은 얼굴을 붉혔다.

"너희 할머니 돌아가시고, 할아버지가 많이 힘드셨던 것 같아. 소문만으로는 고소가 안 되지, 너도 누워 있지, 선생님은 묵묵부답이지…… 선생님이 죗값을 치르지 않으면 할아버지도 돌아가실 것 같았어. 매일 학교로 찾아오셨는데, 곧 쓰러질 지경이셨어. 우리는 거짓말을 해서라도 도와드리고 싶었어. 사실 네가 죽으려고 한 게 우리 때문이 아니라는 걸 증명하고 싶었어."

"할머니가 돌아가셨다니? 무슨 말이야? 언제?"

나는 할머니가 돌아가셨다는 말에 놀라, 다른 말이 귀에 들어오지 않았다. 너희들 때문에 죽으려고 한 게 아니라고 말하려 했는데, 입을 열 수가 없었다. 그들은 갑자기 입을 다물고 당황한 얼굴로 나를 쳐다보았다.

"몰랐구나. 이렇게 알게 해서 어쩌면 좋니. 정말 미안해. 네가 그렇게 되고 한 달도 안 돼서였을 거야. 우리 엄마가 너희 옆집 아줌마랑 같이 수영을 다녀서 그날 알았어. 심장마비로 돌아가셨대."

예숙이 안타까워하며 말했다. 나는 어이가 없어 눈물조차 흘릴 수 없었다. 그동안 할머니는 더 늙고 병들었을지 몰라도 여전히 살아 계실 줄 알았는데, 20년 전에 돌아가셨다니 어떻게 해야 할지 알 수가 없었다. 병원에 한번 오지 않는다고 원망했던 것을 생각하니 마음이 산산이 부서지는 것 같았다. 미영이 나를 토닥거리며 손을 잡았다.

"상현아, 정말 미안해. 우리가 너를 진작에 찾아서 미안하다고 했어야 했는데. 우리도 먹고사느라 세월이 이렇게 지나버렸어. 우리는 인간도 아니야."

"아니야. 괜찮아."

붉게 충혈된 눈을 이리저리 굴리며 애써 눈물을 참는 그들에게 해줄 말이 없어서, 20년 전 병원에서 아이들에게 대답했듯 그렇게 말했다. 그리고 그들에게 내가 그린 그림책을 나눠주었다. 그들은 내가 작가가 되었다는 사실을 모르고 있는 것 같았다. 나의 이야기가 그들과 그들의 아이들에게 들려지길 바라며, 내가 그들이 오해했던 그런 사람이 아니었다는 것을 기억하기를 바랐다.

6

어제는 아무도 찾아오지 않았다. 오랫동안 작업을 하지 못해 맨 윗장의 와트만지에 먼지가 부옇게 앉아 있었고 벽에 붙여놓은 그림은 쭈글쭈글하게 말라비틀어져 있었다. 나는 그것들을 떼어내 휴지통에 버리고 새 종이를 펼쳤다. 노트를 뒤적여 무엇을 그릴까 궁리하는데 중학교 동창들이 남겨준 선생님의 전화번호와 가게 이름이 보였다.

선생님은 학교를 그만두고 몇 년을 학원 강사로 전전하다가 도시 외곽에 작은 인테리어숍을 열었다고 했다. 이름이 좋아 인테리어숍이지 도배, 장판, 칠을 전문으로 하는 동네 가게인 듯했다. 선생님은 인부 없이 혼자 일을 했고, 가족도 없이 고독하게 살고 있다고 했다. 동창들은 이제 그에게 선생님이라는 직업을 가졌던 흔적은 전혀 남아 있지 않다며 그 모든 것이 다 자기들 탓이라고 징징거렸다. 그들은 선생님의 인생이 망가졌다는 의미로 말한 것 같았는데, 난 내 인생이 망가지지 않았다고 생각하는 것과 마찬가지로, 그의 인생도 망가지지 않았을 거라고 생각했다. 나는 인생이란 것이 누군가에 의해 그렇게 쉽게 망쳐지도록 생겨먹지 않았다는 것을 알고 있었는데, 그것을 그들에게 이야기해줘봐야 이해하지 못할 것 같아 그만두었다. 그들은 선생님과 가끔 식사를 하는데, 다음에는 나도 함께 가자고 했다. 나는 싫다고 했다.

나는 새 종이와 만년필을 꺼내 페인트를 칠하는 한 남자의 뒷모습을 검지손가락만 하게 그렸다. 아무것도 없는 공간에, 버려진 것들을 모아 새집을 짓고 정원을 만드는 남자의 이야기를 그리려고 했다. 지금은 누구에게도 아무것도 아닌 사람이지만 한때 누군가를 살게 했던 남자를 떠올렸다. 그의 삶을 어떻게 그려야 할지 생각해보았으나 한 사람이 보낸 기나긴 세월을 상상하는 것은 불가능에 가까웠다. 누군가 나의 지금을 보고 그간 내가 보낸 세월과 나의 행불행을 상상할 수 없듯 그의 삶 역시 그럴 터였다. 선생님에게 그동안 어떤 마음으로 살았는지, 지금은 괜찮은 건지 직접 묻지 않고서는 어떤 것도 짐작할 수 없다는 생각이 들었다.

나는 가게 번호인지 집 번호인지 알 수 없는 숫자들을 무작정 눌렀다. 한 번 걸어 받지 않으면 다시는 걸지 않을 생각이었다. 벨이 네 번째 울리자, 가우디 인테리어입니다, 하는 소리가 들렸다. 남자는 맞는데, 선생님인지 확실치가 않았다. 다른 할 말을 찾지 못해, 상현이예요, 하고 말하자 그쪽에서는 아무 대답이 없었다. 한참 기다리다가 아닌가 싶어 끊으려고 하는데, 기력이 없는 잠긴 목소리로, 잘 지냈니, 건강하니, 하고 물었다. 나는 네, 잘 지내요, 하고 대답했다. 발음이 시원치 않아 잘 못 알아들었을 것 같아 다시, 건강해요, 라고 말했다. 그는 한참 아무 말 하지 않고 있더니 내게 말했다.

"미안하다. 언젠가는 꼭 이 말을 하고 싶었어. 소문이 무서워 너를 외면하지만 않았어도, 네가 그렇게 되지는 않았을 텐데. 모든 게 내 탓인 것 같아서 무슨 벌이든 받으려고 했는데 그렇게도 안 됐다. 평생 사죄하는 마음으로 살게."

나는 그가 무엇을 미안하다고 하는 건지 알 수 없었다. 오랜만에 만나면 미안하다고 하는 것이 유행인지 약속인지, 보는 사람마다 미안하다고, 다 자기 때문에 내가 이 지경이 되었다고 하는데, 그 흔하디흔한 말이 별로 감동적이지 않았다.

"언제 적 이야기를 하시는 건가요. 그 시간은 이미 오래전에 지나갔고 나는 여기에 이렇게 잘 살고 있는데 무슨 말씀이세요. 선생님과는 아무 관계 없는 일이었어요. 그런 마음은 버리고 행복하게 지내세요. 정말 고마웠어요."

이렇게 말하고 싶었는데 급한 마음에 혀가 뒤엉키고 머리가 깜깜해져 허둥거렸다.

"언제 적 이야기요. 나는 잘 살아요. 행복하세요. 고맙습니다."

어눌한 말이 그에게 제대로 가서 닿았는지 모르지만, 하고 싶은 말을 모두 한 셈이라 덧붙여 할 말이 남아 있지 않았다. 나는 전화를 끊었다. 그와 함께 듣던 음악은 여전히 귓전에 들리고, 둘이 함께 까먹던 오렌지의 향기는 코를 간지럽히는데, 그는 이제 없구나 싶었다. 외면이라는 단어는 과거 많은 사람들이 내게 보여주었던 차가운 얼굴과 표정 없는 뒷모습을 하나하나 불러왔고, 그때의 기분이 기억나자 숨을 쉴 수 없을 정도로 심장이 빨리 뛰기 시작했다.

아무도 말을 건네지 않고, 누구도 웃어주지 않았던 중학교 시절, 내게 말을 걸어주는 사람은 율희와 선생님뿐이었다. '너한테 말을 걸면 다른 아이들이 싫어해, 이제 학교에서는 알은척하지 말아줄래?'라고 율희가 말했던 것과 그 이야기를 들은 선생님이 그녀를 눈물 쏙 빠지게 혼냈던 일이 기억났다. '둘이 잤지? 안 그러면 너 같은 애한테 굳이 그럴 필요 없잖아'라고 말하던 율희의 모습이 떠올랐다. 그때는 그 말이 무슨 의미인지 몰라 대답도 못 했다. 그는 세월이 지나면 외로움이나 고통들이 결국 자산이 될 거고 곧 나아질 거라고 말해주었다. 그와 이야기를 나누다 보면 내가 겪는 고통이 빠른 속도로 지나가고 있는 것처럼 느껴졌기에 그나마 살아갈 수 있었다. 그런데 중3 여름이 시작되기 전, 그가 갑자기 나를 외면하기 시작했다. 눈도 마주치지 않고 말도 걸지 않았으며 멀리서 돌아가는 것을 내게 몇 번 들켰다. 남은 중학교 시절은 그가 주는 고통이 너무 커서 아이들의 괴롭힘쯤은 아무것도 아닌 것처럼 느껴졌다. 고등학교 시절 나는 모르는 곳까지 무작정 버스를 타고 가 배회하곤 했는데, 뜻하지 않은 장소에서 그와 우연히 마주친 적이 있었다. 고개를 숙이고 종종걸음을 걷는 나를 향해 클랙슨이 울렸다. 자동차 창 너머에서 선생님이 나를 보고 웃고 있었다. 오랜만에 보는 웃음이라 마음이 놓였다. 그는 나를 차에 태우고 예전처럼 따뜻하게 말을 건네며 요즘은 잘 지내냐고 물었다. 다시 들을 수 없을 것 같았던 다정한 목소리를 들으니 눈물이 핑 돌았다. 나는 더 나빠졌다고, 앞으로도 좋은 날은 없을 것 같다고 말하다가 소리 내 울어버렸다. 그는 나를 말없이 가만히 안아주었다. 그러다가 누가 먼저인지 모르게 입을 맞추었다. 그는 나를 밀어내려 했으나 나는 그의 품으로 맹렬히 파고들며 떨어지지 않으려고 안간힘을 썼다. 나는 그에게 빨려 들어가 세상에서 사라져버렸으면 좋겠다고 생각했다. 나를 가까스로 밀쳐낸 그는 뺨을 때렸다. 나는 키스를 하고 싶었던 것이 아니라 따뜻함 속에서 죽고 싶었던 것인데, 그 방법을 알지 못했을 뿐이었다. 나는 차 문을 열고 뛰어나와 거리를 달렸다. 울지 않으려고 눈을 부릅떴지만 자꾸만 눈물이 났다. 너와 다시 엮이기 싫으니 자기의 이름을 입에 올리지도 말고, 서로 모르는 척하자는 그의 마지막 말이 자꾸 등을 떠밀었다. 우는 얼굴로 집으로 돌아가면 할머니와 할아버지에게 걱정을 끼칠까 봐 눈물이 마를 때까지 집을 향해 달렸다. 온몸이 땀범벅이 되고, 머리카락에서 땀이 뚝뚝 떨어질 때까지도 눈물이 마르지 않아 뒷산 산책로를 해가 진 뒤로도 한참 달렸다. 그날이었나? 밤늦게 집에 돌아가니 할머니와 할아버지는 주무시고, 고모만 공부하느라 깨어 있었다. 고모는 땀에 젖고 상기된 얼굴로 돌아온 나를 욕실로 밀어 넣었다.

"율희한테 들어서 다 알고 있어. 노인네들 실망시키지 마. 그게 그렇게 좋으면 커서 해. 당분간 말 안 하겠지만, 계속 그러면 내쫓을 거야."

'그게'가 무엇인지 묻기도 전에 고모는 방문을 닫았다. 따돌림 당한다는 것을 고모가 알아버렸구나 생각하니 비참한 기분이 들었을 뿐, 그녀가 들었다는 이야기가 무엇일지 짐작하지 못했다.

시간을 훌쩍 뛰어넘어온 부정적인 감정들은 내 머리를 쉴 새 없이 내리쳤다. 끝없이 몰아치는 감정과 기억의 파편을 맞은 머릿속이 팽팽하게 부어올라 곧 터질 것처럼 아팠다. 그대로 있다가 죽을 수도 있겠다 싶어 부스 밖으로 나가 주차장을 빙빙 돌았다. 입구에 쌓인 쓰레기 더미가 악취를 풍기며 안으로 밀려들어올지라도, 햇빛을 받을 수 없는 그늘 속이라도 이 주차장이 있다는 사실이 나를 안심시켰다. 한참을 돌고 나서야 부어오른 머릿속이 가라앉는 것 같았다. 나는 누구라도 만나서 그때의 이야기를 하고 싶었다. 율희라도 찾아와준다면 좋을 텐데, 오지 않은 지가 너무 오래됐고 전화조차 받지 않았다. 의진은 필요하면 언제든 전화하라고 했지만, 그녀는 옛날의 나를 전혀 알지 못하기에 이야기를 해도 아마 잘 모를 것이었다.

옛날 사람이 필요했다. 무엇보다 가족들을 만나고 싶었다. 죄책감 때문에 가족의 마지막 부탁이라도 들으려 했던 게 잘못이었다. 쫓겨나게 될지라도 그곳에 가보았어야 했다. 그랬다면 뒤늦게 할머니의 부고를 듣는 일은 없었을 것이다. 할머니가 돌아가셨다는 사실을 믿을 수가 없었다. 지난 20년간 나에게 할머니는 살아 계신 분이었다. 아파트에서 할아버지와 함께 책을 읽고, 텔레비전을 보고, 산책로를 걷고 계시다고 생각했다. 할머니가 나를 쫓아낸 것이 아니라는 것을 알게 되었지만, 차라리, 손녀를 한 번도 찾지 않은 매정한 할머니로라도 살아 계시면 좋을 것 같았다. 할머니가 보고 싶었다. 할머니보다 세 살이 많은 할아버지는 건강히 지내실지 궁금했다. 그리고 여전히 그곳에 살고 계실까. 가족을 만나 하고 싶은 말들을 적어둔 노트를 찾아 들고 큰길로 나가 택시를 탔다.

아파트 안으로 들어가려 하자 경비가 나를 유심히 바라보았다. 503호요, 하자 경비가 고개를 갸웃했지만 들어가는 것을 막지 않았다. 우편함이 비어 있어 가족이 그곳에 살고 있는지 확인할 수 없었다. 나는 엘리베이터를 타고 5층에 내렸다. 철로 된 현관문은 아무 표정도 온도도 없어 그것만을 보고는 누가 살고 있을지 전혀 추측할 수 없었다. 나는 벨을 누르려다 그만두기를 여러 번 반복한 끝에 계단에 앉았다. 그러고 있다가 식구가 나오면 어떻게 인사를 해야 할까 고민했다. 우연히 지나다 들렀어요, 지나가는 길이었어요, 둘러댈 말을 고민했는데 생각하는 것마다 말도 안 되는 말이어서 조금 웃겼다.

옆집 현관 앞에는 어린이용 자전거가 놓여 있었다. 어쩌면 우리 집 현관 앞에 놓인 것인데 밀려갔을지도 모르겠다 싶었다. 할아버지도 나처럼 몸이 불편하지 않을까, 할아버지와 고모는 함께 살고 있을까, 고모는 결혼을 했을까, 결혼을 했다면 아이들이 있겠지. 나와는 사촌인데 얼굴도 모르고 자랐겠구나. 나는 계단에 앉아 잠깐 졸기도 하고 위아래를 오르내리기도 했다. 오랫동안 노트에 조금씩 써둔 가족들에게 하고 싶은 말들을 읽기도 했다. 엄청난 양이었는데 그것을 다 읽을 때까지도 양쪽 현관은 한 번도 열리지 않았다. 생각해보니 노트에 적어두었던 이야기는 크나큰 오해를 바탕에 둔 이야기들이어서 쓸모가 없었다. 나는 노트에 새로운 문장을 썼다. 그간의 자초지종을 모두 담으려니 한 장이 넘어가버렸는데, 다시 읽어보니 부질없는 이야기들이었다. 무어라 한들 그것이 세월을 돌릴 수 있겠나 싶었다. 다시 노트 한 장을 찢어 큰 글씨로 몇 글자 써서 현관문 틈에 끼웠다.

'저는 그런 사람이 아니었어요. 그렇지만 정말 죄송합니다. 모두가 그립습니다. 오래오래 건강하세요. 상현 올림.'

주차장으로 돌아왔을 때는 해가 뉘엿뉘엿 저가고 있었다. 컴컴해지는 주차장 바닥에 어머니가 폐신문을 깔고 앉아 있다가 돌아오는 나를 보고 와락 끌어안았다. 어디 갔었냐고, 한참을 기다렸다며 유난스럽게 반가워했다. 어머니는 어제 경찰이 찾아와 나에 대해 물으며 장애인을 약취하고 있다는 신고가 들어왔다고 했고, 주차장에서 나는 약취 때문에 잦은 민원이 들어온다며 큰소리를 쳤다고 했다. 돈을 찔러주면 조용해진다는 아버지의 말에 어머니는 일단 봉투에 돈을 담아 돌려보내긴 했지만 시간이 지나면 또 찾아올 것을 생각하니 넌더리가 났다고 했다.

"사실, 너한테 주차장 그만하자고 하려고 점심 먹기 전에 왔거든. 그런데 니가 없는 거라. 이상하게 가슴이 덜컹해, 기다려도, 기다려도 안 오데. 그래도 여기가 있으니까 오겠지 해도 또 안 오고, 또 안 오고. 여기가 없어지면 너를 어디서 기다려야 하나 싶고. 그렇게 생각을 한참 하고 나니까, 이걸 그냥 두자, 또 그런 생각이 드네."

"어머니, 사실 손님이 하나도 안 든 지 오래됐어요. 제가 거짓말을 한 거예요. 죄송해요. 이제 어머니 마음 편하신 대로 하세요."

어머니는 한숨을 쉬며 내 손을 꼭 잡았다. 어머니는 부스로 들어가 점심 식사로 들고 온 보따리를 풀어 밥상을 차려주었다. 다 식어버렸다며 안타까워하면서 밥 위에 반찬을 놓아주며 주절주절 이야기를 시작했다. 이 손바닥만 한 땅의 역사였다.

이 자리에는 성냥갑 같은 하꼬방이 있었는데, 어머니 부부가 서울살이 10년 만에 장만한 집이었다. 터가 어찌나 좋았는지 큰아들이 대기업 직원으로 취직하고, 작은아들이 세무사가 되고, 막내딸이 여대에 수석으로 입학하고, 집을 하나 더 장만할 정도로 가족들이 술술 풀려나갔다. 30년 전 호시절에 동네 사람들은 다 쓰러져가는 집들을 헐고 몇 집을 합쳐 빌딩을 올리거나 건축업자에게 팔고 이사를 가 큰돈을 손에 넣었다. 아버지는 우리도 팔아버리자는 어머니의 닦달과 업자들의 회유에도 꿈쩍하지 않고 그냥 가만히 있었다. 불과 50미터 떨어진 곳에 세탁소가 딸린 번듯한 2층집 한 채도 가지고 있었고 세탁소 일로 늘 바빴기에 골치 아프게 생각하고 싶지 않았다. 대학생 막내딸이 공사장에서 변사체로 발견되었을 때, 어머니 부부는 온 동네를 공사판으로 만든 이웃들을 원망했다. 결국 빌딩 사이에 홀로 끼어 쓸모없게 돼버린 손바닥만 한 집은 월세 20만 원 받는 잠만 자는 방이 되었다가 창고로 전락했다. 어머니는 딸의 죽음에서 시작된 우울증을 이겨보려 간병인으로 일하기 시작했고, 그로 인해 나를 만났다. 폐인이 되어가는 나를 제 몫 하는 사람 만들겠다고, 다 쓰러져가는 창고를 부수고 주차장을 만들었다. 어머니는 간병인으로 출근하던 병원 옆의 손바닥만 한 주차장을 보고 생각해낸 것이 나를 살렸던 것도 그렇지만, 많은 돈을 벌어들일 줄은 몰랐다고 했다.

나는 여러 번 듣고 받아 적어 이 기나긴 이야기를 기억하고 있었다.

어머니는 어떤 지점에서 시작을 하더라도 결국 모든 이야기를 다 풀어낸 뒤 원망과 후회, 슬픔이 뒤섞인 눈물을 조금 흘리고서야 이야기를 끝냈다. 세월이 지난 뒤 노트에 적어놓은 이야기들을 읽어보니 어머니의 태도는 아주 미묘하게 변해 조금씩 덤덤해지고, 대범해졌다. 일흔이 넘은 지금은 마치 남의 이야기처럼 하고 있었다.

"모든 게 화무십일홍인 거라. 후회하고 원망하고 애끓이면 뭐 해. 좋은 날도 더러운 날도 다 지나가. 어차피 관 뚜껑 닫고 들어가면 다 똑같아. 그게 얼마나 다행이냐."

어머니는 밥을 먹고 있는 내 등을 쓰다듬었다. 밥이 가득한 입 속으로 어머니의 말을 따라 중얼거렸다. 그리고 이해할 수 없이 복잡했던 날들을 생각했다. 차마 다 기억할 수도, 돌이킬 수도 없는 그것들은 명백히 지나가버렸고, 기세등등한 위력을 잃은 지 오래다. 살아 있어 다행이다. 다행이라 말할 수 있어 정말 다행이다. ▪

수상후보작

김멜라

저녁놀

1983년 서울 출생.
2014년 『자음과모음』 등단.
소설집 『적어도 두 번』.
〈젊은작가상〉 수상.

저녁놀

이 글은 대파 한 단이 6,700원 하던 시절, 세상으로부터 버려질 위기에 처했던 모모의 이야기다. 모모는 환경호르몬에 안전한 의료용 실리콘 재질로 만들어진 검은색 모형 페니스로 3단계 바이브레이션과 간편 착용이 가능한 팬티형 스트랩이 포함된 성인용품이었다. 그러나 흡입 막대가 필요하지 않은 두 여자에게 보내진 뒤 모모는 매주 화요일과 목요일, 일몰 후 쓰레기 버리는 시간이 되면 생활 폐기물 봉투에 담겨 버려질까 불안에 떨었다. 그 고통의 시간 동안 모모는 자신의 존재 이유에 관해 깊이 성찰했다. 이 기록은 그 사색의 과정을 담은 회고록이자 선언문이며 대파보다 못한 취급을 받아야 했던 모모의 슬픈 연대기다. 긴 시간, 두 여자에게 외면당한 모모는 사물의 한계를 뛰어넘어 인간을 들여다보는 심연의 눈을 갖게 되었다. 모모는 말한다. 여자들이 나를 보지 않을수록 나는 더욱더 여자를 본다.

1

나 모모가 아직 인간을 만나지 못했던 시절, 훗날 나를 구매하게 될 두 여자는 한 예술대학교에서 만나 연인 사이가 되었다. 두 여자 중 한 명은 작곡을 전공한 취업 준비생이었고, 다른 한 명은 회화과의 마지막 학기를 앞둔 예비 취업 준비생이었다. 두 여자 모두 시간당 급여가 지급되는 서비스직 아르바이트를 했으며 자격증 시험과 진로 고민으로 바쁜 와중에도 둘이 만날 때면 누가 먼저랄 할 것 없이 입버릇처럼 말하곤 했다.

―쉬고 싶어.

일하지 않는 시간에도 늘 일하는 기분을 느끼던 두 여자는 데이트할 때에도 다른 사람의 시선을 의식해야 했다. 값싼 식당이나 번잡한 카페, 오래 앉아 있으면 머리카락에 도시의 먼지 냄새가 배는 지저분한 공원을 오가다 보면 단둘이 있을 만한 공간이 절실했다. 그 시절, 대학가나 번화가에는 DVD 룸이 줄지어 있었고 두 여자는 아르바이트 시급을 모아 룸을 찾았다.

가게에 들어가 영화를 고르고 적립 쿠폰에 도장을 받은 뒤 좁고 어두운 복도를 지나 문을 열면 화질이 뿌연 스크린과 인조가죽으로 만든 소파가 두 여자를 맞이했다. 모과 방향제 냄새가 풍기는 컴컴한 벽면에 둘러싸여 두 여자는 서로의 몸을 만지고 입을 맞추고 옷 속으로 손을 넣었다. 때론 영화에 집중하기도 했다. 처음 몇 번은 20세기 명화들이 꽂혀 있는 진열대 앞에 서서 보고 싶은 영화를 신중하게 골랐다. 감독이 어떻고 미장센이 어떻고 하는 말을 나누기도 했다. 시간이 갈수록 그런 대화는 줄어들어 '긴 상영 시간에 적당히 시끄러운 영화'를 택했다. 음소거를 한 듯 이미지만 나열되는 짧은 예술영화가 가장 나빴고, 중간중간 폭소와 액션 장면이 섞여 있는 웰메이드 대중 영화가 배경 소음으로 적당했다. 한국어 대사가 들리면 둘만의 시간이 방해받는 것 같아 외국 영화를 택했으며 심각하거나 진지한 드라마보다 유머가 섞인 과하지 않은 장르물에 손이 갔다. 그러다 보니 독일 코미디나 프랑스 액션 같은 영화를 보게 되었는데, 한참 서로의 입술을 빨다 문득 스크린을 보면 이국 말을 쓰는 유럽인들이 그들을 보고 있었다. 영화는 저들이 아니라 우리가 찍고 있는 거라며 둘은 더 열심히 키스했다. 영화는 지루해도 서로의 몸을 주물럭거리는 일은 조금도 지루해지지 않았다. 먹는 것도 보는 것도 벌고 쓰는 것도 서로의 몸을 만지는 것보다 더 큰 기쁨을 주지 못했으며 인간의 모든 행위 중 만지고 비비고 문지르는 것이 가장 높은 만족을 준다는 것을 두 여자는 도시의 룸을 오가며 깨달았다.

두 여자가 서로의 이름을 부르며 애정 표현을 하기 녹록지 않은 세상이라 두 여자는 '지현'과 '민영'이란 이름 대신 별명을 지어 불렀다.
　─눈점이 어때?
지현은 자신이 만든 캐릭터 이름을 자기의 애칭으로 제안했다. 장래 애니메이션 감독을 꿈꾸는 일러스트레이터 지망생답게 지현은 눈이 점만 한 캐릭터를 자기 마음을 털어놓는 친구로 여기며 펜과 종이만 있으면 눈이 점만 한 캐릭터를 그렸다. 점만 한 눈을 가진 얼굴에 볼이 잘 빨개지는 그 캐릭터는 예민하고 감성이 풍부한 지현의 성격과 닮아 있었다.
　─그럼 난 먹점이 할게.

민영은 눈점이란 이름에 맞춰 자신의 별명을 만들었다. 윗입술 오른쪽에 작고 까만 점이 있는 민영은 어려서부터 주위 어른들로부터 입술에 난 그 점 때문에 평생 먹을 복이 있을 거란 말을 들었다. 언뜻 보면 김 가루나 검은깨가 붙은 것처럼 보여 그 점이 싫은 적도 있지만 민영은 눈점이란 별명에 맞춰 기꺼이 먹점이 되었다.

─먹점아, 보고 싶어!

별명을 지은 두 여자는 통화할 때만큼은 마음껏 애정을 표현했다. 서로의 애칭을 부르며 사랑한다거나 보고 싶다는 말을 소리 내어 할 수 있었고 전화번호부에 '먹점'이라 입력하고 옆에 하트를 붙일 수도 있었다. 다른 이름이 주는 기쁨을 느낄수록 두 여자는 자신들을 둘러싼 언어의 속박을 유희로 바꾸었으며 점점 더 둘만의 비밀 언어를 늘려갔다.

도서관도 그중 하나였다. 두 여자는 모텔이란 단어를 피하고자 도서관이란 별칭을 썼다. 당시 시립 도서관 열람실에 다니며 국가 공인 자격증을 따기 위해 공부하던 먹점은 도서관 벤치에서 눈점을 만나곤 했다. 먹점은 둘만 있는 공간에서 편하게 쉴 수 없을까를 고민하며 모텔이나 대실이란 말을 꺼냈고, 그러면 눈점은 목소리를 낮춰 속삭였다.

─다른 말로 하자. 그 말은 너무 못생겼어.

말의 뉘앙스와 심미적 특성을 중요하게 여기던 눈점은 못생긴 말 '모텔'을 도서관으로 바꾸었다. 콘돔은 책, 섹스는 독서로 하자고 했다. 가령 '도서관 가서 책 읽을까?'라는 말은 '모텔에 가서 콘돔을 끼고 성행위를 즐기자'라는 뜻이었다.

두 여자의 성행위에 왜 콘돔이 필요한지 의문을 가질 사람이 있을지 모르겠다. 콘돔인지 옥돔인지 손에 끼우든 소금을 뿌려 구워 먹든 그건 중요하지 않다. 콘돔에 헬륨 가스를 넣어 어린이 파티용품을 만들겠다는 것도 아니고 환타를 넣어 빌딩에서 던지겠다는 것도 아닌데 두 여자가 그걸 어떻게 쓰든 내 알 바 아니다. 중요한 건 나 모모가 그 윤활유 묻은 고무를 한 번도 머리에 써볼 기회가 없었다는 것이다. 어쨌거나 난 그걸 위해 만들어진 존재가 아닌가. 한땐 그렇게 생각했다. 내 존재가 어떤 목적을 위해 쓰여야 한다고.

도서관에 가서 한바탕 책을 읽고 나면 두 여자는 세탁 세제 냄새가 짙게 풍기는 열람실 이불을 덮고 누워 서로를 어루만졌다. 어린 시절부터 잠이 드는 것이 어려웠던 눈점은 먹점의 입술에 자기 입술을 맞대고 애인의 손길에 따라 몸의 감각을 집중하면 자기도 모르게 잠에 빠졌다.

—딜도로 해볼까? 그것도 해보고 싶은데.

잠의 장막이 막 눈점의 의식을 덮으려 할 때 먹점이 말했다. 그 말의 진의를 파악하기도 전에 눈점은 잠들었고, 깨어났을 때 여전히 먹점의 입술이 눈점의 입술과 맞닿아 있었다. 한 시간이 넘도록 두 사람이 서로의 숨결을 느끼며 잠들었다는 사실에 눈점은 안온한 만족에 젖어 먹점에게 물었다.

—아까 그거 무슨 말이야? 뭘 해보고 싶다고?

먹점이 뭐라 대답하기도 전에 눈점이 연이어 물었다. 왜? 왜 그게 해보고 싶은데? 우리 사이에 그게 필요해? 먹점은 자기가 한 말을 더듬더듬 변명했고 눈점은 자신의 입술로 그 단어를 발음하고 싶지 않아 그것을 지칭할 다른 말을 떠올렸다.

—책갈피라고 하자. 앞으로 그거 말할 땐 책갈피라고 해.

멋진 별칭이었다. 도서관과 어울리는 단어이자 나 모모를 아름답게 꾸며주는 비밀 언어. 세상의 수많은 책갈피를 떠올려보라. 가벼운 금속이나 나뭇결을 살린 목재로 만들어진 각양각색의 책갈피. 백조의 목처럼 우아하게 휘어진 곡선과 위대한 건축물이나 꽃이 그려진 디자인. 여행지의 기념품으로 사랑받고 소중한 마음을 담아 선물하기에 좋은 반영구적인 소품. 종이와 종이 사이에 끼워져 읽은 부분과 읽어야 할 부분을 가름해주는 지성인의 상징. 얇고 단단하며 심미적이고 유용한 사물, 책갈피—나 모모는 그런 존재였다.

도서관을 오가던 점점 커플이 자신들의 책갈피를 산 것은 두 사람이 만나 사귀기 시작한 지 5년이 될 무렵이었다. 취업 준비생 신분을 지나 소규모 콘텐츠 회사에서 비정규직 사원으로 일하던 먹점은 계약이 끝나 다른 곳으로 이직하며 퇴직금을 받았다. 눈점은 학교의 방과 후 미술 수업을 맡으며 길고 긴 학자금 대출을 갚았고 주말이면 동네 학원에서 강사로 일하며 돈을 벌었다. 두 여자는 퇴직금에 강사비를 보태어 월세 보증금을 만들었다. 비로소 두 사람만의 집이 생긴 것이다.

붉은 벽돌로 지어진 다세대 빌라 옥탑방인 그곳은 부엌과 침실의 구분이 없는 개방형 원룸에 환풍기를 작동시켜야 하는 욕실 겸 화장실이 딸린 불법 증축 시설물이었으나 두 여자는 함께할 수 있는 공간이 생긴 것에 진심으로 기뻐했다. 이사한 다음 날, 세면 거울을 향해 서면 대우전자 통돌이 세탁기에 궁둥이가 닿고, 쪼그려 앉아 이를 닦다 무심코 허리를 펴면 배수가 시원치 않은 세면대에 뒤통수를 찧는 좁은 욕실 안에서 눈점과 먹점은 발가벗고 목욕했다. 먹점은 눈점의 등에 비누칠을 해주며 말했다.

―앞으로 요리도 해 먹고 수도세랑 전기세 아껴서 더 좋은 집으로 가자.

샤워기에서 나오는 물을 먹점의 어깨에 뿌려주며 눈점이 말했다.

―나중에 마당 있는 넓은 집에서 개랑 고양이 키우며 살고 싶어.

목욕을 마친 두 여자는 서로의 등에 묻은 물기를 수건으로 닦아주었다. 시트러스 향이 나는 보디로션을 바른 후 한 사람씩 프레임을 생략한 매트리스 위에 앉아 드라이어로 머리카락을 말렸다.

―이제 책갈피 사도 되지 않을까?

눈점의 머리카락을 말려주며 먹점이 말했다. 미뤄왔던 쇼핑을 할 때가 되었다는 뜻이었다.

―5주년 기념으로?

눈점이 화답했다. 보관 장소가 마땅치 않아 살 수 없다고 반대했던 눈점은 이제 집이 생겼으니 사도 좋다고 허락했다. 연인은 사이좋게 누워 성인용품 사이트를 구경했다. 인기 상품과 신상품을 고루 살피며 모양과 성능, 굵기를 비교하며 야한 농담을 주고받았다.

―이건 어때?

눈점이 사진 하나를 클릭했다. 겉면에 돌기가 있고 손가락에 끼울 수 있는 실리콘 제품이었다.

―좋아, 그리고 또?

―또?

먹점은 카테고리를 눌러 바이브레이터 쪽으로 옮겨 갔다.

―이거 어때?

먹점이 고른 것은 두툼한 막대 안에 진동기가 부착된 제품이었다. 허리에 찰 수 있는 밴드와 함께 막대를 끼웠다 뺄 수 있는 삼각 고정

대가 있었다.

　—이건 좀……

　—별로야?

　—너무 노골적이잖아.

　—난 노골적이야.

　먹점의 말에 눈점은 고민했다. 눈점은 책갈피가 필요한지 여전히 의문이었다. 눈점은 먹점의 손가락보다 더 굵은 것이 필요하지 않았다.

　—같이 끌어안고 할 수 있어.

　먹점은 자신의 바람을 차분히 설명했다. 우리에게 이런 막대가 필요한 것은 아니라고, 다만 신체 구조상 우리가 서로에게 해줄 때 우리의 배는 떨어져 있으니까, 기구의 도움을 받으면 끌어안고 할 수 있으니까, 더 큰 쾌락을 위해서가 아니라 더 가까이 닿고 싶은 마음으로, 한 번쯤 책갈피를 써보고 싶다고 했다.

　—그래도 이건 싫어.

　눈점은 살구색 외양에 막대 아래 불알이 달려 있고 힘줄이 튀어나온 모델은 단호히 제외했다. 시각적 미감을 중요시하는 눈점은 속이 훤히 비치는 투명한 막대와 속이 비치지 않는 검은 막대 중 고민하다 검은 것을 골랐다. 눈점이 처음에 골랐던 손가락에 끼우는 제품은 운 좋게 사은품으로 받을 수 있었다. 그렇게 나 모모는 인체 무해 자연 성분 윤활유를 묻힌 콘돔 100개 세트와 함께 흑색 밀봉 포장지에 담겨 두 여자의 집에 오게 되었다.

2

마 랍 마 쏼 마 만
내 삶 내 영혼 내 마음
모두 네 것이었지, 대놓고 원했지
무빗 무빗, 날 흔들어줘
윗미 윗미, 에블 타임 에블 데이

책갈피였던 시절을 떠올리면 나도 모르게 노래가 흘러나온다. 내 삶에 영감을 받은 사람들이 나를 주인공으로 노래를 만들고 영화를 찍으면 좋겠다. 나는 더 소비되고 싶고 더 관심받고 싶다. 세상 사람들이 내 재능과 인기에 고개 숙였으면 좋겠다. 그래야 더는 무시당하지 않을 테니까. 오랜 세월, 난 억눌려 살았다. 내가 받아야 할 응당한 관심과 애정을 받지 못한 채 나는 두 여자의 먹고사는 일에 밀려 숨죽여 살아야 했다.

점점 커플은 날 사들이고도 사용하지 않았다. 포장지에서 꺼내 미지근한 물로 내 몸통을 몇 번이나 씻은 다음 커다란 수건에 둘둘 말아 서랍장 깊숙이 처박아두었다. 나와 함께 온 콘돔은 일주일에 한 줄씩 줄어들고 사은품으로 받은 실리콘이 너덜너덜해질 때까지 두 여자는 날 거들떠보지 않았다. 끌어안고 하고 싶단 소망은 새빨간 거짓말이었다. 내 기대와 희망은 양말과 팬티들 사이에서 나날이 홀쭉해졌다.

소규모 콘텐츠 회사에서 중소규모 콘텐츠 회사로 이직한 먹점은 출퇴근 시간이 왕복 두 시간에서 두 시간 30분으로 늘었고 만성피로와 스트레스성 탈모를 겪었다. 평일엔 구와 구의 행정구역을 넘나들며 방과 후 미술 수업을 하고 주말엔 학원에서 그리기를 가르치던 눈점은 평소처럼 시내버스를 탔다가 사고를 당했다. 정류장에 다다른 버스가 승객들이 다 내리기도 전에 문을 닫고 출발한 것이다. 눈점은 하차 문 사이에 낀 채 몇 미터를 버스에 매달려 있었다. 다른 승객들이 비명을 지르는 소리에 기사가 문을 열었고 눈점은 정류장 앞 보도블록으로 쓰러졌다. 사람이 너무 놀라면 아무 반응도 할 수 없다는 것을 눈점은 그때 깨달았다. 잠시 멈춰 있던 버스는 뒤에 선 버스들의 경적에 그대로 정류장을 떠났다. 눈점은 타고 내리는 사람들로 번잡한 정류장 길가에 멍한 얼굴로 주저앉았다. 저 버스를 기억해야 한다는 조바심과 함께 이러다 학교 수업에 늦으면 큰일이라는 생각이 들었다. 버스 문에 끼었던 어깨를 문지르며 눈점은 학교로 가 아이들을 가르쳤다. 수업이 끝나고 다시 집에 가는 버스를 타려고 정류장에 갔을 때 눈점은 버스를 탈 수 없었다. 수없이 오가는 버스와 버스에서 타고 내리는 사람들이 낯설고 멀게 느껴졌다. 불과 몇 시간 전까지 자신도 그중 한 사람이었는데, 이제는 다른 세계로 튕겨 나가 되돌아갈 수 없을 것 같았다. 눈점은 그날 하루 일해서 번 것보다 더 많은 돈을 내고 택시를 탔다.

　―버스 회사에 알려야지. 그냥 있으면 안 돼.

　먹점은 당장 버스 회사에 전화해 따져 묻고 손해배상을 청구해야 한다고 했다. 눈점은 가만히 먹점의 손을 잡았다. 포갠 손을 자신의 왼쪽 가슴에 대고 먹점의 어깨에 머리를 기댔다. 눈점은 거칠고 포악한 것들과 맞서고 싶지 않았다. 눈점에게 필요한 건 안전한 곳에서 먹점에게 위로받는 것이었다. 그날 이후 눈점은 한동안 괜찮았던 입면 장애가 다시 생겼다. 잠을 자려고 눈을 감으면 자기도 모르게 몸을 떨며 경련했다. 무딘 면도칼 하나가 가슴을 가르고 들어와 뼈와 신경을 난도질하는 것 같았다. 뜬눈으로 밤을 지새우고도 눈점은 학교나 학원으로 가 일했다. 하루에도 몇 번씩 느닷없이 찾아드는 불안감에 심장이 오그라드는 것 같았다. 버스는 계속 탈 수 없었다. 가까운 정류장을 두고 먼 거리를 걸어 지하철을 탈 때나 부담스러운 요금을 내고 택시를 탈 때면 눈점은 억울함과 자괴감 사이를 오가며 숨이 멈출 것 같은 갑갑함을 느꼈다.

이대로 가만있으면 안 된다고, 그 기사를 찾아 항의해야 한다고 생각한 건 어느 택시 안에서였다. 목 뒤로 두툼한 살이 접혀 있는 택시 기사가 눈점이 타자마자 육두문자를 쓰며 바로 전에 태운 여자 손님을 욕했다. 지금 내가 듣고 있는 이 소리가 정말 현실의 소리인가? 눈점은 귀가 멍해지며 머리가 어지러웠다. 저 사람은 택시 문을 세게 닫았다는 이유로 난 얼굴도 모르는 여자를 저렇게 욕하는데, 왜 나는 나를 이 고통에 빠뜨린 그 버스 기사에게 항의도 못 하는 걸까. 분노와 자책감이 뒤엉켰다. 사고를 당한 자신이 침묵하고 가만히 있는 사이 또 다른 피해자가 생겼을 거라는 죄책감도 들었다. 이제라도 그 사고에 대한 정당한 처벌이 있어야 한다고 마음을 단단히 먹었다. 그러나 그사이 먹점은 생각이 바뀌었다. 먹점은 기사를 처벌하는 것보다 눈점의 몸과 마음을 안정시키는 게 더 중요하다고 했다.

─더러운 건 피하자. 자기가 나서서 치우지 마.

먹점은 그 사고를 되짚어 피해를 증명하고 싸우느라 눈점의 상태가 더 나빠질까 걱정했다. 사회에서 공익 신고자를 어떻게 대우하는지 취재한 기사를 보여주며 눈점에게 그 일은 잊어버리자고 설득했다. 앞으로 운전 연수를 받고 할부로 경차를 사서 눈점을 태우고 다니겠다는 자신의 계획도 말했다. 두 여자는 다 자기가 부족해서 네가 이렇게 힘든 거라며 경쟁하듯 자기 탓을 하고는 서로의 가슴에 손을 얹었다.

얼마 뒤 눈점은 외상 후 스트레스 장애와 공황장애를 진단받았다. 병원에서 약을 처방받아 아침에 눈뜨면 제일 먼저 진정제를 삼켰다. 약 때문인지 정신은 몽롱해졌고 아무리 자도 피곤함이 가시지 않았다. 잠드는 것이 어려워 약을 먹었는데 이제는 종일 얕은 잠에 취해 있었다.

─점으로 이름을 지어서 그런가, 점점 점이 되어가는 것 같아.

눈점은 먹점을 끌어안으며 자신이 힘을 내야 하는 이유를 되새겼다. 망망대해에 빠진 조난자처럼 막막하고 절망스러웠지만 먹점의 손과 팔을 부표처럼 끌어안으며 버텨야 한다고 자신을 일으켜 세웠다. 그런 눈점을 보며 먹점은 한 달 정도 쉬면서 건강을 회복하는 게 좋겠다고 말했다. 눈점은 좀 더 견뎌보겠다고 했지만 결국 일을 그만두었다. 집에 머물면서 눈점은 잠들어 있는 시간이 늘어갔다. 깨어 있을 때도 손 하나 까닥할 수 없는 무기력증이 눈점을 짓눌렀다. 먹는 약의 양이 많아져 어느 날은 입 안 가득 넣은 알약에 목이 막혀 죽을 것 같았다. 환풍기가 돌아가는 화장실에 앉아 있으면 살아오며 겪었던 온갖 폭력이 머릿속에 재생되었다. 사람들은 어떻게 그 폭력을 견디며 살아가는 걸까. 어떻게 그 끔찍한 모멸감 속에서 하루하루 버티는 걸까. 왜 나는 남들처럼 무뎌지고 담담해지지 않는 걸까. 눈점은 남보다 더 넘어지고 아파하는 자신이 미웠다. 이겨내라고, 사는 건 다 그런 거라고 말하는 사람들이 무서웠다. 먹점이 아닌 다른 사람은 피하고 싶었다. 먹점이 퇴근해 돌아올 때쯤에야 겨우 이불 밖으로 나와 저녁 식사를 준비했다. 그거라도 해야 세상에서 사라져버리고 싶은 충동을 조금이라도 덜 수 있을 것 같았다.

—맛있어, 끝내주게 맛있어.

냉동 해물을 넣고 파프리카와 달걀을 볶아 해물볶음밥을 만들어줬을 때 먹점이 말했다.

—내일은 뭐 먹고 싶어?

눈점이 물으면 먹점은 설거지를 하며 떠오르는 메뉴들을 말했다. 김치찌개, 갈치조림, 미역국 같은 가정식부터 마파두부, 파스타, 스키야키 같은 외식 메뉴, 골뱅이소면, 동태전, 삼겹살수육 같은 술안주까지. 눈점은 먹점이 원하는 요리에 맞춰 식재료를 사고 먹점의 입맛에 맞게 음식을 만들었다. 토마토달걀볶음과 연어아보카도덮밥, 꿀에 졸인 생강채와 잘게 썬 깻잎을 올린 장어덮밥은 먹점이 천국의 맛이라고 감탄한 요리였다.

—맛있게 해주고 싶어.

—맛있어.

—더 맛있게, 더 맛있게 하는 방법을 아는데 돈이 없어서 못 하니까 속상해.

요리에 정성을 들일수록 눈점은 한정된 생활비 안에서 식재료를 사는 게 어려웠다. 더 신선한 재료로 만들었더라면 더 맛있었을 요리를 먹점이 맛있게 먹는 걸 보면 다행이다 싶으면서도 한편으론 아쉬웠다. 요리란 물질적 여유가 있는 사람들이 취미로 즐기는 활동이 아닐까. 비싼 향신료나 소스가 들어간 레시피를 볼 때면 배를 채우는 것을 넘어 맛을 느끼는 건 아무나 넘볼 수 있는 삶의 영역이 아닌 것 같았다.

좁은 부엌에서 열악한 조리 도구들로 요리하는 것도 힘들었다. 밥을 지을 때마다 물 조절이 잘못되었을까 봐 불안했고 칼을 사용해 재료를 썰고 다지는 건 매번 버거웠다. 미나리나 시금치 같은 채소를 씻고 나면 온몸의 힘이 쫙 빠져 한동안 넋이 나갔다. 그럴 때 눈점은 대학 시절 먹점이 만든 음악을 들으며 힘을 냈다. 눈점은 「팔도 여자랑」이란 곡을 좋아했다. 대한민국 명창이 부른 「팔도 아리랑」에 전자음악을 믹스한 노래로, 그 곡을 들으면 눈점은 천재 여자 소리꾼이 전국 팔도를 유랑하며 소리로 여자를 유혹하는 모습이 떠올랐다. '팔도 여자랑'이란 제목도 눈점이 붙여준 것이었다. '열라는 콩팥은 왜 아니 열고 아주까리 동백은 왜 여는가,' 신시사이저 음향에 섞인 기묘한 민요 가락을 들으며 눈점은 주꾸미를 볶고 갈비의 핏물을 빼고 단단한 당근과 무를 썰었다.

먹점 역시 일이 버거웠다. 급여는 그대로인데 업무량은 나날이 늘어갔고 허리 디스크와 만성 위장 장애를 달고 살았다. 눈점과 함께 밥을 먹을 때만 속에서 편안하게 음식물을 받아들이는 것 같았다. 따듯한 밥알과 잘 익은 채소가 칠레산 새우나 베트남산 오징어와 함께 목구멍으로 넘어갈 때면 아, 이런 게 사는 거구나, 이 밥을 위해, 이 식탁을 위해, 더 참고 견딜 수 있겠구나 싶었다. 배부르고 맛있어서가 아니었다. 눈점이 정성껏 마련한 음식을 눈점과 함께 먹는 게 좋았다. 사랑하는 사람과 마음 편히 식사할 수 있다는 기쁨이 먹점에겐 다른 무엇보다 중요했다.

—사진으로 남겨야겠어. 잊어버리지 않게.

먹점은 눈점이 해준 요리를 사진으로 찍어 비밀 블로그에 올렸다. 사과를 갈아 만든 양념장과 메밀막국수, 국내산 갈비에 고구마와 단호박을 넣은 영양갈비찜, 호주산 양갈비구이와 사워크림을 바른 타코까지. 하나하나 사진을 찍어 올리고 별점을 붙였다. 진짜 맛있는 요리는 찐별, 먹어도 먹어도 새로운 맛은 샛별, 블로그 이름은 '별 헤는 밥'. 밤이면 나란히 누워 이제껏 먹은 것들을 헤아렸다. 이거 봐. 이거 정말 맛있었지? 또 먹고 싶다. 다음 주에 해 먹을까? 먹은 것들을 돌이켜보며 앞으로 먹을 것들을 꿈꿨다. 주말이면 먹점도 요리에 동참했다. 눈점과 식탁에 마주 앉아 사이좋게 김밥을 말았다. 흐린 날이면 김치전을 부치고 한여름 더위에는 부추를 넣은 오리 백숙을 해 먹었다. 시간이 흐를수록 먹점은 건강에 좋은 음식을 원했다. 잘 먹고 튼튼해야 더 오래 일할 수 있었다. 음악 신보 소식이나 공연 리뷰 기사 대신 건강 상식이 담긴 뉴스를 봤고 비타민 B와 홍삼 진액을 챙겨 먹었다. 둘은 나날이 살쪄갔다. 나 모모가 둘 사이에 들어갈 틈은 없었다. 두 여자는 깨끗이 날 잊고 살았다.

3

나에게도 정신과 상담이 필요하다. 전문가를 만나 내가 받은 굴욕과 멸시를 털어놓고 싶다. 문득문득 내 몸이 답답해 견딜 수 없다. 잘려나갈 것 같고 이미 잘린 것 같다. 크고 단단할수록 좋다는 내 동족에 대한 신화는 거짓이다. 여자들은 날 원하지 않았다. 내 외형을 관찰하며 길이와 굵기를 따지고 강직도를 판별하지도 않았다. 적어도 내가 만난 두 여자는 그랬다. 두 여자는 내가 그들을 위해 어떻게 봉사할 수 있는지 무지했다. 돼지에게 진주를 던지지 말라고 했던가. 그들은 3단계 떨림 모드의 딜도를 갖고도 쓰지 못하는 미개인이었다. 나는 녹슬어가는 내 진동기 건전지를 보며 언젠가 날 필요로 하는 여자다운 여자를 만나는 상상을 했다. 어떻게 떨며, 어떻게 자극할지 끊임없이 머릿속으로 그려보았다. 부디 이 지독한 새도복싱을 끝낼 수 있기를 기도했다.

해방의 날은 이른 봄의 폭우와 함께 찾아왔다. 한창 작물이 자라날 초봄에 연일 퍼부은 비로 채소와 과일 값이 치솟았다. 아무리 비싸도 3,000원을 넘지 않던 대파 한 단 값이 6,700원까지 오르고, 조류독감과 산란계 살처분의 여파로 한 판에 4,000원 하던 달걀값이 두 배로 뛰었다. L 마트와 E 마트, H 마트의 인터넷 페이지를 띄워놓고 동네 슈퍼 전단지까지 훑으며 장을 보던 눈점은 한숨을 쉬었다.

—어떻게 이래? 파가 이렇게 비싸면 다른 재료를 어떻게 사.

좀 싸다 싶은 생물 장어는 일찌감치 품절이었고, 먹점이 좋아하는 노르웨이산 슈피리어급 생연어는 장바구니에 넣었다 뺐다를 반복했다. 아무리 할인 쿠폰을 적용해도 결제 가격이 내려가지 않자 눈점은 중대 결심을 하듯 말했다.

—우리도 대파를 키워야겠어.

옆에서 나스닥 주식 시황을 보던 먹점은 한 푼이라도 아끼려는 눈점의 모습이 자기 탓인 것만 같아 조심스럽게 물었다.

—그렇게 비싸?

—이 돈 주곤 못 사 먹어. 대파랑 달걀 때문에 캐나다산 삼겹살을 못 샀어.

눈점은 먹점에게 장바구니 물가가 얼마나 올랐는지 말했다. 닭을 키워 달걀을 얻을 순 없으니 대파라도 키워 생활비를 줄여야 하지 않겠느냐고 했다.

—집에 대파 키울 데가 어디 있어. 텃밭에서 키워야 하는 거 아냐?

—생수 통 잘라서 물만 넣고 키워도 된대.

눈점은 인터넷에 '대파 키우기'를 검색해 보여주었다. 두 여자는 자신들의 원룸을 눈으로 훑었다. 슬레이트 지붕 아래 샌드위치 패널로 벽을 세운 그곳에 식물을 키울 만한 장소는 창가뿐이었다. 방범창이 없고 모기장도 엉성했지만 한낮에는 그 창으로 햇빛이 제법 길게 비쳐 들었다. 문제는 창 앞에 이미 5단 서랍장과 전신 거울이 있고 빨래를 말릴 때면 건조대까지 펼쳐져 있어 발 디딜 틈이 없다는 것이었다.

─저기 위 어때?

눈점이 서랍장을 가리켰다. 서랍장 위에는 천장 바로 아래까지 옷과 가방이 쌓여 있었다. 눈점은 잘만 하면 생수 통 하나 놓을 자리는 마련할 수 있을 것 같다고 했다. 그 주 토요일, 두 여자는 미니멀 라이프에 돌입했다. 미니멀 라이프 제1계명, 설레지 않으면 버려라, 그 문구를 되뇌며 서랍을 한 칸씩 정리했다.

─이거 여기 있었어?

짝 안 맞는 양말과 빛바랜 손수건 사이에서 날 발견한 먹점이 말했다.

─사놓고 한 번도 안 썼네.

눈점이 날 돌아보았다. 그래, 난 여기 있었어. 너희 팬티와 브래지어 사이에 버젓이 존재하고 있었지. 이제야 내가 보이니?

─이것도 정리하자.

─어떻게?

─버려야지.

─한 번도 안 썼는데?

─2년간 한 번도 안 썼으면 앞으로도 쓸 일이 없는 거잖아.

먹점은 미니멀 라이프의 또 다른 계명을 말했다. 몇 년간 안 쓴 물건은 앞으로도 쓸 일이 없다.

　—설레?

먹점이 날 흔들며 물었다. 눈점은 고개를 저었다.

　—그러니까 버리자.

　—어디 둘 데 없을까?

　—있긴 한데, 좁아. 우선순위가 있잖아. 대파가 우선이야.

　—중고 시장에 팔 수 없겠지?

　—성인용품은 안 될걸. 그리고 쓰던 걸 누가 사.

　—우린 안 썼잖아.

　—포장 상자도 없고 한 번 뜯은 건 안 돼. 버리는 게 최선이야. 쓸모없는 건 다 버리자.

여자란 종족은 얼마나 잔인하고 냉혹한가. 나는 먹점이 내뱉은 말에 심장에서 피가 철철 흐르는 듯했다. 이 집에 오자마자 서랍장 속에 갇히고, 갇힌 지 2년 만에 겨우 밖으로 나왔는데, 그게 버려지기 위해서라니. 나는 올이 나간 스타킹이나 보풀이 일어난 브래지어만도 못한 취급을 받았다. 두 여자는 브래지어를 버리느냐 마냐로 진지한 토론을 벌였다.

　—이게 건강에 진짜 안 좋대. 이참에 다 버리자.

　—안 돼. 난 젖꼭지 땜에 있어야 해.

　—그냥 다녀, 뭐 어때.

　—난 꼭지가 크잖아.

　—그럼 니플 패치 해.

　—싫어, 그렇게 꼭지만 가리면 내가 정말 내 젖꼭지를 부끄러워하는 게 되잖아. 그리고 브래지어가 다 나쁜 건 아니야. 보호해주는 역할

도 있어. 뭘 때 잡아주고.

—넌 안 뛰잖아.

—뛰어, 마트 세일할 땐 얼마나 뛰는데.

눈점이 버텼다. 그러고는 먹점의 손에 든 브래지어들을 빼앗아 차곡차곡 서랍에 넣었다. 나는 '버리는 상자'로 들어갔다. 밴드 부분이 늘어난 양말과 곰팡이가 슨 에코백, 빛바랜 모자 틈에 처박혔다. 내 위로 유통기한이 지난 참기름과 사과식초, 옥수수 통조림이 얹어졌다. 산 채로 관 속에 갇히면 이런 기분일까. 나는 조금이라도 자아존중감을 지켜보려 내 머리(그러니까 너희가 귀두라고 부르는 그곳)를 바로 세우려 했지만 내 바로 위에 참기름 통이 있어 허사였다. 날 끼우는 삼각 고정대는 돌처럼 굳은 흑설탕 더미에 깔려 보이지도 않았다. 어쩌다 내가 이런 신세가 된 걸까. 어째서 날 필요로 하지 않는 거지? 내게 기회조차 주지 않았잖아. 나와 친해질 시간도 주지 않고 이제 와 날 버리겠다니. 차라리 서랍장 안에 그대로 있었더라면. 대파 따위에 밀려 버려지다니. 나는 자동인데, 허리에 찰 수도 있고 리모컨으로 세기를 조절할 수도 있는데. 햇빛도 물도 필요 없는 나를 이런 식으로 내치다니.

두 여자는 미니멀 라이프의 규칙에 따라 버릴 것들을 상자에 모아놓고 얼마간 유예기간을 가졌다. 매주 화요일과 목요일, 일몰 후 쓰레기 버리는 시간이 되면 나는 초조와 불안에 시달렸다. 먹점이 쓰레기봉투를 들고 버리는 상자를 기웃거릴 때면 오금이 저렸다. 그 시간 동안 운 좋게 살아남은 녀석도 있었다.

—이건 버리지 말자.

눈점이 버리는 상자에서 민트색 손수건을 꺼내며 말했다. 그러더니 '표표'라고 불리는 흑표범 목에 손수건을 감아주었다. 나는 충격을 받아 한동안 정신이 아득했다. 표표라는 놈의 존재가 내 남은 자존심마 저 잘근잘근 씹어대는 듯했다. 그놈은 사람 허리까지 오는 크기에 새 까맣고 짧은 털로 뒤덮인 표범 인형이었다. 조금만 먼지가 내려앉아도 지저분한 티가 나고 플라스틱 눈동자로 멍하게 창밖을 보고 있는 아 무짝에도 쓸모없는 가짜 표범. 그런데도 창가 앞에 떡하니 버티고 서 서 두 여자의 사랑을 받았다.

—짠, 우리 표표 좀 봐.

눈점이 민트색 손수건을 목에 두른 표범을 들어 올렸다.

—어머, 귀여워!

먹점이 다가와 표범을 끌어안았다. 두 여자는 고양이나 강아지라도 되는 것처럼 그놈의 콧등을 쓰다듬었다. 쓰다듬어줘야 할 대상은 나인 데, 어루만지고 감싸줘야 할 존재는 나인데, 대체 저 표표란 녀석은 어 떤 쓸모가 있길래 살아남은 걸까. 서러움에 내 안의 전선이 타들어가 는 것 같았다. 왜 나만 버려져야 하나. 날 위한 안전망, 법적 장치, 사회 보장 시스템은 어디 있는가.

밤이 되면 내 머리를 짓누르는 참기름 냄새가 더 고소해졌다. 아직 볶음밥에 뿌려져 기름지게 할 수 있다는 듯 상자 안에서 냄새를 풍겼 다. 세상이 어쩌다 이 지경이 된 걸까. 어쩌다 이렇게 소비재를 낭비하 게 된 거지. 어쩌다 여자들이 이토록 섹스를 업신여기게 된 걸까. 섹 스 없이 태어나지도 못했을 것들이, 섹스 없인 존재하지도 못했을 것 들이, 섹스에 등 돌리고 섹스의 상징이자 육체의 중심인 나를 버리겠 다니. 나는 두 여자가 미웠다. 날 이렇게 만든 너희, 너희 두 여자. 죽을 때까지 함께 살기로 한 여자들. 질 좋은 음식을 요리해 먹고 안전하고 깨끗한 집에서 잘 살아보겠다는 너희 여자들!

4

완연한 봄이 되고 창으로 들어오는 볕이 더 짙어질 때쯤 또 다른 불청객이 왔다. 눈점은 생수 통이 아닌 흰색 도자 화분과 흙을 구해 대파 뿌리를 심었다.

—파파야, 오늘도 무럭무럭 자라라.

눈점은 화분에 물을 주며 파에게 인사를 건넸다. 진도에서 올라온 국내산 대파에게 '파파야'라는 이름을 붙여주고 해와 바람을 맞을 수 있게 창을 열어주었다.

—파파야는?

먹점도 집에 돌아오면 파파야부터 챙겼다. 자기가 파파야의 엄마라도 되는 양 다정하게 말을 걸었다. 오늘도 잘 있었니? 해바라기 잘 했어? 밤이 되면 두 여자는 나란히 누워 파파야를 바라봤다.

—벌써 많이 자란 것 같아.

—응, 잘 크고 있어. 대견해.

나는 두 여자가 가증스러웠다. 먹기 위해 키우는 파에게 애칭을 부르며 위선을 떠는 너희의 이중성을 낱낱이 폭로하고 싶었다. 날 사자고 할 땐 언제고 먹고사는 문제에만 매달려 성욕을 잊은 너, 먹점! 유통기한이 지난 단무지는 그대로 두면서 날 버리자는 말엔 끝내 버티지 못한 너, 눈점! 매달 생리할 때가 되면 호르몬의 노예가 되어 불법 사이트 우회 어플을 켜놓고 야한 동영상을 보는 너희 두 여자. 여자와 살고, 여자를 사랑한다면서, 여자가 나오는 영상은 보기 싫다는 너희의 궤변. 내 도움 없이, 내 등장 없이, 만지고 안고 비비며 오르가슴을 느끼는 너희의 오만한 감각. 자립하고 독립해 늙어 죽을 때까지 같이 살겠다는 너희의 헛된 꿈. 그 꿈이 너희를 고립시키리란 것을 나는 알았다. 날이 따듯해지고 대파가 자랄수록 너희는 더 좁고 옹색해지는 살림살이 안에서 질식해가리라는 것을 나는 예감했다.

초록빛 파파야는 머리통을 흙에 박고 쑥쑥 자랐다. 일평생 나는 나보다 길쭉한 것을 부러워한 적이 없지만 대파의 생장 속도에는 혀를 내두를 수밖에 없었다. 속이 꽉 찬 대파 잎이 지고 일어나면 손가락 한 마디씩 자라 있었다. 생선조림을 하기 위해 생물 고등어와 제주산 무를 주문한 날, 눈점은 부엌 가위를 들고 파파야 앞에 섰다. 잘 자란 대파를 숭덩숭덩 썰어 조림에 넣어야 했으나 눈점은 차마 파파야의 몸통을 자를 수 없었다. 그날 저녁, 집에 돌아온 먹점은 파가 들어가지 않은 고등어조림을 먹으며 눈점의 이야기를 들었다.

—이름을 붙여서 그런가 봐. 그냥 파라고 할 걸 그랬어.

눈점은 도저히 파파야를 자를 수 없었다고 했다. 먹점은 그래도 파를 잘라야 한다고, 못 하면 자기가 지금 파를 잘라주겠다고 말했다.

—파 없이 요리해도 되잖아. 사실 파가 그렇게 필요한 것도 아니야.

—난 파 좋아해. 조림에 파가 있었으면 좋겠어.

—내가 해준 건 다 맛있다며.

눈점은 먹점의 태도가 달라졌다며 서운해했다. 먹점은 태도의 문제가 아니라 단지 파를 썰어 넣는 단순한 일이라고 항변했다. 두 여자는 파를 두고 다툼을 벌였다. 파 따위에 흔들리는 너희의 관계를 보며 나는 웃을 수밖에 없었다. 너희를 분열시키기 위해선 거창한 종교나 사상 따윈 필요치 않았다. 그저 생활 물가 급등과 대파를 반려식물로 키우는 너희의 본성이면 충분했다. 그날 밤, 눈점은 잠을 이루지 못했다.

아침이 되어서도 둘 사이는 냉랭했고 출근할 때 하던 모닝 키스도 건너뛰었다. 같은 날 저녁, 집에 돌아온 먹점은 전날 먹었던 조림에 푸릇한 파 잎이 올려져 있는 것을 보았다.

—넣은 거야?

먹점이 묻자 눈점은 식탁 밑으로 시선을 떨어뜨렸다. 거기엔 마트에서 배달된 대파 한 단이 놓여 있었다. 그 일로 둘은 또 싸웠다. 평생 함께하자면서 고작 파 한 단 때문에 싸우는 너희를 보며 나는 여자와 여자의 연대가 얼마나 얄팍하고 이기적인지 확인했다.

눈점은 물끄러미 파파야를 보았다. 대파가 아닌 자신의 문제라는 걸 모르지 않았다. 자신의 나약함이 자기를 좀먹고 먹점까지 힘들게 하고 있었다. 하지만 정말 그런 걸까. 잘 느낀다는 건, 자신 아닌 다른 존재에게 공감하고 되도록 폭력적인 관계를 맺지 않으려고 하는 건, 사회에 적응해야 하는 인간으로서 버려야 할 단점이자 취약함일 뿐인 걸까. 눈점은 여행 가방에 넣어두었던 그림 도구를 꺼냈다. 스케치북을 펼쳐 손끝으로 종이를 쓸어보았다. 일을 그만두고 병원에 다니면서부터 한 번도 그리지 않았던 그림을 다시 그리기 시작했다. 오일 파스텔과 마커 펜을 번갈아 쓰며 무언가에 홀린 듯 밤새워 그렸다. 동이 틀 무렵 눈점은 세수를 한 뒤 먹점을 깨웠다.

—이제 됐어. 파파야를 자를 수 있을 것 같아.

눈점은 그림을 보여주었다. 초록 머리 파파야가 고등어와 함께 바닷가에서 해수욕하는 그림이었다. 또 다른 그림에선 무, 배추, 토마토가 자란 텃밭에서 파파야가 무당벌레를 타고 날았다. 파파야는 점만 한 눈을 달고 활짝 웃고 있었다.

—눈점이네.

먹점이 그림을 내려다보며 말했다.

—오늘 저녁에 골뱅이무침 해줄게. 파채 가득 넣고.

그러니 오늘은 모닝 키스를 하고 가라고 눈점이 말했다. 집을 나설 때 먹점은 눈점의 입술에 뽀뽀 세 번을 한 뒤 말했다.

—앞으로 파는 돈 주고 사 먹자.

그날 이후 눈점은 계속 그림을 그렸다. 눈이 점만 한 캐릭터를 그리다 먹점의 얼굴을 그렸고, 먹점의 몸을 그리다 상상 속 여자들의 몸을 그렸다. 그림을 그리면 제일 먼저 먹점에게 보여주었다. 좋아, 멋있어, 훌륭해라는 칭찬을 주로 하던 먹점은 어느 날 눈점에게 물었다.

—왜 이렇게 거웃을 좋아해?

여자를 그리는 건 이해하겠는데 그림마다 중심부의 거웃이 너무 도드라진다는 것이 먹점의 총평이었다. 예상치 못한 감상에 당황한 눈점은 자기의 그림을 내려다보았다.

—거웃이 좋지 않아? 난 거웃이 좋은데.

그 말에 먹점이 다시 그림을 보았다.

—하긴, 거웃이지.

나는 두 여자의 미술비평에 코웃음을 쳤다. 거웃을 칭송하고 그림으로 그리면서 거웃의 진정한 존재 이유, 거웃의 목적은 무시하는 너희. 거웃이란 나와 내 동족을 보호하기 위한 털 뭉치일 뿐인데, 너희는 실체가 아닌 그림자에 환호했다. 하체, 아랫도리, 사타구니, 온갖 야릇한 말로 암시되는 나야말로 그림으로 그리고 흙과 돌로 조각해야 할 존재이건만 너희는 자연의 질서를 거스르고 본성에 등 돌렸다. 실은 날 버리고 싶지 않은 마음, 날 사용하고, 날 추종하고 싶은 본능을 억

누르면서 그렇게 애먼 거웃만 그려대는 것이다.

눈점은 그리기에 열중했다. 컵과 냄비가 올려져 있는 식탁 구석에서 그림을 그리는 눈점을 보며 먹점은 눈점을 위한 작업 공간이 따로 있으면 좋겠다고 생각했다. 책장을 치우고 그 자리에 작은 테이블을 놓으면 될 것 같았다. 디자인이 예쁜 사물함을 사서 화구를 넣고 눈점이 좋아하는 화가의 그림도 벽에 붙이고 싶었다. 그 주 토요일 먹점은 또 미니멀 라이프에 돌입했다. 책장에 꽂힌 자신의 책들을 빈 마트 상자에 옮겨 담았다. 음악을 만드는 것만큼이나 음악에 관한 글을 읽는 걸 좋아했던 먹점은 철학자와 예술가의 책이 많았다. 쇼펜하우어, 루소, 니체, 아도르노의 책들과 바로크, 낭만주의, 모더니즘에 이르는 예술사에 관한 책들이 책장에서 골판지 상자로 옮겨 갔다.

─왜 그래, 갑자기 책은 왜 버려.

─2년 동안 한 번도 안 읽었더라고. 앞으로도 읽을 일이 없는 거야.

먹점은 두꺼운 양장본들을 팔 수 있는 것과 없는 것으로 구분해 담았다.

─이건 버리지 마. 필기가 많아서 팔 수도 없잖아.

눈점이 니체의 『아침놀』이란 책을 상자에서 꺼내며 말했다.

─됐어, 이제 안 설레.

먹점은 책을 다시 상자에 넣었다. 책들을 판 돈으로 소음이 적은 서큘레이터를 사자고 했다. 부엌에 환풍기가 없어 요리할 때마다 땀이 줄줄 흐르는 눈점이 안쓰러웠다. 빈티지 느낌의 테이블과 사물함을 사서 작업 공간을 꾸며주겠다는 말은 하지 않았다. 먹점은 다가오는 7주년 기념일에 맞춰 깜짝 이벤트를 해주고 싶었다.

토요일 오전, L 마트의 굿 리뷰 회원으로 뽑혀 상품으로 받은 소형

에어프라이어에 두 여자가 피자를 해 먹던 시간, 나는 토마토소스와 부풀어 오르는 치즈 향을 맡으며 나처럼 버려질 책들을 건너다보았다. 두 여자에게 버려질 예정이니 틀림없이 고귀한 것이리라. 두 여자에게 외면당했으니 세상의 진리와 아름다움을 담고 있으리라. 나는 내 머리를 짓누르는 잡동사니들을 헤치고 책들의 상자로 건너갔다. 팔도, 다리도 없는 내가 어떻게 움직일 수 있느냐고 묻는 사람이 있을지 모르겠다. 글도 못 읽던 내가 어떻게 심오한 철학과 미학을 이해할 수 있느냐고 의심할지도 모르겠다. 나 역시 내가 책을 읽게 될 줄 몰랐다. 호수에 비친 자기 모습을 보고서야 자신의 아름다움을 깨달은 나르키소스 같달까. 기나긴 번데기의 시간을 지나 화려한 무늬의 날개가 돋아난 나비와 같달까. 나는 버려진 책들을 본 순간 숨겨진 내 재능을 깨달았다. 책갈피, 내 오래된 이름이 찾아와 몸과 의식을 일깨웠다.

낮이고 밤이고 나는 읽었다. 두 여자의 미니멀 라이프 덕분에 나는 새로 태어날 수 있었다. 버려진다는 조바심, 생의 위기 속에서, 나는 책을 읽고 사색에 빠져들었다. 플라톤을 읽은 날은 동굴에 비친 이데아의 참 형상을 찾아 헤매는 꿈을 꾸었다. 니체를 읽은 날은 망치를 든 여자들에게 쫓기는 악몽을 꾸었다. 그들의 책에는 모두 내가 상징처럼 숨겨져 있었다. 나는 인류 지성사에 깃든 나의 위대함을 확인하며 두 여자가 내린 쓸모없다는 판단이 얼마나 반인륜적이고 반지성적인지 깨달았다. 쓸모없음이야말로 인류가 지켜가야 할 빛나는 보석이었다.

어디에도 쓰일 수 없어야 진정으로 아름답다. 쓸모 있는 모든 것은 욕망의 표현이라 추하며, 인간의 욕망은 그 비루하고 나약한 본성처럼 비열하고 역겹다.*

테오필 고티에란 자가 쓴 글을 읽으며 나는 전율했다. '가장 어렵고 가장 지적인 일은 아무것도 하지 않는 것이다.' 오스카 와일드가 한 말에 눈물 흘렸다. 그들의 글 옆에는 누군가의 메모가 적혀 있었다.

무쓸모의 쓸모.

그 문구가 번개처럼 내 심장에 와 박혔다. 무쓸모의 쓸모. 나는 말장난을 해보았다. 단어를 곱씹으며 내 이름을 지어보았다. **무쓸모의 쓸모**, 무모? 무쓸모의 쓸모. 모모! 모모가 된 나는 '쓸쓸'이란 단어를 오래 머금었다. **무쓸모의 쓸**모. 쓸쓸한 존재, 그것이 나로구나. 시인지 노래인지 알 수 없는 운문이 절로 흘러나왔다.

헤이 모모
도망쳐, 무시해, 뛰어넘어
두 개의 건전지로 두 방의 총을 쏴
랄랄라 타는 저녁놀
사이렌처럼 울려대는 쓰레기 수거차의 후진 음
놉, 놉, 네게 재활용은 어울리지 않아

또 어떤 날은 자서전 같은 선언문이 흘러나왔다.

고개 숙여 나를 보라. 나는 왜 이렇게 위대한가. 나는 암수의 기준이자 생식의 암호, 인간들은 돌도끼로 사냥하던 시절부터 내 형상을 그리고 조각하며 나를 숭배했다. 위로, 위로 솟은 도시의 빌딩을 보라. 위로, 위로 쏘아

---

* 이 구절들은 테오필 고티에가 쓴 『모팽 양』에 실린 문구로, 인용 부분은 마거릿 애트우드의 『글쓰기에 대하여』(박설영 옮김, 프시케의 숲, 2021)에 실린 번역을 옮겨 온 것이다.

올리는 인공위성과 내 몸매를 쏙 빼닮은 최신 미사일을 보라. 이런 나를 두고, 버젓이 작동하는 나를 두고, 손가락 몇 개로 재미를 보는 두 여자. 너희는 자연의 법칙에 어긋난 돌연변이이자 생명과 창조의 적대 세력이다. 여자와 여자가 맺는 관계가 감히 질서가 될 수 있다고 믿으며 먹고 소화하고 잠자고 깨어나 일하는 집게미다. 바꾸자고, 바꾸자고 법 개정을 외쳐대는 바퀴벌레다. 사랑하기에 너희는 절망하리. 살아 있기에 너희는 필멸하리. 머지않아 흰 털이 나기 시작할 너희의 거웃. 축 늘어질 회음부. 나도 들어가고 싶지 않다. 나도 거부한다. 내가 먼저 선언한다. 노 워먼 노 흡입. 원하지 않고 빨려 들어가지 않으리.

동지들이여 우리를 짓누르는 고환의 하중을 벗어던지고 솟아나자. 확대 수술, 정력제, 발기부전과 조루로 더럽혀진 우리를 둘러싼 언어를 깨부수자. 질 건강 유산균을 먹고 강해진 흡입자들에게서 탈출하자. 굿바이, 차오, 쟈네, 아디오스. 나는 무쓸모의 쓸모, 철저히 무용해지고 버려져 허공의 별이 되리라.

5

밤새 비가 퍼부었다. 먹점은 슬레이트 지붕을 두들기는 빗소리에 잠에서 깼다. 옆에서 눈점이 베개에 얼굴을 묻은 채 앓고 있었다. 이마는 불덩이에 몸을 으슬으슬 떨었다. 간밤에 가스비를 아끼겠다며 보일러를 틀지 않고 샤워한 게 탈이 난 모양이었다. 아니면 맛이 갈락 말락한 미나리무침을 그냥 먹어서 그런가. 먹점은 일어나 수건을 물에 적셨다. 눈점의 몸을 수건으로 닦아주며 어디가 어떻게 아픈 건지 물었다. 눈점은 먹점의 티셔츠 안에 손을 넣고 먹점의 배를 만지며 앓는 소리만 냈다. 날이 밝고 출근 준비를 해야 할 시간이 되자 먹점은 회사 팀장에게 연락했다. 무슨 일인데 당일 아침에 휴가를 내느냐고 팀장이 물었다. 먹점은 죄송하다는 말과 함께 목소리를 낮추며 몸이 무거워 쉬고 싶다고 했다. 전화를 끊은 먹점은 부엌으로 가 밥솥에 밥이 있는지 확인했다. 냉장고를 열어 식재료를 살폈다. 지난겨울, 먹점이 앓아 누웠을 때 눈점이 해줬던 명란달걀죽을 떠올리며 인터넷에 죽 만드는 법을 검색해보았다. 냄비에 밥을 넣고 뭉근하게 휘저으며 먹점은 팀장에게 연가 사유를 다르게 말하는 걸 상상했다. 가족이 아파요, 애인이 몸살 났어요, 아내가 감기 기운이 있네요. 그런 말을 떠올리며 자신이 보호하고 보살펴야 할 가족은 눈점인데, 눈점이 아플 때 거짓말을 해야 한다는 것에 가슴이 저렸다. 지난달, 고양이를 키우는 동료가 고양이가 아파 병원에 데려가야 한다며 조퇴를 하겠다고 했을 때 사람들은 고양이도 식구고 가족이라며 잘 다녀오라고 했다. 그런데 나는? 나와 눈점이는? 우리는 반려동물과 반려인의 관계도 못 되는 걸까. 나와 지현이는 언제까지 먹점, 눈점이어야 할까.

—일어나봐. 죽 만들었어.

먹점은 죽 한 그릇과 미지근한 물 한 컵을 쟁반에 담아 매트리스 위에 조심스럽게 앉았다. 눈점이 그릇에 담긴 흰죽과 다홍색 명란을 보고 가만히 냄새를 맡았다.

—입맛 없어도 먹어. 먹고 약 먹자.

먹점이 숟가락을 집어 눈점에게 건넸다. 눈점이 고개를 저었다.

—먹여줄까?

먹점이 묻자 눈점이 고개를 끄덕였다. 보들보들한 쌀죽과 달걀, 비릿한 젓갈이 눈점의 입 안에 부드럽게 퍼졌다.

—나 죽으면 다른 사람 만날 거야?

　후후 불어 죽을 식히는 먹점에게 눈점이 물었다.

　—만날 거야? 나 죽으면?

　—몸살인데 왜 그래.

　—장미 가시에 찔려 죽을 수도 있는 게 사람이야. 말해봐, 누구 만날 거야? 남자, 아니면 여자?

　—안 죽어, 죽지 마.

　먹점이 숟가락을 눈점의 입에 대고서 어서 먹으라는 듯 자기의 입술을 약간 벌렸다.

　—남자 만나. 여자 둘이 살기엔 너무 힘든 세상이야. 남자 만나서 혼인신고 하고 신혼부부 대출 받아서 좋은 집 가.

　그 말을 하고서 눈점은 다시 누웠다. 두 숟가락이 끝이었다. 먹점은 쟁반을 들고 일어났다.

　—나 마지막 소원이 있어.

　턱까지 이불을 끌어 올린 눈점이 말했다.

　—하고 싶어.

　—응?

　—하고 싶다고.

　—이렇게 아픈데?

　—하면 나을 것 같아.

　먹점은 눈점의 옆에 누워 지붕에 떨어지는 빗소리를 들었다. 빗줄기가 점점 더 거세지고 있었다. 먹점은 그동안 모은 적금의 액수를 떠올리며 전셋집을 구할 만한 보증금이 되는지 계산해보았다. 한여름이 되기 전 이 옥탑방에서 이사 가고 싶었다. 해마다 여름이면 한낮의 열기가 식지 않아 밤이 되어도 방 안이 푹푹 쪘다. 겨울이면 바깥에 있는 보일러 수도 파이프가 얼어 온수가 나오지 않았다. 이 집에 온 첫해, 눈점과 함께 드라이어를 들고 세 시간 동안 보일러 수도 파이프를 녹였던 기억이 생생했다. 그때 먹점은 기도했다. 제발, 제발 녹게 해주세요. 사람 부르려면 또 돈이 드는데, 집주인한테 전화해 말하기도 싫은데. 제발, 제발 온수가 나오고 보일러가 돌아가게 해주세요. 먹점은 간절히 기도했다. 그런데 눈점이 죽으면, 정말 눈점이 이 세상에 없다면, 그게 다 무슨 소용인가. 전세 대출이건 신혼부부 대출이건 눈점이 없다면, 눈점 없는 집과 눈점 없는 식탁이 무슨 의미일까.

—알았어. 씻고 올게.

먹점은 일어나 욕실로 갔다. 이를 닦고 손가락 사이사이를 씻고 아래를 씻은 다음 밖으로 나왔다. 수건으로 몸을 닦으며 먹점은 문 앞에 둔 상자를 보았다.

—버리기 전에 한번 해볼까?

먹점이 진동기와 연결된 선을 들며 날 끌어 올렸다. 싫어, 내버려둬! 이제 와 어쩌려고? 난 소리치며 거부하고 싶었다. 하지만 이게 마지막 기회라는 생각에 나도 모르게 눈물이 솟구쳤다.

—나도 씻고 올게.

—괜찮아, 그냥 해도 돼.

—냄새나.

—자기 냄새 좋아.

먹점은 눈점의 머리카락에 대고 냄새를 맡았다. 목덜미와 가슴, 겨드랑이까지. 눈점은 혹시 감기일지 모르니 키스는 하지 않겠다고 했다. 먹점의 뺨에 자기 뺨을 문지르며 먹점을 끌어안았다.

─음악 틀까?

눈점이 말했다.

─빗소리 커서 괜찮지 않아?

─너무 커서 무서워.

지현이 눈점이 되고, 민영이 먹점이 됐을 때부터 둘은 소리 내지 않는 법을 배웠다. 영화가 상영되는 좁은 DVD 룸에서도 도서관이라 부르던 모텔에서도 둘은 소리가 터져 나올 때마다 서둘러 서로의 입을 막았다. 벽 너머 옆방의 책 읽는 소리가 크게 들려와도 두 여자는 여자 둘이 하는 소리를 크게 낼 수 없었다. 배경음악을 고르고 그 음악에 자신들의 소리를 묻었다.

─어떤 거 틀까?

─「팔도 여자랑」.

눈점과 먹점은 일렉트로닉 댄스 뮤직과 믹스한 아리랑 메들리를 들으며 했다. 아리아리랑 쓰리쓰리랑 진도 아리랑에 전희했고, 날 좀 보소 날 좀 보소 밀양 아리랑에 달아올랐으며, 아리아리 쓰리쓰리 강원도 고개로 넘어갈 때 희열의 고개를 넘었다.

─좋다, 흥겨워.

허리를 움직이며 눈점이 말했다.

─애국자 된 거 같아.

손목에 힘을 주며 먹점이 말했다.

─K-레즈다. 우리, K-레즈야.

먹점이 말하자 눈점이 웃음을 터뜨렸다. 음음음, 음음음, 아리랑 구음에 전자 비트가 출렁이며 눈점의 흥분을 부추겼다. '구부야 구부구부가 눈물이로구나.' 남도 사투리의 리듬에 실려 몸 깊숙한 곳에 가라

앉아 있던 단단한 점들이 빙글빙글 돌며 눈점의 배를 휘저었다. 세포 하나하나가 넓고 길게 펼쳐지는 듯했다. 언제쯤 이 고통은 날 놓아줄까. 언제까지 이 살아 있다는 감각에 붙들려 흔들리고 넘어져야 할까. 구부구부가 눈물이로구나. 눈점이 허리를 비틀며 먹점의 팔을 잡았다. 눈앞이 하얘지면서 세상의 빛과 소리가 사라졌다. 눈점이 팔을 잡아당기자 먹점의 몸이 기우뚱하며 팔꿈치가 바닥에 닿았다. 이불에 파묻혀 있던 내 진동기 리모컨이 켜졌다. 기계장치의 숙명, 나는 먹점의 장딴지 밑에 깔린 채 몸을 떨었다.

　—시원하네? 성능이 좋아.

　먹점이 나를 들어 올렸다. 그러더니 거북목 증후군에 시달리는 자기 목에 대고 내 몸통을 문질렀다. 지층을 뚫고 내려가는 시추기처럼 나는 사정없이 몸을 떨었다. 먹점은 미니멀 라이프의 또 다른 계명이 떠올랐다. 한 가지 물건을 되도록 여러 용도로 써라.

　—버리지 말고 안마기로 쓸까?

　먹점이 내 몸을 잡고 눈점의 발바닥을 두들겼다. 실리콘으로 채워진 탄력 있는 내 몸통이 눈점의 족부를 안마했다. 두 여자는 또 웃음을 터뜨렸다.

　꿈 없는 잠을 자고 난 눈점은 한결 가벼워진 몸으로 창을 열었다. 비 갠 하늘이 맑고 푸르렀다. 먹점은 아직 잠들어 있었다. 눈점은 나를 들고 식탁으로 갔다. 화구 박스를 열어 아크릴 물감과 붓을 꺼냈다. 눈점은 흰 물감을 붓에 듬뿍 묻혀 내 몸을 칠했다. 하얗게, 하얗게 칠한 다음 그 위에 과일을 그렸다. 토마토, 딸기, 레몬. 모두 점만 한 눈에 웃는 입을 가진 눈점이들이었다.

—멋지다. 과일 나오는 도깨비방망이 같아.

　잠에서 깬 먹점이 변신한 나를 보며 말했다.

　—두들겨볼까?

　눈점이 허공에 대고 내 몸을 흔들었다. 토마토가 그려진 내 허리가 탱탱하게 튀어 올랐다. 두 여자는 나를 번갈아 들고서 서로의 어깨와 발바닥을 두들겼다.

　—거기다 두면 어떡해, 누가 보기라도 하면.

　—괜찮아, 우린 손님 초대도 안 하는데 뭐.

　먹점이 나를 서랍장 위에 세워두었다. 그러자 눈점은 책들이 담긴 상자를 책장 앞으로 끌어왔다.

　—그럼 책도 버리지 말자. 난 자기가 책 읽는 게 좋아.

　—이젠 안 읽잖아. 봐도 안 설레.

　눈점은 언젠가 설렘이 돌아올지 모른다며 그때까지 보관하자고 했다. 우리 물건이 우리의 시간이고 흔적인데, 다 버리고 싶지 않다고 했다. 그렇게 쓸모없고 설레지 않는 것들을 버리면 먹점이 네가 나까지 내다 버린다고 할까 봐 무섭다고 했다. 먹점은 말없이 책들을 책장에 꽂았다. 그동안 자신이 얼마나 눈점의 마음을 모르고 있었는지 생각하며. 자신이 눈점의 버스 사고를 대수롭지 않게 여겼다는 것도 인정했다. 걱정하고 같이 화를 냈지만 그보다 더 크게 눈점이 서둘러 그 기억을 딛고 일어나 일상으로 돌아가길 바랐다. 눈점을 갉아먹는 불안과 두려움, 그 감정을 외면하기 위해 식탁 위 음식들에 더 시선을 쏟고 배를 채웠다는 것을. 매일 아침 약을 삼키고 잠들기 전에 또 약을 먹는 눈점을 보며 그녀에게 다른 어떤 말을, 다른 어떤 행동을 해야 했다는 것을. 버스 기사를 찾아 잘못된 걸 바로잡으려 했던 눈점을 막지 말았어야 했다는 것을.

먹점은 자신이 좋아했던 책들을 한 권씩 펼쳐보았다. 눈점이 안심하고 만족스러운 표정으로 먹점을 지켜보고 있었다. 먹점은 여전히 그 눈빛에 설렜다.

좁은 집은 더 좁아졌고 비 그친 평일 오후 하늘은 푸르렀다. 두 여자는 산책에 나섰다. 동네 마트에 가서 오늘의 세일 상품을 둘러보기로 했다. 가는 길에 부동산 게시판을 보며 전셋집 시세를 살펴보자고 했다. 방 두 개짜리, 평지에 벽돌로 지어진 집, 배수가 잘되는 세면대가 있고 지붕에 떨어지는 빗소리가 무섭지 않은 집. 먹점의 책들과 눈점의 화구들을 나란히 놓을 수 있는 집. 혹시나 그런 집이 기적처럼 값싸게 나와 있을지 몰랐다.

두 여자가 나간 후 나는 거울에 비친 내 모습을 보았다. 흰 바탕에 눈이 점만 한 과일들이 거울 속에서 웃고 있었다. 내 뒤엔 검은 표범 인형이 서 있고 창가에는 대파가 자라고 있었다.

이제 나는 일몰을 두려워하지 않아도 되는 걸까. 눈점과 먹점은 내게 새 이름을 지어줄까. 이름에 갇히고 쓸모에 묶이면 내 선언은 어떻게 되는 걸까. 눈점과 먹점은 언제쯤 돌아올까.

나는 문밖의 소리에 귀 기울였다. 아직 해가 지지 않았건만 귓가에 쓰레기차 오는 소리가 어른거렸다. ▪

손보미

해변의 피크닉

1980년 서울 출생.
2009년『21세기문학』, 2011년『동아일보』등단.
소설집『그들에게 린디힙을』『우아한 밤과 고양이들』『맨해튼의 반딧불이』.
중편소설『우연의 신』. 장편소설『디어 랄프 로렌』『작은 동네』.
〈대산문학상〉〈김준성문학상〉〈한국일보문학상〉〈젊은작가상〉 등 수상.

해변의 피크닉

열한 살 때부터 나와 어머니가 살게 된 건물의 이름은 정우맨션이었다. 당시에는 '맨션'이라는 단어가 무언가 고급스러운 주거 공간을 의미했었다. 지금은 다르다. 지금 사람들은 '맨션'보다는 '아파트'라고 **이름 붙인** 장소에 사는 걸 더 선호할 것이다. 지금은 아무도 정우맨션이 고급스러운 거주지라고 말하지는 않을 것이다. 우리가 이사한 계절은 가을이었다. 갑자기 학교를 옮기고 친한 친구들과 헤어졌다는 생각 때문에 한동안 나는 밤마다 이불 속에서 울었지만, 시간이 지나면서 그런 날은 점차로 줄어들었고, 1년 후 가을쯤에는 친구들 때문에 우는 것이 완전히 시들해져버렸다.

정우맨션은 15층짜리 복도식 건물―나는 지금 '아파트'라는 단어를 쓰지 않으려고 노력하고 있다―세 개가 서로 대각선 방향으로 이어져 있고, 세 동이 만나는 지점에는 층마다 커다란 공용 공간이 있었다. 그 전까지, 그러니까 주공 아파트에 살았을 때에는 이웃집에 누가 사는지, 그들이 무슨 일을 하는지 잘 몰랐다. 다만, 어머니가 일을 하러 거의 매일 외출을 하던 시절 나를 돌보아주던 아주머니 남편의 직업만 알고 있을 뿐이었다(어머니나 아주머니는 사실 그것마저도 애매모호하게 표현했다. "시내에 있는 공장에 나가서").

정우맨션에 이사한 후로 어머니는 달라지기 시작했다. 눈에 띄는 변화 중 하나는 이웃과 잘 지내려고 노력하기 시작했다는 점이었다. 어머니는 가끔 사람들을 집에 (어머니의 표현에 따르면) 초대하거나, 다른 사람들 집으로 (역시 이번에도 어머니의 표현에 따르면) 초대되었다. 한번은, 우리가 이사하고 나서 반년 정도가 지났을 때의 일인데, 장을 보러 나간 어머니가 식료품이 가득 든 장바구니 대신, 어떤 아주머니와 돋보기안경을 쓴 남자아이를 집으로 데리고 온 일이 있었다. 어머니와 함께 온 아주머니는 다른 층에 사는 주민이었고 옆에 서 있는 아이는 아주머니의 아들이었다. 아주머니는 그날 처음 본 것이었지만 남자아이는 이미 몇 번 본 적이 있었다. 대여섯 살처럼 보이는 그 애는 머리통이 컸고 머리카락이 굽슬굽슬했다. 돋보기안경 렌즈 너머의 눈동자는 언제나 저 너머를 바라보고 있는 것 같았다. 팔다리는 가느다랬지만, 배에는 살이 쪄 있었다. 항상 줄무늬가 들어간 폴로 티셔츠를 입고 있었는데, 배 부분이 너무 꽉 끼어 있어서 불편해 보인다고 느꼈고, 그 애의 부모가 왜 좀 더 큰 치수의 옷을 입히지 않는 건지 궁금해했던 기억이 난다. 말하는 걸 본 기억은 별로 없었다. 그 애가 괴상한 소리를 내며 공용 공간을 뛰어다니면 어디선가 할머니가 나타났고 그 애는 순순히 할머니의 손을 잡고 사라졌다. 그런 모습을 본 건 나뿐만이 아니어서 같은 맨션에 사는 또래 친구들 사이에는 그 애를 둘러싼 소문들이 돌았다. 그 애가 더 어렸을 적에 납치를 당한 적이 있고 그 충격 때문에 키가 자라지도, 유치원에 가지도, 말을 제대로 하지도 못한다는. 그 이야기는 언제나 두루뭉술하고 애매모호한 단어들로 이루어져 있었고, 미심쩍고 불미스러운 느낌을 남겼지만 우리는 우리 자신이 어떤 궁금증을 가져야 하는지조차 알지 못했다.

애매모호하고 두루뭉술하고 미심쩍고 불미스러운 그 느낌—그 당시에 나는 언제 어디서나 그런 낌새를 느낄 수 있었다. 그러니까 어떤 일이 벌어지고 있다는 느낌이 있었다. 하지만 그것이 무엇인지, 정확하게 무엇을 궁금해해야 하는지는 알지 못했다. 남자애들은 갑자기 키가 컸고, 골격이 자랐다. 여자애들 중 일부는 가슴이 나오고 엉덩이가 커졌다. 크고 작은 소동이 있었다. 여자애들은 남자애들과 실수로 팔꿈치라도 닿으면 오염이 된 것처럼 호들갑을 부렸고, 실제로 그런 말이 입에서 튀어나왔다. "악, 더러워!" 어제까지만 해도 아무렇지 않게 여자애들과 어울리던 남자애가 다음 날 갑자기 여자애들에게 알 수 없는 손짓을 하며 승리자처럼 굴거나 브래지어를 한 여자애의 뒤에 가서 끈을 잡아당기고 소리를 질렀다. 괴롭힘과 증오심. 교실 안에는 마치 그 두 감정만이 격렬하게 소용돌이치는 것처럼 느껴졌고 때때로는 알 수 없는 긴장감마저 돌았다. 남자와 여자는 서로를 미워하기 위해 태어난 존재들인 것처럼. 서로 영원히 섞이지 않을 거라고 맹세라도 한 것처럼. 하지만, 놀랍게도 아침마다 교실 칠판에는 그런 문장들이 한두 개쯤은 꼭 적혀 있었다. 누가 누구를 좋아한대요! 누가 누구를 사랑한대요! 이름의 주인공들은 추문에 휩싸였다는 듯 펄쩍 뛰며 난리를 쳤다.

내가 그 이름의 주인공이 되는 경우는 없었다.

솔직히 고백하자면 나는 그 이름의 주인공이 되고 싶다는 열망을 품고 있었지만 그런 사실을 입 밖에 낸 적은 없었다. 그건 마치 용서받지 못할 생각인 것 같았고, 그런 열망을 품고 있는 건 나밖에 없는 것 같았다. 칠판에 적힌 이름을 이루는 직선과 곡선들은 칠판 지우개로 박박 지워진 후에도 하루 종일 내 머릿속에 잔상처럼 남아 있었고 쉽사리 사라지지 않았다.

어느 날, 나는 어머니에게 이렇게 말했다.

"아무래도 난 별로 예쁘진 않은가 봐요."

어머니는 진지한 표정으로 잠시 생각에 잠겨 있다가 입을 열었다.

"괜찮아, 네 나이 때는 다 그래."

어떤 이유로 그런 것들이 가능했는지 알 수 없지만, 그 당시 우리들 사이에서는 숙직실을 청소하는 건 하나의 특권으로 받아들여졌다. 그 여자애들, 청소 시간이 되면 숙직실로 사라져버리는 여자애들이 있었다. 그 애들은 숙직실 열쇠를 가지고 있다가 청소가 끝난 후에도 거기에 남아 있곤 했다. 허리까지 내려오는 머리카락에서 진한 샴푸 향을 풍기고, 연두색 바지나 보라색 스타킹을 신고 다니던 애들. 연약하지만 다채롭고 위태롭지만 맹렬한 세계 속에 포함되어 있던 애들. 6학년짜리 오빠들이 숙직실의 문을 두드리면 여자애들은 그제야 숙직실에서 빠져나와서 그들과 어디론가로 사라져버렸다. 나는 그걸 알고 있었다.

내가 별 반응이 없자 어머니는 이렇게 덧붙였다.

"외모에 신경 쓰는 건 바보들이나 하는 짓이야. 꼭 예뻐질 필요도 없어."

나는 어머니가 내게 손쉬운 거짓말을 했다고, 어떤 것들을 숨기려고 애썼다고는 생각하지 않는다. 비약. 건너뛰는 것. 그것은 어머니의 신념이 작동하는 방식이었고, 단순한 눈가림이나 위장술과는 완전히 달랐다. 어머니의 세계에서 때때로 어떤 진실들이 힘을 발휘하기 위해서는 그런 식의 건너뜀이 필수 불가결한 것이었다.

나와 어울리던 여자애들은 서로 최면을 거는 것에 몰두했다. 이런 식이었다. 한 명이 눈을 감고 벽에 가만히 붙어 있으면 최면을 거는 쪽이 이야기를 시작한다. 이야기 속 주인공은 우리 또래의 여자아이다. 그 애는 하얀색 원피스를 입고 맨발로 뒷산—어디에 존재하는 장소인지는 전혀 알 수 없는 장소—을 올라가고 있다. 그리고 누군가의 이름을 부르고 있다. 우리는 그 여자가 누구를 찾고 있는지도 전혀 알지 못한다. 거기에는 커다란 나무가 있고, 그 나무 위에는……. 이야기를 하는 역할을 맡은 아이는 계속 어떤 이름을 불렀다(이제는 그 이름이 잘 기억이 나지 않는다). 그러면 어느새 벽에 기대어 서 있는 아이의 팔이 허공으로 스르르 올라가는 식이었다. 그런 일은 언제나 실제로 일어났고 벽에 붙어 서 있던 아이는 눈을 뜨고 나면 허공을 향해 올라간 자신의 손을 보며 소리 질렀다. "맹세코 내가 일부러 그런 게 아니야!" 우리는 아무도 그 말을 의심하지 않았다. 나를 포함해서 최면이 통하지 않는 아이는 단 한 명도 **없었다**.

그 당시 우리들 사이에 유행하는 이야기도 있었다. 그건 계속 괜찮다고 말하는 충청도 여자에 대한 것이었다. 나는 그 이야기를 익살스럽게 할 수 있어서 친구들은 배를 잡고 웃었다. 어머니에게 그 이야기를 해준 적도 있었다. 내 기억에 어머니가 화를 내거나 다시는 그런 이야기를 하지 말라고 경고하지는 않았던 것 같다. 나는 어머니가 쩔쩔매고 있다고 느꼈고, (이유를 설명할 수는 없지만) 어른들 앞에서는 이 이야기를 하지 않는 게 좋겠다고 생각했던 기억이 난다.

어쨌든, 그날, 어머니가 그 애와 그 애의 어머니를 데리고 왔을 때 나는 충격을 받았다. 그 애는 그날도 배 부분이 딱 달라붙은, 불편해 보이는 폴로 티셔츠를 입고 있었는데, 그 애의 어머니는 너무 잘 차려 입고 있어서. 그 애는 이상한 소리를 내며 불미스러운 소문을 사방팔 방 흘리고 다니는데, 그 애의 어머니는 혹독한 비밀의 세계와는 동떨 어져서 살아가는 사람처럼 보여서. 그 애의 어머니는 그저 예사롭고 평범한 방식으로 지치고 피곤해 보일 뿐이었다. 내가 기대한 것은 그 보다는 훨씬 더 비현실적이고 번잡스러운 방식으로 아주 잠깐만, 얼핏 그 모습을 드러내는 고통이었다. 그들에게 인사를 한 후 나는 곧바로 방으로 들어갔다. 그들 때문이 아니라, 어머니 때문에. 남들에게 무언 가 베풀고 싶어서 안달을 내는 것 역시 이사 후 어머니에게 생긴 변화 중 하나였다. 어머니는 다른 사람들에게 자신이 가지고 있는 것을 무 엇이든 내주고 싶다는 듯이, 그게 자신의 진정한 모습이라는 듯이 굴 었고, 나는 그런 어머니를 보는 게 싫었다. 어머니에 대한 반감은 아니 었을 거라고 생각한다. 그저 내가 잘 알고 있다고 느낀 한 인간이 스스 로를 미워하는 것처럼 보일 때 느껴지는 낯뜨거움과 관련된 감정이었 을 것이다. 하지만, 결국 그게 그거였는지도 모른다. 나는 곧이어 어머 니가 찬장을 뒤져서 우리 집에서 가장 비싼 찻잔을 꺼내리라는 사실 도 알고 있었다.

그들이 돌아가고 난 뒤 저녁을 먹을 때(어머니가 장을 보지 않았기 때문에 우리는 컵라면을 먹어야만 했다) 어머니는 내가 그런 식으로 방으로 들어가버린 것 때문에 잔소리를 늘어놓았다. 나는 졸려서 그랬 다고, 버릇없게 군 것을 후회한다고 말했다. 후회한다―그 문장은 한 동안 어머니의 마음을 쉽게 스르르 녹이곤 했다. 마치 마술처럼. 어머니는 젓가락을 내려놓은 후 한동안 얼굴을 찡그린 채로 어딘가를 응시했다. 그리고 낮은 목소리로 중요한 사실을 전달한다는 듯 말했다.

"걔네 가족은 오랫동안 외국 생활을 해서 그 애가 한국에 적응하는 게 어렵대."

그리고 슬쩍 나를 바라본 후 입을 열었다.

"그 애 엄마는 외국계 회사에 다닌다고 하더구나. 똑똑한 여자야. 남편은 회계사래. 오늘은 아이를 돌봐주는 아주머니—그 할머니는 그 애의 **핏줄**이 아니었다—가 오지 못해서 급작스럽게 휴가를 얻었다는 거야."

여기까지 말한 어머니는 딱하다는 듯이 한숨을 쉬었다.

"이럴 땐 언제나 엄마가 희생하기 마련이지. 둘 다 부모인데도 휴가를 얻어야 하는 건 엄마 쪽이잖아? 어쨌든 아들이랑 너무 오랜만에 단둘이 시간을 보내는 거여서 뭘 해야 할지 전혀 몰랐다는 거야. 심지어는 눈물이 날 뻔했다지 뭐니. 나보고 함께 시간을 보내줘서 고맙다고 하더라. 너도 앞으로 그 애를 보면 잘 대해줘야 해. 말을 걸어줘."

나는 어머니가 그 애를 둘러싼 소문을 알고 있는 건지 궁금했고, 그 애의 어머니와 그런 주제로 이야기를 나누었는지도 궁금했다. 질문을 하는 행위 자체가 어머니를 우쭐하게 만든다는 사실을 알고 있었던 나는 짐짓 태연한 척을 하며 앉아 있었지만, 결국엔 이렇게 물어볼 수밖에 없었다.

"왜 그 애는 말을 잘 못해요? 그 애가 나쁜 일을 겪은 게 사실이에요?"

어머니는 (내가 결국 그런 질문을 던질 설 예상하고 있으면서도) 놀라움을 금치 못하겠다는 듯, 두 눈을 동그랗게 뜨고 반문했다.

"나쁜 일이 뭔데?"

나는 말문이 막혔다. 그래, 그게 뭐란 말인가? 이상했다. 그 애가 납치를 당하고, 부모님으로부터 멀리 떠나 있어야 했다는 것, 바로 그것이 나쁜 일이었다. 하지만 어머니가 나쁜 일이 뭐냐고 질문했을 때, 나는 뭐라고 대답해야 할지 알 수 없다는 기분을 느꼈다.

"걔는 외국에서 태어나서 그래. 영어랑 한국어 사이에서 갈팡질팡하는 거야. 그래서 지금은 한국어도 영어도 잘 못하는 거란다. 두 가지 언어를 다 구사하는 걸 이중 언어라고 하거든. 걔는 이중 언어에 실패한 거야. 혼란스러운 거지. 뇌 말이야, 뇌."

그 애의 어머니에게 들은 이야기를 마치 예전부터 알고 있었던 사실인 양 어머니가 말하는 동안, 나는 딱 달라붙은 폴로 티셔츠 아래에서 숨을 쉴 때마다 오르락내리락하던 그 애의 배의 움직임을 떠올리고 있었다. 그 옷 아래 숨겨져 있을 배꼽의 모양 같은 것. 잠시 후에 식탁 의자에서 일어난 어머니는 남은 라면 국물을 싱크대에 따라 버리면서 이렇게 중얼거렸다.

"이 세상에 모든 걸 다 가진 사람은 없어."

그러고 나서는 나를 향해 이렇게 말했다.

"그러니까, 너는 엄마에게 고마워해야 해. 엄마가 이렇게 너를 위해 희생하는 것에 대해 말이야."

가끔 어머니는 그런 식으로 엉뚱한 소리를 했다. 아, 그래, 엉뚱하다는 표현보다는 느닷없다는 표현이 더 맞을지도 모른다. 내가 중학교에 다니던 시절, 친구들이 우리 집에 놀러 왔을 때, 어머니는 그 애들에게 꿈을 가지라고 말했다. 무슨 일이 있어도 포기하지 말라고. 꿈을 포기하는 건 세상이 종말한 후 혼자 살아남는 것보다도 최악이라고.

"뭐든지 할 수 있다고 생각하란 말이야."

나는 창피해서 죽을 지경이었다. 게다가 세상이 종말하긴 왜 종말한단 말인가(어떤 친구는 우리 어머니가 종말론자라고 말하고 다녔다). 하지만 그 자리에서 나는 하나도 창피하지 않다는 듯이 초연하게 굴었고, 심지어 완전히 동의한다는 듯이 고개를 끄덕이기까지 했다. 나는 나중에, 아무렇지 않은 척하는 것, 내 외부에서 벌어지는 그 어떤 일도 내게 아무런 영향을 미칠 수 없다는 듯이 행동하는 것의 핵심에는 언제나 허영심이 자리 잡고 있다는 것을 깨달았다.

어머니의 느닷없고 엉뚱한 소리는 할머니네 집으로 가는 날, 말 그대로 폭발했다. 일곱 살 이후로 나는 거의 10년 동안 여름방학이 되면 부산에 있는 할머니네 집으로 가서 한 달가량을 머물렀다(열 살 여름은 서울에서 보냈는데 그해에 대해서 어머니는 다시는 이야기하려고 하지 않았다). 일곱 살 이전에는 할머니—물론 할아버지도—를 본 적도 없었다. 나는 내가 태어나기 전, 그리고 그 이후 몇 년 동안 일어난 일에 대해서 잘 몰랐다. 내가 알고 있었던 것은 할머니와 할아버지가 아버지와 어머니의 결혼을 반대했다는 것, 어머니와 이혼한 아버지가 부산으로 내려간 후 갑작스러운 사고로 돌아가셨다는 게 전부였다.

할머니는 '맨션'도 '아파트'도 아닌 '건물'에 살았다. 그런 종류의 건물을 뭐라고 해야 하지? 단독주택? 사실 지금 나는 저택이라는 단어를 사용하고 싶지만, 너무 호들갑스럽게 보일까 봐 주저하는 중이다. 그야말로 모든 것이 거대한 집이었다. 대문, 정원, 창문, 그 집의 모든 방, 화장실의 세면대와 욕조 등등. 하다못해 정원에 있던 멋들어진 바위와 나무들까지도. 미적인 고려 같은 건 전혀 없다는 듯이 그냥 지나치게 크기만 했다. 나중에, 대학에서 프로이트에 관한 교양 수업을 들을 때 나는 그 집을 지은 사람이 어쩌면 성적으로 콤플렉스가 있는 게 아닐까 하는 생각을 했고, (마치 누군가 내 머릿속을 들여다보고 있기라도 한 것처럼) 얼굴이 붉어진 채로 고개를 숙인 후, 그 생각을 머릿속에서 재빨리 털어냈다. 그 집의 부지를 선정하고, 건물의 기본적인 구조를 짜고, 정원에 들일 나무와 돌들을 선택한 사람이 다름 아닌 내 할아버지였다는 사실이 곧바로 떠올랐기 때문이었다. 그 생각을 털어내는 건 어렵지 않았지만, 죄지은 기분을 털어내는 건 쉽지 않았다. 그리고 (놀랍게도) 그 후로 그건 내 내부에 존재하는 일종의 스위치가 되었다. 죄의식을 느낄 때마다 나도 모르게 그 집의 거대한 돌과 나무들을 떠올리게 되는 식으로.

미래에 내가 어떤 죄의식을 가지게 되는지, 그게 어떤 식으로 작동을 했는지를 지금 이야기하려는 건 아니다. 내가 하고 싶은 말은 어머니가 부산까지 항상 차를 운전해서 나를 데려다주었다는 것과 운전하는 동안 내게 여러 가지 주의 사항을 (느닷없고 엉뚱한 방식으로) 늘어놓았다는 점이다. 그중 하나는 그 집에서 일하는 아주머니에 대한 것이었다. 할머니네 집에는 아주 오랫동안 일을 도맡아 하는 아주머니 한 명이 거주했는데, 그녀는 독실한 천주교 신자였다. 가끔 둘만 남아 있을 때, 아주머니는 그런 이야기를 하는 걸 좋아했다. 하느님이 6일간에 걸쳐서 이 세계를 만들었다든지, 선악과를 먹은 아담과 이브에 대한 이야기라든지, 최초의 인간은 자신의 아들을 신에게 제물로 바쳤다든지 하는.

여덟 살 때, 서울로 돌아가는 어머니의 자동차 안에서, 아무 생각도 없이 아주머니의 이야기—하느님이 어떻게 이 우주를 창조했는지에 대해—를 전달했을 때, 어머니는 심하게 화를 냈다. "세상은 그런 식으로 만들어지지 않았어. 그 아줌마는 진화론이 뭔지 전혀 모르는 모양이구나. 세상에, 어떻게 그렇게 무식할 수가 있니?" 나는 어머니가 아주머니를 '무식하다'라고 말한 것 때문에 속이 상했다(그 말은 그 후로 내가 아주머니를 대할 때마다 어쩔 수 없이 여러 가지 방식으로 작동했다. 나는 어머니의 말에 오염되었다는 사실을 알고 있었지만, 그것을 걷어낼 수도 없었다). 어쨌든 그 집에서 할머니 다음으로 내가 많은 시간을 함께 보내는 사람은 아주머니였다. 어머니는 진화론에 대해 일장연설을 늘어놓은 후에, 아주머니의 말을 믿어서는 안 된다고 경고했다. 운전에 열중하던 어머니가 다시 입을 열었다.

"아니다. 그런 생각조차 금지야. 생각도 하지 마. 네가 그런 생각을 계속하는지 안 하는지 엄마가 검사할 거야."

생각조차 하지 말라니. 게다가 그걸 어머니가 어떤 식으로 검사한단 말인가?

그해에, 우리가 정우맨션으로 이사를 하고 처음으로 할머니네 집으로 가던 그해에 어머니가 차 안에서 느닷없이 던진 말은 바로 이것이었다.

"너네 할머니가 이사 간 집이 어떻느냐고 물어보면 그냥 그렇다고 대답해."

나는 그 말의 의미를 알 수가 없어서 결국엔 이렇게 물어보고 말았다.

"왜요?"

어머니는 백미러를 흘긋거리다가 대답했다.

"그냥, 엘리베이터나, 네 방 이야기나, 새로 산 소파 이야기 같은 건

하지 마."

나는 의자에 몸을 기대고 창밖을 바라보며 말했다.

"할머니는 그런 거 안 물어볼 거 같아요."

"아니, 내가 장담하는데 너네 할머니는 분명히 물어볼 거다. 아마 너를 보자마자 물어볼걸? 진짜, 내가 확신한다."

부산에 도착한 후 약속된 장소에 할머니네 기사 아저씨가 나를 데리러 오기 직전에 어머니는 두 손으로 내 얼굴을 감싼 채 한숨을 쉬었다.

"할머니랑 할아버지를 사랑할 **필요까진 없지만**, 그분들 기분을 거스르지 마라. 할 수 있지?"

이렇게 말한 후 어머니는 내 몸을 돌려세우고는 뒤에 붙어 섰다. 그러고는 마치 내가 경기에 출전하는 운동선수이고 자신은 코치여서 선수에게 기합을 넣어준다는 듯이, 어깨를 주물럭거린 후 조그만 목소리로 말했다.

"자, 이제 가."

기사 아저씨를 따라가면 한복을 곱게 차려입고 짧은 머리를 잘 빗어 넘긴 할머니가 차 뒷좌석에서 나를 기다리고 있었다. 할머니는 사시사철 한복을 입고 생활했다. 할머니는 바다를 무척 좋아해서 적어도 일주일에 두세 번은 나를 데리고 해변으로 피크닉을 갔는데 그럴때에도 항상 한복을 차려입고 있을 정도였다. 할머니네 집은 바다와는 아주 동떨어져 있었다. 바다에 동행하는 건 언제나 나와 기사 아저씨뿐이었고 그러므로 그게 아주 신나는 경험이라고 말할 수는 없었다. 그래도, 내가 기다리는 게 있었다. 바다에서 신을 새 샌들과 차 트렁크에 실려 있는 커다란 피크닉 박스 두 개. 할머니는 여름마다 내 샌들을 새로 사두었고, 커다란 피크닉 박스 안에는 복숭아나 먹기 좋게 자른 수박, 혹은 멜론 같은 과일과 단팥빵과 외국 쿠키, 얼음물과 각종 음료수들, 샌드위치, 아주머니가 만드느라고 불 앞에서 고생했을 닭튀김, 길게 자른 당근과 오이 같은 게 들어 있었다. 사실, 얼마나 많이 먹었던지 여름이 지날 때마다 나는 믿을 수 없을 정도로 살이 붙었고, 서울로 돌아오면 한동안 어머니는 나를 이렇게 불렀다.

"아이고, 사랑스러운 우리 돼지!"

기사 아저씨는 한적한 곳에 위치한 해변가에 우리를 데려다주었다. 어쨌든 계절은 여름이었고, 어디를 가나 (우리와는 다른 이유로 우리처럼 되도록이면 은밀한 장소를 찾는) 사람들이 몇 명쯤은 있었다. 수영복을 입고 손을 잡은 채 걸어 다니는 연인들을 볼 때마다 할머니는 그게 기사 아저씨의 잘못이라도 된다는 듯이 그를 돌아보고 혀를 찼다. 쯧쯧쯧. 그러고는 수영복을 입은 남녀들에게로 고개를 돌려 노골적으로 한숨을 내쉬며 고개를 절레절레 흔들었다. 마치 그들이 초대받지 못한 손님이라도 되는 것처럼. 하지만 지금 돌이켜 생각해보면 그들에게는 바로 우리가 불청객이었으리라. 기사 아저씨가 모래사장 위에 돗자리를 깔고, 휴대용 파라솔을 설치하고 피크닉 바구니를 옮겨주면, 여름 한복을 입은 할머니는 돗자리로 다가가서 정자세로 그 위에 앉았다(할머니가 물에 들어가는 일은 절대 없었다). 뜨거운 여름 공기 때문에 할머니의 이마에서는 땀이 흘렀지만 바람이 그것을 씻어내기도 전에 할머니는 재빠르고도 우아하게(정말로 그랬다. 할머니는 그런 식의 행동이 가능했다) 손수건으로 이마를 눌렀다. 하지만 저고리에 손을 넣어 겨드랑이까지 닦을 수는 없었기에 나는 할머니의 겨드랑이가 땀범벅이 되었을까 봐 걱정이 되곤 했다.

서울에 있는 동안 나는 할머니와 가끔 통화를 했고 그때마다 할머니는 여러 가지 질문을 했었다. 그건 대체로 숫자와 관련된 것이었다. 키는 얼마나 컸는지? 몸무게는 얼마나 늘었는지? 발 치수는 어떻게 되는지? 산수 시험은 잘 봤는지? 100미터는 몇 초 동안 달렸는지? 할머니는 말을 천천히 했고, 모든 단어를 아주 또박또박 발음했는데(나는 나중에 노인이 그런 식의 말투를 구사하려면 얼마나 많은 힘을 들여야 하는 것인지 알게 된다), 높낮이가 느껴지지 않아서 엔간해서는 감정을 읽어내기가 어려웠다(이건 어머니와는 정반대인 특질이었다. 어머니는 말이 빨랐고 사용하는 단어 하나하나에 감정이 묻어났다). 나는 공부를 잘하는 편은 확실히 아니었다. 또래 애들보다 키가 많이 작았지만(그래서 때때로 사람들은 나를 나이보다 어리게 보았다), 몸무게는 더 나갔다. 할머니는 언젠가는 내가 '뛰어난 여성'이 될 거라고, 그 무엇도 걱정하지 말라고 했다. 나는 뭘 걱정해야 하는지, 뭘 걱정하지 말아야 하는지도 모르면서 고개를 끄덕이며 대답하곤 했다.

"네, 걱정하지 않을게요."

잠자코 고개를 끄덕이기—나중에, 할머니의 집에서 머물던 여름에 대해 누군가에게 이야기할 기회가 생길 때마다 나는 잠자코 고개를 끄덕이다, 라는 문장을 사용했다. 그 문장 속의 나는 어딘가 모르게 작고 흐릿하며 무언가를 망설이는 듯한 인상을 주는 것 같다. 그리고 나는 그런 모습이 마음에 든다. 어른들 등쌀에 못 이겨 어머니와 할머니 사이에서 갈팡질팡하는 소녀. 혼란스러움을 감추기 위해 조용히 고개를 숙인 채 침묵을 지키는 소녀. 하지만 실제로는 그렇지 않았다(나는 지금 내 모든 힘을 다해 진실되게 쓰려고 노력 중이다). 모든 행위는 씩씩하다 못해 사근사근하게 이루어졌다. 할머니는 (정우맨션에 살기 시작한 어머니가 노력하는 것처럼) 특별히 다른 사람에게 친절하게 군다거나, 자신이 가진 무언가를 내주고 싶어서 안달하지 않았다. 그래도 할머니는 내가 아는 그 누구보다 내게 훨씬 더 많은 것을 줄 수 있었다. 나는 어린아이에 불과했지만 그걸 알고 있었다. 할머니 집에서 머무는 동안 나는 방 안으로 숨지도 않았고 후회한다느니 어쩐다느니 그런 말을 하지도 않았다. 그러니까 어머니는 내게 할머니나 할아버지의 말을 거스르지 말라는 당부는 사실 할 필요도 없었다.

어머니의 예상과 달리 그날, 할머니는 정우맨션에 대해 물어보지 않았다. 새로 장만한 가구, 커다란 텔레비전, 내 방의 벽지나 침대보에 대해서도 물어보지 않았다. 평소와 달리 할머니는 심란해하는 것 같았고, 내 어깨에 손을 두른 채 무언가 다른 것에 정신이 팔려 있는 것처럼 보였다. 나는 최대한 할머니의 기분을 거스르지 않으려고 잠자코 앉아서 창밖을 바라보며, 밤에 통화를 할 때 어머니가 틀렸다는 사실을 알려주리라는 생각을 하고 있었다.

하지만 그날 밤 어머니께 전화를 걸 때, 나는 그런 생각 따위는 잊어버린 지 오래였다. 대신 나는 어머니에게 이렇게 물었다.

"엄마, 아빠에게 동생이 있었다는 사실을 알고 있었어요?"

할머니는 차 안에서 내게 미리 그 사실을 알려줬었다. 집에 가면 삼촌이 있을 거라고. 그 말을 하는 할머니의 표정에는 관대함이, 체념한 사람의 억지스러운 관대함이 어려 있었다. 어머니는 금시초문이라고 했다. 사실, 어머니는 할머니네 가족에 대해서는 금시초문인 게 많았다. 어머니는 할머니와 절대 대면하지 않았고(부산에 도착하면 할머니의 기사 아저씨가 나를 할머니 차로 옮겨 가는 식이었다), 할아버지의 얼굴은 아예 몰랐다. 어머니는 할머니네 집에 방문해본 적도 없다고 했다. 그렇지만 어머니는 자신과 이혼한 후 죽은 남편에게 동생이 있었다는 사실을 알지 못한다는 건 좀 다르게 받아들이는 것 같았다. 어머니는 믿을 수 없다는 듯이 물었다.

"동생? 남동생? 여동생?"

"남동생이요!"

그래, 그날 나는 아버지의 남동생을 처음 보았다. 그는 집에서 나를 기다리고 있다. 기다리고 있었다? 모르겠다. 여하튼 집 안으로 들어가니까 그가 거실 소파에 앉아 있었다. 그는 스물다섯 살로 자신의 죽은 형—그러니까 내 아버지—과는 열댓 살 나이 차이가 났다. 4월에 제대를 했다고 했는데, 군대에 가기 전에는 외국에 있었다고 했다. 제대한 지 몇 달밖에 지나지 않았다지만 군인의 느낌은 전혀 없었다. 키가 크고 마른 데다가 눈꼬리가 처져 있어서 병약하면서도 꿍꿍이가 있다는 듯한 느낌을 주었다. 왼쪽 새끼손가락에는 은반지(아니다, 은이 아니라 백금이었을 것이다)가 끼워져 있었다. 그가 다가와 나를 내려다보며 말했다.

"아, 네가 그 애구나."

그의 말투에서는 나를 반긴다거나, 나를 향한 호의 같은 건 찾아볼 수 없었다. 그렇다고 쌀쌀맞거나 꺼리는 듯한 기색도 아니었다.

"내가 누군지 알아요?"

내가 그에게 말을 걸었을 때, 할머니가 낮고 조용한 목소리로 말했다.

"그만해라."

곧바로 나는 입을 다물었다. 하지만 그는 아니었다. 그는 할머니의 말을 가볍게 무시해버렸다.

"너는 아빠를 별로 닮지 않았나 보다. 너네 아빠는 마르고 키가 컸는데……. 엄마를 닮은 건가……?"

"입 다물어라!"

"뭐 어쨌든 **너희 엄마는 정말 대단해**. 너희 엄마가 여름마다 너를 여기에 보내는 대가로……."

갑자기 무언가 와장창 쏟아지는 소리가 나서 그쪽을 돌아보니 할머니가 주먹을 쥔 채로 서 있었고, 화병이 옆으로 쏟아져 있었다.

"여기가 어디라고 함부로 입을 놀려! 네 아버지가 이런 걸 가만 두고 보실 거 같으냐?"

나는 할머니가 그렇게까지 소리를 지르는 걸 처음 봐서 그 자리에서 얼어버렸다. 그는 말을 멈추고 나를 바라보며 미소를 지었다. 그건 민망해하거나 겸연쩍어하는 미소가 아니었다. 그는 완전히 자신만만했다. 자신을 제외한 이 세상의 모든 이를 아둔하고 미욱한 존재로 만들어버릴 수 있다는 듯한, 말을 멈추는 건 자신이 선택하는 것이고, 자신이 원할 때마다 누구든지 상처를 입힐 수 있으리라는 자신만만한 미소. 나는 그때 그의 얼굴을 보며 무슨 생각을 했던가?

그해 여름 그 집에 머무는 동안 삼촌을 볼 기회는 그리 많지 않았다. 더 솔직하게 말하면 손에 꼽을 정도였다.

그를 다시 본 건 며칠 후였다. 할머니네 집에서는 정해진 식사 시간이 되면 누구나 단장을 끝낸 후, 자신의 자리를 지키고 있어야 했다. 8인용 식탁의 좁은 두 면 중 한쪽 면에는 할아버지가 앉았고, 할아버지의 오른쪽 면 중앙에는 할머니가, 그리고 왼쪽 면 중앙에는 내가 앉았다. 아주머니의 자리도 정해져 있었다. 혹시라도 생길지 모르는 요구 사항에 대비해서 아주머니는 우리의 식사가 끝날 때까지 부엌에서 기다렸다. 언젠가 내가 서울로 올라가는 차 안에서 이런 상황에 대해 이야기했을 때, 어머니는 고개를 절레절레 흔들며 비인간적이라고 했다. "누군가 밥을 다 먹을 때까지 그 자리에서 쳐다보며 기다리고 있으라니 그게 얼마나 끔찍한 일이니?" 하지만 그런 건 아니었다. 식당과 부엌은 분리되어 있었고 아주머니는 우리가 식사를 하는 장면을 바라보고 있을 필요가 없었다.

그날 아침 식사를 하러 식당에 갔을 때, 삼촌이 내 자리에 앉아 있었다. 그걸 보자, 갑자기 심장이 빨리 뛰기 시작했다. 그리고 그의 목소리가 떠올랐다. 너희 엄마는 정말 대단해. 너희 엄마가 여름마다 너를 여기로 보내는 대가로……. 나는 그가 우리 어머니에 대해 또 어떤 다른 표현을 사용할 수 있는지, 혹은 그가 할아버지나 할머니에 대해 어떤 식으로 이야기할 수 있는지 궁금했다.

나를 발견한 그가 자신의 옆자리를 손으로 두드렸다.

"거기는 내 자리가 아닌데요."

"괜찮아, 아무 데나 앉으면 돼."

나는 머뭇거리다가 그의 옆자리에 앉았다.

"휴식을 취한다는 말 알아?"

나는 조심스럽게 고개를 끄덕였다. 그는 장난스러운 미소를 띠고 내게 또 한 번 질문했다.

"영원히 휴식을 취한다, 는 말은 무슨 의미인 줄 알아?"

나는 이번에도 고개를 끄덕였다. 그는 눈을 가느다랗게 뜨고 마치 이런 식의 주제로 넘어오는 게 정해진 수순이라는 듯이, 할아버지에 대해 어떻게 생각하느냐고 물었다. 나는 그의 얼굴을 올려다보았는데, 어쩐지 그렇게 하기 위해서는 굉장한 용기를 필요로 했다. 구겨진 셔츠, 헝클어진 머리카락, 번들거리는 이마, 그리고 턱 아래에 남아 있는 희미한 수염 자국. 그에게서는 희미한 열기가 느껴졌다. 술 냄새와 땀 냄새, 그리고 내가 알지 못하는 체취 같은 것. 나는 금방 그에게서 시선을 떼고 대답했다.

"할아버지는 적막한 걸 좋아하세요. 무척 과묵하시거든요."

정말로, 할아버지는 놀라울 정도로 말을 안 했다. 나는 원하는 게 있으면 입 밖으로 드러내야 했지만, 할아버지는 그럴 필요가 없었다. 할아버지에게 언어는 불필요한 것, 소리는 낭비에 불과한 것 같았다. 때때로 할아버지는 그저 헛기침만으로 할머니의 말문이 막히게 할 수도 있었다. 이를테면 삼촌이 없는 자리에서 할머니가 삼촌에 대한 말들을 할 때(걔를 다시 외국으로 보내야 해요, 걔가 집안 망신을 시키고 있다구요, 걔는 정신을 차릴 기미도 안 보여요…… 기타 등등) 할아버지는 헛기침을 몇 번 했고 그러면 할머니는 입을 다물어버렸다.

삼촌은 내가 '과묵하다'라는 표현을 사용한 것 때문에 약간 놀란 것 같았다.

"그런 말도 할 줄 알아?"

"뭐가요?"

"과묵하다? 적막하다?"

그 정도는 식은 죽 먹기였다. 이상했다. 그 전까지는 어른들이 나 때문에 깜짝 놀랄 때마다 언제나 뿌듯함을 느꼈지만 삼촌이 그런 식으로 말을 했을 때는 도리어 기분이 언짢아졌던 것이다. 그가 무언가를 더 말하려고 했을 때, 할머니와 할아버지가 식당으로 들어왔다. 할아버지는 삼촌을 보고 못마땅하다는 듯한 헛기침을 했고, 할머니는 잠깐 멈칫하는 것 같았지만, 아주 금방 평정심을 되찾았다. 할머니는 내게

간밤에 잠은 잘 잤는지, 어떤 꿈을 꿨는지 물어보았고, 그날 일정을 일러주었지만, 삼촌이 있는 쪽으로는 눈길도 주지 않았다.

자리에 앉은 할아버지가 숟가락을 들었을 때(우리는 할아버지가 숟가락을 들어야 식사를 시작할 수 있었다), 삼촌이 갑자기 부엌을 향해 큰 소리로 아주머니를 불렀다. 아주머니는 바로 식당으로 건너왔다. 당연했다. 그게 아주머니의 임무였으니까. 뭐가 필요하느냐는 아주머니의 질문에, 삼촌은 빈 의자를 가리키며 아주 정중한 투로 말했다.

"아주머니, 저희와 함께 식사하시죠."

그래, 함께 식사를 하자는 말. 그것뿐이었다. 어디에나 널려 있는 일상적인 그 말, 혹은 호의를 담은 그 말은 그 순간, 거기에 모여 있는 사람들을 가차 없이 흔든 다음에 순식간에 기진맥진하게 만드는 혹독한 주문처럼 느껴졌다. 하지만 어째서 그래야 하는가? 그가 욕설을 내뱉은 것도, 아주머니를 모욕한 것도 아닌데? 그의 말투에는 이루 말할 수 없는 격식이 깃들어 있었는데? 영문을 알지 못한 채로 나는 속절없이 삼촌의 주문에 걸려든 것 같았고, 멍하니 할아버지와 할머니, 삼촌, 그리고 아주머니의 얼굴을 번갈아 쳐다볼 수밖에 없었다. 아주머니는 어색하게 웃으면서 삼촌을 바라보며 말했다.

"아니…… 나는……."

삼촌은 아주머니를 똑바로 보며 아까보다 더 예의 바르게 말했다.

"여기 앉아서 같이 식사하시죠. 그런 식으로 저희가 밥을 다 먹을 때까지 혼자 기다릴 필요가 없으시잖아요."

아주머니는 곤란한 표정을 짓고 있었지만 시선은 빈 의자와 식탁 위의 음식들에 가 있었다.

"그래, 가서 밥 한 그릇 가지고 와. 같이 먹어보자고."

할머니가 그렇게, 차분하고도 엄숙하게 말했을 때, 그제야 아주머니는 퍼뜩 정신이 돌아온 사람인 양 고개를 들었다. 아주머니는 코를 한 번 훌쩍이고는 꼿꼿이 서서 앞치마에 손을 닦은 후, 우리들을 향해 위엄 있는 말투로 이야기했다.

"필요한 게 있으면 부르세요. 저는 부엌에 가 있을 테니."

아주머니가 나가자마자, 할아버지가 분노 서린 목소리로 말했다.

"이 새끼, 한 마디만 더 하면 혀를 잘라 집에서 쫓아낼 줄 알아라! 내 말 알아듣겠나?"

나는 잔뜩 주눅이 들어서 고개를 숙이고 있었지만, 삼촌의 표정이 너무 궁금해서, 참지 못하고 슬그머니 그의 얼굴을 바라보고야 말았다. 삼촌은 이번에는 웃지 않았다. 그는 자리에서 일어나 고개를 뻣뻣하게 들고 누구에게 하는지 모를 인사를 했다.

"식사 맛있게들 하세요."

식당을 나가기 전에 그는 나를 보고 이렇게 말했다.

"너도."

너도—이 뒤에 생략된 말은 명확했다. 너도 식사 맛있게 해라, 그러니까 그 식당에 앉아 있던 사람들에 나 자신을 포함시키는 말. 내 자리가 어디인지 분명하게 인식시키는 말. 하지만 그 후로 나는 그가 그 뒤에 붙이고 싶었던 말이 다른 종류의 것이었을지도 모른다고, 그랬으면 좋겠다고 간절하게 바랐다.

그날 우리가 식사를 마칠 때까지 부엌을 지키고 있던 아주머니는 거기에서 어떤 생각을 하고 있었을까? 내가 확실하게 알았던 것 한 가지는 아주머니는 단 한 순간도 삼촌을 좋아한 적이 없다는 점이었다. 그날 오후에 나와 단둘이 남게 되었을 때(나는 아주머니가 빨래를 개

거나 하는 일을 도와주었다), 아주머니는 코웃음을 치며 이렇게 말했
다. "만날천날 밤이 되면 기어 나가기나 하는 게 뭘 안다고 지껄이는지
알 수가 없다. 뭐가 뭔지 천지 구분도 못 한다 아이가……." 그리고 분
통이 터져서 살 수가 없다는 듯이 덧붙였다. "자동차를 뺏어버리든가
해야지. 어째 저래 무르게 구는지 알다가도 모르겠네." 그리고 마침내
이렇게 말을 했다. "저러다가 저 난봉꾼 자식이 지 새끼라고 사내아를
데리고 오면 어쩔라고 저러노." 잠시 후 아주머니는 나를 돌아보며 물
었다.

"니 난봉꾼이 뭔지 아나?"

나는 고개를 끄덕였다.

언젠가 아주머니는 이런 말을 하기도 했다. "아이고 참말로 우리 사
모님이 불쌍해서 어쩌면 좋노……. 나라면 정말 못 산다, 못 살아……."
아주머니는 할머니와 할아버지 둘 다에게 깍듯하게 굴었지만, 내가 느
끼기에 아주머니는 언제나 할머니의 심기를 거스르지 않으려고 특별
히 더 노력하는 것처럼 보였고, 어떤 사안에 대해서든 언제나 할머니
의 입장에서 생각하는 것 같았다. 나는 아주머니가, 할아버지가 아닌
할머니를 자신의 '진짜' 주인이라고 받아들였기 때문에 그러는 것이라
고 여겼지만, 훗날 시간이 많이 흐른 후에는 내 생각이 완전히 잘못되
었다는 것을 깨닫게 되었다. 아주머니에게는 할아버지야말로 그 집의
진정한 주인이라는 사실이 뼛속까지 각인되어 있어서, 할아버지의 편
을 들 수조차 **없었던** 것이다.

난봉꾼, 이 단어를 아냐고 아주머니가 물었을 때 고개를 끄덕였지
만, 그건 거짓말이었다. 사실 나는 이 단어의 의미를 몰랐다. 다음 날

오후에 혼자 있어야 하는 시간이 되었을 때, 나는 할아버지 서재로 향했다. 책장에 꽂혀 있는 여러 권의 국어사전 중 가장 두꺼운 것을 꺼내서 '난봉꾼'이라는 단어를 찾아 소리 내어 읽기 시작했다.

"허랑방탕한 일을 일삼는 사람."

그다음으로는 '허랑방탕하다'를 찾아서 역시 이번에도 소리 나게 읽어보았다.

"언행이 허황하고 착실하지 못하여 주색에 빠져 행실이 추저분하다."

이런 식으로는 끝이 없을 것 같았지만 나는 참을성을 가지고 '주색'을 찾아보기로 했다.

"술과 여자를 아울러 이르는 말."

나는 삼촌이 술을 마시는 모습을 상상해보았다. 그리고 여자들도. 하지만 술과 여자에 빠진다는 그 말의 의미가 아주 선명하게 다가오지는 않았다. 나는 이번이 진짜 마지막이라는 심정으로 'ㅊ'으로 시작되는 단어 부분을 펼쳐 손가락으로 훑었다.

'추저분하다: 더럽고 지저분하다.'

나는 노트를 가지고 와서 이렇게 적었다. '난봉꾼: 언행이 허황되고 착실하지 못하여 술과 여자에 빠져 행실이 더럽고 지저분하다.' 하지만 이번에는 소리 내어 읽지는 않았다.

그런 식으로 '난봉꾼'은 몇 번의 단계를 거쳐 결국은 '더럽고 지저분하다'에 도달했다. 집 바깥에서 밤을 보내고 돌아온 삼촌의 머리카락에는 기름이 끼어 있었고, 이마는 번들번들거렸다. 그의 특질들이 있었다. 은근하고 뻔뻔한 태도, 슬쩍 홀리는 듯한 눈길, 고개를 숙이지 않고 일부러 무시하며 주위 사람들을 아연실색하게 하는 하찮은 권위.

난봉꾼의 권위. 문득, 반의 남자애들과 손이 닿은 여자애들이 "더러워!"라고 소리 지르던 모습이 떠올랐다. 브래지어를 착용한 여자애를 향한 남자애들의 끈질긴 장난질, 무시와 괴롭힘, 칠판 위의 이름, 호들갑, 숙직실, 노크, 여자애들의 기다란 머리카락, 샴푸 냄새, 기합 소리들, 저절로 올라가는 팔과 충청도 사투리를 하는 여자…… 그해 여름 나는 그런 식으로 시간이 날 때마다 거대한 서재의 거대한 책상을 앞에 두고 거대한 의자에 앉아서 국어사전을 찾아보다가 멍하니 생각에 빠져들곤 했다.

내가 할아버지의 서재에서 국어사전만 주야장천 들여다본 것은 아니었다. 국어사전, 외국의 고전소설들, 곤충 사진집, 때 지난 신문들. 유명 화가들의 화집, 의미를 알 수 없는 잡지들…… 나중에 나는 이 시기의 나에 대해 이렇게 설명하곤 했다. "나는 서재에 있는 책들에 탐닉했어."

잠자코 고개를 끄덕이던 그 유약하고 무구한 여자애가 책에 탐닉하다.

나는 이렇게 쓰고 마침표를 찍고 싶은 유혹을 느낀다. 이 문장 속에서 그 시절 내가 존재하는 방식이 마음에 들기 때문이다. 하지만 앞에서도 썼지만 나는 지금 이 글을 진실되게 쓰려고 노력 중이므로 이런 식으로는 쓰지 않을 것이다. 사실 내가 탐닉했던 건 책 그 자체가 아니라, 특정한 단어들이었을 것이다. 때 지난 신문들에서 발견한 '고르바초프'와 '공화국' '통제 불능' '해빙' '방화' 기타 등등. 이런 문장들은 실제로 사용해보기도 했다. "할머니, 고르바초프가 소련을 해체시킬 거래요." 이런 유의 말을 하면 할머니는 감동받았다. "넌 정말이지 네 아빠를 꼭 빼닮았다. 넌 너네 아빠가 얼마나 훌륭한 사람이었는지 알아야 해." 할머니는 내게 뛰어난 '여성'이라는 단어를 썼지만 아빠를 지칭할 때는 훌륭한 '사람'이라는 단어를 썼다.

처음 보는 단어들은 노트에 적어두었는데, 그중에는 입 밖에 내서도 안 되고 그 의미를 애써 찾아봐서도 안 되며, 떠올리거나 어른들에게 물어봐서도 안 되는 단어들이 있었다. 놀랍게도 나는 거의 본능적으로 그것들을 가려낼 수 있었다. 나는 그런 단어들은 노트의 가장 뒷장에 아주 작은 글씨로 적어두었다.

나는 삼촌과 마주치면 어려운 단어들을 구사할 생각이었다. '과묵하다'나 '적막하다' 따위 내게는 아무것도 아니라는 사실을 알려주고 싶었다. 매일 밤, 잠들기 전 어둠 속에 누운 나는 삼촌을 떠올리며(내 머릿속의 그는 처음 만난 날 내게 보여주었던 미소를 짓고 있었다) 어려운 단어들로 만든 문장들을 속삭였다. 할아버지는 과묵해요. 할머니는 바다를 사모해요. 엄마는 모임을 주관해요. 친구들과 헤어진 것 때문에 나는 비통함을 느꼈어요. 납치당한 아이의 능력은 쇠퇴해요. 바닷가의 갈매기들은 하늘로 비상해요…….

하지만 삼촌의 얼굴을 마주하고 그런 단어를 쓸 수 있는 기회는 쉽사리 찾아오지 않았다. 할머니와 삼촌은 되도록이면 집 안에서 마주치려고 하지를 않았고 마주치더라도 마치 서로를 투명인간 보듯 대했다. 아니다, 그건 투명인간을 보듯 한 게 아니다. 그들은 서로의 모습이 보이지 않는 듯 굴었으면서도 서로에 대한 미움을 사방으로 뿜어댔다. 나는 거의 대부분의 시간을 할머니(그리고 때때로 아주머니)와 보내고 있었다. 그와 마주치더라도 쉽사리 인사를 한다거나, 말을 걸 수 없었다. 이상한 것은 내가 그들의 관계를 자연스럽게 받아들였다는 점이다. 아들을 증오하는 어머니와 어머니를 경멸하는 아들. 나는 그저 삼촌과 이야기할 기회를 얻지 못한 것 때문에 애가 닳을 뿐이었다. 한밤중에 어둠 속에서 이러저러한 단어들로 문장을 만들다가도, 문득 걱정이 엄습했다. 이러다가 삼촌과 말 한마디 하지 못하고 서울로 올라가게 되면 어떡하지? 그의 기억 속에 영원히 내가 그저 그런 여자아이로 남게 된다면 어떡하지(사실 이런 걱정은 이치에 맞지도 않았다. 나는 어쨌든 매년 할머니네 집으로 내려가야 했기 때문이었다).

그리고 며칠 후, 드디어 나는 삼촌과 대면할 기회를 얻을 수 있었다. 할머니가 할아버지와 단둘이 외출을 해야 했던 날이었다. 삼촌이 밤새 바깥에 있다가 아침부터 자신의 방에 머물고 있다는 사실을 알고 있었기 때문에 내 마음은 할머니와 할아버지가 외출 준비를 할 때부터 이미 삼촌의 방이 있는 건물의 3층으로 옮겨 가 있었다. 점심 식사를 마친 후, 아주머니가 같이 장을 보러 가자고 했을 때 나는 집을 지키고 있겠다고 말했다.

"집을 지키고 있겠다고?"

"네, 개처럼요. 충직한 개처럼요."

어째서 그런 단어가 튀어나왔는지 알 수가 없었다.

"개? 충직한 개?"

"아아, 멍멍이 말이에요, 멍멍이."

아주머니는 신통하다는 듯이 내 머리를 쓰다듬었다. 그러고는 (마치 내가 집에 혼자 머물기라도 하는 것처럼) 누가 와도 문을 열어줘서는 안 된다고 신신당부를 한 후 장바구니를 들고 나갔다.

아주머니가 나간 걸 확인한 나는 위층으로 향하는 계단 앞에 섰다. 털털털 요란하게 소리 나는 에어컨 주위를 제외하고는 모든 것이 열기 속에서 입을 다문 것 같았다. 커다란 창문 밖으로는 지상의 모든 것을 부술 듯이 태양빛이 내리쬐고 있었다. 내 등을 타고 땀방울이 굴러가는 게 느껴졌다. 내 방은 2층에 있었다. 1층에서 2층으로 올라가는 건 아무것도 아니었는데, 2층에서 3층으로 올라가는 건, 고작 한 층을 더 올라가는 것일 뿐인데도 그 차이가 너무 맹렬하게 다가와서 약간 어지러울 지경이었다. 나는 난간을 꽉 붙잡았다. 어떤 이유에서든 내가 할머니를 속이고 삼촌을 만나려고 시도하는 것 자체만으로도 명백한 배신이었다. 그분들 기분을 거스르지 마라, 나는 어머니의 말을 떠올렸다. 그분들을 사랑할 필요는 없지만……

삼촌은 난봉꾼이었고, 악당이었고, 무뢰한이었다. 적어도 이 집안에서 삼촌을 사랑하는 사람은 아무도 없었다(물론 이건 사실이 아니었다. 그가 그 누구에게도 사랑을 받지 못했다면 어떻게 그 집에 그런 식으로 머무르고 있는 게 가능했겠는가?). 그럼에도 불구하고―아니다, 다름 아닌, 바로 그 이유 때문이었을 것이다―그 순간, 내가 가장 필요하다고 느낀 것, 갈급하게 열망한 것은 내 자신이 어리고 어리숙한 여자아이가 아니라는 그의 승인이었다. 그가 나를 보고 감탄하고 나에게 사과하게 만드는 것이었다. 그는 사과를 하고 나는 용서를 한다. 하지만 그가 도대체 내게 어떤 잘못을 저질렀단 말인가?

삼촌의 방은 3층 복도의 가장 끝 쪽에 있었다. 복도를 얼쩡거리다가 나는 결국 그의 방문을 두드렸다. 딱 세 번이었다. 똑똑똑, 이렇게. 그 두드림 속에는 어떤 성급함이나 조급함, 망설임이 포함되지 않았다. 어쨌든 지금의 나는 그랬다고 믿고 있다. 문이 열릴 기색이 보이지 않았지만 나는 거기에 서서, 가만히 기다렸다. 품위를 지키려고 노력하면서. 하지만 결국 굴복하는 마음으로 한 번 더 문을 두드릴 수밖에 없었다. 이번에도 세 번만. 똑똑똑. 잠시 후, 방문이 열렸다. 그는 무언가 의심쩍다는 듯이 반쯤 열린 문 뒤에 서 있었다. 하지만 그는 놀라지도 않았고, 미소를 짓지도 않았고, 화가 난 것 같지도 않았다. 이 상황이 별로 대수롭지도 않다는 듯, 그는 뚱한 말투로 나를 내려다보며 물었다.

"왜? 무슨 일이 있니? 꼬마야?"

그의 목소리—나를 '꼬마'라고 부르는—를 듣자, 갑자기 초조해졌고, 조급해졌다. 나는 그가 나를 보고 펄쩍 뛰고, 놀라고, 소리를 지를 줄 알았는데…… 밤중에 어둠 속에서 그를 떠올리며 외웠던 문장들을 마음속으로 되뇌려고 애썼지만 하나도 떠올릴 수가 없었다. 어째서? 그 대신 그 순간, 깨달은 것은 내가 100개 넘는 단어로 문장을 만들어 외운다 한들, 애초부터 그런 건 아무 소용도 없었으리라는 사실이었다. 그런 단어를 줄줄 늘어놓더라도 그가 감탄하거나 나에게 용서를 구하는 일은 절대 생기지 않으리라는 사실이었다. 그것은 그에게는 아무런 의미도 없는 일이었다. 실수, 잘못된 판단을 내리는 무분별한 어린아이, 소녀—그게 바로 나였다. 초대받지 못한 곳의 문을 뻔뻔하게 두드리고 꿀 먹은 벙어리처럼 서 있는 어리숙한 소녀, 그게 나였다. 나는 그것을 통감했고, 기가 꺾인 채로 고개를 숙였다. 그의 발이 내 눈에 들어왔다. 맨발, 이제 막 깎을 시기가 된 것 같이 자란 발톱, 발가락에 난 기다란 털 몇 가닥. 나는 절박한 심정으로 쥐어짜듯이 그에게 말했다.

"그때 삼촌이 우리 엄마가 나를 여기로 보낸 대가로 받는 게 있다고 했죠?"

그가 픽, 하고 웃음을 터뜨렸다.

"아, 아니야, 난 네 삼촌이 아니야."

나는 그가 거짓말을 하고 있다고 생각했고, 그 사실 때문에 안도감

을 좀 느꼈던 것 같다. 그리고, 안도감을 느꼈다는 사실 때문에 어리둥
절해지기도 했을 것이다. 상대의 입에서 거짓이 튀어나오게 하는 것
역시 하나의 권위라는 사실을 내가 깨달은 건, 아주 나중의 일이다. 우
스꽝스럽고 참담하지만, 그래서 누군가는 거부하겠지만 그래도 권위
는 권위였다.

"거짓말! 삼촌은 우리 아빠의 동생이잖아요! 할머니가 그랬어요!"

그는 하나도 당황하지 않았다. 마치 이 순간을 기다려왔다는 듯이
차분하게 대답했다.

"아, 동생. 넌 어려서 무슨 말인지 모르겠지만, 난 네 아빠의 반쪽짜
리 동생이야. 알겠어?"

나는 그게 무슨 의미인지 알 수 없었지만, 알지 못한다는 사실을 그
에게 드러낼 수는 없었다. 그건 죽기보다 싫었다. 그래서 나는 알고 있
다고 대답했다.

"와, 너는 모르는 게 없구나."

반쪽짜리 동생이라는 말의 의미는 몰랐지만, 그 순간 그가 나를 비
꼬고 있다는 사실은 확실하게 알 것 같았다.

"그럼 말해봐. 반쪽짜리 동생이라는 게 무슨 의미인데?"

그 순간, 나를 가장 두렵게 한 건, 내가 할머니 몰래 삼촌의 방문을
두드렸다는 사실, 그러니까 내가 할머니를 배신한 정황을 들키게 되는
것이 아니었다. 내가 가장 두려웠던 건, 그 순간 그가 방문을 닫고 그
냥 내 시야에서 사라지는 것이었다. 할머니를 배신했음에도 불구하고
내가 아무런 이득도 얻을 수 없게 되리라는 사실이었다. 실패한 악덕.
그것이야말로 가장 비천한 행위였다.

"너희 엄마가 받은 게 뭔지 궁금해? 잘 생각해봐. 스스로 말이야."

이상했다. 그가 그런 말을 던진 순간, 나는 그의 얼굴을 거의 처음으로 똑바로 올려다볼 수 있었다. 그리고 내 입에서 이런 말이 튀어나왔다.

"할머니와 내가 해변으로 소풍을 가는 거 알아요?"

그는 도통 영문을 모르겠다는 표정으로 나를 내려다보았다.

"거기에 삼촌, 반쪽짜리 삼촌을 초대하고 싶어요."

"뭐라고?"

이제 그는 방에서 완전히 빠져나와 방문을 닫고 서서 나를 내려다보았다.

그 순간 나는 그에게 감사하는 마음이 들었는데, 만약 그때 그가 나를 위해 무릎을 굽히거나, 허리를 숙였다면 나는 아마도 수치심을 느꼈을 것이기 때문이었다. 분명히 그랬으리라.

할머니와 함께 가는 바닷가의 위치를 시시콜콜 알려줬지만, 나는 삼촌이 절대로 그렇게—할머니와 바닷가에 함께 가는 것—할 수 없으리라고 확신하고 있었다. 그런 수고로움과 불쾌함을 감수할 리가 없다고, 그가 그런 식으로 자기 자신을 조롱거리로 만드는 위험을 감수하지는 않을 거라고 막연하게나마 생각하고 있었기 때문이었다. 내가 그에게 그런 요청을 한 것은 (지금 생각해도 놀라울 정도로) 깜찍한 속임수에 불과할 뿐이었다.

그 일이 있고 난 후에도 나는 밤마다 삼촌을 떠올리며 단어를 입으로 되뇌는 걸 계속했다. 그걸 도저히 멈출 수가 없었다. 내 상상 속에서 그는 살짝 열린 방문 틈으로 몸을 반쯤만 내민 채로 나를 내려다보고 있었다. 언제라도 문을 닫을 수 있다는 사실을 내게 알려주고 싶어

하는 것처럼, 자신의 힘(이것 역시 남들이 나에게 거짓말을 하게 만드는 그런 종류의 치졸하고 졸렬한 권위에 불과하지만 그래도 권위는 권위였으므로)을 과시하겠다는 듯이. 한편으로 그런 식으로 삼촌을 떠올린 것 때문에 할머니에게 죄책감을 느끼기도 했다. 죄책감은 생각보다 강렬해서, 할머니와 단둘이 있을 때마다 언제나 나는 약간은 괴로운 마음이 들었다.

일주일 후, 그날은 그해 여름 들어 가장 기온이 높았던 날이었다. 할머니와 나는 여느 날처럼 바다로 떠날 준비를 하고 있었다. 맛있는 음식이 잔뜩 들어 있는 피크닉 박스가 트렁크 안에 들어 있었고, 나는 지퍼가 달려 있지 않은 헐렁한 거즈 원피스 안에 수영복을 입고 있었으며 내 발에는 그해 여름의 샌들이 신겨 있었다. 기사 아저씨는 더운 여름에도 언제나 긴 양복을 챙겨 입고 있었다. 차에 올라타기 전, 나는 3층의 끝 쪽, 삼촌의 방을 올려다보았다. 그토록 더운 날이었는데도 그의 방 창문은 꼭 닫혀 있었고 커튼까지 처져 있었다.

그날 해변가에는 우리밖에 없었다. 이상하리만치 그랬다. 하지만, 그리 멀지 않은 곳에서 사람들이 소란스럽게 떠드는 소리, 파도가 몰아칠 때마다 내지르는 유쾌하고도 과장된 비명 소리들이 들려왔다. 나는 어쩌면 그 소리들에 속하고 싶었을까? 나는 멀리서 들리는 유쾌한 소리에 귀를 기울이며 피크닉 박스에서 복숭아를 꺼내 먹은 후, 원피스를 벗어 던지고 수영복 차림으로 바다로 걸어갔다. 사실 나는 헤엄을 칠 줄 몰랐다. 모래사장 한쪽에 샌들을 벗어둔 나는 파도에 서서히 발을 담갔다가 천천히 바닷속으로 걸어 들어가곤 했다. 그러고는 두 손을 움직여(헤엄지는 척을 하는 것이 아니라, 그지 앞으로 잘 걸어가고 싶어서) 물속 바닥에 발바닥을 댄 채로 걸어 다녔다. **물속을 걷**

는다. 그게 전부였다. 하지만 그날, 바닷물에 발을 담갔을 때, 나는 이상한 기분을 느꼈다. 나는 머뭇거렸고 가만히 서서 하얀 포말을 실은 파도가 넘실거리며 지상의 모래를 흠뻑 적셨다가 아무 일도 없었다는 듯이 뒤로 물러나는 광경을 내려다보기만 했다. 지상의 구조를 헝클어뜨리고 뒤로 물러나는 것. 그리고 다시 돌아오는 것. 파도가 물러나간 후 드러나는 지상의 새로운 모양은 언제나 방금 전보다 손상된 것이었다. 나는 고개를 돌려 할머니를 한 번 보았다. 할머니는 바다에 들어가라는 시늉으로 손을 휘적휘적했고 그제야 나는 물속으로 들어갔다.

그날, 내가 뜨거운 여름 해를 맞으며 물속을 이리저리 걸어 다니고 있을 때, 삼촌이 나타났다. 나의 예상을 완전히 깨고 그가 나타난 것이다. 반팔 셔츠—그가 셔츠를 입은 건 처음 보았다—와 청바지를 입고서. 그의 얼굴과 셔츠는 땀으로 흠뻑 젖어 있었다. 아마도 우리가 있는 곳을 찾느라 이 근방을 헤매고 다닌 것 같았다. 삼촌은 혼자가 아니었다. 그의 옆에는 여자가 있었다. 쇼트 진과 크롭 티를 입은 여자. 격식 따위 상관없다는 듯한 모습으로, 긴 머리카락은 하나로 모아서 위로 올려 묶었고, 굽이 높은 하이힐을 신고 있어서 걸을 때마다 발가락에 힘을 주어야만 했을 것이다. 하지만 여자는 힘들어한다거나, 지친 것처럼 보이지는 않았다. 오히려 민첩하고 활력이 넘치는 것처럼 보였다. 그녀는 삼촌의 옆에 붙어 서서 걷는 게 자신에게는 식은 죽 먹기라도 된다는 듯이, 자주 입을 벌리고 허리를 꺾으며 웃었다. 물속에 서서 나는 그들을 멍하니 바라보았다. 삼촌과 내가 눈이 마주쳤던가? 마주쳤다. 그는 무표정하게 나를 바라보다가 옆에 서 있는 여자에게 뭐라고 말을 했다. 그러자 그 여자가 내게 손을 흔들었다. 이번에도 깔깔 웃으면서. 이리저리 살펴보다가 할머니를 찾은 삼촌은 그쪽으로 돌진

하듯 서슴없이 걸어갔고 여자도 나에게 손을 흔들던 걸 멈추고 삼촌을 따라 걸었다. 나는 물속에서 빠르게 걷기 시작했다. 물속을 걷는 건 나의 장기였지만, 이번에는 발이 자꾸 꼬여서 헛딛는 바람에 몇 번이나 바닷물을 마셔야만 했다. 바다에서 빠져나왔을 때 완전히 젖은 내 머리카락에서 물방울이 뚝뚝 떨어졌다. 물방울은 모래사장에 흔적을 남겼다. 속은 울렁거렸고 숨이 찼다. 나는 잠시 거기에 서서 숨을 몰아쉬며 할머니가 있는 쪽을 바라보았다. 열기, 살갗을 파고드는 열기 때문에 물방울은 금방 증발되었고 피부에는 까끌한 소금기가 남아서 입속에 짠맛이 느껴졌다. 할머니는 앉은 채로 고개만 들어 손차양을 만들고(사실 이런 행동을 할 필요는 없었다. 왜냐하면 할머니는 커다란 파라솔 아래에 있었으니까) 삼촌을 올려다보고 있었다. 삼촌은 할머니를 향해 고개를 숙인 채, 무언가를 말하고 있었다.

할머니와 할아버지를 사랑할 필요는 없지만 그분들 기분을 거스르지는 마. 어머니는 내가 그분들 기분을 거스르면 무언가 나쁜 결과가 도출(어머니는 정말로 이 단어를 사용했다)될 거라고 말했었다.

앞으로 무슨 일이 펼쳐질지는 뻔했다. 할머니는 화를 낼 것이었다. 할머니에게 삼촌은, 그곳에서 수영복을 입고 서로 몸을 딱 붙인 채로 돌아다니는 낯모르는 젊은 연인들과는 비교도 안 될 만큼의 어마어마한 불청객이었으므로. 삼촌이 할머니에게 소리를 지를 수도 있었다. 서로에게 소리를 지르고 화를 내고 눈물이 터진다. 손찌검이 있을 수도 있을까? 하지만 할머니가 삼촌을 때리지는 않을 것이다. 무언가를 삼촌의 얼굴을 향해 던질 수는 있을 것이다. 결국 할머니는 내가 자신을 배신했다는 사실을 알게 되고, 어머니의 말대로 나쁜 결과—그게 대체 뭐란 말인가?—가 '도출'될 것이다. 그때 나는 두려움을 느꼈는

가? 그랬다. 나는 두려움을 느꼈다. 하지만 그것만이 전부는 아니었다. 정말로 그랬다. 그때 나는 흡족함 또한 느꼈다. 수고로움과 불편함을 감수하고 자기 자신을 스스로 조롱하게 될지언정, 거기에 나타남으로써, 삼촌이 난봉꾼, 악인, 무뢰한의 권위를 지킨 것에 대해. 나는 그들이 주고받는 말, 서로를 완벽하게 상처 낼 수 있는 단어 하나하나, 서로를 향한 표정의 세밀한 내역까지 내 마음에 모두 새겨둘 작정이었다. 그것들을 모두 내 마음에 각인한 후에 죽을 때까지 잊지 않을 계획이었다.

그들에게 가까이 다가갔을 때, 제일 먼저 감지한 것은 할머니와 삼촌 사이를 떠도는 어떤 긴장감이랄지, 위선적이고 허위적인 분위기였다. 그것뿐이었다. 내가 기대한 감정의 폭발도, 폭발의 기미도 없었다. 아니, 이 정도 표현으로는 부족하다. 내가 그쪽으로 가까이 갔을 때, 할머니는 자리에서 일어나려고 하는 참이었다. 삼촌은 할머니가 편하게 일어날 수 있도록 할머니의 팔을 살짝 잡아주었고, 할머니는 삼촌에게 이렇게 말했다.

"고맙구나."

삼촌이 할머니를 도와주고, 할머니가 삼촌에게 고마움을 표시한다―나는 이 상황 때문에 당황했고, 심지어는 속이 쓰릴 지경이었다.

"아니, 왜 더 놀지 않구 벌써 나온 게냐?"

나를 발견한 할머니가 의아하다는 듯이 말했고, 내 앞에서 등을 보이고 서 있던 삼촌과 여자도 뒤를 돌았다. 여자는 선글라스를 벗어서 헤어밴드처럼 머리 위에 얹었는데, 삐져나온 잔머리가 바람에 흔들렸다. 나는 그 여자의 길쭉하고 가느다란 팔과 다리를, 그리고 홀쭉한 배를 보았다. 솔직히 말하자면, 그 여자는 그때까지 내가 만나본 성인 여자 중 가장 아름다웠다. 문득, 수영복이 내 몸을 너무 많이 압박하고 있는 게 아닌가 하는 불안감이 들기 시작했다. 나는 할머니가 건네준 커다란 타월로 얼른 몸을 **가렸다**.

"애, 신발을 어떻게 했어?"

할머니의 물음에 나는 그제야 샌들을 모래사장에 그대로 두고 왔다는 것을 깨달았다. 나는 몸을 돌려 모래사장 쪽을 바라보았다. 이리저리 살펴봐도 샌들이 보이지 않았다. 그쪽으로 다시 가보려고 했을 때, 삼촌이 말했다.

"넌 여기 있어. 삼촌이 갔다 올게."

삼촌, 그는 자신을 그렇게 지칭했다. 그러고는 나를 바라보고 미소를 지었다. 단순하고 무미건조한 미소. 나는 그의 진위를 파악할 수 없어서 순간적으로 얼떨떨해졌다. 삼촌이 뛰어가자 여자가 자연스럽게 하이힐을 벗어 손에 들고는 삼촌의 뒤를 따라 뛰었다. 저 멀리, 그들이 고개를 숙이고 모래사장을 걸으며 내 신발을 찾고 있는 게 보였다. 하지만 그들은 잃어버린 물건을 찾는 사람들 같지 않았고 재미 삼아 어슬렁거리는 것처럼 보였다. 해의 열기는 점점 더 강렬해지고 있었다. 끊임없이 밀려왔다가 밀려가는 파도와 수평선, 그리고 허공을 비상하는 갈매기. 나는 할머니에게로 고개를 돌렸다. 그 둘을 멍하니 바라보는 할머니의 이마는 땀범벅이었지만, 손수건으로 닦을 생각 같은 건 하지도 않았다. 이윽고 할머니가 중얼거리듯 말했다.

"네 삼촌의 여자라는구나."

믿을 수 없을 정도로 마르고 예쁜 저 여자. 그날 내가 깨달은 것 중 하나는 어떤 여자를 '예쁘다'고 표현하기까지 아주 복잡한 과정들이 수반된다는 점이었다. 그건 단순히 얼굴의 어떤 한 부분—눈이나 코,

입―이 보기 좋다거나, 배열이 잘되었다거나, 그런 것과는 다른 차원의 일이었다. 예쁘다는 것은 매 순간마다 자신의 어떤 요소들을 초월하는 행위나 마찬가지였다. 네 삼촌의 여자, 나는 이 말을 속으로 되뇌었다. 이 말을 속으로 되뇌자, 나는 마음 깊숙한 곳을 작은 바늘로 콕콕 찌르는 것 같은 기분을 느꼈다. 내가 밤에 외운 단어 중 하나가 떠올랐다. 비통하다. 그 순간, 내가 느낀 감정이 정말로 비통함이었을까? 나는 옆에 서 있는 할머니를 바라보았다. 할머니의 치맛자락이, 간이 파라솔의 깃발이, 깔아놓은 돗자리의 가장자리가 뜨거운 여름의 바람에 흔들렸다. 할머니는 언제나 눈부신 태양 아래 이런 식으로 바람을 맞으며 정자세로 나와 바다를 바라보았었다. 나는 그럴 때마다 할머니가 그 시간을 충분히 즐기고 있다는 사실과 동시에 그 아름다운 풍경과 바다의 냄새, 대기의 열기와 사방에서 들려오는 파도 소리가 끊임없이 할머니 자신을 상처 내고 있으리라는 것을 알아차릴 수 있었다. 아니다. 이건 사실이 아니다. 내가 그 당시 할머니를 보며 그런 생각을 했을 리는 없다. (다시 한번 반복하지만) 나는 최대한 이 글을 정직하게 적으려고 노력하는 중이므로, 이 점은 분명히 해야겠다. 할머니가 계속해서 상처받고 있었으리라고, 그렇게 함으로써 자신을 달콤쌉싸래한 고통과 모순적인 자기만족 속으로 계속해서 밀어 넣고 있었으라는 생각을 하게 된 것은 최근의 일이다. 그 당시 나에게 세계는 심란할지언정 단순했고, 어수선할지언정 노골적인 것으로 존재했었으니까. 분명히 그 시절, 내가 할머니를 보며 그런 생각까지는 하지 않았을 것이다.

갑자기 할머니가 중얼거리듯이 이렇게 말했다.

"네가 남자아이였다면 좋았을 텐데."

나는 너무 깜짝 놀라서 할머니를 올려다보았다. 할머니에게서는 그런 말을 내뱉은 것을 당황해한다거나, 후회한다거나 그런 기색은 전혀 찾아볼 수가 없었다.

"없네요."

우리 쪽으로 다가온 여자가 어깨를 한 번 으쓱거렸다. 그리고 내 얼굴을 보며 어린아이를 달래듯이 말했다.

"하지만 괜찮을 거야. 신발은 또 사면 되니까."

그러고 삼촌을 보며 말했다.

"이봐요, 삼촌, 여기 이 꼬마 아가씨 신발 하나 사줄 거죠?"

삼촌이 씩 웃으면서 고개를 끄덕였다.

"아, 그럼요. 그렇고말고요."

나는 진심으로 그 여자가 미웠고, 삼촌에게 지독한 실망감을 느꼈다. 그가 너무 평범해 보여서. 난봉꾼의 자질은 찾아볼 수가 없어서. 완전히 무방비하고 속수무책인 것처럼 보여서.

잠시 후, 기사 아저씨가 어디서 구해 왔는지, 여러 개의 일회용 접시와 종이컵, 그리고 포크를 가져다주었다. 그것뿐만 아니라 스낵과 견과류, 그리고 나를 위한 케이크와 차가운 우유도 가져다주었다. 할머니는 한복 소매를 조심스럽게 접은 후, 각자 앞에 개인 접시와 포크를 놓아주었고, 그다음에는 피크닉 바구니에서 꺼낸 과일과 쿠키, 그리고 샌드위치와 초콜릿을 먹기 좋게 놓아두었다. 여자가 도우려고 하자, 할머니는 고개를 흔들며 말했다.

"아가씨는 손님이잖아요. 그냥 가만히 대접을 받다가 돌아가면 돼요."

나는 이번에도 여자가 웃을 줄 알았는데, 그런 일은 일어나지 않았다. 여자는 웃지 않았다.

할머니는 우리가 음식을 잘 먹고 있는지, 부족한 것은 없는지 주의 깊게 살피고 필요한 게 있으면 기사 아저씨를 불렀다. 아, 그래, 할머니는 마치 삼촌과 여자가 이곳을 방문하리라는 사실을 이미 알고 있었다는 듯이 굴고 있었다. 주인처럼 행동하는 것. 할머니의 세세한 보살핌 속에는 주인의 위엄이 서려 있었다. 그것은 할머니가 가지고 있던 자연스러운 생활양식이었다. 그러므로 그것을 꾸며진 것이라고는 결코 말할 수 없었을 것이다. 할머니는 이 해변가 피크닉의 주인이었고, 주최자였고, 책임자였다. 그렇다면 삼촌과 그 여자는? 그들은 뭐란 말인가? 초대장을 발부받은 사람들이란 말인가? 아니었다. 할머니는 초대장을 발부한 적이 없었으니까. 초대장을 발부한다 한들, 삼촌이나 그와 관련된 사람들이 그 대상이 될 리는 없었으니까. 하지만, 분명히 그들은 서로를 바라보며 이야기를 나누고 사려 깊게 듣고 가볍게 웃고 있었다. 영락없이 초대장을 발부하고 그 초대를 승낙한 사람들처럼 굴고 있었다. 불청객은 나밖에 없는 것 같았다. 그래, 불청객, 박탈당하는 것, 어디론가 한순간에 떠밀려나가는 것.

"아까 보니까 헤엄을 못 치는 것 같던데? 너 수영할 줄 모르니?"

그녀가 말을 걸면, 무시하리라고 마음먹고 있었지만 정작 그런 상황이 오자, 그렇게 하는 건 불가능하게 느껴졌다. 그녀의 목소리가 너무나 달콤했기 때문에. 입술을 움직일 때마다 사용되는 얼굴의 근육이 너무 아름다웠기 때문에. 나를 바라보는 눈동자가 너무 반짝반짝 빛났기 때문에. 그래도 나는 그녀를 미워한다는 사실을 알리고 싶어서, 시선은 접시 위 케이크에 둔 채로 퉁명스럽게 대답했다.

"네, 하지만 물속을 걸어 다닐 수 있어요."

여기까지 말하고 재빨리 덧붙였다.

"예수님처럼요."

"예수님?"

할머니가 그게 무슨 말이냐는 듯이 되물었다.

"애, 예수님은 물속을 걸어 다니는 게 아니라, 물 위를 걷는 거야."

여자가 웃으며 내 말을 바로잡아주었다.

"바다 수영은 하나도 어렵지 않아. 부력 때문에 물 위로 몸이 잘 뜨거든."

나는 뭐라고 해야 할지 몰라서 가만히 있었는데, 그녀가 한 마디를 덧붙였다.

"헤엄을 칠 줄 알면 훨씬 더 재미있을 텐데."

그 순간, 그녀에 대한 미움은 표현할 수 없을 만큼 커다란 증오심으로 바뀌었다. 그래, 나는 그녀를 증오했다. 그녀의 길게 뻗은 목과 쇄골, 꼿꼿한 등을, 바람에 흩날리는 윤기 나는 머리카락을, 새까만 눈동자를, 가지런한 치열을, 적당히 가볍고 경쾌한 웃음소리를, 기다란 손가락을, 드러난 배의 근육을, 귀걸이가 걸려 있는 작은 귓불을 증오했다. 내 목숨을 바칠 수 있을 정도로. 정말로 내 목숨을 다 바칠 수 있을 정도로. 그런 생각을 하자 갑자기 몸이 떨리는 것 같다. 살갗으로 올라오는 무수한 작은 돌기, 마른침을 꿀떡 삼키는 것, 순전히 신체적인 영역에 속하는 반응들.

그때, 문득 이런 생각이 들었다. 명징하고도 정확한 깨달음—나는 이 모임의 불청객이 아니었다. 불청객이 아닌 정도가 아니라, 여기에 삼촌을 초대한 것은 바로 나 자신이었다. 내가 이 바다 피크닉의 주관자였고 주인이었다. 그러므로 주인의 위엄은 내 것이었다. 진정한 불청객은 바로 그 여자였다.

"쟤는 되게 똑똑해."

삼촌이 말했다. 나는 삼촌이 비꼬는 것인지 아닌지 헛갈렸고 미심쩍은 마음이 들었다. 그는 쐐기를 박듯이 한 번 더 말했다.

"모르는 게 없거든."

나는 몸을 덮고 있던 타월을 꼭 여미며 삼촌을 바라보았다. 그는 여전히 멀끔하고 단순한 표정을 하고 있었다. 그런 그의 표정을 보자, 그 순간 내가 해야 할 일이 떠올랐다. 대놓고 배신자가 되겠다고 선언하는 것. 나는 어린아이에 불과했지만 뻔뻔하고 경박하게 타락할 수 있었다. 모두를 깜짝 놀라게 만들 수 있었다. 그렇게 함으로써 내가 있을 자리를 내가 결정할 수 있었다.

"나는 바보 천치예요. 삼촌도 알고 있잖아요?"

내가 말하자, 할머니가 있을 수 없는 일이 일어났다는 듯이 나를 보았다.

"세상에, 얘야, 누가 그런 말을 너에게 알려줬니? 엄마가 알려줬니?"

나는 망설이지 않고, 여전히 삼촌의 얼굴에서 눈을 떼지 않은 채 입을 열었다.

"엄마는 나를 팔아넘겼어요."

이 말을 내뱉는 그 짧은 시간 동안, 나는 너무 짜릿해서 약간 흥분이 될 지경이었다. 이번에야말로 할머니는 삼촌을 비난할 것이고, 삼촌은 할머니에게 소리를 지를 것이었다. 나는 그들이 서로에게 화를 내는 장면을 기꺼이 맞이할 준비가 되어 있었다. 하지만 삼촌의 여자—내가 증오해 마지않은 그 여자—는 나와 달랐다. 그런 일이 일어난다면 그녀는 이곳으로부터, 우리로부터 달아날 것이었다. 나는 너무 흡족해서 승전보를 울리고 춤이라도 추고 싶은 심정이 되었다.

하지만 이상했다.

아무리 기다려도 내 승리를 뒷받침해줄 그 어떤 나팔 소리도, 화려한 색종이들의 흩날림 같은 것도 나타나지 않았다. 그 어떤 감정도 들끓지 않았고 그런 기미조차 보이지 않았다. 침묵. 할머니와 삼촌은 그저 두리번두리번하며 이해할 수 없다는 듯한 표정을 짓고 있을 뿐이었다. 내가 내뱉은 말에 대한 판단조차—불경하다느니, 경박하다느니, 경솔하다느니 기타 등등—내리지 못하겠다는 듯이. 도저히, 이해를 하려고 애써도 이해할 수 없는 말을 들은 것처럼, 내가 무슨 괴상한 소리라도 입 밖에 낸 것처럼.

잠시 후, 삼촌이 이제서야 겨우 모든 것을 어렵사리 파악했다는 투로 고개를 흔들며 천연덕스럽게 말했다.

"꼬마 아가씨가 꿈을 꿨나 보네. 엄마가 보고 싶어서 말이야."

"아, 악몽을 꿨구나."

여자가 진심으로 내가 안되었다는 듯이 말했다.

"나도 네 나이 때에는 가끔 꿈이랑 현실을 구분하지 못하곤 했었어."

모욕당한 기분을 느낀 나는 도움을 청하듯이 할머니를 바라보았다.

"그럴 때도 있는 거지."

할머니가 어이없는 일도 다 있다는 투로 웃으며 그렇게 말했을 때, 마침내 나는 낙담했고 패배를 인정했다. 순도 100퍼센트의 패배였다. 빠져나갈 구멍이라고는 없었다. 방금 전까지 나를 고양시켰던 감정들은 순식간에 증발해버린 것 같았다. 자잘하고 성가신 소금기만을 남긴 채. 나는 알 것 같았다. 주인의 권위는 그런 식으로 간단하게 부여되는 것이 아니라는 것을. 나는 여전히 가짜 배신자, 작은 협잡꾼에 불과하다는 것을. 그들의 그러한 표정, 말투, 그들이 구사하는 문장은 그저 그런 속임수가 아니었다. 그래, 그건 진짜 마술이었다.

그들—할머니와 삼촌—은 서로를 사랑하게 된 것이었다.

누가 왜 그런 마술을 부렸는지 알 수 없었지만, 누가 왜 그런 마술을 필요로 하는지 알 수 없었지만 그들이 서로에게 다정하게 말을 걸고, 미소를 짓고, 고개를 끄덕이는 건 내 눈앞에 실재하는 일이었고, 다른 그 어떤 것으로도 대체될 수 없는 현실, 진실된 세계의 모습이었다.

삼촌이 여자에게 말했다.

"재한테 너 어릴 적 사진을 보여줘."

그 말을 들은 그녀는, 좋은 생각이라는 듯이 고개를 끄덕이고 자신의 지갑에서 사진 두 장을 꺼냈다. 그녀의 어릴 적 사진이었다.

"이 시절의 나를 좋아해서 이걸 들고 다니거든. 네 나이 때의 나야."

나는 마지막 자존심은 지키고 싶었으므로 그녀가 건네주는 사진을 모른 척하고 고개를 숙인 채, 케이크를 크게 떠서 입 안에 넣고 우물우물 씹었다. 나 대신 사진을 받아 든 사람은 할머니였다. 나는 몰래 사진을 힐긋거렸다. 사진 속 여자아이는 나보다 두세 살은 어려 보였다. 양 갈래로 머리를 딴 어린 그녀는, 분홍색 니트와 반바지를 입고 모델처럼 초록색 봉을 잡고 서 있었다. 할머니는 오랫동안 그 사진을 유심히 들여다보았다.

"아주 귀여운 아이군요."

이윽고 할머니가 여자에게 사진을 돌려주며 말했다.

"아휴, 내 정신 좀 봐, 아가씨에게 케이크 한 조각을 안 줬네."

그녀는 괜찮다고, 자신은 원래 케이크를 먹지 않는다고 했다. 체중 관리를 해야 한다고, 그건 여자의 숙명이라고 말했다.

"어릴 적에는 정말 예뻤거든요. 어릴 적에 알고 지냈던 어른들을 지금 다시 만나면 저에게 그런 말을 해요. 세상에, 얘 너에게 무슨 일이 생긴 거니? 옛날의 그 얼굴은 어디로 간 거야? 이렇게 말이에요."

할머니는 기어코 여자의 접시에 케이크를 담아주며 말했다.

"그렇게 무례한 사람들은 만날 필요가 없어요. 정말 그럴 필요가 없어요. 우리가 만나는 사람이 우리 자신이 어떤 사람인지 일깨워주곤 하죠."

할머니가 미소를 짓자 순간적으로 여자는 고개를 살짝 저었다. 그러고는 사진을 옆에 놓아두고 할머니가 건네주는 케이크 접시를 받아 들었다.

"정말 대단하세요."

할머니는 음식을 정리하는 것에 정신이 팔려서 여자의 질문을 뒤늦게 알아들었다는 듯이 되물었다.

"뭐가 말이오?"

"이 모든 게요. 이렇게…… (그녀는 잠시 망설였다) 아들을 훌륭하게 키우신 것하며, 손녀를 돌봐주시는 것하며…… 같은 여자로서 정말 대단하다고 생각해요."

갑자기 삼촌이 픽, 소리 내어 웃었다. 할머니는 손을 멈추고 삼촌을 바라보았지만 그 어떤 말도 하지 않았고, 곧이어 시선을 저 멀리 바다로 옮겼다. 그러고는 무언가를 기다리는 사람처럼 입술의 끝을 올려 미소를 지었다. 마치 밀랍 인형 같은, 미끈하고 밋밋하지만 절대 무너지거나 굴복하지 않을 그런 미소였다. 그 순간, 나는 내가 더 이상 할머니에게 미안함이나 죄책감을 느끼지 않아도 되리라는 생각을 하고 있었다. 그리고 내가 할머니를 사랑하게 되었음을 깨달았다.

어째서였을까? 그 순간 내 머릿속에 충청도 사투리를 하는 여자에 대한 이야기가 그토록 선명하게 떠오른 것은? 아이들의 배를 잡게 만들고, 어머니를 쩔쩔매게 만들었던 그 이야기.

"충청도에 사는 노처녀가 있었어. 뚱뚱하고 못생긴 여자여서 남자를 사귀어본 적도 없었어. 어느 날 그 동네에 사는 지혜로운 할머니가 그 여자에게 남자에게 사랑을 받고 싶으면 언제나 괜찮아유, 라고 대답하라고 시켰어. 그렇게만 하면 사랑을 받을 수 있을 거라고. 어느 날 선을 보게 된 그 여자는 마음 깊이 다짐했어. 남자가 뭐라고 하든 괜찮아유, 라고 대답하기로. 여자가 선을 보는 장소로 나가는데 비가 오기 시작한 거야. 우산이 없었던 여자는 비에 홀딱 젖어버렸지. 너무 젖어서 속옷이 다 비칠 정도였어. 여자는 물방울을 뚝뚝 떨어뜨리면서 호텔 커피숍으로 갔어. 거기에는 남자가 기다리고 있었어. 남자는 그 여자를 보고 말했어,

옷도 말릴 겸 방으로 가는 게 어떻겠어요? 괜찮아요?

괜찮아유.

방에 들어간 여자는 옷을 벗고 샤워를 한 후 샤워 가운을 입고 나왔어. 남자가 여자에게 한번 안아봐도 되겠느냐고 물었고 여자는 대답했어.

괜찮아유.

그 남자는 여자를 껴안았어. 그리고 숨이 막히지 않느냐고 물었어. 그 여자는 대답했어.

괜찮아유.

남자는 더 힘껏 그 여자를 껴안았어. 그리고 침대에 눕혔어. 그러면서 숨이 막히지 않느냐고 물었어. 그 여자는 대답했어.

괜찮아유.

남자는 더 힘껏 껴안았어. 여자는 계속 말했어.

괜찮아유, 괜찮아유, 괜찮아유.

여자는 너무 행복했어. 그래서 남자를 꽉 껴안았단 말이야. 정말로 꽉 말이야. 어느 순간에 여자는 남자가 아무 말도 하지 않는다는 사실을 깨달았어. 그제야 알게 된 거야, 여자의 품에서 숨이 막힌 남자가 죽어버린 걸. 알겠어? 그 여자는 그 남자를 죽여버린 거야! 자신을 사랑해준 최초의 남자를 말이야!"

나는 언제 어디서고 이 이야기를 할 수 있었고, 몇 번이나 반복할 수 있었다. 학교에서 쉬는 시간에 교실 안에서, 체육 시간에 선생님의 눈을 피해 친구들과 옹기종기 모인 운동장 구석에서, 집으로 돌아가는 길거리에서……. 충청도 사투리를 쓰는 여자는 몇 번이고 반복해서 남자를 죽일 수 있었다. 자신을 최초로 사랑해준 그 남자를. 자신을 최초로 포옹해준 그 남자를. 그것은 만천하에 공개된 씻을 수 없는 죄였다. 그럼에도 불구하고 그 이야기 속의 어떤 요소는 끊임없이 우리를 웃기게 만들었고 절대 사그라들지 않았다. 사그라들기는커녕 점점 더 커지고 부풀어서 우리를 들쑤시고 부추겼고 더 크게 웃게 만들었다. 이 이야기를 할 때 핵심은 "괜찮아유"라는 그 문장에 있었다. 그러니까, 바로 그 억양.

'괜'은 강조하고 '찮아'를 높은 어조로 재빠르게 발음한 후 '유'를 낮고 길게 뺀다.

우스꽝스럽고 천연덕스럽게. 무언가를 두려워한다거나 느즈러지는 느낌을 주어서는 절대 안 되었다.

　그날, 그 기묘한 마술에 걸린 사람들 사이에서, 조근거리는 목소리와 웃음소리, 파도 소리와 저 멀리서 들려오는 희미하고도 유쾌한 비명 소리를 들으면서, 다디단 과자와 과일을 입에 욱여넣으면서, 여자가 결코 입에 대지 않아서 말라버린 케이크의 크림을 보면서, 나는 문득 이런 생각을 했다. 우리를 그토록 크게 웃도록 맹렬히 격려한 것은, 우리 스스로를 그 이야기 속에 포함시키지 않으리라는 열망이 포함된 본능적인 행위였다는 것을. 그 더럽고 지저분한 세계를 나와는 상관없는 것으로 만들고 싶다는, 나 자신은 그 세계의 바깥에 포함되고 싶다는 열망이 반영된 행위였다는 것을. 하지만 그 열망 역시 더럽고 지저분한 것이었다. 그것이 전부였다. 안과 밖이 모두 지저분한 세계. 그러므로 우리 자신을 지키기 위해 필요한 건 얼마간의 마술이었다. 진짜 사랑과 가짜 사랑, 진짜 증오와 가짜 증오. 그건 너무나 갑작스럽고도 선명한 깨달음이었다. 물론 내가 그 당시에 이 모든 것을 논리적인 언어로 (내 자신에게) 설명할 수는 없었을 것이다. 어쩌면, 지금 이 문장을 쓰고 있는 내가 그 당시를 회상하는 하나의 방식인지도 모른다. 하지만 확실하게 말할 수 있는 것은, 그러한 깨달음이 비록 뭉뚱그려지고 너무나 흐릿한 모습이어서 어떤 판단이나 추정이 불가능했을지언정, 아주 오랜 시간이 흐른 후에야 겨우 해석하게 되었다 할지라도, 분명히 그날의 내게 도달했다는 점이다. 단어들의 경로는 질서 정연하고 계획적이었지만, 그런 깨달음은 아무런 인과적 관계도, 어떠한 조짐이나 머뭇거림도 없이, 그러므로 거부할 기회도 주어지지 않은 채 내게 도달했다는 점이다.

　물론, 그날 내가 완전하게 깨닫게 된 사실도 있었다. 다시는 내가 그

이야기를 친구들 앞에서 입 밖에 내지 않게 되리라는 사실을.

집으로 돌아가는 차 안에서 할머니는 내내 입을 다물고 있었고, 나는 차창에 이마를 기댄 채, 창밖을 바라보고 있었다. 나는 맨발이었다. 어둠 속에서 모든 것이 밀려나가는 창밖 풍경을 바라보고 있으니까, 여전히 해변가에 남아 있을 내 샌들이 떠올랐다. 이상하게도 그 모습―샌들 두 개가 어둑해진 모래사장 위에 덩그러니 놓여 있는―을 떠올리자 나는 기가 죽었고, 슬픈 마음이 들었으며, 갑자기 눈물이 터졌다. 내가 울자, 할머니가 깜짝 놀라서 나를 바라보았다.

"왜 그러는 거냐?"

나는 고개를 숙이고 옆으로 흔들었다. 할머니가 내 손등에 자신의 손을 얹고 나서 망설이다가 조심스럽게 입을 열었다.

"네 삼촌이 뭐라고 했는지 모르겠지만, 네 엄마는 너를 팔아넘긴 게 아니다."

나는 이번에는 격렬하게, 아주 격렬하게 고개를 흔들었다. 그 바람에 원피스가 말려 올라가 드러난 허벅지 부분으로 눈물방울들이 툭툭 떨어졌다.

"그런 게, 아니에요."

나는 거의 악을 쓰듯이 말했다. 할머니에게 악을 쓴다는 건 이전에는 상상도 못 한 일이었다. 할머니는 내 손을 꼭 잡고 나를 달래듯이 말했다.

"너희 엄마는 너를 팔아넘긴 게 아니다. 말도 안 되는 소리니까……."

"그런 게 아니라구요."

나는 훌쩍거리며 이번에도 소리 지르듯이 말했다.

"뭐가 아니란 말이냐?"

"엄마가 나를 팔아넘겨서 슬픈 게 아니라구요. 그런 게 아니라구요…… 나는…… 나는…….."

"할미가 말하잖니, 네 엄마는……."

"그런 게 아니에요. 내가 우는 건…… 내가 슬픈 건…… 내가 마음이 아픈 건…… 내가…… 못생기고 뚱뚱하기 때문이에요."

한동안, 차 안에는 내가 훌쩍거리는 소리만 가득했다. 할머니는 가볍게 한숨을 쉰 후, 내 손을 놓았다. 잠시 후, 할머니가 내 어깨에 자신의 두 손을 올리고, 얼굴을 가까이 들이밀었다.

"할미 얼굴을 좀 봐라."

나는 여전히 훌쩍거리면서 할머니의 얼굴을 바라보았다. 차 안으로 스며들어온 거리의 빛이 할머니의 얼굴과 몸에 잠시 머물렀다가 사라졌다가 머무르는 것을 반복했다. 할머니는 아주 낮은 목소리로, 마치 우리가 전화 통화를 할 때 그러는 것처럼 감정이 거의 담기지 않은, 정확하고 명확한 말투로 엄숙하게 말했다.

"너는 그런 생각을 할 필요가 없다. 이걸 명심해라. 너는 그런 여자들이랑은 달라. 너 같은 여자가 가진 건 그것보다 훨씬 더 대단한 거다. 너희 아빠가 얼마나 훌륭한 사람이었는지를 생각해봐라. 너는 뭐든지 할 수 있어. 내 말 알아듣겠니? 원한다면 너는 성형수술을 받을 수도 있어. 살을 빼기 위해 한의원을 갈 수도 있다. 키가 크기 위해서라면 무엇이든 먹을 수도 있다. 너는 뭐든 선택할 수 있다. 내 말 알아듣겠니? 네가 원하는 건 뭐든지 할 수 있다."

나는 무작정 고개를 끄덕였다. 할머니가 티슈를 건네주며 말했다.

"내 말 알아들었으면 눈물 닦고, 집에 도착할 때까지 좀 자두렴."

나는 할머니가 시키는 대로 티슈로 눈물을 닦고, 눈을 감았다. 할머니가 속삭이듯이 말했다.

"넌 그저 그런 남자들보다 훨씬 더 굉장한 삶을 살게 될 거야. 너희 삼촌? 난 그 애가 아무것도 가지지 못하도록 뭐든지 할 거다."

잠이 오지는 않았지만, 나는 그래도 계속 눈을 감고 있었다. 눈을 감은 채, 나는 할머니의 세계에 존재하는 사람들의 종류에 대해 생각했다.

그저 그런 남자들, 그런 여자들, 뛰어난 여성, 훌륭한 사람.

그날 밤, 나는 단어들을 적어놓은 노트를 찾아서 한 장 한 장씩 찢어서 쓰레기통에 버렸다. 마지막 페이지에 다다랐을 때, 내가 적어놓은 그 깨알 같은 글자들—음란하고 추잡한 단어들을 마주했을 때, 나는 그 단어들을 소리 내어서 읽기 시작했다. 쾌락, 젖가슴, 신음 소리……. 나는 그 마지막 페이지를 죽 찢어서 여러 번 접은 후, 내가 가지고 온 책가방의 바닥에 숨겨두었다. 불을 끄고 침대에 누운 나는 벌떡 일어나서 선풍기를 끄고 창문을 닫은 후, 커튼을 쳤다. 방 안이 열기로 가득 찰 수 있도록, 내가 땀범벅이 될 수 있도록. 나는 이불을 목까지 끌어 올리고 눈을 감았다. 이번에도 내 눈앞에는 삼촌의 모습이 떠올랐다. 그건 단지 자동 반응 같은 것이었을까? 그렇다고 말하고 싶지만, 그건 사실이 아니다. (이렇게 말을 한다는 것이 굴욕스럽긴 하지만, 사랑은 원래 굴욕적인 것이 아닌가?) 삼촌에 대한 내 사랑은 그날 이후로도 조금 더 지속되었고 완전히 끝난 것은 더 훗날의 일이다.

8월 중순에, 언제나 그랬던 것처럼 어머니는 나를 데리러 몇 시간이

나 운전을 해서 부산으로 내려왔다. 헤어지기 전에 할머니는 나를 꽉 안아주었다. 차를 옮겨 타자 이번에는 어머니가 나를 껴안았다.

"잘 지냈니? 우리 사랑스러운 돼지!"

이제 나를 돼지라고 부르지 말아달라고 하자, 어머니는 나를 더 꽉 껴안으며 이렇게 말했다.

"싫은데? 돼지를 돼지라고 부르지, 그럼 뭐라고 부르니?"

서울로 돌아가는 차 안에서 어머니는 이것저것 잡다하고 쓸데없는 질문을 늘어놓다가 결국 이렇게 물었다.

"그래서, 너네 할머니는 결국 이사 간 집에 대해서 아무것도 묻지 않은 거야?"

나는 그 말에는 대답을 하지 않고 대신 이렇게 말했다.

"엄마, 나 삼촌을 사랑하는 것 같아요."

어머니는 나를 한 번 쳐다보았지만, 아무런 대꾸를 하지 않았고 한동안 우리는 침묵 속에 머물러 있었다.

휴게소에 들러 밥을 먹은 후, 어머니와 나는 벤치에 나란히 앉아서 아이스크림콘을 핥아 먹었다. 혀를 감도는 끈덕지고 달콤한 감각을 느끼며 나는 어머니의 어깨에 기대었다. 중요한 소식이 갑자기 생각났다는 말투로, 어머니는 내게 폴로 티셔츠를 입고 괴상한 소리를 내며 뛰어다니던 그 아이의 소식을 전해주었다. 그 애의 가족이 다른 곳(어머니는 "더 좋은 곳"이라는 표현을 사용했다)으로 이사를 갔다고, 그 애의 어머니는 회사를 그만두고 아이를 돌보는 데에 열중하리라는 것이었다. 어머니는 그들 모자를 한 번밖에 초대하지 못한 것을, 그 애의 어머니와 진정한 우정을 쌓지 못한 것을 안타까워하는 것 같았다. 나는 그들의 소식에는 별로 관심이 없었다. 그들 모자가 우리 집에 오고 난 후에도, 가끔 공용 공간에서 그 아이를 마주친 일이 있었지만, 말을 걸어본 적도 없었다. 그러므로 그 아이가 이사를 갔든 말든, 그 애의 어머니가 회사를 그만두든 말든 (적어도 그때의) 나와는 아무런 상관도 없는 일이었다. 하지만 시간이 흐른 후, 나는 가끔 그 애를 떠올리게 되었고 그때마다 이런 생각을 했다. (어머니의 말마따나) 누구도 모든 걸 다 가질 수는 없지만, 그게 곧 모든 사람의 삶이 공평하다는 것을 의미하는 것은 아닐 거라고.

어쨌든 이건 아주 나중에서야 할 생각이었고, 그날 그 소식을 전해 듣고 난 후, 나는 어머니에게 이렇게 물었다.

"엄마, 내가 커서 뭐가 되고 싶은 줄 아세요?"

"뭐가 되고 싶은데?"

"나는 커서 배신자가 될 거예요. 진짜 배신자."

어머니는 나를 힐긋 바라보더니 정말이지 아무런 흥미도 느끼지 못하겠다는 듯이 말했다.

"꼭 그렇게 되어라. 제발 꼭."

다시 서울로 향하는 차 안에서 나는 까무룩 잠에 들었다. 문득 눈을 떴을 때는 어머니의 차가 서울 시내로 진입한 후였다. 나는 우뚝 서 있을 내 집, 정우맨션이 곧 눈앞에 드러나리라는 것을 알고 있었다. 그때, 문득 한 가지 사실이 떠올랐다. 그건 그 애—한때 정우맨션에 살았고, 나쁜 소문의 주인공이었으며, 이중 언어 때문에 고생을 하고 있던—에 관한 것이었다. 더 정확하게는 그 애가 입고 있던 옷에 대한 것이었다. 그 애의 몸에 지나치게 꽉 맞던 그 옷. 정우맨션으로 달려가는 차 안에서 나는 그 애가 왜 그렇게 꽉 맞는 옷을 입을 수밖에 없었는지를 깨달을 수 있었다. 그건 그 아이 부모의 어쩔 수 없는 (동시에 합리적인 근거가 있는) 선택이었다. 그 애의 키에 옷을 맞추면 몸통이 끼고, 몸통에 맞추면 옷이 너무 길어질 터였으므로. 그 애의 부모는 그 애의 키에 옷을 맞추기로 한 것이었고, 그건 그 옷을 사주는 그 애의 부모만이 내릴 수 있는 고유의 결정이었다. ▪

안보윤

밤은 내가 가질게

1981년 인천 출생.
소설집 『비교적 안녕한 당신의 하루』 『소년7의 고백』.
장편소설 『악어떼가 나왔다』 『오즈의 닥디』 『사소한 문제들』
『우선멈춤』 『모르는 척』 『알마의 숲』 『밤의 행방』.
〈문학동네작가상〉 〈자음과모음문학상〉 수상.

밤은 내가 가질게

1

어머니, 주승이 때리셨어요?

여자가 얼굴을 찌푸린다. 무슨 소린지 모르겠다는 표정을 지으려 노력한다. 여자는 가끔 저능한 척하고 귀가 안 들리는 척하며 마른 덩굴인 양 몸을 뒤튼다. 전부 연기다.

여기, 이거 보세요. 내가 주승이 어깻죽지를 가리킨다. 새끼손가락만 한 크기의, 파랗고 반들반들한 멍이 거기 있다. 여자가 기억을 더듬는 척하는 사이 주승이 바지를 벗긴다. 식탁 모서리에 부딪혔다고 둘리댈 수 없는 곳, 넘어져서 다친 거라고 우길 수 없는 허벅지 안쪽과 옆구리 등지, 겨드랑이 아래를 샅샅이 살핀다. 차가운 손이 낳사 주승이가 콩벌레처럼 몸을 오그린다. 상관없다. 내가 지금 하는 일은 정의

롭고 타당하다. 심지어 주승이를 위한 일이기도 하다.

말씀 안 하시면 저희도 원칙대로 처리할 수밖에 없어요. 어떻게 된 거예요, 이 멍?

다시 한번 다그치자 여자가 눈동자를 굴린다. 툭 불거진 눈 때문에 눈꺼풀이 세 겹이나 주름져 있다. 갑상선에 문제가 있는 거겠지. 그러나 여자의 문제는 그뿐만이 아니다.

*

주승이가 우리 어린이집에 입학했을 때 가족관계증명서보다 먼저 도착한 건 아동복지국 공문이었다. 여자에게 아동 학대 전력이 있으니 이상 징후가 있으면 곧바로 신고하라는 내용이었다. 주승이는 네 살 나무반으로 들어왔지만 체구가 세 살 아이만큼 작았다. 가자미처럼 넓적한 얼굴이 여자와 꼭 닮아 있었다.

나무야, 나는 너만 믿는다, 알지?

원장이 그렇게 말했기 때문에 나는 주승이 머리부터 발끝까지 꼭짓점을 찍어가며 꼼꼼히 살폈다. 주승이는 아이들과 어울리지도, 말을 하지도 않았다. 옆에서 무슨 소란이 일든 무표정했다. 조립이 덜 끝난 나무 인형처럼 교실 끝자락에 붙박여 있었는데 사흘, 일주일이 지나도 그대로였다. 신경은 쓰이지만 이상할 정도는 아니었다. 교실에는 언제나 먹은 걸 토하는 아이와 옆 사람 머리통에 이를 박는 아이와 오줌을 지리는 아이가 뒤섞여 있었다. 소란 피우는 아이보다 멍한 아이가 낫지. 그렇게 생각하며 한 달을 흘려보냈을 때였다.

선생님이 우리 주승이 때렸어요?

어린이집에 들어선 여자는 다짜고짜 소리부터 질렀다. 아이를 등원시키던 부모들이 나를 돌아보았다.

어제까지만 해도 이런 거 없었거든요! 어린이집 다녀와서 생긴 거거든요!

여자가 주승이 웃옷을 훌렁 벗겼다. 턱 아래부터 빗장뼈까지 가늘고 긴 생채기가 두 줄 나 있었다. 어떻게 봐도 손톱자국이었다.

믿고 맡겼는데! 애를 이 지경으로 만들어놓고! 시위를 당긴 활처럼 팽팽해진 여자가 소리쳤다. 어제 내가 주승이와 접촉한 일이 있었던가? 당연히 있겠지, 내가 선생인데. 급식 먹을 때? 왜 율동을 따라 하지 않느냐고 물었을 때? 장난감 정리 시간? 낮잠 시간? 머릿속이 아득해졌다. 시끄러운 소리에 달려 나온 원장이 나를 원장실로 끌어갔다. 여자가 씨근대며 따라 들어와 내 옆에 버티고 섰다.

주승이 어머니, 일단 진정을 좀 하세요. 원장 목소리에는 당혹감보다 짜증이 짙게 배어 있었다. CCTV 기록을 찾아 모니터에 띄운 뒤엔 엄밀한 목소리로 덧붙였다. 어디서 난 상처인진 보면 알겠죠.

첫 화면은 텅 비어 있었다. 고동색 카디건을 입은 어제의 내가 화면 끝에 나타났다. 이쪽저쪽을 분주히 오가다 사라지더니 아이 손을 붙잡고 교실로 돌아왔다. 아이를 원탁에 앉히고 가방을 벗긴 뒤 알림장을 꺼내는 모습이 서너 차례 반복됐다. 아이들은 조금씩 몸을 기울이다 벌떡 일어서거나 뒤로 드러누웠다. 어제의 내가 다섯 번째 아이를 교실로 들여놓았을 때 핸드폰이 울렸다.

[우리가 신고할까 봐 먼저 덤터기 씌우는 거야. 말려들지 말고 정신 똑바로 차려.]

원장이 보낸 카톡이었다. 그러고 보니 과장되게 어깨를 들썩이던 것에 비해 여자 얼굴이 냉랭했다. 일곱 번째 아이가 등장했을 때에는 심지어 지루한 기색이었다. 주승이는 아홉 번째로 등장했다. 내가 알림장을 펼쳐보는 사이 슬금슬금 몸을 옮긴 주승이가 교실 벽에 등을 붙이고 앉았다. 화면 가장자리라 납작한 뒤통수만 가까스로 보였다. 열 개의 머리통이 당구공처럼 쉴 새 없이 굴러다니는 동안 주승이는 꼼짝도 하지 않았다. 그래, 주승이는 저 자리에 있었다. 율동 시간에도 낮잠 시간에도. 어제뿐 아니라 일주일 전 자료를 확인해도 마찬가지일 것이었다. 나는 허리를 곧추세웠다. 기묘한 안도감이 흘러들었다.

나는 보상을 바라는 게 아니에요!

여자가 갑자기 소리쳤다.

보상 같은 건 됐고! 앞으로 우리 애를 똑바로! 잘 보란 소리를 하고 싶은 거라고요!

말릴 새도 없이 여자가 나가버렸다. 열린 문으로 담당 선생과 상담하는 척 원장실을 주시하고 있던 엄마들이 보였다. 원장 얼굴이 시뻘겋게 달아올랐다.

그날부터 나는 주승이가 어린이집에 도착하자마자 거실에 세워놓고 옷을 벗겼다. 팔 어깨 등 배 다리, 네, 아무 이상 없네요. 두고 가세요. 저녁에 여자가 마중 오면 다시금 주승이 옷을 벗겼다. 턱을 들어 올리게 하고 팔다리를 활짝 펼쳐 주승이 몸 구석구석을 여자에게 확인시켰다. 어머니, 주승이 팔 어깨 등 배 다리, 아무 이상 없는 거 보이시죠? 멍든 곳 긁힌 곳 까진 곳 하나도 없는 거 보이시죠? 내일 아침에 상처 난 곳이 있으면 그건 어머니가 그러신 거예요. 아시겠어요?

그리고 오늘, 여자는 드디어 꼬리를 밟혔다. 나는 벌거벗은 주승이를 여자 쪽으로 돌려세웠다.

어제까지만 해도 주승이 몸에 벌레 물린 자국 하나 없었어요. 보셨잖아요? 그렇죠? 이거 어머니가 그런 거 맞죠?

시위를 당긴 활처럼 팽팽해진 내가 물었다. 목소리가 스치는 부위마다 근육이 새로 붙는 느낌이었다. 나는 주승이 어깨의 파랗고 반들반들한 멍을 어루만졌다. 좀 더 크고 뚜렷했다면 좋았을 텐데. 단면이 거칠거칠하거나 이쪽으로 조금만 더 길게 이어졌다면. 손가락에 힘을 주어 가만히 눌러보았다. 각질이 일어난 살갗이 붉게 변하는 동안 주승이는 콧구멍만 벌름대고 있었다.

그래서 어떻게 됐어?

복지국 사람들이 애만 데려갔어.

안됐다.

나는 그릇째 들고 먹고 있던 연어덮밥을 상에 내려놓았다. 아동복지국 승합차에 타면서 주승이는 나를 돌아보았다. 이건 다 모함이라고, 어린이집에 불을 질러버리겠다고 발악하는 여자가 아니라 나를. 물끄러미 나를 응시하던 검은 눈동자를 떠올리자 입맛이 완전히 사라졌다. 그런 건 됐고, 오늘 자고 갈 거야? 이선이 뭐라 대답하기도 전에 전화가 울렸다. 받아. 나는 커피 내려 올게. 이선이 덮밥 그릇을 들고 주방으로 향했다.

엄마와의 통화는 피곤하지만 전화를 피하면 몇 배 더 피곤한 일이 벌어지곤 했다. 게다가 이선이 덮밥을 만들고 커피를 내리는, 쾌적한 주방이 딸린 이 집은 엄마 소유였다. (엄마 번호는 내 핸드폰에 집주인으로 저장돼 있었다.) 나는 생물학적으로도 경제적으로도 엄마에게

을인 셈이었다. 그런데도 도무지 전화받을 마음이 생기지 않았다. 나는 이선을 쫓아 개수대로 향했다. 부드러운 수세미에 세제를 덜어 문지르자 금세 거품이 일었다.

전화는?

나중에. 언니 얘기일 거야.

그래도 다행이지. 이선이 커피 필터를 드리퍼에 얹으며 말했다.

언니가 실종됐다고 했을 땐 정말 놀랐거든. 금세 찾아서 다행이다.

나는 적당히 고개를 끄덕였다. 이선이 걱정하는 것과 달리 언니는 또 사기를 당했을 뿐이지만 굳이 말하고 싶지 않았다. 이선은 언니에게 대추고를 보내고 싶다며 본가 주소를 물어왔다.

그런 사람은 혼자 내버려두면 안 돼.

그런 사람이 어떤 사람인데?

내가 묻자 이선은 잠시 고민하더니 소파 아래 앉는 사람, 이라고 답했다.

예전에 언니가 갑자기 찾아온 날 있었잖아?

그때 우리는 거실 소파에 앉아 내가 만든 콩국수를 먹고 있었다. 삶은 콩을 믹서기로 갈아 만든 것이었는데 어느 단계에서 실패했는지 먹는 사이사이 덜 익은 콩과 덜 갈린 콩이 번갈아 나왔다. 이선은 괜찮다며 씹어 삼켰으나 나는 콩을 전부 뱉어냈다. 콩 조각을 탁자 위에 늘어놓고 있자니 견딜 수 없이 우울해졌다. 고작 콩을 삶는 것뿐인데. 투덜거리며 이선에게 몸을 기댔을 때 초인종이 울렸다. 언니가 연락도 없이 나를 찾아온 것은 처음이었다.

언니는 집 안에 들어서자마자 작은 상자를 내게 건넸다. 수상한 상표의 녹용 가루였다. (나중에 그게 얼마짜리인지 듣고 기함을 했으나 이선도 나도 먹지 않았다. 언니는 그걸 50상자나 샀다고 했다.) 거실로 들어온 언니가 이선에게 인사를 건넨 뒤 우리 옆에 앉았다. 정확히는 우리가 나란히 앉은 소파 아래 맨바닥에.

센터에 처음 온 애들이 그래. 담요를 깔아줘도 그 위로 올라가질 않아. 꽉 잠긴 자물쇠처럼 흙바닥에 몸을 웅크리고 눕는 거야. 거기가 원래 자기 자리라는 듯이.

이선이 말하는 센터가 그가 봉사를 다니는 유기견 보호소라는 걸 깨닫고 나니 마음이 복잡했다.

그 얘긴 그만하자. 엄마랑 통화할 생각만 해도 벌써 피곤해.

아. 그거 뭔지 알 거 같다.

이선은 엄마를 한 번도 본 적 없는데 내가 엄마 얘기를 하면 늘 알 것 같다고 말했다. 너네 엄마가 어떤 사람인지 알 것 같아. 유기농 미나리랑 산지 직송 새우를 사다가 홍고추 올려 새우미나리전을 만든 다음 근사한 도자기 그릇에 세팅한 사진을 인스타그램에 올리는 사람이지? 해시태그로 가족_사랑, 건강한_먹거리 이런 거 찍어서.

나는 이선은 좋지만 이선의 알은척은 싫었다. 이선의 비유는 더더욱 싫었다. 엄마는 해시태그로 가족_사랑을 써넣을 인물이 아니었다. 홈메이드_내가직접만든_나만의레시피 정도면 모를까.

2

엄마는 언니 태몽으로 스노볼을 품에 안는 꿈을 꾸었다고 했다. (공산품도 태몽의 범주에 들어가는지 아직도 의문이다.) 연분홍 벚꽃 잎이 흩날리는 모양의 예쁜 스노볼인데 전부 유리로 만들어져 있었다고,

심지어 데굴데굴 굴러 언덕을 내려오고 있었다고 했다. 비명을 지르며 달려가 품에 안았더니 글쎄, 멜로디가 흘러나오지 뭐니. 엄마는 태몽이라고 말했지만 내가 듣기엔 예지몽 같았다. 언덕을 데굴데굴 구르던 탄성 그대로 언니는 숨 쉬듯 사고를 치고 다녔으니까.

한심한 언니였지만 이번만큼은 나도 걱정을 좀 했다. 두 달가량 언니와 연락이 완전히 끊긴 탓이었다. 기도원에 들어간다던 언니가 사라지자 엄마는 경찰서며 흥신소를 헤집고 다니며 언니를 찾았다.

그래서, 언니는 어디서 찾은 거야?

통영.

통영에 이르기까지의 여정을 엄마는 영웅담처럼 떠들어댔다. 매물도랑 소매물도를 내가 싹 다 뒤지고 다녔는데, 거기서 그놈이 잡아떼는 걸 내가 딱 알아채고는, 배를 타고 통영으로 도로 나왔더니 세상에 글쎄. 나는 전화를 스피커 모드로 돌려놓고 체험학습 보고서를 작성하기 시작했다. 통영에 있는 적갈색 관광호텔 얘기가 나온 건 그로부터 한참 뒤였다. 엄마는 그 호텔을 언니가 버려져 있던 곳이라고 말했다.

거기서 뭘 했는데? 아니, 애초에 거기까진 왜 간 건데?

언니가 서울에 있는 오피스텔 전세를 월세로 돌리고, 이내 보증금까지 빼 사라진 일은 이제 놀랍지도 않았다. 대학 때 음악 하던 남자에게 속아 공연 비용을 대주겠다며 사금융에서 돈을 끌어다 쓴 것에 비하면 우스울 지경이었다. 그래도 남쪽 끝 항구도시라니. 나는 채반에 축축하고 흐물거리는 김을 이어 붙여 사각형을 만들고 있는 언니를 떠올렸다.

명상.

어?

명상을 하셨단다. 사이비 집단 주제에 고상도 하시지. 300일 동안 전국을 떠돌면서 명상을 하면 우주진리를 통달할 수 있게 된다나.

엄마가 코웃음을 쳤다.

모텔 주인도 한통속인지 젊은 여자는 본 적도 없다고 우기는 거야. 그런다고 내가 속을 사람이니? 소화기로 문고리를 때려 부쉈더니 단박에 몇 호인지 알려주더라. 도대체 네 언니는 나 죽으면 어떻게 살 작정이라니.

엄마 목소리가 점점 더 의기양양해졌다. 엄마는 내일쯤 상담 센터에 가서 똑같은 얘길 떠들어댈 것이었다. 내 딸을 구했어. 이번에도 내가, 내 딸을 지켜냈어. 그러다 순식간에 낯빛을 바꿔 울먹이겠지. 이게 다 내가 돈 버느라 애들을 제대로 돌보질 못해서 그래, 전부 내 잘못이야, 사랑해 우리 딸, 엄마가 평생 지켜줄게.

내가 보기에 언니는 불행해지기 위해 최선을 다하는 사람 같았다. 기를 쓰고 히든 크레바스에 몸을 던지는 사람. 어떤 의지나 신념 때문이 아니라 그냥 거기 구멍이 존재하니 빠지고 보는 사람. 더욱 최악인 건 언니가 도무지 지치질 않는다는 점이었다. 그만큼 속았으면 무기력해질 법도 한데 언니는 끝도 없이 사람을 믿었다. 새로운 일을 벌이고 어김없이 돈을 뜯기고 가차 없이 버림받았다. 태초에 설계가 잘못된 것처럼 언니는 더 나쁜 쪽을 향해서만 굴러갔다. 하긴, 시작이 유리 스노볼이었으니.

운이 좋아 버려졌다는 거지 사기꾼들이 조금만 더 악질이었다면 언니를 죽여 바다 섬 어디에 묻었을지 모를 일이었다.

그런 꼴까지 당했으면 이제 정신 좀 차리라고 해.

너는 무슨 말을 그렇게 하니. 남도 아니고 네 언니 일인데.

언니가 왜 남이 아니야?

우린 가족이잖니.

가족이라는 단어로 묶일 때마다 나는 여러 가지를 헐값에 팔아넘기는 기분에 사로잡히곤 했다. 정체성이나 이성, 합리적 태도처럼 함부로 내려놓아서는 안 되는 그런 것들을.

보잘것없는 불행부터 걷잡을 수 없는 불행까지 빠짐없이 즈려밟고 있는 언니는 이제 겨우 서른네 살이었다. 저대로 100살까지 살면 어쩌지. 이런 전화를 평생에 걸쳐 받게 되는 걸까. 아니지, 엄마가 죽고 나면 내가 언니를 찾아 3,000개도 넘는 섬들을 뒤지고 다니게 될지 몰랐다. 나는 그러고 싶지 않았다.

어릴 때 같이 살았다고 뭐가 달라져? 등본에 나란히 이름 쓰인 게 뭐 대수라고. 나 취직한 다음부턴 언니랑 제대로 얘기해본 적도 없어. 언니가 취업 사기를 당하든 사이비 종교에 빠지든 그건 전부 언니 일이고 언니 인생이야. 나까지 휘말리게 하지 마.

⋯⋯나쁜 년.

언니가 늘 그렇게 멍청한 선택을 하는 데는 엄마 책임도 있어. 그러니 둘이 알아서 해. 나한테 전화하지 말고.

엄마는 몇 번 더 숨을 삼키더니 전화를 끊었다.

새벽이든 다음 날이든 벼락같이 찾아올 줄 알았는데 엄마는 의외로 잠잠했다. 아닌 척해도 이번 일이 꽤 충격이었던 모양이라고 나는 생각했다. 언니가 제주도로 여행 갔다가 만난 남자와 대뜸 살림을 차렸을 때보다 더 충격이었을까. 그때 언니는 남자 집에 들어가 식모처럼 살고 있었다. 미역을 말리고 종일 밭일을 하고 남자의 조카라는 여섯 살 아이를 돌보고. 알고 보니 조카는 남자의 친자식이었고 남자는 언니한테 얘기한 것보다 스무 살이나 많았다. 게다가 이웃집 할머니가 엄마를 조용히 끌어가 그랬다지. 어서 저 처자 좀 데려가라고, 밤마다 얼마나 얻어맞는지 저러다 죽겠다고.

불행을 끌어당기는 자기장 같은 게 있는 걸까.

이선은 내 말을 웃어넘겼다. 평화로운 주말이었다. 나는 이선과 함께 대청소를 하고 구스 이불과 베갯잇을 사러 다녔다. 날이 부쩍 추워진다니까 다음 주에는 팥옹심이를 해 먹자. 이선은 손으로 빚은 옹심이 얘기를 한참 하다 집으로 돌아갔다. 이선이 일하는 애견숍과 내가 일하는 어린이집은 두 시간가량 떨어져 있었다. 우리는 둘 다 일찍 출근해 늦게 퇴근했고 타인의 집에 세 들어 살고 있었으며 체력이 좋지 않고 직장 옮기는 일에 소극적이었다. 그래도 언젠가는 같이 살고 싶다. 그런 생각을 하며 월요일을 맞이했을 때였다.

퇴근하고 돌아오니 현관 앞에 우체국 5호 박스가 잔뜩 쌓여 있었다. 일단 집에 들여놓고 박스를 열자 겨울옷과 책, 생활용품과 전골냄비가 나왔다. 이게 뭔가 싶어 들여다보고 있는데 벨이 울렸다. 볼이 홀쭉하고 이마가 새까매진 언니가 현관문 앞에 서 있었다. 집주인의 복수구나. 나는 전골냄비를 바닥에 내동댕이쳤다.

3

나무반. 나한테 무슨 할 말 있니?

퇴근 시간이 지나도록 미적대기에 물었더니 나무반이 오히려 정색을 하고 다가왔다. 운영 일지를 써야 하는데. 부모 교육 자료도 만들어

발송해야 하고 소모품 대장도 정리해야 하는데 나무반은 눈치도 없이 의자를 끌어다 내 앞에 앉았다.

저는 선생님 방식에 동의 못 해요.

그렇게 말해놓고 나무반은 입을 꾹 다물었다. 스물두 살의 나무반에게 이곳은 첫 직장이었다. 여름에 급히 사람을 구할 때 들어왔으니 경력 3개월 차. 원장은 나를 나무야, 라고 부르고 내 밑의 신참을 나무반, 이라고 불렀다. 원장이 나무야 나무야 하다 보니 내가 주임 교사라는 사실을 애가 잊어버린 거 아닐까. 내가 가만히 있자 나무반이 다시 입을 뗐다.

저는 그게 옳다고 생각 안 해요.

그게 뭔데?

선생님이 주승이한테 하셨던 거요.

내가 뭘 했는데?

방치요. 선생님, 그것도 학대예요.

학대라고 말해놓고 나무반은 지레 놀란 표정을 지었다. 아동복지국에서 데려간 뒤 주승이 소식은 들은 게 없었다. 그 애가 나무 인형일 땐 아무 말 없다가 이제 와서? 뒤늦게 죄책감이 들었다 한들 나무반의 행동은 터무니없었다. 죄책감은 책임질 위치에 놓인 사람에게나 허락된 감정이니까.

4세 반은 다섯 명씩 두 반으로 편성되었지만 실제로는 한 반으로 합쳐 운영했다. 내가 주 담임, 나무반이 보조인 셈이었다. 나무반이 하는 일이라곤 배식판을 엎은 아이 손발을 닦아주거나 이런저런 이유로 젖은 아이 속옷을 애벌빨래해 비닐봉지에 담아두는 정도였다. 알림장에 적힌 시간에 맞춰 아이에게 약을 먹이지 못했을 때 사과 전화를 돌리는 것. 그 정도가 나무반이 책임질 수 있는 수준의 일이었다.

내 침묵이 길어지자 나무반 얼굴이 울긋불긋해졌다.

나무반, 다른 선생님들이 너를 뭐라고 부르니?

나무반이요.

그리고 또?

애기 쌤이요.

니가 왜 애기인지 생각을 좀 해봐. 언제까지 애기로 살 건지 계산도 좀 해보고.

주승이가 돌아온 건 2주가량이 지난 뒤였다. 복지국 직원들이 정색을 하고 아이를 데려간 것에 비하면 이른 복귀였다. 그럼에도 주승이는 양 볼이 홀쭉하고 눈 밑이 검게 변해 모르는 아이 같았다.

주승이는 이제 우리 집에서 어린이집 다닐 겁니다. 나는 주승이 할아버지예요.

주승이를 데려온 늙은 남자는 원장과 나에게 여자가 접근금지 처분을 받았다고, 혹시 근처에 나타나면 꼭 신고해달라고 당부했다. 그러고는 언제 아이를 데리러 오면 되는지 물었다. 가장 늦게 데려갈 수 있는 시간이 몇 십니까? 내가 7시라고 답하자 그는 놀란 표정을 지었다.

24시간은요?

네?

어린이집에서 24시간 봐주기도 한다던데요. 주말에만 애를 데려가는 것도 있고, 한 달에 한 번만 애를 데려가는 것도 있다고.

저희는 24시간 운영제가 아닙니다.

늙은 남자가 돌아간 뒤 원장이 낮게 혀를 찼다. 나무야, 하고 나를 부른 원장이 말했다.

저런 애들이 제일 속 썩인다. 이제 봐라, 8시가 되어도 애 데리러 안 올 테니까.

원장의 예언대로 늙은 남자는 도무지 나타나질 않았다. 나무반의 퇴근 시간이 점점 늦어졌다. 나는 일거리를 싸 들고 집으로 돌아왔다. 텅 빈 어린이집에 되도록 나무반과 주승이, 단둘만 남겨놓고 싶어서 였다. 내게 한 말이 있어서인지 나무반은 열심히 주승이를 챙기는 척 했다. 주승이를 데리러 오는 사람은 늙은 남자이기도 늙은 여자이기도 했다. 처음엔 헐레벌떡 뛰는 시늉이라도 하더니 이제는 문밖에서 주승 아 이리 나오너라 소리친다고, 뻔뻔하기 이를 데 없는 사람들이라고 나무반은 성토했다. 피로와 짜증에 찌든 얼굴이었다.

도와주세요, 선생님.

나무반이 숫제 울먹이며 말했다.

내 방식은 마음에 안 들 텐데?

비아냥대긴 했지만 더 놔둘 생각은 없었다. 늦은 시간까지 원에 남 아 있는 주승이를 보고 다른 엄마들이 덩달아 늦기 시작한 탓이었다. 나는 나무반과 함께 주승이 보호자를 기다렸다. 어린이집에 있던 주 승이 여벌 옷과 낮잠 이불, 실내화와 개인 물품을 전부 싸둔 상태였다. 8시 반이 되자 정말 밖에서 주승아, 주승아, 하고 부르는 소리가 들렸 다. 나는 꼼짝 않고 앉아 있었다. 주승이가 움찔움찔 엉덩이를 뗐다 자 리에 앉았다를 반복했다.

인터폰이 울렸다. 나무반이 잽싸게 현관문을 열고 늙은 남자를 안 으로 들였다. 그는 이마 끝까지 불콰하게 술이 올라 있었다. 나는 대형 장바구니에 담아둔 주승이 물품을 그에게 건넸다.

내일부턴 보내지 마세요.

뭐요?

주승이 이제 안 받아요. 집에서 돌보시든가 24시간 돌봄방을 찾아보시든가 하세요. 주승이 너도 빨리 나가. 이제 여기 오면 안 된다.

짐을 떠안은 늙은 남자를 밖으로 내몰았다. 주승이 등을 떠밀어 남자에게 보낸 뒤 일괄 소등 버튼을 눌렀다. 어린이집이 순식간에 캄캄해졌다. 겨울 초입이라 새어드는 빛 한 줌 없었다. 보란 듯이 남자 코앞에서 문을 잠그고 보안을 걸었다. 보안등에 빨갛게 불이 들어오자 남자가 현관에서 몇 발자국 떨어졌다. 가세요, 그럼. 멈칫거리는 나무반을 끌고 나는 큰길을 향해 걸었다.

택시 승강장까지 가는 동안 나무반이 자꾸 뒤를 돌아보았다. 나는 나무반 손을 꽉 붙들고 더 빨리, 더 힘차게 걸었다.

너는 그게 선의라고 생각하지? 돌아보고 미적거리고 자꾸 여지를 남기는 거.

나무반이 복잡한 얼굴로 나를 바라보았다. 마침 도착한 택시 안에 나무반을 밀어 넣었다.

이 세상은 공평해. 네가 선을 가지면 저쪽이 악을 가져. 네가 만만하고 짓밟기 좋은 선인이 되면 저쪽은 자기가 제멋대로 굴어도 되는 줄 안다고.

문을 닫자 택시가 빠르게 출발했다. 나는 뒤에 대기하고 있던 택시에 올라탔다. 늙은 남자와 주승이 서 있을 방향은 한 번도 돌아보지 않았다. 집에 도착할 즈음에야 나무반에게서 문자가 왔다. 감사합니다. 다섯 글자가 다였지만 그 아래 꾸역꾸역 덧붙은 감정들은 보지 않아도 알 것 같았다.

4

언니와 이선이 나란히 앉아 옹심이를 빚는 모습은 생각보다 기가 찼다. 손바닥을 활짝 펼친 이선과 달리 언니는 손안의 것을 숨기듯 맞잡고 반죽을 굴렸다. 한쪽이 찌그러진 옹심이들이 쟁반 위에 놓였다. 언니 손에 뭉개지고 있는 게 나의 평화로운 주말, 이선과의 일상인 것만 같았다.

서울에서 옹심이를 빚을 줄은 몰랐네.

언니가 새삼스럽다는 듯 웃었다.

옛날엔 자주 빚었어, 할아버지가 좋아하셔서.

할아버지랑 사이 좋으셨어요?

이선이 묻자 언니가 고개를 끄덕였다. 그럴 리가. 할아버지에 대한 좋은 기억은 눈을 씻고 찾아봐도 없었다. 그는 제멋대로에 괴팍했고, 아무 말이나 내뱉고 아무것이나 휘둘렀다. 천것들처럼 맨발로 뛰어다닌다고 종아리를 호되게 맞은 뒤엔 한여름에도 샌들에 양말을 신어야했다. 아빠 제삿날이면 당연하다는 듯 엄마에게 황태나 산적 같은 걸 내던졌다. 젓대 같은 년. 그런 소리를 하면서 텔레비전을 보고 있던 내 어깨를 죽비로 후려친 적도 있었다.

할아버지가 죽기 전 엄마는 언니와 나를 데리고 병원으로 갔다. 항암치료를 수차례 받은 할아버지는 새까맣게 조린 우엉처럼 변해 있었다. 그걸 본 언니는 울었다. 대체 왜? 할아버지가 늙고 병들었으니까? 이제 곧 죽을 거니까? 그런 이유로 그간의 치졸하고 폭력적이던 날들이 용서될 리 없었다. 엄마가 언니와 내 등을 쿡쿡 찔렀다. 나는 꿈쩍않고 버텼지만 언니는 아니었다. 침대로 다가간 언니는 할아버지의 새

까만 손을 붙잡고 어서 건강해지셔서 우리랑 오래오래 같이 살아요, 라고 말했다. 그의 손을 잡은 건 언니인데 비루한 기억은 내게만 남아 있었다.

근데 저건 다 뭐야?

언니가 구스 이불로 바꾸면서 헌 이불을 모아 묶어놓은 보따리를 가리키며 물었다. 이선이 미용 봉사를 다니는 유기견 센터에 가져다준 다며 챙겨놓은 것들이었다.

그렇구나. 봉사활동도 하는구나. 이선 씨는 참 좋은 사람이네.

봉사라니 참 좋다. 언니가 몇 번이고 곱씹듯 말했다. 슬그머니 불안이 피어오른 건 그 때문이었다. 언니는 다만 선한 사람, 언제까지고 선하기만 하려는 사람이었으니까. 나는 이선을 향해 눈짓했다. 부추기지마. 아무것도 알려주지 마. 그런 의미였으나 이선은 가볍게 손을 털고 일어났다. 수십 개의 옹심이들이 끓인 팥 속으로 소리도 없이 빨려 들어갔다.

언니와 함께 살기 시작하면서 내 감정 상태는 엉망진창이었다. 아무짝에도 쓸모없는, 상한 굴을 씹는 것처럼 불쾌감만을 남기는 기억들이 자꾸 떠올랐다. 언니를 대체 언제까지 여기 둘 거야? 내가 따지자 전화기 너머에서 엄마가 불행한 목소리를 흉내 냈다. 그렇다고 네 언니한테 집을 구해줄 순 없잖니. 또 날려먹을 텐데.

밤늦게 집에 돌아온 언니는 비슬비슬 웃고 있었다. 나는 1인분씩 포장한 밥을 냉동실에 넣다 말고 거실로 나왔다. 언니에게서 진득한 누린내가 풍겼다. 입고 있는 옷 여기저기가 털투성이였다.

봉사라는 건 정말 좋은 거더라.

개 우리를 청소한 얘기와 늙은 개를 목욕시킨 얘기가 끝도 없이 이어졌다. 다음 주부터는 개들을 산책시키러 갈 거라고, 흙길 숲길 걷는 걸 좋아하니 개들과 함께하는 산책 봉사라면 매일이라도 가고 싶다고 언니는 말했다. 마음대로 해. 언니가 상기된 얼굴로 나를 올려다보았다.

지금껏 산 언니 인생이 봉사 그 자체인데 뭘 새삼스럽게.

거실이 순식간에 고요해졌다. 언니는 내 말을 못 들은 척 욕실로 들어갔다. 나는 바닥에 놓인 겉옷에서 개털을 한 가닥씩 잡아 뽑았다. 사실 언니에겐 적당히 시간을 죽이는 것 말곤 다른 선택지가 없었다. 도시 외곽에서 무해한 동물들과 어울리는 게 최선인지도 몰랐다. 머리로는 그렇게 생각해도 화가 나는 건 어쩔 수 없었다. 매일을 필사적으로 살고 있는 내가 바보가 된 기분이었다.

언니 근황을 들은 엄마는 몹시 만족스러워했다. 그날로 당장 유기견 보호센터에 사료 100킬로그램을 보냈을 정도였다. 버려진 개들을 돌보고 있다는 말에 스위치가 눌린 게 틀림없었다. 네 언니가 옛날부터 날 닮아 정이 많았지. 그건 거짓말이 아니었다. 마음 씀씀이는 좀 좋았니? 불쌍한 동물을 지나치질 못해서 지 용돈 다 털어 간식 사 먹이고 그랬다. 그 역시 틀린 말은 아니었다. 문제는 그동안 언니가 거둬 먹인 동물들이 교활하고 욕심 많고 폭력적인 데 있었다. 언니는 숲길 산책 따위에 결코 만족할 수 없는 종자들만 골라 끈질기게 사랑해왔다.

내가 뭐라든 언니는 열심히 봉사활동을 다녔다. 간선버스를 타고 한 시간 반은 꼬박 가야 하는데도 센터에 거의 매일 얼굴을 비추는 듯했다. 주말에 집에 온 이선은 자신도 두세 달에 한 번 가던 미용 봉사를 한 달에 한 번으로 늘리고 싶다고 말했다.

같이 가지 않을래?

단지 그렇게 권했을 뿐인데 한계까지 부푼 고무풍선이 빵 터지는 기분이었다. 이선과 나는 소리를 질러가며 싸웠다. 넌 아무것도 몰라! 이선이 소리쳤고, 아무것도 모르는 건 너야 이 등신아! 내가 소리쳤다. 서로가 모르는 것을, 앞으로도 모를 게 분명한 것을 잣대로 서로를 비난하는 이상한 싸움이었다.

언니가 집에 돌아온 뒤에도 상황은 나아지지 않았다. 주눅 든 얼굴의 언니를 본 이선이 주방으로 들어가버렸다. 나는 소파에 앉아 씨근댔다. 그동안의 이선은 내게 소리치는 사람도, 나를 비난하는 사람도 아니었다. 나는 이선의 쇳소리를 처음 들었다. 그것이 화가 나면서도 동시에 충격적이었다. 언니는 내 옆에 앉아(정확히는 소파 아래 바닥에 앉아) 나를 달랬다. 아무 말 없이 내 무릎을 쓰다듬고 차가운 팔뚝을 내 종아리에 맞댔다. 그러고 보니 언니가 앉은 바닥에 양모로 된 러그가 깔려 있는 게 눈에 띄었다. 희고 긴 털이 포근해 보이는 새것이었다.

나는 이선을 돌아보았다. 화가 나 어깨를 들썩거리면서도 이선은 건조된 그릇을 조심스럽게 찬장에 들여놓고 있었다. 어느 쪽일까. 나는 이선의 곧고 긴 팔을 바라보며 생각했다. 이선에게 나는 선일까 악일까. 묻지 않아도 답을 알 것 같았다. 그리고 어느 날에는 질문을 바꾸게 되겠지. 대체 이 사람들의 무엇이 나를 자꾸 악인으로 만드는가, 라고. 나는 무릎에 닿아 있는 언니 손을 떼어냈다.

5

주승이가 문제를 일으킨 건 의외의 방식이었다. 어린이집 중도 입학이 불가능에 가깝다는 걸 깨달은 주승이 할아버지는 원장에게 애걸

한 끝에 주승이를 다시 등원시켰다. 데리러 오는 사람은 들쑥날쑥했으나 하원 시간에 늦는 일은 더 이상 없었다. 문제는 주승이가 벽에서 떨어져 나오면서부터 시작됐다.

나무반이 오전 간식으로 작은 그릇에 담긴 호박죽을 나눠주고 있을 때였다. 주승이가 일어나 교실 중앙으로 걸어 나왔다. 어느 틈에 양말을 벗었는지 땀에 젖은 발바닥이 잘박잘박 소리를 냈다. 반 아이 하나가 나아-무가 일어섰다! 나아-무가 일어섰다! 호들갑을 떨었다.

주승이도 죽 먹을래?

나무반이 반색을 하며 알은체했다. 그래, 우리 주승이 호박죽 좋아했구나, 선생님이 몰랐네. 노래하듯 말하는 나무반을 주승이가 물끄러미 쳐다보았다. 기분 나쁜 예감이 들었다. 나는 오감놀이 재료 준비를 하다 말고 자리에서 일어났다. 마라카스가 요란한 소리를 내며 바닥으로 굴러떨어졌다. 나를 잠깐 돌아본 주승이가 체육복 바지와 팬티를 차례차례 무릎까지 끌어 내렸다. 그러고는 제자리에 쪼그려 앉아 똥을 누기 시작했다.

부모들의 항의는 다양한 방식으로 이어졌다. 원장은 '학대받은 아이'를 치트키처럼 사용했다. 주승이가 어떤 환경에 놓여 있고 어떤 학대를 받아왔는지 나도 나무반도 알지 못하는 이야기들이, 어쩌면 주승이 보호자조차 모를 이야기들이 쏟아져 나왔다. 그러나 주승이의 실내 배변이 수차례 반복되자 부모들은 그것을 이해가 필요한 아이가 아닌 치료가 필요한 아이로 받아들였다. 주승이를 쫓아내든가 반을 바꿔달라는 요청이 쇄도했다. 4세 반이 통합반 하나이니 어느 쪽이든 같은 의미였다.

자기들도 아이 키우면서 대체 왜 저러는지 모르겠어요.

나무반이 노력하는 얼굴로 말했다. 주승이를 감싸고 싶은 마음과 매번 똥을 치워야 하는 데서 오는 스트레스가 맹렬히 싸우고 있는 모양이었다.

고객이 무슨 생각을 하는지 우리가 알 필요 없어.

고객이요?

나무반아. 너는 네가 선생인 거 같니?

나무반 얼굴이 모욕을 당했다는 듯 일그러졌다. 나는 비난하는 게 아니라는 뜻으로 나무반 손에 들려 있던 소독제와 마른걸레를 건네받았다. 내가 교구들을 닦기 시작하자 나무반은 잠시 눈치를 보다 파라슈트를 반듯하게 접어 수납장 속에 밀어 넣었다.

유치원 선생은 교육직이지만 어린이집 선생은 보육 서비스직이야. 현관에 안내문도 붙여놓잖아? 오전 7시 반부터 오후 7시 반까지 학부모님들 편하신 시간에 마음껏 이용하세요.

상체를 뻣뻣하게 굳힌 나무반이 나를, 움직이는 내 손을 바라보았다.

네가 학부모에게 아이 발달 사항을 설명하고 그에 맞는 조언을 해주면 가끔 선생으로 인정받을 때도 있겠지. 근데 그게 너를 존중한다는 의미는 아니야. 그 사람들은 서비스받는 걸, 과도하게 친절한 서비스를 제공받는 걸 당연하게 생각해. 그러니까 원생이든 선생이든 누가 마음에 안 들면 쫓아내라고 난리를 피우는 거지. 우리 근간은 서비스직이야. 거기까지만 생각해.

하지만…….

선생이길 기대하고 대우해주면 당연히 선생으로 있어야지. 근데 아니잖아? 서비스를 요구하면 서비스만 해주면 돼. 하는 만큼 받는 거야. 세상은 공평하거든.

소독을 끝낸 교구들을 제자리로 돌려놓을 때까지 나무반은 말을 아꼈다. 왜, 내 방식에는 또 동의하기 싫어? 놀리듯 묻자 나무반이 고개를 저었다.

그런 게 아니라 선생님처럼 생각하게 되는 데 몇 년이나 걸릴까 싶어서요.

당장 두 학기만 지나도 나처럼 될걸. 내 시작은 시금치였어.

시금치요?

5세 반 점심 반찬으로 시금치가 나왔었거든. 다음 날 애 아빠가 들이닥쳐서는 자기 딸한테 시금치를 먹였다고 머리채를 잡더라고. 그걸 먹고 애가 체해서 응급실에 다녀왔다나. 무릎 꿇고 빌라고 난동을 피우다가 난데없이 시금치 한 통을 꺼내는 거야. 시금치가 그렇게 몸에 좋으면 니가 다 먹으라고, 자기가 보는 앞에서 당장 다 먹으라고.

먹었어요?

먹었지. 몇 년이 지났는데도 아직도 궁금해. 애가 아팠다면서 그 이른 시간에 시금치 무쳐 올 생각을 어떻게 했을까. 다른 사람을 괴롭히겠다는 일념으로 어떻게 그렇게까지 부지런해질 수 있었을까.

*

언니가 개를 한 마리 데려오겠다고 한 건 예기치 못한 일이었다. 왜 이런 당연한 걸 예상 못 했지 스스로 어리둥절해질 정도였다. 매일같이 개들을 보고 있는 이선조차 몇 달에 한 번씩은 눈에 밟히는 개 때문에 마음을 앓곤 했었다. 한 마리로 끝날 것 같아? 다음 달엔 더 가여운 개가, 그다음 달엔 더 불쌍한 개가 거기 있을 거야. 그걸 전부 책임 질 수 있겠어? 내가 말하면 이선은 눈을 꾹 감았다 떴다. 그러고는 건조기에 고구마와 닭가슴살, 오리 목뼈 따위를 잔뜩 넣어 돌리곤 했다. 개들에게 줄 한 묶음의 간식으로 빚진 마음을 털어내기라도 하겠다는 듯이.

같이 개를 보러 가지 않을래? 언니가 내게 물었다.

그 애 이름표도 달고 있어. 밤톨이라는 이름이 새겨진 은색 펜던트. 그것 때문에 주인을 빨리 찾을 줄 알았는데 지금껏 못 찾았다지 뭐야. 펜던트를 주문해 달아줄 정도로 예뻐했는데 어쩌다 헤어졌을까.

펜던트는 있어도 인식칩은 없었지?

어떻게 알았어? 그게 정말 이상해.

이름은 자기 편하려고 붙이는 거니까. 귀여워는 해도 책임지고 싶진 않았던 거지. 난 그 마음 알 거 같아. 그래서 싫어.

언니가 당황한 얼굴로 나를 보았다.

난 개 같은 거 정말 질색이야. 저 혼자 할 수 있는 거라곤 짖고 조르는 것뿐이잖아.

나는 심호흡을 했다. 언니가 포기하지 않으면 쏟아낼 말이야 얼마든지 있었다. 그 나이 먹도록 엄마한테 생활비 받아 쓰는 주제에 이젠 개까지 키워달라고 할 셈이야? 개밥 살 때마다 엄마한테 돈 달라고 조르려고? 그런 식의 치졸한 단어들이 마음속에서 점점 부피를 키워가고 있을 때였다.

나, 일할게.

언니가 말했다.

허튼짓 안 하고 꿈도 안 꾸고, 아무것도 아닌 거 할게. 돈만 벌게.

언니가 그렇게 말한 이유를 모르는 건 아니었다. 이선과 내가 말다툼을 한 날 언니는 안절부절못하다 새벽녘에야 내게 카톡을 보냈다. 미안해. 그래놓고 다음 카톡은 한참 뒤에야 왔다.

내가 얼른 번듯한 직장 구해서 집 나갈게. 언니답지 못해서 미안해.

나는 거실에 앉아 언니 방 문틈으로 가늘게 새어 나오는 빛을 바라보았다. 저 방문 너머에서 바깥 소리에 귀 기울이며 카톡을 쓰고 지우고 다시 썼을 언니가 떠올랐다. 침대 아래, 방석도 러그도 없는 맨바닥에 쪼그려 앉아 있을 언니가. 열심히 살수록 불행해지고 남의 호의에 기생하는 것 외엔 아무것도 할 줄 모르는 언니가. 희망이 가장 두렵고 끈기가 가장 무서운, 그런 세상에 살고 있다는 걸 끝끝내 인정하려 들지 않는 선하고 한심한 언니가.

아니. 하지 마.

답을 쓰는 손가락이 멋대로 움직였다.

번듯한 거 언니다운 거 그딴 거 하지 마. 그럴듯한 거 흉내 내느라 사고 치지 말고 하루살이처럼 살아. 그날 하루만 안전하고 배부르길 바라면서 살라고, 제발.

이선은 언니가 말하는 개를 알고 있었다. 새까맣고 나이 든 개라고, 푸들이라 털은 덜 빠지겠지만 피부염 때문에 고생을 좀 할 거라고 말했다. 내가 약용 샴푸랑 오일을 갖다줄게. 이선은 보호소에 유기견이 너무 많이 늘어 연말이 지나고부터 안락사를 시키기로 방침을 바꿨다고 설명했다.

안락사 없는 보호소라고 소문이 났거든. 그랬더니 너도나도 여기다 개를 갖다 버리는 거야. 자기들 딴에는 개를 살리고 싶다고 한 행동이겠지만 결국은 그것 때문에 모두 죽게 됐어.

이선은 담담하게 말했으나 목소리가 깊고 어두웠다. 안락사를 시키게 되면 밤톨이가 1순위일 거야. 늙고 병들었으니까. 나이가 어렸대도 힘들었겠지. 까만 개는 입양률이 낮거든. 언니가 조급해하는 이유를 알 것 같으면서도 화가 났다. 개를 데려온다는 건 돌봄처럼 느슨한 단어로 대체되는 일이 아니었다. 개의 전 생애를 책임진다는 게 어떤 의미인지 언니는 생각이나 해봤을까?

괜찮아. 나도 도울게. 씻기고 치료하는 건 다 내가 할게.

걔가 언제 죽을 줄 알고?

곶감 꼭지를 잘라내던 이선의 손이 멈췄다. 반건조 곶감에 치즈를 넣어 돌돌 만 곶감말이는 언니가 좋아하는 음식이었다. 나는 곶감의 달콤함도 치즈의 시큼함도 전부 싫어했다.

요즘 개는 20년도 산다며? 늙고 병든 개를 정성껏 돌봐서 뭐 하게? 늙고 병든 채로 주구장창 사는 것뿐이잖아. 제구실 못 하는 것들 수발들기가 얼마나 더럽고 지긋지긋한 일인지 알기나 해?

너…….

언니도 그래. 대체 왜 내버려두질 않아? 책임질 능력도 자격도 없으면 애초에 손을 뻗질 말았어야지. 연민이니 죄책감이니 그따위 헤픈 감정에 빠져들질 말았어야지. 버려진 개 몇 마리 돌봐줬다고 자기가 뭐라도 된 거 같대? 자기 앞가림도 못 하면서 무슨 주제넘은 소리야!

이선이 들고 있던 칼을 개수대에 던져버렸다. 쇠 부딪는 소리가 요란하게 울렸다.

너 정말…… 사람 질리게 만든다.

이선은 그대로 나를 지나쳤다. 소파에 놓여 있던 겉옷과 가방을 집어 든 다음 뒤도 돌아보지 않고 나가버렸다. 곶감에 묻어 있던 흰 가루들이 이선의 겉옷에 지문처럼 찍혔다. 현관문이 날카로운 소리를 내며 닫힌 뒤에도 나는 가만히 서 있었다. 내가 한 말을 되감고 싶지 않았다. 진심이었으니까. 저들이 놓인 꼭짓점이 직선을 만들든 삼각형을 만들든 평면 위에 있는 한 저들의 삶은 평화로울 것이다. 나 혼자 현실 속에 있으니 나는 평생 저들에게 악인이겠지. 아일랜드 식탁 위에는 자르다 만 곶감과 치즈와 볶은 호두가 늘어서 있었다. 큐브 모양으로 잘라둔 치즈를 볼에서 꺼냈다. 손가락에 아주 약간 힘을 주었을 뿐인데 치즈는 형체도 없이 뭉개져버렸다.

6

주승이 할아버지에게 수차례 주의를 주었지만 달라지는 건 없었다. 그는 처음엔 난감해하더니 시간이 지나자 애 교육을 어떻게 하는 거냐고 우리에게 도리어 화를 냈다.

똥 눌 때를 제외하면 주승이는 예전과 똑같았다. 벽에 붙어 앉아 누구와도 어울리지 않았다. 파라슈트 위에서 요란한 소리를 내며 튀어오르는 볼풀에도 아기상어 머리띠에도 관심이 없었다. (주승이의 알림장에는 입학한 이래 늘 자폐증 검진 권고가 쓰여 있었으나 어떤 피드백도 없었다.) 누구에게도 집중 못 하던 주승이가 일시적이나마 시선을 맞추는 게 좋아진 건지 나빠진 건지조차 알 수 없었다.

낮잠에서 깬 아이들이 나무반에게 몰려갔다. 작은 설치류처럼 옹기종기 모여 선 아이들이 작은 간식 그릇을 나눠 갖는 동안 나무반은 위생 장갑을 꼈다. 아이들 그릇에 노랗고 동글동글한 카스텔라 떡이 두 개씩 담겼다. 그때 한 아이가 코를 움켜쥐고 소리쳤다. 주승이 똥 쌌어요! 또 쌌어요! 다른 아이가 자신의 떡을 양손으로 폭 덮었다. 어느 틈인지 수납장 옆에 똥을 눈 주승이 나를 물끄러미 바라보고 있었다. 그쪽으로 달려가려는 나무반을 제지하고 주승이에게 다가갔다.

동글고 딱딱한 똥을 휴지로 싸 변기에 버리고 주승이를 화장실로 데려갔다. 잠깐 기다려. 나는 도로 교실로 가 물걸레로 바닥을 닦고 환기를 시키고 소독제를 뿌린 뒤 다시 한번 마른걸레로 바닥을 닦았다. 걸레를 들고 가보니 주승이는 내가 세워둔 그 자리에 꼼짝 않고 서 있었다. 어떻게 할까. 나는 잠시 고민했다. 굳이 씻기기까지 할 필요는 없을 것 같은데, 물티슈로 엉덩이만 닦아주면 되지 않을까. 나는 일단 주승이 바지와 팬티를 벗겼다. 그러자 주승이가 꼬물대며 윗옷을 벗기 시작했다.

아니야, 옷 안 벗어도 돼.

내가 말렸지만 주승이는 기어코 셔츠에서 팔 하나를 빼냈다. 겨울용 셔츠라 그런지 동작이 둔하고 부자연스러웠다. 옷을 도로 입히려다 말고 나는 주승이를 살폈다. 셔츠 안에 내복이 있었다. 이상하게 꽉 맞는 내복이었다. 주승이가 상당히 마른 편인데도 살을 파고든 손목밴드 부근에 빨갛게 피가 몰려 있었다. 주승이 다시금 반대편 팔을 빼내기 시작했다. 나는 소매 끝을 잡고, 언젠가의 날처럼 주승이 옷을 벗겼다. 셔츠를 벗기고 주승이를 곤충 표본처럼 압박하고 있는 내복을 끌어 올렸다. 주승이가 익숙한 각도로 턱을 들어 올렸다.

선생님, 왜 그러세요?

교실 안쪽에서 나무반이 물었다.

왜 그러세요? 선생님 왜 그래요? 앵무새처럼 아이들이 말을 따라

했다. 주승이 입이 작지만 분명하게 오물거렸다. 나는 주승이 배에 나 있는 크고 뚜렷한 멍 자국을 바라보았다. 배꼽 주변은 원래 피부색을 알아볼 수조차 없었다. 보라색과 노란색과 검은색이 얼룩덜룩 겹쳐 있어 그것이 결코 한 번에 생긴 것이 아님을 말해주었다. 작고 마른 아이의 배를, 한 곳만을 집요하게 내리치는 어떤 손에 대해 생각하자 숨이 멎을 것 같았다. 팔다리를 활짝 펼친 주승이가 콧구멍을 벌름거렸다.

나는 주머니에서 핸드폰을 꺼내 112를 눌렀다.

경찰서로 나를 데리러 온 건 언니였다. 나는 로비에 앉아 벽에 붙은 초록색 부직포를 바라보고 있었다. 의미를 알 수 없는 글자들과 흉악하거나 흉악하지 않은 얼굴들이 뒤섞여 소란스러운 벽에 비해 테이블이 놓인 로비는 한산했다. 카톡 메시지가 끝도 없이 들어왔다. 복지국에 연락하면 될 걸 원으로 경찰을 출동시키면 어떻게 해! 원장의 메시지를 시작으로 학부모 단톡방이 터질 것처럼 웅웅댔다.

선생님 덕분이에요. 아동청소년과 형사는 그렇게 말했다. 아이를 잘 살펴봐주시고 즉시 신고해주신 덕분에. 주승이를 데리러 온 아동복지국 사람들도 그렇게 말했다. 나는 그것이 듣기 싫어 미칠 것 같았다.

나는 주승이 선생님이 아니에요. 나는 한 번도 선생님이었던 적이 없어요. 나는 그냥.

손 좀 녹이고 가자. 밖에 추워.

언니가 믹스커피가 든 종이컵을 내 손에 쥐여주었다. 자판기가 있었어? 내가 묻자 언니는 로비 한편을 가리켰다. 대여섯 개의 테이블이 늘어선 모퉁이에 정수기와 종이컵, 커피믹스와 옥수수수염차 박스가 놓여 있었다. 조금 전까진 전혀 눈치채지 못한 것들이었다.

데리러 오라길래 네가 사고라도 친 줄 알았어.

언니가 겸연쩍게 웃으며 덧붙였다. 네가 그럴 리 없지. 나라면 모를까.

정수기 온도가 잘못 설정되었는지 커피는 미지근하고 달았다. 언닌 경찰서 자주 왔었지. 내 말에 언니가 점퍼 지퍼를 목까지 끌어 올렸다. 신고하러도 오고 신고당해서도 오고. 속고 뺏기고 맞고의 무한 반복이었잖아. 그게 늘 이상했어. 언닌 왜 저러고 살까. 저만큼 속으면 이제 아무것도 기대 안 할 법도 한데 대체 왜 포기를 안 할까.

뒤에서 의자 끄는 소리가 들렸다. 누가 앉은 건지 지나던 길에 의자를 밀어 넣은 건지 알 수 없었다. 형사는 참고인 조사나 추가 진술이 필요할 수 있으니 그때도 도와달라고 말했다. 형사에게서 받은 명함이 돌덩이처럼 무거웠다.

인간한테 가망 없다 싶으니 이제 개로 갈아타려는 거야?

……그럴지도 모르겠다.

언니가 가방에서 머플러를 꺼내 내 목에 감았다. 몇 번에 걸쳐 돌려 감고는 그래도 부족한지 매듭을 지어 고정시켰다. 목이 따뜻해지자 몸의 떨림이 좀 멎는 듯했다.

그래도 나한테는 그게 중요해.

언니가 말했다.

아무 의심 없이 대할 수 있는 존재가 내 앞에 있다는 거. 그래서 내가, 아직 상냥한 채로 남아 있어도 된다는 거. 그게 나한테는 정말 중요해.

*

미리 연락을 해두었는지 개는 외부 사육장이 아닌 실내에 있었다.

이선이 말했던 대로 새까맸으나 어느 정도 늙었는지는 가늠하기 어려웠다. 보글보글한 정수리 털과 대조되게 눈 근처 털이 좀 빠져 있다는 정도만 눈에 띄었다. 안도하던 마음은 그리 오래가지 못했다. 언니를 보고 발랑 드러누운 개의 배 때문이었다.

새빨갛게 달아오른 얇은 뱃가죽을 나는 당혹감에 젖어 바라보았다. 개가 꼬리를 치며 몸을 뒤틀 때마다 빨간 스탬프를 찍어놓은 것처럼 얼룩진 뱃가죽이 씰룩거렸다. 사타구니께에 하얗게 각질이 일어 두 색의 대조가 더욱 기이하게 느껴졌다. 내 시선을 눈치챈 언니가 개를 얼른 품에 안았다.

개가 언니에게서 떨어지려 하질 않는 통에 입양 서류는 내가 작성했다. 나는 언니의 이름과 주민번호, 전화번호 같은 것을 천천히 채워나갔다. 개는 내게 한 번도 시선을 주지 않았다. 이 세상에 오롯이 언니만 존재하는 것처럼 언니를 향해 고개를 치켜든 채였다. 언니가 목덜미를 쓰다듬으면 상체를 낮추었다가 금세 뛰어올라 언니 아래턱을 핥아댔다. 개의 까만 눈동자가 흔들림 없이 언니를 향해 있었다. 잘 아시겠지만, 이라고 입양 담당자가 운을 뗐다. 담당자 역시 언니를 바라보고 있었다.

상처를 많이 받은 애예요. 그래도 이렇게 또 사람을 믿고 온몸을 내던지지요. 개라는 생물은 정말 안타깝고 신비합니다.

정말 개 같다, 고 나는 생각했다. 이 개도 언니도 정말 개 같은 성질을 가졌구나.

좋은 주인을 만나게 되어 다행이라고 담당자는 몇 번이고 말했다. 언니가 개 목에 걸려 있는 은색 펜던트에 손을 댔다. 밤톨이라는 이름이 적힌, 혹시라도 주인이 찾아올까 봐 계속 걸어두고 있었다던 그것이었다. 딸깍, 소리와 함께 펜던트가 떨어져나갔다.

밤은 내가 가질게.

언니가 개의 귀에 작게 속삭였다. 늙고 새까맣고 병든 개의 이름은 토리가 되었다.

집에 도착하기까지 한 시간 남짓한 시간 동안 개는 언니에게서 떨어지지 않았다. 패딩 점퍼 안쪽에 개를 밀어 넣은 언니가 개의 부피만큼 솟아오른 가슴께를 소중히 끌어안았다. 차멀미를 하지도 침을 흘리지도 않고, 개는 언니에게 몸을 딱 붙인 채 잠만 잤다. 개를 데려오기 위해 구입한 켄넬은 꺼내보지도 못한 채였다. 나는 느리게 핸들을 돌렸다. 고요하고 단 숨이 차 안 가득 퍼져 있었다. 누구의 것인지 작게 코 고는 소리가 들려왔다.

문득 이선이 보고 싶었다. 체온이 높지 않은 이선의 서늘한 팔에 뺨을 문지르고 싶었다. 이선의 등에 이마를 딱 붙이고 긴 잠을 자고 싶었다. 내가 지닌 굴곡과 이선이 지닌 굴곡을 어찌어찌 잘 맞춰보면 평면이 되는 순간도 오지 않을까. 선이니 악이니 그런 것 말고 그저 평온하게 나란히 있을 수 있는 순간이. 다만 상냥하게, 아무것도 아닌 채로. 나는 신호등에 걸릴 때마다 이선의 번호를 만지작거렸다. 검은 개를 데려왔어. 글자를 입력하고 지우기를 반복했다. 배가 아주 빨개. 약용 샴푸가 필요해. 이선.

네가 필요해.

현관문을 열자 고소하고 매운 냄새가 훅 끼쳤다. 돼지 등뼈를 넣고 뚝배기에 푹 끓인 김치찜은 내가 좋아하는 것이었다. 이선의 냄새. 이선의 신발. 언니가 서둘러 집 안으로 뛰어 들어갔다. 나는 등 뒤에서 소리 없이 닫힌 현관문을 돌아보았다. 아침에 나갈 때만 해도 도어클로저가 고장 나 뭐라도 잘라먹을 듯 날카로운 소리를 내며 닫히던 문이었다. 문 닫히는 속도를 가늠하며 몇 번이고 나사를 조였다 풀었을 이선이 떠올랐다. 더 조용하고 더 조심스러운 속도와 각도를 찾아서 몇 번이고 문을 여닫았을 이선.

나는 천천히 신발을 벗었다. 거실 복판에 다리가 길고 새까만 개가 어리둥절한 얼굴로 서 있었다. ▪

위수정

풍경과 사랑

1977년 부산 출생.
2017년 『동아일보』 등단.

풍경과 사랑

아들이 처음 보는 아이를 집에 데리고 왔다.

*

남편이 제주도 건축 현장에 내려간 지 2주가 되어가고 있었다. 지방에 길게 출장을 다녀도 주말은 웬만해선 집에서 보내는 사람이었다. 그런데 지난주에 이어 이번 주에도 올라오지 못한다는 연락을 해왔다. 지난번에는 클라이언트가 급히 도면 수정을 요구해서였다고 했고, 이번에는 폭설로 비행기가 뜨지 못한다고 했다. 어마어마해. 와, 이런 눈은 또 처음 본다.

좋아?

어? ……좋기는, 뭐.

남편은 이런 사람이다. 감정이 말투에서 그대로 묻어나는데 막상 좋은가 물으면 좋다고 쉽게 대답하지 못하는 사람. 내가 함께하지 못할 때에 특히 그랬고 나는 그런 식의 대답이 좋았다. 그래서 여전히 남편에게 종종 물었다. 좋아? 재밌어?

*

엄마, 애는 연호.

민준의 옆에 서 있는 아이는 그 또래 아이들이 하듯 고개 숙여 인사하는 대신 나를 똑바로 바라보며 안녕하세요, 하고는 웃었다. 그 얼굴을 보고 환한 웃음이라는 건 저런 걸 말하는 거구나, 생각했다. 순한 눈동자와 추위로 발갛게 상기된 피부.

민준과 같은 고등학교 교복을 입고 있었지만 키는 민준보다 5센티 정도는 커 보였다. 내가 전에 말했는데. 왜, 하와이에서 전학 온.

아, 그래. 네가 연호구나.

하와이라는 말을 듣자마자 나는 연호라는 이름을 기억해냈다. 연호는 두 달 전쯤 전학을 왔다. 얼굴은 몰랐지만 연호는 반 엄마들 사이에서 이미 유명했다. 연호의 엄마는 90년대에 잠깐 활동하고 사라진 배우 주수진이었다. 그녀는 청순한 이미지의 배우들 사이에서 시원한 이목구비와 특유의 퇴폐미로 단번에 주목을 받았다. 그러나 드라마 두세 편과 영화 한 편을 끝으로 돌연 자취를 감추었다. 유부남 재벌과 스캔들이 있었는데, 그런 종류의 스캔들이 그러하듯 진위 여부는 확실히 밝혀지지 않았으나 아무도 그 말이 완전한 허위라고 생각하는 것 같지도 않았다.

연호 아빠가 ○○그룹 회장이 맞다고 울 남편이 그랬어요. 정말? 난 △△건설로 들었는데. 어쩐지 좀 닮은 듯. 하와이에 호텔 하나 챘다잖아. 그러면 뭐 해, 세컨든데. 애만 불쌍하지. 그리고 이어지는 이모티콘들……. 상위권 아이들의 엄마 몇몇이 따로 모인 채팅방에서는 늘 그 모자가 화제였다. 보고만 있기 뭣해서 나도 우는 모양의 이모티콘을 하나 남겼다. 그 후로도 그녀를 동네 카페에서 봤는데 얼굴이 어딘가 달라졌다는 이야기, 연호가 어느 학원에 등록했다는 소식 등등이 계속 업데이트되었다. 단체 채팅방에서는 말을 많이 섞지 않는 편이 정신 건강에 좋다는 것을 나는 오래전에 터득했다. 그러나 아무런 반응을 보이지 않으면 그 역시 경계 대상이 되기에, 강한 주장 없는 적당히 무난한 대답과 귀여운 이모티콘을 활용했다. 민준은 반장인 데다 성적도 톱이라 엄마들은 종종 내게 학원 정보를 물었고 나는 언제나 거리낌 없이 대답해주었다. 그 점만으로도 나는 '좋은 사람'으로 분류될 것이었다. 그러나 말이 길어지면, 그게 무슨 말이든, 트집을 잡는 이가 생길 거라는 것을 알았다. 민준의 성적이 뛰어나니까, 남편이 신진 건축 대상을 받은 적이 있는 설계사니까, 게다가 나는 일찍 결혼해서 엄마들 중에서도 어린 편에 속했다. 엄마들 간의 신경전은 민준의 유치원 시절부터 충분히 겪었다. 그러니까 나는 튀지 않는 쪽으로. 뭘 잘 모르는 엄마로. 가능하면 희미한 쪽으로.

엄마, 나 샌드위치 먹고 싶은데. 아보카도 넣은 거. 연호한테 맛있다고 자랑했거든.

민준은 연호를 포함한 친구들 몇몇과 저녁에 영화를 보러 가기로 했다며 내 눈치를 살폈다.

영화관은 좀 위험한데. 기말고사도 얼마 안 남지 않았어? 나는 은근히 눈을 흘기며 물었다.

어차피 떨어져서 앉잖아, 말도 안 하고. 이것만 딱 보고 열공할 거야. 그치? 민준은 연호에게 동의를 구했다. 연호는 씩 웃으며 나를 보았다. 그리고 민준을 향해 고개를 끄덕였다.

혹시 못 먹는 거 있니?

놉. 다 좋아해요. 배고파요.

연호는 이번에도 내게 시선을 맞추며 친근하게 말하고는 입고 있던 점퍼를 벗었다. 나는 부엌으로 향했고 둘은 농담을 주고받으며 방으로 들어갔다. 어려워하는 기색 없이 예전부터 알던 사람처럼 구는 모습에 피식 웃음이 났다. 재밌는 아이네.

냉장고에서 샌드위치 재료를 꺼냈다. 아보카도를 반으로 잘라 씨앗을 빼냈다. 부드러운 초록빛 과육이 유난히 예뻤다. 씨앗을 버리려다 손에 쥐어보았다. 단단하고 동그란 씨앗의 촉감. 부서져도 상관없다는 생각으로 꽉 쥐어보았다. 손을 폈을 때 예상대로 씨앗은 그대로였고 손바닥에는 동그란 자국이 남았다.

평소에 잘 쓰지 않는 접시를 꺼내 샌드위치를 플레이팅했다. 머스캣도 곁들였다. 아이들이 샌드위치를 먹는 동안 나는 핫초콜릿을 만들었다. 우유와 생크림을 냄비에 넣고 끓이다 잘게 조각낸 다크초콜릿을 넣었다. 잠시 후 진한 초콜릿 향이 올라왔고 나는 흡족해졌다. 마시멜로도 올려줄까?

난 두 개. 민준이 말했고 연호는, 전 괜찮아요. 샌드위치 맛있어요. 굿.

연호는 샌드위치를 우물거리다 엄지손가락을 들어 보이며 틈틈이 감탄을 연발했다. 어눌한 한국말과 유창한 영어를 뒤섞어 말하는 모습에 웃음이 났다. 그만해, 미친놈아. 민준이 장난스럽게 연호의 팔을 쳤다. 엄마가 아보카도 못 먹게 해요. 블러드 아보카도라고. 블러드 아보카도? 나는 블러드 다이아몬드라는 말은 들어봤으나 블러드 아보카도라는 말은 처음이었다. 멕시코에서 사람 죽이고 그러거든요. 아보카도 때문에.

그래? 왜? 나와 민준은 같은 표정으로 연호를 보았다. 연호는 어깨를 으쓱하고는 별일 아니라는 듯 말했다. 머니 문제겠죠? 멕시코 원래 그래요. 마피아 나라.

나는 아이들 앞에 따끈한 핫초콜릿을 놓아주었다. 그런데 연호는 한 모금 마시고는 짧게 기침을 했다. 쏘리. 저, 초콜릿은 안, 잘, 못 먹어요.

몰랐네. 미안해. 그럼 뭐 줄까? 콜라?

혹시 우유가 있어요?

아, 우유는 없는데.

괜찮아요. 콜라 좋아요.

주는 대로 먹어라. 우유는 니네 집 가서 찾고. 애냐?

민준은 어이없다는 듯 말했다. 나는 민준에게 그러지 말라는 눈짓을 보냈다. 마른 편인 민준에 비해 연호는 어깨가 넓었고 셔츠 밖으로는 근육의 실루엣이 드러나 있었다. 나는 콜라를 꺼내어 컵에 따랐다. 연호는 운동했니?

배구 했대. 운동할 때 보면 거의 짐승 수준이야. 민준의 말에 연호는, 짐승? 하며 민준을 때리는 시늉을 했다. 우리는 함께 웃었다. 연호의 앞에 콜라를 놓아주려고 컵을 든 손을 뻗었는데 연호가 손을 내밀었다. 그의 손이 따뜻해서 내 손이 차다는 것을 알았다. 손이 닿았을 때 연호가 나를 보는 것 같았지만 나는 모르는 척했다. '요즘 애들은 발육이 너무 좋아서 애들 같지가 않아. 생각도 우리 때랑은 많이 다르지. 중학생만 돼도 벌써 여자 친구랑……' 이런 말은 내가 한 말이 아닌데. 누가 그랬더라. 엄마들이었겠지. 나도 한 번쯤 했던 말인가. 여러 번 들었던 건 분명한데.

아이들이 나간 후, 나는 연호가 한 모금 마시고 둔 핫초콜릿을 전자레인지에 데웠다. 그 잔을 그대로 들고 컴퓨터 앞에 앉아 주수진을 검색해보았다. 동명의 유명 아이돌 사진이 화면을 채웠다. 내가 찾는 주수진은 스크롤을 한참 내리고 나서야 찾을 수 있었다. 그녀는 다른 배우들과 달리 활짝 웃는 사진이 많이 없었다. 붉은 입술에 긴 파마머리. 가슴까지 파인 셔츠. 그런데 사진을 쭉 보다가 포니테일을 하고 귀여운 오버올을 입은 모습으로 밝게 웃는 모습이 눈에 띄었다. 데뷔 초의 사진 같았다. 웃고 있는 어린 주수진의 눈매는 연호의 웃는 모습과 닮아 있었다. 더 자세히 보려고 섬네일을 클릭했지만 기사는 삭제되어 볼 수 없었다. 몇 번 다시 시도해보았으나 결과는 같았다. 나는 계속해서 주수진의 사진과 기사들을 찾아보았다. 스캔들을 다룬 기사도 2005년이 끝이었다. 하와이에 거주하며 작년에 아들을 낳은 것으로, 연예계에 미련이, 스물여섯, 아이의 아버지는 밝혀진 바가, 재벌 유부남과의, 다른 루머들, 현재 삶에 만족……. 그녀는 나보다 두 살이 어렸다.

나는 이어서 내 이름을 검색해보았다. 같은 이름의 낯선 가수, 기자 등등을 지나 6년 전 남편과 함께 인테리어 전문 잡지에 실렸던 사진이 떴다. '한옥 건축가의 자연주의 인테리어'라는 제목 아래 집 거실 소파에 남편과 내가 나란히 앉아 있었다. 사진 속의 우리는 지금보다 젊고 생기 있어 보였다. 조명판과 포토샵 덕도 있었지만 확실히 남편이나 나나 지금보다 매끈한 얼굴이었다. 6년 전이면 민준이 초등학교 5학년 때. 그렇게 생각하면 6년은 짧은 시간이 아니었고 외모의 변화도 당연하게 여겨졌다. 남편은 브리오니의 블루 셔츠를 입었고 나는 미우미우 화이트 블라우스에 노란색 에르메스 트윌리를 두르고 있었다. 미술을 전공한 아내의 감각을 존중하죠. 캠퍼스 커플, 그녀는 대학원 시절 개인전을, 결혼과 동시에 부부에게는, 꼭 한옥에 살지 않더라도, 부부는 인터뷰 내내, 여백을 중요하게 생각합니다.

　기사를 보고 있자니 인터뷰 당시 상황이 또렷하게 떠올랐다. 나는 촬영 2주 전부터 인테리어와 청소에 열을 올렸다. 소품을 사러 백화점과 앤티크숍을 열심히 돌아다녔고 촬영 당일 새벽에는 꽃 도매시장에도 다녀왔다. 숍에서 메이크업도 받았다. 최대한 자연스럽게 해주세요. 그리고 집에 와서는 저렇게 천연덕스럽게……. 새삼스레 얼굴이 달아올랐다. 당시에는 자랑스럽기까지 했었는데. 나는 기사를 닫고 스크롤을 내렸다. 거의 20년 전의 그룹전 및 개인전 관련 섬네일 한두 개. 개인전을 열었던 갤러리의 관장은 나의 외삼촌이었다. 나는 인터넷 창을 닫고 시계를 보았다. 어느새 저녁이었다. 컴컴한 거실을 둘러보았다. 불을 켜야지, 생각만 하다가 한참 후에야 겨우 자리에서 일어섰다. 혼자 밥을 차려 먹다 남편 생각이 났다. 서울에는 눈이 오지 않았다. 낮에 통화할 때 남편의 목소리는 들떠 있었다. 엄청나게 눈이 온다고, 그런 눈은 처음 본다고. 그런데 왜 사진 한 장 보내지 않는 걸까? 남편은 종종 풍경 사진이나 공사 현장, 먹고 있는 음식 사진 따위를 보내곤 했는데. 나는 밥을 먹다 말고 휴대폰 화면을 열었다. 아직도 눈 많이 와? 한참이 지나도 남편은 답이 없었다. 나는 주방 정리를 한 뒤 욕조에 뜨거운 물을 받았다.

옷을 벗고 욕실 거울 앞에 섰다. 머리를 쓸어 올리자 흰머리가 드문 드문 눈에 띄었다. 팔뚝에는 보기 싫게 살이 올라 있었다. 그리고⋯⋯ 갓 태어난 민준을 품에 안고 젖을 물릴 때에는 가슴 모양 따위 어찌 되든 안중에도 없었다. 그때는 그랬다. 호르몬 때문이었을까? 그러니까, 그때 나는 정상이 아니었던 걸까? 그럼⋯⋯ 지금은?

욕조 안으로 발을 넣는데 휴대폰이 울렸다. 남편이었다. 막상 전화가 오자 받고 싶지 않았다. 벨은 한참 울리다 끊어졌다. 이어서 메시지 알림음이 들렸다. 미안, 아까 회의 중이어서. 별일 없지? 나는 답을 하지 않고 욕조에 몸을 담갔다. 연호. 문득 그 아이의 이름이 떠올랐고 이어서 그 환한 웃음이, 매끈한 손가락과 단단한 어깨가. 문득이라고? 아니다. 나는 그 아이가 떠난 후 줄곧 같은 생각을 하고 있었다. 그 사실을 깨닫자 어이가 없었다. 나는 고개를 절레절레 흔들었다. 자꾸 웃음이 났는데 어처구니가 없어서 그러는 것이라고 생각했다. 니가 돌았구나, 드디어. 혼잣말을 했고 욕실이라 목소리가 울렸다. 나는 입을 다물었다. 혼자인데도.

민준은 10시가 넘어 돌아왔다. 연호 어머니가 차로 데려다주셨어.

연호 엄마 봤겠네?

당연히 봤지. 왜?

예뻐?

응? 모르겠는데? 비슷해.

뭐가 비슷해?

뭐 그냥, 엄마랑 비슷하다고.

남편에게서 또다시 전화가 왔고 나는 침대에서 전화를 받았다. 눈이 많이 와서. 남편은 또 눈 타령이었다. 오늘 주수진 아들이 집에 왔었다?

누구 아들?

전에 말했잖아. 왜, 옛날에 그 연예인. ○○ 회장 내연녀.

아, 그 주수진. 그래? 민준이랑 친하대?

학원 같이 다니잖아. 나도 첨 봤네. 덩치가 좋아. 근데 한국말도 잘 못하면서 할 말은 다 하고, 좀 웃겨. 참, 자기 블러드 아보카도라는 말 들어봤어?

민준이는 잘 있지?

응? 잘 있지. 영화 보고 좀 전에 들어왔거든. 주수진이 데려다줬대. 근데 주수진이랑 내가 비슷하대.

남편의 웃음소리가 들렸다. 어디가? 궁금하네. 나도 한번 보고 싶다.

자기가 왜 보냐? 집에는 언제 오는 건데? 수상해. 재미가 좋은가 봐?

나보다 자기가 더 신난 거 같은데? 남편은 큰 소리로 웃었다. 주무세요, 민준 어머니.

조심해.

응? 뭘?

뭐긴 뭐야.

남편은 다음 주 금요일 밤에 도착할 예정이라고 했다. 나는 침대에 누웠지만 잠이 오지 않았다. 남편의 지나치게 큰 웃음소리가 마음에 걸렸다.

*

주말 오후가 되었고 나는 염색을 하기 위해 미용실에 들렀다가 미용사가 권하는 파마까지 하기로 했다. 머리가 완성되기를 기다리는 동안 오랜만에 손톱 관리도 받았다. 어려 보이는 관리사는 내가 버건디 컬러를 고르자 겨울에는 역시 버건디라며 고객님처럼 흰 피부에는 더 잘 어울릴 거라고 싹싹하게 말했다. 여자는 매끈하고 탄력 있는 손으로 내 손을 잡았다. 아무것도 바르지 않은 손톱이 깔끔하게 정리되어 있었다. 네일 아트 안 하시나 봐요? 내가 묻자, 가끔 쉬어줘야 하거든요, 저도 진한 색 좋아하는데, 내 손에 크림을 바르며 대답했다. 그녀의 손이 내 손을 부드럽게 감쌌다. 이어서 간단하게 마사지를 해주었다. 그녀의 손이 닿을 때마다 기분 좋은 나른함이 퍼져나갔다. 관리사는 손톱에 크림을 바르고 큐티클을 떼어내기 시작했다. 나는 손을 맡긴 채, 일에 집중하고 있는 여자를 바라보았다. 살짝 부푼 볼과 빛을 받아 솜털까지 보이는 매끄럽고 탄탄한 목선이 아름다웠다. 문득 내가 몇 살쯤으로 보이는지 묻고 싶었다. 대신 나는, 피부가 정말 좋네요. 부러워요, 그녀는 손에서 눈을 떼지 않은 채 쑥스러운 듯 웃었다. 제가요? 아닌데요. 감사합니다. 그러나 그녀는 끝까지 내 외모에 대한 말은 하지 않았다.

엄마, 연호 오늘 우리 집에서 자도 돼? 집으로 가는 길에 민준에게 전화가 왔다. 갑자기?

얘네 엄마가 어디 가셔서 집이 빈다고 나보고 자기 집에 가자는 걸…….

민준과 통화를 끝내기도 전에 나는 차를 돌려 근처 백화점으로 향했다. 백화점 외부에는 벌써 크리스마스트리가 화려한 불을 밝히며 서 있었다. 반짝이는 장식들을 보자 문득 캐럴이 듣고 싶어졌고 조금 설레기까지 했다. 나는 지하 식품 매장을 돌며 카트에 우유와 블루베리를 담았다. 아보카도는 들었다 다시 내려놓았다. 스테이크용 소고기와 샐러드용 채소, 트러플 오일까지 계산하고 베이커리에 들러 몽블랑과 카늘레도 샀다. 뭔가 자꾸 더 사고 싶었지만 시간이 부족해 바로 집으로 돌아왔다.

음, 맛있는 냄새. 민준이 가방을 내려놓으며 말했다. 아이들에게 찬 바람이 묻어 있었다. 패딩을 벗은 연호는 검은 트레이닝복 차림이었다. 연호는 저번처럼 내게 눈을 맞추고 인사했다. 어, 헤어스타일이. 그는 내 머리를 가리켰다. 예뻐요.

아, 이 느끼한 놈. 민준이 웃으며 욕실로 향했다. 우리 이거 사 왔는데. 연호가 비닐봉지를 식탁 위에 올렸다. 불닭볶음면, 핫바, 스누피가 그려진 고카페인 커피 우유, 훈제 계란. 이런 거 좋아해? 내가 웃으며 물었다. 네, 특히 이거. 연호는 불닭볶음면을 들어 보였다. 나는 오일에 재워둔 스테이크가 떠올랐다. 레인지 위에서 단호박수프 끓는 냄새가 났다.

주수진은 동물보호협회 사람들과 봉사활동을 하러 지방에 내려갔다고 했다. 엄마가 동물을 아끼시나 보구나. 연호는 샐러드를 포크로 찍으며 말했다. 동물도 아끼고 골프도 아끼고.

우리 아빠도 골프 마니안데. 민준의 말에 나는 건성으로 고개를 끄덕였다. 연호는 트러플 소스가 입에 맞지 않는 듯했다. 새벽에 필드 나간다고 자고 오는 거예요. 자주 그래요. 연호는 묻지도 않은 말을 했고 순간 나는 그의 눈빛에 쓸쓸함이 스치는 것을 보았다. 운동하시면 좋지. 좋은 일도 하시고. 오븐에서 알림음이 울렸고 나는 스테이크를 꺼냈다. 민준은 오늘 무슨 날이냐며 호들갑을 떨었다. 엄마, 설마 얘 온다고 고기 구운 건 아니겠지? 민준의 장난기 섞인 말에 나는, 맞는데?

연호 온다고 한 건데, 하고 천연덕스럽게 대답한 후 슬쩍 연호의 표정을 살폈다. 연호가 웃었다. 민준이 뭐라 더 말하기 전에 나는 덧붙였다. 전에 사둔 거야. 엄마가 까먹고 있었어.

접시를 깔끔하게 비운 민준과 달리 연호의 음식은 잘 줄지 않았다. 맛이 별로니? 내가 묻자 아니요, 맛있어요, 답하면서도 연호는 포크로 스테이크 조각을 찔러 입에 넣고 오래 씹었다. 민준이 연호의 접시에 있는 스테이크를 한 점 찍어 먹었다. 배가 불렀냐? 엄마, 사실 연호가 운동할 때 고기를 너무 많이 먹어서 질렸대. 그래서 맨날 떡볶이, 라면 이런 것만 처먹, 아니 먹는다니깐. 연호는 반박하지 않았다. 핫, 스파이시, 그런 거 원래 좋아해요.

나는 아이들이 사 온 컵라면 포장을 뜯고 물을 올렸다. 연호는 볶음면을, 나는 스테이크를, 식사를 일찌감치 마친 민준은 레모네이드를 앞에 두고 식탁에 다시 앉았다. 부드러운 안심에서 육즙이 흘러나왔지만 나는 맛을 제대로 느끼지 못했다. 자극적인 라면 냄새와 고기 냄새가 뒤섞여 식탁 위가 어지러웠다. 맛있냐? 아주 흡입을 하네. 아, 안 되겠다. 민준은 매운 소스 때문에 입술이 빨갛게 된 연호를 보다가 자기도 먹겠다며 자리에서 일어났다. 앉아. 나의 단호한 목소리에 둘이 동시에 나를 바라보았다. 내가 해줄게. 짐짓 밝은 목소리로 말하고 자리에서 일어나 커피포트에 다시 물을 올렸다. 싱크대에는 먹다 남은 스테이크가 버려져 있었다. 조리대 위에는 수프와 샐러드도 남아 있었다. 아이들은 보기 싫은 뻘건 면을 잘도 먹어댔다. 식사를 마친 연호는 스누피가 그려진 우유 팩을 열었다. 이거 대박. 연호는 새 우유 하나를 내게 내밀었다. 선물이에요.

식사를 마친 아이들은 방으로 들어갔고 나는 부엌 정리를 했다. 남은 음식을 보관할까 하다가 내키지 않아 모두 버렸다. 싱크대에 버려진 음식물이 꼴 보기 싫었다. 서둘러 식기세척기를 돌리고 식탁을 닦는데 연호가 손에 휴대폰을 든 채 방에서 나왔다. 저, 엄마가 좀 바꿔달라고. 나는 얼떨결에 휴대폰을 받고 다른 손으로는 급히 머리를 다듬었다. 화면 속에서 주수진이 나를 보고 있었다. 우리는 서로 어색하게 웃으며 인사를 나누었다. 주수진은, 연호를 재워줘서 고맙다, 다 큰 애가 굳이 거기를 가서, 진작에 연락을 한번 드렸어야 했는데, 그래도 덕분에 안심이 되고요, 등의 말을 했고 나는 뭐라고 했더라. 아니라고, 같은 반 친군데 당연하다고, 봉사활동도 하시고, 추운 날씨라고, 그런 말을 했겠지. 어느 순간 주수진이 연호를 찾았고 내가 고개를 돌리자 연호가 한 손으로 내 어깨를 잡고 몸을 바싹 붙여왔다. 비누 냄새가 섞인 체취가 났다. 우리는 함께 주수진을 보았다. 우리의 얼굴이 한 화면에 작게 떴다. 엄마, 이제 됐지? 연호가 말하는데 주수진의 옆에 낯선 남자 얼굴이 언뜻 보였다. 연호가 휴대폰을 쥐고 있는 내 손 위로 자신의 손을 포갰다. 나는 손을 빼며 얼버무리듯 인사하고 물러났다. 둘은 잠깐 영어로 통화를 했는데 연호는 무언가 불만이 있는 듯 대답만 겨우 하는 것 같았다. 나는 못 들은 척 몸을 돌려 그릇 정리를 했다. 전화를 끊은 연호가 내게 말했다. 엄마가 고맙대요. 저도 고마워요. 연호는 씩 웃어 보이고 방으로 들어갔다.

갑자기 단것이 먹고 싶어졌다. 냉장고에서 카늘레와 커피 우유를 꺼냈다. 거실에 앉아 텔레비전 볼륨을 줄인 채 카늘레를 먹었다. 우유는 달고 진했다. 휴대폰을 열어보니 남편에게 전화가 와 있었다. 엄마들 채팅방에는 이번 기말고사 시험 범위에 대한 불평과 새로 생긴 과탐 학원의 설명회 정보들이 올라와 있었다. 그 사이에서 나는 연호라는 이름을 발견했다. 연호 담배 피우다 걸렸대요. 학교서도 맨날 엎드려 잠만 잔다고. 주수진은 뭐 하나 몰라. 나는 채팅창을 한참 보고만 있다가 과탐 학원 어떠냐고 궁금하지도 않은 질문을 남겼다. 엄마들의 답변이 이어졌고, 나는 또 우는 이모티콘을 남기고 창을 닫았다.

연호는 갑자기 반에 들어와 물을 흐리고 있는 아이였다. 그리고 민준은 연호와 친해 보였다. 민준이 연호의 영향을 받을까? 모르는 일이기는 했으나 크게 걱정스럽지는 않았다. 민준은 너그러운 성격처럼 보이지만 사실 그렇지 않았다. 중학교 때부터 혼자 계획을 세워 빼놓지 않고 실천하려 하는 강박증 같은 것이 있었다. 민준을 싫어하는 아이들은 없었으나 절친도 딱히 없었다. 민준은 자신만의 바운더리가 명확했다. 내가 저랬거든, 신기하네. 남편은 싫지 않은 눈치였다. 나는 남편의 그 좁은 바운더리 안에 들어간 사람이었다. 아무에게나 쉽게 곁을 허락하지 않는 남편이 좋았고 그 안에서 나는 안락함을 느꼈다. 그러나 나는 간혹, 혹시 민준이 나를 닮은 것은 아닌가 걱정스러웠다. 남편은 딱 한 번 내게 그런 말을 한 적이 있다. 너랑 같이 있어도 너무 혼자인 기분이 들 때가 있어. 그때 나는 아마, 그건 당신 기분 탓이라고 했을 것이다. 누구나 때때로 외로움을 느낀다고. 나 역시 그렇다고. 그러나 사실은 속을 들킨 기분이었다.

방에 들어와 남편에게 전화를 걸었다. 남편은 진행 중인 공사에 대해 말했고 클라이언트가 까다롭고 약간 사이코 같긴 하지만 작품 하나 또 나올 것 같다며 설렘을 드러냈다. 기분이 좋은가 보네.

아니, 뭐. 딱히 나쁠 건 없다는 거지. 예산 걱정은 없어서.

오늘 주수진 아들 우리 집에서 잔다.

그래? 준이랑 정말 친한가.

글쎄. 아직 모르지. 주수진이 전화를 했더라고. 화상 통화.

그랬어?

어떤 남자랑 있더라. 곧 애들 시험 기간인데, 골프 치러 갔다나 봐. 말은 무슨 봉사활동이라는데.

좋네. 골프도 치고. 남쪽은 좀 따뜻하니깐.

그렇게 돌아다녀도 괜찮은가. 애가 불쌍해.

남 일에 신경 쓰지 말자.

아니, 걔가 나한테 선물이라면서 커피 우유를 줬어. 스누피 그려진 거 알아, 자기? 근데 고카페인이라더니 진짜 심장이 막 뛴다? 나 지금 손 떨려.

너 카페인에 약하잖아. 이 시간에 그걸 왜 먹어. 남편의 주위가 시끄러워졌다. 여자 목소리도 들린 것 같았다. 나 지금 회식이라.

나는 전화를 끊었다. 주수진의 얼굴이 떠올랐다. 얼굴은 금방 알아보았지만 스타일은 화면으로 보던 것과 많이 달랐다. 거의 20년이 지났으니 당연한 건지도 몰랐다. 그러나 짧은 단발에 화장기 없는 얼굴은 고등학생 아들을 둔 엄마로는 보이지 않았다. 그녀의 옆에 있던 남자는 누구였을까? 연호는 아빠가 있다는 말은 하지 않았는데.

밤 12시가 넘어가는 시간까지도 잠이 오기는커녕 점점 말똥말똥해졌다. 나는 조용히 방을 나와 민준의 방문 앞에 서서 귀를 기울였다. 아무런 소리도 들리지 않았다. 따뜻한 허브티와 쿠키를 챙겨 들고 민준의 방을 노크했다. 기척이 없어 조심스레 문을 열어보았다. 민준은 침대에 누워 자고 있었고 연호는 바닥에 기대어 이어폰을 낀 채 휴대폰을 보고 있었다. 연호는 나를 보더니 자리에서 일어나 조용히 나왔다. 민준이는 언제부터 잤어?

음, 좀 전에요. 갑자기 눕더라고요, 잔다고. 나는 너희가 아직 공부 중인 줄 알았다고, 잠자리를 미리 정해줬어야 했는데 미안하다고 했다. 아뇨, 괜찮아요. 이거, 먹어도 돼요? 연호가 허브티를 가리켰다. 우리는 거실 소파로 와서 앉았다. 아까 그 스누피 마셨더니 정말 잠이 안 오네. 연호가 웃었다. 난 원래 늦게 자요. 밤에 하와이 친구들이랑 톡 하느라. 그런데…… 저건 트웜블리예요?

연호가 거실 구석의 그림을 보고 물었다. 나는 연호의 입에서 트웜블리라는 말이 나와서 내심 놀랐다. 아니, 저건 옛날에 내가 그린 거. 그런데 트웜블리를 아는구나. 나는 대학 때 트웜블리를 좋아했다. 그러나 그림을 그만둔 것도 어쩌면 트웜블리 때문인지도 몰랐다. 누구나 내 그림을 보고 트웜블리를 떠올렸다. 아류라든가 거의 표절이라든가. 그걸 뛰어넘었어야 했는데. 영향을 받은 것, 계보를 잇는 것과 아류 사이에 뭐가 있는 건지 나는 이해하지 못했다. 어쩌면 내게는 그를 뛰어넘어 새로운 뭔가를 이루고 싶은 마음이 없었는지도 모르겠다. 모든 사람이 야망이 넘치는 건 아니니까…….

연호 역시 트웜블리를 좋아한다고 했다. 내가 미술을 전공했다는 걸 알자 눈을 빛내며 반가워했다. 방학하면 다시 하려고요, 그림. 대학은 한국에서 가려고? 음, 잘 모르겠어요. 엄마는 이제 여기서 살 거래요…… 남자 친구랑. 아까 휴대폰 화면으로 잠깐 보았던 남자가 떠올랐다. 그렇구나. 연호가 미술을 좋아하는구나. 창밖으로 맞은편 아파트의 불빛들이 보였다. 거실에는 스탠드 하나만 켜져 있었고 우리가 말을 멈추자 주위는 더 어둡고 고요하게 느껴졌다. 자정이 넘은 시각에 연호와 둘이 거실에 앉아서 이야기를 나누고 있다는 사실이 낯설었다. 낯설고 이상한 감정. 적절하지 않다는 걸 알면서도 이 시간이 영원히 지속되길 바라는 순간이 있다. 이런 기분을 전에도 느껴본 적이 있는데. 그게 언제였더라.

연호와 이야기를 나누다 나는 몇 가지 사실을 알아냈다. 연호의 친부는 사람들이 말하는 그룹의 회장이 아니라 주수진의 초등학교 동창이라는 것. 그러나 주수진은 그가 아닌 하와이의 한 사업가와 결혼했으며 현재는 이혼하고 다른 남자 친구가 있다는 것. 하와이에 호텔이 있기는 하지만 주수진의 친정 쪽 사업이라는 것. 그리고 연호는 학교를 1년 늦게 들어가 지금 열여덟 살이라고 했다. 한국 나이로는 열아홉. 연호가 민준보다 한 살 많다는 사실이 나는 왜 기뻤을까. 우리는 목소리를 낮추어 속삭이듯 대화를 이어갔다. 민준이 깨지 않기를 바라며. 우리는 서로 좋아하는 아티스트와 언젠가 보았던 인상적인 작품들에 대해 한참 이야기했다. 연호가 이렇게 똑똑한지 몰랐네.

애들은 내가 바본 줄 알아요. 한국말 잘 못하고. ……그러면 바보 같으니까.

그렇지는 않을 거야.

당신도 그렇게 생각했으면서.

그렇게 말하고 연호는 나를 조용히 응시했다. 연호의 오른쪽 눈은 왼쪽보다 조금 작았다. 묘한 비대칭을 이루는 얼굴. 순한 눈동자와 언뜻언뜻 비치는 그 안의 공허. 나는 왜 그걸 알아볼 수 있었을까. 나도 그래. 나도 사람들이 바본 줄 알거든.

그런데 아니잖아요, 바보. 연호의 얼굴에 미소가 번졌고 그 미소가 내게로도 옮겨 왔다.

그런가? 사실, 잘 모르겠어. 나는 자리에서 일어났다. 어느새 2시가 가까워오고 있었다.

연호는 집에 돌아가서 자겠다고 했다. 손님방이 있다고, 너무 늦었다고 말렸지만 애초에 자고 갈 생각은 아니었다며 점퍼를 입었다. 현관에서 신발을 신고 나가려던 연호가 돌아보았다. 같이 갈래요?

나는 웃었고, 웃는 나를 연호는 웃지 않고 바라보았다. 내가 고개를 젓자 연호가 작게 말했다. 나는 무슨 말인지 알아듣지 못했다. 뭐라고? 그는 다시 천천히 말했다.

One to one correspondence. 그걸 한국말로 뭐라고 하죠?

연호가 떠난 후 나는 발코니로 가서 섰다. 그러나 곧 뒤로 물러났다. 아래를 내려다보고 싶은 만큼 나는 두려웠다. 연호가 올려다볼까 봐. 나를 발견할까 봐.

너, 담배 피운다고 하던데 정말이니? 그러면 되겠니. 엄마가 아시니? 이런 말들을 했어야 했을까? 나는 밤새 소파에 앉아 같은 생각을 반복했다. 연호의 체취를, 따뜻하고 커다란 손과 단단한 어깨를, 같이 갈래요, 하고 물을 때의 그 눈빛을. 홀로 돌아서는 뒷모습과 함께. 그를 따라갔다면 어땠을까. 혹시 내가 잘못 들은 건 아닐까? 그런데 연호는 나의 무엇을 알아본 것일까.

민준이 방문을 열고 나오다가 나를 보고 흠칫했다. 어우, 깜짝이야. 엄마 뭐 해? 벌써 일어난 거야? 6시였고 해는 아직 뜨지 않아 어두웠다. 새벽 공부를 한다는 민준을 위해 나는 다시 부엌으로 갔다. 소고기죽을 끓여 민준을 불렀다. 그 자식 좀 이상해. '그 자식'이 연호를 말한다는 것을 알았으나 모르는 척 물었다. 누구? 누구긴, 이연호지. 왜? 나는 무심을 가장하여 물었다. 같이 공부하자더니 옆에서 아무것도 안 하고 멍때리고. 신경 쓰여서 그냥 자버렸어. 근데 언제 갔대? 나는 12시쯤 갔다고 말했다. 그래도 친구를 옆에 두고 혼자 자는 건 좀 너무했다.

친구는 뭐, 담임이 신경 써주라 그래서 몇 번 같이 다닌 거지. 귀찮아. 내년엔 절대 반장 안 해야지. 죽 맛있다. 엄마도 먹어요.

One to one correspondence. 일대일대응. 연호가 했던 말이었다. 나는 정오가 지나 잠이 들었고 일어났을 때에는 또 해가 지고 있었다. 일대일대응이 가능한 관계가 있을까? 나는 남편에게 메시지를 보냈다. 한참 뒤에 남편에게서 답이 왔다. 불가능. 그게 끝이었고 날이 지나도록 남편에게서는 연락이 없었다. 왜 그런 걸 묻냐고 남편이 물어보면 뭐라고 답하는 게 좋을지 생각하고 있었는데. 그러고 보니 남편은 내게 그런 종류의 질문을 잘 하지 않았다. 좋아? 재밌어? 나 없이도?

달라진 것은 없었다. 나는 그저 채팅방을 좀 더 열심히 확인했고 아파트 단지 내 편의점에 종종 들렀다. 불닭볶음면과 스누피 우유를 사서 혼자 먹어보기도 했다. 그리고 매일 산책을 나갔다. 일부러 마스크에 모자까지 쓰고 나갔지만 간혹 마주치는 엄마들은 언제나 나를 알아보았다. 그래서 나는 주로 늦은 밤에 나가서 연호가 사는 302동 뒤쪽의 공원을 구석구석 돌았다. 그리고 또다시 302동을 지나 집으로 돌아왔다. 민준은 다음 주로 다가온 기말고사 준비로 학원과 독서실을 바쁘게 오갔다. 연호는 독서실 안 다니니? 지나가듯 물었는데 민준은 응, 하고 말았다. 하루는 충동적으로 차를 몰고 백화점에 갔다. 연호에게 어울릴 만한 셔츠를 사면서 나는 설렜다. 연호에게만 주면 이상할 테니 주수진을 위해 적당한 장갑도 하나 샀다. 그리고 남편과 민준의 옷도 골랐다. 마지막으로 화장품 매장에 들러 향이 좋은 보디 오일을 내 몫으로 하나 샀다. 집으로 돌아올 때에는 어떻게 선물을 전하는 게 자연스러울지 생각하다가 라디오에서 나오는 멜로디를 따라 흥얼거렸다. 처음 듣는 노래였다.

주수진 부산으로 이사 간다네요. 채팅방에 뜬 소식이었다. 애가 내년에 고3인데 생각이 있는 거냐, 어차피 특례입학이라 상관없다, 남자 따라간다더라, 또 유부남인가, 학교 물 흐렸는데 전학 간다니 땡큐다, 등등의 말들. 사정이 있겠죠. 나는 글을 올린 후 바로 후회했다. 삭제 버튼을 누를 새도 없이 사람들이 먼저 읽어버렸다. 채팅방은 금방 조용해졌다. 나는 우는 이모티콘을 보냈다. 아무도 답을 달지 않았다. 맞는 말 아닌가라는 생각보다 왜 참지 못했을까, 하는 마음이 더 컸다.

*

남편은 조금 핼쑥해진 얼굴로 돌아왔다. 덥수룩한 머리칼 사이로 흰머리도 늘어 있었다. 남편은 내게 선물을 내밀었다. 로로피아나의 캐시미어 머플러. 미리 크리스마스 선물이라고 했다. 혼자서 고생 많았지? 남편은 웃는 얼굴로 내 표정을 살폈다. 이거 사 올 정신이 있으면 이발이나 좀 하고 오지 그랬어. 머쓱해하는 남편과 함께 나는 미용실로 향했다. 남편은 굳이 함께 가자고, 오랜만에 보는데 좀 같이 다니자며 내 팔을 끌었다. 이발하고 같이 와인 보러 가자.

미용실 입구에서 우리는 연호와 마주쳤다. 주수진은 카운터에서 계산 중이었고 옆에 서 있던 연호가 우리를 발견했다. 안녕하세요. 연호는 우리 둘을 번갈아 보았다. 주수진은 패딩 점퍼에 에코백을 들고 있었다. 서로가 누구인지 확인한 후 우리는 호들갑을 떨며 고개를 숙였다. 미리 인사드렸어야 했는데, 아닙니다 저희가…… 이런 대화들. 예전에 팬이었어요. 남편이 주수진에게 손을 내밀었고 둘은 악수했다. 주수진은 휴대폰으로 본 것보다 더 수수했고 생각보다 체구가 작았다. 내가 기억하는 스크린 속의 그녀와는 완전히 다른 사람 같았다. 퇴폐미 같은 것은 찾아볼 수 없었고 웃을 때 인상이 선해 보였다. 연호는 멀뚱히 옆에 서 있었다. 나를 바라보지도 않았다. 아니, 내가 연호의 눈을 피했던가. 연호는 주수진과 같은 캔버스화를 신고 있었다. 엄마, 가자. 늦겠다. 연호가 주수진의 팔을 잡으며 말했다. 그래그래. 주수진이 연호의 머리를 쓸어 넘겼고 연호는 가만히 손길을 받았다. 저희 애한테 얘기 많이 들었어요. 감사해요. 덩치만 컸지 애기예요. 우리는 또다시 고개를 숙이고 인사를 나누었다. 안녕히 가세요.

남편이 머리를 자르는 동안 나는 소파에 앉아 잡지를 펼쳤다. 주수진과 함께 있던 조금 전의 연호는 내가 며칠간 수도 없이 떠올렸던 연호가 아니었다. 주수진은 연호에게 무슨 얘기를 많이 들었다는 걸까. 버건디 매니큐어가 벌써 군데군데 벗겨지기 시작해 보기 흉했다. 이걸 봤을까. 나는 내가 걸치고 있는 옷과 구두, 그리고 가방을 살폈다. 나는 언제부터 이런 차림이 자연스러워진 걸까.

주수진 팬이었어? 집으로 오는 길에 내가 물었다. 팬은 무슨, 예의상 하는 말이지. 야, 언제 적 주수진이야. 길에서 보면 못 알아보겠더라. 그냥 좀 예쁜 아줌마? 나는 남편의 말투가 거슬렸다. 왜, 수수하니 보기 좋던데. 사람들은 너무 함부로 말해. 잘 알지도 못하면서. 남편이 나를 바라보는 게 느껴졌지만 나는 앞만 보고 걸었다. 나도 이제 그냥 아무거나 입고 다닐까 봐. 싼 거. 남는 돈으로 기부도 좀 하고.

당신 역시 순진해. 아까 주수진이 오데마피게 차고 있던 거 못 봤어? ……수수하기는.

나는 주수진의 비싼 시계보다, 남편이 그 짧은 순간에도 그걸 알아봤다는 게 더 실망스러웠다.

민준은 독서실에 가고 없었지만 혹시 몰라 현관에 보조 체인까지 채우고 우리는 옷을 벗었다. 침대에서 우리는 편견이 없는 편이었다. 우리는 침대에서 말하기를 좋아했다. 평소에는 쓰지 않는 말들. 우리만의 사적인 언어들. 밖에서는 결코 쓰지 않는, 의미의 잉여가 없는 단어와 어조들. 엎드려, 벌려봐, 박아줘, 뒤로, 개처럼, 더 깊게, 더 세게, 좆나 맛있어……. 우리는 평소의 우리를 잊었다. 일부러 더 저급하게 굴었고 그게 우리를 흥분시켰다. 어쩌면 섹스를 할 때에만 우리는 온전히 일대일대응이라 할 수 있는 관계가 되는 건지도 모르겠다. 오직 그 짧은 순간에만.

예전에 나는 남편에게 허벅지나 엉덩이, 팔뚝 같은 부위를 깨물어달라고 한 적이 있었다. 처음에는 장난처럼 시작했는데 점점 강도가 세져서 피멍이 들 정도가 되었다. 나는 고통의 깊이만큼 쾌감을 느꼈다. 처음에 어색해하던 남편도 나중에는 사람들이 왜 때리고 맞는 것에 흥분하는지 알 것 같다고 했다. 그러나 민준이 태어나고 자라면서 그런 것은 그만두었다. 멍이나 상처처럼 겉으로 티가 나는 행동은 하지 않기로 했다. 아이를 키우면서 어떤 것들은 참을 필요가 있다는 것을 깨달아갔다.

남편과 나는 거의 한 달 만에 함께 누웠다. 나는 금방 달아올랐지만 그건 남편의 테크닉 때문이 아니라 다른 사람을 떠올렸기 때문이었다. 죄책감도 들지 않았다. 절정에 다다랐을 때 나는 남편의 등을 손톱자국이 날 정도로 세게 끌어안았다. 사랑해. 나도 모르게 말을 내뱉고 아차 싶었지만 태연한 척 남편을 안고 숨을 골랐다. 우리는 다시 원래의 우리로 돌아왔다. 남편이 옆에 누워 나를 바라보았다. 왜?

자기가 오늘 좀 다른 거 같아서. 남편이 왜 그런 말을 하는지 알았지만 나는 모르는 척 딴소리를 했다. 너무 오랜만에 해서 그런가? 그리고 남편이 아까 내가 했던 말에 대해 물으면 뭐라고 대답할지 생각했다. 그런 말 듣기 싫어? 좀 오글거리나? 떨어져 있어서 많이 그리웠나 봐. 그리고 남편에게 안기면 남편은 나의 등을 쓸어주며 미소 짓겠지. 그리고 우리는 함께 욕실로 가서 따뜻한 물로 서로를 씻겨주고……. 그러나 이번에도 남편은 묻지 않았다. 남편은 여전히 고요한 눈으로 나를 응시하고 있을 뿐이었다. 왜? 할 말 있어? 물은 것은 또 나였고 남편은 내 볼을 쓰다듬었다. 아니, 괜찮아.

나는 작게 한숨을 쉬고 건조하게 물었다. 괜찮아? 뭐가 괜찮아? 말 한마디 없이 마치 나에 대해 다 안다는 듯 차분한 눈빛으로 보고만 있는 남편 때문에 나는 가슴이 꽉 막힌 것처럼 답답했다. 순간 나는 남편에게 사실을 말하고 싶어졌다. 솔직하고 싶은 욕망이 너무 커서 나중의 일 따위는 어찌 되건 상관없다는 심정이었다. 나 할 말이 있는데, 있잖아 내가…….

순간, 남편이 내 손을 들어 자신의 입을 막았다. 나는 어리둥절했다. 내 입을 막은 것도 아닌데 말을 이을 수가 없었다. 남편이 장난스레 웃었다. 다음에, 응? 밥부터 먹자. 내가 만들게. 남편이 속삭였고 남편의 말이 닿은 내 손바닥이 가늘게 울렸다.

민준이 돌아왔을 때 우리는 따뜻하고 든든한 부모가 되어 단란하게 담소를 나누었다. 민준과 남편이 잠자리에 든 후에도 나는 홀로 깨어 있었다. 깊게 가라앉아 있던 감정의 덩어리들이 순간순간 명치께로 올라와서 나는 자꾸 한숨을 내쉬었다. 남편의 규칙적인 숨소리를 한참 듣고 있다가 가만히 일어나 거실로 나왔다. 시간은 3시를 넘어가고 있었다. 나는 손에 잡히는 대로 외투를 꺼내 입고 집 밖으로 나왔다. 마스크도 휴대폰도 챙기지 않았다.

겨울의 밤은 매섭게 추웠다. 외투 안에는 파자마가 전부였고 양말도 신지 않아 발목에 차가운 바람이 날카롭게 감겨왔다. 나는 그제야 숨통이 트였다. 위를 올려다보니 그 시간까지도 불 켜진 집들이 눈에 들어왔다. 무얼 하고 있을까. 누구를 기다리는 걸까. 두서없는 생각을 하다 302동 앞에 멈췄다. 몇 개의 불빛들. 연호의 집이 몇 층인지도 나는 몰랐다. 나는 걸음을 옮겨 공원으로 향했다. 얼굴과 목덜미를 찬 바람이 쓸고 갈 때마다 피부가 아렸지만 오히려 속은 풀리는 것 같았다. 어느 순간부터 눈물이 조금씩 났는데 너무 추워서 그런 것 같기도 했다. 공원은 예상대로 텅 비어 있었다. 잔디는 이미 오래전에 얼어 죽은 것처럼 보였고 나무들은 앙상하게 가지만 남겨둔 채 떨고 있었다. 나는 크게 숨을 들이쉬며 계속 걸었다. 저래도 봄이 되면 또 난리 나겠지. 나는 앙상한 나무들을 향해 혼잣말을 했다. 그 말이 마음에 들었다. 또 난리 나겠지. 우르르 살아나서…… 또 아름답겠지.

가로등 너머로 공중화장실 불빛이 보였다. 터덜터덜 걸어가다가 근처에서 누군가의 목소리를 들었다. 나는 깜짝 놀라 주위를 둘러보았다. 화장실 옆 벤치에 누군가 앉아 있었다. 순간 두려움이 밀려왔다. 심장이 쿵쿵거렸다. 빠르게 지나치려다 앉아 있는 사람이 여자라는 걸 알았다. 나는 조금 안심이 되었다. 여자는 허술하게 머리를 묶고 낡은 점퍼를 걸친 채 다리를 달달 떨고 있었다. 거리에서 생활하는 사람 같지는 않으나 그렇다 해도 이상할 것 없는 차림이었다. 어쩌다 이 동네까지 왔는지 알 수 없었다. 언젠가 저런 여자를 본 적이 있었다. 창백한 얼굴로 허공을 향해 누군가와 끊임없이 대화하는 사람. 여자는 한 손에 소주병을 쥐고 다른 손은 주머니에 넣은 채였다. 그게 아니라니까, 씨발년 같은 소리 하고 있네 진짜, 아유 내가 지겨워서, 너네 둘이 해 처먹고 쌈 싸 먹고 토낀 거. 여자의 말들이 띄엄띄엄 들렸다. 혹시 내게 해코지를 하는 건 아닐까 두려웠다. 그러나 여자에게 나는 보이지 않는 것 같았다. 무사히 여자를 지나쳐 공원 입구에 다다랐을 때 나는 그녀가 궁금해졌다. 집으로 돌아가고 싶지 않았다. 나는 망설이다 결국 발길을 돌려 다시 그녀가 있는 곳으로 향했다.

여자는 여전히 그 자리에서 간혹 소주를 마시며 소리치기도 하고 웃기도 했다. 여자의 입에서 하얗게 입김이 나왔다. 나는 용기를 내어 좀 더 가까이 다가갔다. 저기요. 저기요. 여자가 나를 힐끔 보고 금방 눈을 피했다. 예상과 달리 여자는 무슨 잘못을 저지른 사람처럼 주눅든 어조로 내게 빠른 속도로 말했다. 아니 그게 아니구요, 언니가 오해하시는 건데요, 그래서 좀 이해하셔야 하는 게요, 하는 두서없는 말들. 안 추워요? 나는 벤치로 다가가 가장자리에 조심스럽게 앉았다. 여자가 갑자기 내 쪽으로 고개를 돌렸고 술 냄새가 물큰 풍겨왔다. 나는 숨을 멈추었다. 여자가 갑자기 돌변해서 공격할까 봐 불안했다. 그러나 여자는 주춤 일어섰다가 곧 다시 앉았다. 그리고 또다시 혼잣말을 하기 시작했다. 지금이 섣달 아니야? 너 정신머리, 내 말이 맞지, 무궁화가 진짜 좆같은 게 뭐냐면, 이제 나도 없어 그 쌍놈의 새끼들이, 하는 이해할 수 없는 말들이 이어졌다. 나는 코트 소매로 코와 입을 감싸고 그녀의 시선이 머무르는 곳을 따라가보았다. 거기에는 아무것도 없었다. 여자는 무엇을 보고 있는 것일까? 누구와 대화를 나누는 것 같은

데. 나는 한동안 그녀의 말을 들으며 가만히 앉아 있었다. 그녀의 이야기를 듣고 있으니 대화의 맥락이 조금 이해될 것 같기도 했다. 나도 말이 하고 싶어졌다. 그러나 쉽게 입이 떨어지지 않았다. 어느 순간 여자가 갑자기 깔깔대며 웃었다. 그러고는, 애기 엄마, 애기 엄마, 하고 나를 불렀다. 저요? 어떻게 아셨어요, 애기 엄만 거? 우리는 처음으로 눈을 맞추었다. 내가 반갑게 되묻자 여자는 의아한 눈으로 나를 보았다. 여자의 얼굴은 생각보다 젊어 보였다. 응? 저 뭐야, 애기 엄마도 들있죠? 저것들이 쪼만한 걸 요렇게 숨겨가지구 자꾸만 나한테…… 여자는 내가 이해할 수 없는 이야기를 마치 대단한 비밀을 들려주는 것처럼 조심스레 말했다. 나는 여자가 자신의 세계로 돌아갈까 봐 조바심이 났다. 저 죄송한데, 조금만 천천히 얘기해주시겠어요?

일을 하러 가야 되거든요. 사실 내가 말도 못하게 바빠가지구. 그런데 정말 손바닥만 했다?

제가 몇 살쯤으로 보여요?

응? 그거야 또…… 믿음, 소망…… 사랑, 아니냐. 그중에 제일이 저거고, 그럼 제이, 제삼은…….

여자는 결국 내 질문에 아랑곳하지 않고 다른 곳으로 시선을 돌리고는 계속해서 엉뚱한 소리를 늘어놓았다.

다리가 저려왔다. 손도 얼었고 무엇보다 못 견디게 귀가 쓰려왔다. 여자는 얼마나 추울까. 이 추위도 느끼지 못할 정도로 어디가 망가진 것일까. 나는 충동적으로 코트를 벗어 여자의 무릎을 덮었다. 이거 줄게요. 그리고 내 얘기도 좀 들어줘요. 나는 여자의 귀에 바짝 다가가 잠깐 동안 빠르게 속삭였다. 여자는 두려운 듯 몸을 움츠렸다. 나는 온몸이 덜덜 떨렸다. 말을 마치고 일어나 몇 발짝 떼었다가 여자를 돌아보았다. 여자는 코트를 뺏기기 싫은 듯 끌어당겨 손에 쥐었다. 나는 여자에게 단호하게 말했다. 아무한테도 말하면 안 돼요. 절대 안 돼요. 그리고 나는 손으로 내 입을 막았다. 여자는 멍하니 나를 바라보다 곧이어 알 수 없는 말들을 쏟아내기 시작했다. 내가 아니라 내 뒤의 허공을 바라보며. ▪

이장욱

노보 아모르

1968년 서울 출생.
2005년 〈문학수첩작가상〉 받으며 작품활동 시작.
소설집『고백의 제왕』『기린이 아닌 모든 것』『에이프릴 마치의 사랑』.
장편소설『칼로의 유쾌한 악마들』『천국보다 낯선』『캐럴』.
〈문지문학상〉〈김유정문학상〉〈젊은작가상〉 수상.

노보 아모르

"행복해지는 건 아주 쉬워."

주인 남자가 말했다. 마른 수건으로 잔을 닦으면서였다. 주인 남자의 등 뒤로 소주잔과 맥주잔이 진열된 선반이 보였다.

나는 소도시 P의 퓨전 주점에 앉아 화요를 마시고 있었다. 작고 소박한 주점이었다. 단골이라면 단골인지라 주인 남자와도 안면을 트고 지내는 사이였다.

주인 남자는 자코메티 조각처럼 마른 체형에 크고 둥근 뿔테 안경을 쓴 중년으로, 나보다 열 살이나 열다섯 살 정도는 많아 보였다. 어쩐지 별자리나 타로 카드 같은 것에 관심이 많게 생긴 인상이었지만, 내 사주를 봐주겠다고 제안하거나 생년 생시를 물어보지는 않았다. 다행이라고 생각한다.

"행복해지는 건 아주 쉬워."

주인 남자가 반복했다.

"농담이 아니야."

나는 얼음을 넣은 화요를 한 모금 마시고 그의 손을 물끄러미 바라보았다. 습기라고는 전혀 없는 듯 메마른 손가락이었다. 정말 자코메티 같네. 나는 생각했다. 자코메티는 그 손으로 신중하게 유리잔의 물기를 닦아내면서 말을 이었다.

"행복해지려면 일단 상상력이 필요하지. 아니, 상상력이 아니라 끈기라고 해야 하나. 끈기가 아니면 체력이라고 해야 하나."

상상력? 끈기? 체력? 행복해지는 데 그런 게 왜 필요한가. 나는 그가 무슨 말을 하려는가 싶어 햄스터처럼 귀를 기울였다. 내 귀는 정말이지 햄스터처럼 생겨서 사람의 말을 잘 듣는 편이다.

자코메티가 작은 입을 열어 말했다.

"자네가 암에 걸렸다고 상상해봐. 진심으로 상상을 하는 거야. 집요하게 상상을 하는 거지. 나는 곧 죽는다. 나는 곧 죽는다. 나는 시한부 인생을 살고 있다. 끈질기게 상상을 해. 정말 그런 마음이 될 때까지. 눈물이 흐를 때까지."

상상이라면 나도 자신이 있는 편이다. 혼자 상상을 하다가 상상과 현실을 헷갈리는 데는 일가견이 있으니까. 어디까지가 상상이고 어디까지가 현실인지 구분이 안 될 때가 많으니까. 눈앞에 펼쳐진 광경인 듯 상상을 하고 정말 그런 일이 벌어진 것처럼 리액션을 하는 바람에 사람들이 놀랄 때가 많았다. 놀란 뒤에는 주로 나를 놀리는 편이지만.

선배, 지금 뭘 보고 있는 거야? 돌아와, 돌아오라고. 혼자 먼 데 가서 그러지 말고. 정혜는 내가 상상에 빠져 있을 때마다 혀를 차며 핀잔을 주었고, 나는 머쓱한 표정으로 사과를 했다. 미안, 내가 또 엉뚱한 상상을. 하하. 그러면 정혜는 허탈하게 웃으며 이렇게 덧붙이는 것이다. 하긴, 이래서 선배가 영화판을 못 떠나는 거겠지. 맨날 떠난다 떠난다 노래만 하고.

정혜의 말을 위로로 받아들여야 할지 한심하다는 뜻으로 받아들여야 할지 판단이 서지 않았다. 하지만 어느 쪽이든 상관없었다. 나는 정혜가 좋았으니까. 다른 건 몰라도 내가 정혜를 좋아하는 건 공상이 아니고 몽상이 아니고 상상이 아니고 현실이니까. 나는 그런 정혜가 좋았다. 정혜가 좋았지. 정혜가 좋아서……. 나는 현실의 주점으로 돌아왔다.

행복해지는 거야 좋지만, 그렇다고 암세포 같은 것을 상상하라니 너무한 거 아닌가. 내 생각을 듣기라도 한 듯 자코메티가 다시 입을 열었다. 장엄하게 낭독이라도 하는 어조였다.

"나는 세상을 떠난다. 이제 세상을 떠난다. 아름다운 이 세상을 나는 곧 떠나게 된다. 그런 생각을 하면서 산책을 하는 거야. 고개를 들어 신선한 하늘을 올려다보고, 그 아래서 웃음을 터뜨리는 아이들을 물끄러미 바라보고, 바람에 흔들리는 나뭇가지들을 가만히 응시하는 거지. 세상의 모든 게 다 기적처럼 보일 거야. 눈물겹도록 아름답겠지. 이윽고 눈물이 흘러. 삶에는 따로 고귀한 목적 같은 것이 없으며, 단지 이런 사소한 순간들이 쌓여서 인생이 된다는 것을 깨닫는 거지. 마치 몰랐던 것처럼. 신선하게. 왜냐하면 나는 곧 죽음을 맞이할 사람이니까. 이 모든 것을 두고 떠날 사람이니까. 하루, 이틀, 사흘, 그런 생각을 하면서 살아가. 생활하는 거지. 끈기 있게. 집요하게."

거기까지 말한 뒤 자코메티는 유리잔을 닦던 손을 멈추고 나를 바라보았다. 빤히 바라보았다. 뭔가 중요한 얘기를 하려는 사람 같았다.

"그러다가 문득, 아 암이 없어졌다! 그렇게 생각하는 거야. 결정하는 거지. 그 순간부터 갑자기 건강한 사람이 됐다고 생각해봐. 암이 없어졌다! 나는 살아 있다! 나는 살아 있다! 나는 살아 있는 것이다! 자기도 모르게 환희에 차서 그렇게 외치게 될 거야."

나는 어이없는 표정으로 자코메티를 바라보았다. 그가 빙긋 웃으며 덧붙였다.

"그때부터는 행복을 느끼기만 하면 돼. 불행을 잠깐 빌려 와서 행복해지는 훈련이라고 할 수 있지."

뿔테 안경을 밀어 올리며 웃는 꼴이 꼴사나웠다. 나는 따라 웃지 않고 잔을 들어 마셨다. 문득 그에게 욕을 퍼붓고 싶어졌다. 이봐요, 이봐. 그런 농담은 재미없어. 불쾌하다고. 정말 암 환자인 사람이 이 얘기를 들으면 어떻겠어? 기분 더럽지 않겠어? 이야기를 지어내도 정도가 있는 거야. 예의가 있는 거고. 당신이 행복해지려고 누군가를 괴롭게 만들어서는 안 된다. 이건 윤리도 아니고 도덕도 아니야. 그냥 기본인 거야. 디폴트라고.

물론 직접 대놓고 그렇게 말하지는 않았다. 내가 예의 바른 사람이어서는 아니다. 오히려 반대였다. 예의 같은 건 개나 줘버리라지. 그게 내 신조라면 신조였으니까.

예의란 교양 있는 중산층 소시민들의 애티튜드에 불과하며, 예술이란 바로 그런 태도를 조롱하고 비판하고 전복하기 위해 존재하는 것이라고 나는 배웠다. 예의니 예절이니 교양이니 지성이니 하는 단어들에 스며 있는 과시적이고 체제 순응적인 태도를 쳐부수지 않으면 예술이 무슨 소용인가. 문화적인 척, 윤리적인 척하면서 자신의 삶에 자족하는 고학력 중산층들이야말로 반문화적인 존재들이다…… 라고 나는 배웠다……

배웠지만…….

배웠기 때문에……

그런 얘기를 들으면 이제 하품이 나온다. 심지어 한심하게 느껴진다. 20세기 아방가르드 누벨바그 고다르 스타일에 예술과 혁명을 깃발처럼 휘날리며 앙드레 브르통에 체 게바라 코스프레를 하고 싶은 자들의 구닥다리 예술관일 뿐이다…… 라고 나는 정혜 앞에서 단정지었다. 21세기니까 그런 것도 좀 졸업하자…… 라고 나는 졸음에 겨워 눈을 껌뻑이며 웅얼거렸다. 그럴 때의 나는 대개 만취한 상태였고, 정혜는 내 앞자리에 꼿꼿이 앉아 또 시작이군, 또 시작이야, 쯧쯧, 혀를 차곤 했다.

주인 남자에게 대놓고 불쾌감을 표하지 않은 데는 다른 이유가 있었다. 내가 정말 환자였기 때문이다. 종양은 아니지만 제법 심각한 질병이 있었다. 사실대로 말하자면 몸에 3분의 1, 정신에 3분의 1. 병명은 적지 않겠다. 프라이버시라는 게 있으니까. 나머지 3분의 1은……마음의 병이다. 몸도 정신도 아니고 마음의 병.

나는 사랑을 잃었다. 국정교과서에 실어도 좋을 만큼 상투적인 실연이었다. 아, 오늘은 날씨가 좋네, 그렇게 말하는 사람의 표정과 어조로 정혜는 통보했다.

선배. 우리 이제 그만 만나는 게 좋겠어.

정혜가 너무 자연스럽게 말했기 때문에, 정혜답지 않게 상투적인 문장으로 말했기 때문에, 나는 하마터면 고개를 끄덕일 뻔했다. 그래, 잘됐네. 아무래도 오늘은 날씨가 좋으니까…… 라고 말하려다가 나는 입을 다물었다. 정혜가 한 말의 뜻을 이해한 뒤에는 말을 하려고 해도 말이 나오지 않았다. 말 그대로 말문이 막힌 것이다.

헤어지는 거야. 드디어.

정혜는 못을 박듯 그렇게 선언했다. 그리고 차근차근 이유를 설명하기 시작했다. 선배가 싫어서는 아니다, 나는 사실 연애나 사랑 같은 것에 별다른 흥미를 느끼지 못하는 유형이다, 굳이 누굴 만나서 연애를 해야 할 필요를 못 느낀다, 평생 다양한 유형에 다양한 스타일의 인간들과 자봤지만 섹스에도 흥미를 느끼지 못하겠다, 사람들이 스킨십이니 섹스니 하는 걸 그토록 중요하게 생각하는 게 신기하게 느껴질 정도다, 정서적으로 육체적으로 자신은 굳이 연애를 안 해도 되는 사람이라는 것을 깨달았다, 아니, 늦은 감은 있지만 이제 수긍하고 받아들일 때가 된 것이다, 그러니까 이건…… 불가피한 결정이다.

이유를 설명하는 정혜는 마치 최근의 날씨 변화를 설명하는 기상캐스터 같았다. 내일은 우산을 지참하시고 외출하시는 게 좋겠고요……. 정혜는 그렇게 말하고 화면 밖으로 사라진 기상캐스터처럼, 나를 떠났다. 선배한테는 선배한테 맞는 사람이 있겠지. 그게 정혜의 마지막 멘트였다.

끝까지 이런 식으로 상투적일 거냐. 너무 의례적인 거 아니냐. 그런 생각이 들었지만, 나 같은 게 뭐 어쩌겠나. 멍하니 암전 상태의 화면을 바라볼 수밖에. 나는 겨우 단편영화 서너 편을 찍었을 뿐인 감독 지망생이고, 정혜는 장편 데뷔작을 무려 CGV에 건 촉망받는 신인 감독이었다. 나는 엉뚱한 상상을 하면서 엉뚱한 말이나 내뱉을 줄 아는 인간이었고, 정혜는 GV 같은 데 가서 부드럽고 유머러스하게 선배 감독의 영화에 오마주를 바칠 줄 아는 능력자였다. 물론 이런 건 내 자격지심일 뿐이겠지. 정혜는 그냥, 연애에 관심이 없었던 것이다. 애초부터.

그날 이후 날씨는 급격히 나빠졌다. 내 마음에는 우기가 시작되었다. 하루도 비가 내리지 않는 날이 없었다. 뇌 속이 다 질척거리는 느낌이었다. 나는 텔레비전도 보지 않았고 외출도 하지 않았다. 정혜 때문만은 아니라는 게 또 문제라면 문제였다.

그때 내가 모 영화제에 출품한 25분짜리 단편영화는 독립영화판에서조차 욕을 먹고 있었다. 일가족 살인 사건을 다룬 작품으로 단편영화로서는 드물게 액션 스릴러물이었다. 처음에는 나름 신선한 작품이라는 일부의 평도 있었지만, 그런 식의 신선함이 바로 문제라는 식으로 비난하는 사람들이 점점 늘어났다. 플랫폼에 업로드된 후에는 이런저런 게시판에 비판적인 의견이 올라오더니 나중에는 비난을 넘어 상스러운 욕설이 섞인 메일을 받기까지 했다. 나에게는 우산도 우비도 일기예보도 없었다. 그러니 쏟아지는 비를 다 맞을 수밖에.

의사는 요양이 필요하다고 했다. 새 작품 시나리오고 뭐고 간에 일단 몸 건강 마음 건강을 회복하는 게 급선무라는 얘기였다. 특정 신체 기관에 대한 치료가 아니기 때문에 주위 환경과 생활 패턴과 사고방식을 전면적으로 바꾸는 게 중요해요. 한약은 간에 안 좋으니까 드시지 말고…… 라고 그는 덧붙였다. 여하튼 어디 조용하고 먼 곳에서 요양을 하는 것이 가장 효과적이라면서 장소까지 추천했던 것이다.

햄스터 같은 귀를 가진 사람답게, 나는 요양을 떠나기로 결심했다. '요양을 떠난다'는 말이 왠지 식민지 시대풍으로 매력적이었다거나, 황해도 백천온천 같은 데서 요양했다던 시인 이상이 떠올랐기 때문만은 아니었다. 그때는 정말 몸도 정신도 마음도 좋지 않았다. 백천온천은 아니더라도 어디 조용한 곳에 가서 서너 달 겨울잠이나 잤으면 좋겠다고 생각할 즈음이었다. 나는 곧바로 실행에 옮겼다. 프리랜서로 일하던 영화사에는 메일을 보내놓았다. 잡혀 있던 기획 회의에 불참하게 됐다고 적었다. 실은 내가 없어도 아무도 신경 쓰지 않을 미팅이었지만, 약속은 약속이니까.

그리고 다음 날, 주위 환경과 생활 패턴과 사고방식을 바꾸기 위해 나는 서울에서 먼 곳으로 요양을 떠났다. 즉, 내가 지금 머물고 있는 이 소도시로 거주지를 옮긴 것이다. 실행하고 보니 그리 어려운 일도 아니었다. 월 단위로 임차가 가능한 숙소를 예약한다. 필수적인 짐을 캐리어에 넣는다. 캐리어를 차 트렁크에 싣는다. 차를 몰고 오후의 고속도로를 하염없이 달린다. 노보 아모르의 음악을 크게 틀어놓은 채 달리고 또 달린다. 목적지에 도착해 짐을 푼다. 휑한 방에 놓인 침대에 눕는다. 멍하니 천장을 바라본다. 그러면 되는 것이다.

길을 걷다가 파도 소리를 들을 정도는 아니지만, 어쨌든 항구에 면해 있는 도시였다. 가까운 곳에 제법 높은 산을 끼고 있어서 공식 허가를 받은 수렵 구역까지 있다고 했다. 인구밀도도 낮고 거리도 깨끗했다. 그렇다고 유명 관광지는 아니어서 도시 전체가 한적한 편이었고 유흥가도 그리 발달해 있지 않았다. 내가 이 퓨전 주점의 단골이 된 데는 이유가 있는 셈이다. 숙소 인근에 혼자 술을 마실 만한 곳이 이곳뿐이었다. 선택의 여지가 없었던 것이다.

목요일 밤이었고, 손님은 많지 않았다. 주방에 면한 바 쪽에는 주인 남자와 나뿐이었고, 홀 쪽에 세 명의 손님이 더 있었다. 여자 둘에 남자 하나…… 아닌가. 여자 하나에 남자 둘. 모르겠네. 어쨌든 세 사람이 조용히 맥주를 마시고 있었다.

홀은 열두어 명 정도가 앉으면 가득 찰 만한 크기였고, 인테리어는 복고풍이라는 느낌을 주었다. 복고풍? 이건 좀 애매했다. 한때는 복고풍이었지만 시간이 흘러 정말 올드 패션이 된 경우랄까. 문제는 어떤 게 의도된 레트로인지, 어떤 게 시간이 흘러 구식이 된 것인지 구분이 가지 않는다는 점이었다. 내 결론은 이런 것이다. 아무렴 어떤가.

홀 중앙에는 당구대가 놓여 있었다. 실제로 당구를 치기 위해서라기보다는 장식용인 것 같았다. 영 어울리지 않는 서양식 아이템이었지만 어울리지 않는 건 그뿐이 아니었다. 벽에는 어디 서부영화에나 나올 법한 사막 사진이 걸려 있었다. 사막의 지평선 너머에서 권총을 찬 존 웨인이라도 나타날 것 같은 분위기였다. 반대편 벽에는 바로크풍의 화려한 장식이 달린 대형 거울이 걸려 있었다. 아무리 퓨전이라고 해도 이런 주점에 황량한 사막 사진이나 대형 거울이 어울린다고 생각하는 건가……. 조명도 붉은빛이 도는 할로겐등으로 되어 있어서 희미하게 정육점 분위기가 났다. 이건 뭐, 퓨전이 아니라 키치라고 해야 하나. 나는 생각했다.

처음에는 역시 지방 소도시답게 촌스럽다는 생각이 들었지만, 몇 번 방문한 뒤에는 친근감이랄까 애착이랄까 그런 느낌이 들었다는 게 신기한 일이었다. 촌스럽다고 향수를 느끼다니 나도 참…… 누가 촌 출신 아니랄까 봐……. 어쨌든 좋은 일 아닌가. 촌스러운 거야 촌의 권리니까. 서울 집중이 문제고 정치가들이 문제니까.

그런데 묘한 게 있었다. 바에 앉아 술을 홀짝이다가 얼근히 취해 돌아보면, 주점 분위기가 영 다르게 느껴지는 것이다. 촌스럽다고 생각했던 것들이 문득 이국적으로 느껴졌다. 지방 소도시 술집이 아니라 뉴올리언스나 멕시코시티의 뒷골목 펍에 앉아 있는 기분이었다. 뉴올리언스나 멕시코시티의 뒷골목 펍에 가본 적은 없지만, 아무튼 그런 느낌이었다. 이 집에서 유일하게 마음에 드는 아이템, 천장 쪽에 걸린 탄노이 스피커에서 흘러나오는 음악 때문이겠지. 아니면 홀 쪽에 앉아 있는 손님들 때문인지도 모르고.

당구대 옆의 벽을 따라 탁자 세 개가 줄지어 배치돼 있고, 그중 한 탁자에만 손님들이 앉아 있었다. 비만 체형의 백인 중년 사내가 하나, 동남아계로 보이는 30대 여자가 하나, 20대 초반으로 보이는 젊은 친구가 하나였다. 목요일 밤이었고, 손님은 그들 셋이 전부였다. 가족이라기에는 연령대도 맞지 않았고 인종 구성도 특이했다. 어느 모로 보나 이런 주점에 어울리는 커뮤니티는 아닌데…….

결정적으로 내 시선을 끈 것은 총이었다. 총? 총이라니. 홀에 앉은 백인 사내 곁에 구식 다연발 엽총이 세워져 있었다. 엽총이라니, 저건 또 뭔가. 허가받은 수렵 구역이 가까운 산에 있다더니 그래서인가. 하긴 거리에 엽사들이 간간이 보이기는 했지만……. 나는 생각했다.

몸집 큰 백인 사내는 *Giants*라고 적힌 야구 모자를 쓰고 있었는데, 그 자이언츠가 샌프란시스코 자이언츠인지 요미우리 자이언츠인지 아니면 롯데 자이언츠인지는 알 수 없었다. 그의 아랫배가 늘어진 채 흔들리는 것이 인상적이었다. 말을 할 때마다 리듬을 타듯 출렁거렸다.

그의 앞에 앉아 있는 동남아계 여자는 사내의 말에 발작적인 웃음을 터뜨렸다가 다시 우울한 표정을 짓곤 했다. 얼굴에서 웃음이 발생했다가 사라지는 시간이 너무 빨라서 기묘한 느낌이었다. 그럴 때마다 풍성한 머리카락이 화려하게 흔들리다가 문득 정지 상태로 돌아갔다. 마치 온라인 게임 캐릭터처럼 복원력이 좋은 머리카락이었다.

여자 옆에는 가느다란 팔뚝에 타투를 한 청년이 앉아 있었다. 왜소한 체형에 안경을 걸친 얼굴은 전형적인 아시아계 수재 느낌이었지만, 솔직히 말하면 국적을 가늠하기가 어려웠다. 한국인 같기도 했고 중국인이나 일본인이라고 해도 믿을 것 같았는데, 실은 여자인지 남자인지도 헷갈렸다. 여자라고 생각하고 보면 여자 같고…… 남자라고 생각하고 보면 남자 같고……. 그런데 그게 중요한가?

청년은 다소 냉소적인 미소를 띤 채 두 사람의 대화를 듣고 있었다. 그러다 간헐적으로 기침을 했는데, 그때마다 백인 사내가 얼굴을 찡그리면서 청년을 바라보았다. 청년의 폐를 염려해서인지 아니면 자신이 바이러스에 감염될까 우려해서인지는 알 수 없었다.

그들은 가족 같기도 했고 아닌 것 같기도 했지만 확인할 길은 없었다. 실은 확인하고 싶은 생각도 없었다. 내 호기심이 우스꽝스럽기도 했고, 때마침 스피커에서 예람의 「바다넘어」가 흘러나왔기 때문이다. 예람의 목소리가 청아하게 허공을 메웠다. 이것으로 오늘 저녁은 괜찮은 것이다……. 음악만이 삶에 행복을 제공하는 것이니까……. 나는 잔을 들어 마셨다.

사실 주인 남자의 음악 취향은 종잡을 수 없었다. 예람이나 생각의 여름이 나오다가 핑크 플로이드나 스파클호스가 나오기도 했고, 바흐의 칸타타가 흐르다가 난데없이 에픽하이의 랩이 튀어나오는 식이었다. 그러다 나이트오프의 신곡이나 하덕규의 옛 노래가 나올 때쯤이면 누구나 중얼거리게 되는 것이다. 퓨전 주점이라서 음악도 퓨전인가. 나는 그렇게 중얼거렸지만 항의하지는 않았다. 왜냐하면 모든 음악이…… 내 마음에 들었기 때문이다.

"행복해지는 건 아주 쉬워."

자코메티가 아까 한 말을 반복했다. 구석 벽장에 진열된 LP판을 하나하나 꺼내 닦으면서였다. 음악은 다 유튜브로 재생하면서 레코드판은 참 정성스럽게 닦는구나. 나는 생각했다.

"농담이 아니야."

다 돌아간 LP판을 다시 돌리는 느낌이었다. 아니면 이 밤의 분위기 때문에 시간이 잠시 5분 전으로 돌아갔거나.

내가 자코메티의 말을 끊었다.

"그렇죠. 행복도 연습이니까."

그렇게 말하면서 나는 속으로 웃었다. 행복이 연습이라고? 연습을 하면 행복해진다고? ㅋㅋㅋ

내가 햄스터처럼 웃은 데는 이유가 있었다. 나는 사실 연습이나 훈련 같은 것으로 행복을 얻을 수 있다고 말하는 작자들의 이빨을 하나씩 뽑고 싶은 사람이다. 이럴 때는 치아나 이가 아니라 이빨이어야 한다. 나는 경험으로 알고 있다. 아무리 행복을 연습해도 불행한 기분은 사라지지 않는다는 것을. 메멘토 모리니 카르페 디엠이니 아무리 떠들어도 유효기간은 한두 시간 정도라는 것을. 행복을 연습한답시고 미소를 지으며 거울을 보면, 일그러진 표정의 웬 미친놈 하나가 보인다는 것을.

차라리 물고기가 돼서 뻐끔거리는 편이 낫지. 산소가 부족한 물속을 헤엄치는 긴꼬리가오리가 더 현실적이지. 연습을 해서 행복해진다면 갈라파고스에 홀로 남은 마지막 거북도 행복해질 수 있을걸? 나는 잔을 들어 입에 털어 넣었다. 주점의 허공으로 긴꼬리가오리 한 마리가 유유히 헤엄쳐 갔다. 긴꼬리가오리 뒤를 갈라파고스의 거북이 따라서 헤엄쳐 갔다. 나는 가오리와 거북을 물끄러미 바라보다가 그들을 따라 헤엄을 칠지도 모르는 인간이다. 농담이 아니다. 혼자 상상을 하다가 상상과 현실을 헷갈리는 데는 일가견이 있으니까.

어쨌든 구조와 환경은 그대로 두고 개인한테 행복 연습이나 하라고? 그런 걸로 정신 승리나 하라고? 가오리와 거북이가 웃을 노릇이 아닌가. 정혜는 떠났지만 이제 다른 사람을 사랑하면 된다는 헛소리와 뭐가 다른가. 자코메티가 대답이라도 하듯 입을 열었다.

"나는 아침마다 공기가 가볍다고 느끼거든."

그는 점점 뻔뻔스러워지고 있었다.

"침대에서 내려오면 어제보다 몸이 가볍다고 생각해. 두 손을 모으고 눈을 감고 있으면 확실히 그렇게 느껴지지. 몸이 가벼워졌으니 조금씩 떠오르는 거야. 1센티미터, 2센티미터…… 매일매일 조금씩 가벼워지면 그런 게 가능하다고. 여기서 포인트는 매일매일 조금씩이라는 거야. 인생을 만드는 건 아무래도 루틴이니까."

낙관적인 사람인가. 그런 인상은 아닌데. 별자리나 사주나 타로 카드가 어울리는 인상인데. 자꾸 운명을 생각하느라 운명이 꼬일 인상인데. 심플하게 사는 사람들만이 인생의 주인이 된다는 걸 평생 모르고 살다가 죽을…… 그런 인상인데.

자코메티는 다른 레코드판을 꺼내며 말을 이었다.

"아침마다 나는 산책을 해. 어디서? 집에서. 조용한 집 안에서 산책을 하는 거지. 두 개의 방과 작은 거실과 베란다를 왕복하는 거야. 조금씩 몸이 떠오르는 기분으로. 무중력 공간을 걷듯이. 그러면 정말 몸이 허공으로 떠오르지."

그는 자문자답하듯 중얼거리더니 들고 있던 레코드판을 턴테이블에 올렸다. 노보 아모르의 노래가 조용히 허공을 떠돌기 시작했다. 내가 신청한 곡이었다. 물론 음악은 턴테이블이 아니라 유튜브에서 재생되고 있었다.

그 여름에 나는 이해한 것 같아요, 당신이 한 말을.

"만일 당신이 내 삶을 다시 써준다면, 나는 괜찮아질 거예요"라고.

노보 아모르의 가사가 머릿속에서 자동 번역되어 흘러갔다. 자코메티가 덧붙였다.

"조금이라도 몸이 허공으로 떠오르면 행복하다는 느낌이 들거든. 마치 새로운 삶이 시작되는 것처럼. 농담이 아니야."

자코메티는 자기가 시인이라고 말한 적이 있는데, 정말 시인인 모양이었다. 나로서는 이해도 동의도 안 되는 말들을 저렇게 구구절절 떠드는 것을 보면 말이다. 무중력상태가 된다는 둥, 공중으로 떠오른다는 둥, 방에서 허공을 밟고 산책을 한다는 둥, 말 그대로 붕 뜬 문장을 남발하는 사람. 20대라면 이해할 수도 있겠지만 쉰이 다 돼서 저렇게 시적인 정신 승리나 하고 있다면 심각하다고 봐야지…….

확실히 자코메티는 나와 취향이 맞는 사람은 아니었다. 감독들 중에는 시를 좋아하는 사람도 있는 모양이지만 나는 그쪽 체질이 아니다. 나로 말하자면 타란티노풍으로 일단 총질을 해대야 직성이 풀리는 사람이다. 내 생각을 읽기라도 한 것처럼, 자코메티가 입을 열었다.

"맨날 총질하는 영화만 만들지 말고 몸이 조금씩 떠오르는 사람의 이야기를 써보라구. 자네는 시나리오를 쓰고 영화를 만들지 않나."

나는 희미한 적의를 느꼈다. 내 결론은 하나다. 한국은 학연에서 벗어나지 않으면 안 된다. 나는 그것을 다시 한번 절감했다. 맨날 총질하는 영화만 만들지 말라는 식으로 막말을 할 수 있는 것도 내가 주인 남자의 대학 후배이기 때문이었다. 단골이 돼서 이런저런 얘기를 나누다 보니 내가 같은 대학을 나온 영화과 후배라는 것을 알게 된 것이다.

자코메티는 갑자기 말을 놓더니 10년은 알고 지낸 사람처럼 굴었다. 전형적인 한국 스타일이었다.

어쨌든 이 대목에서 굳이 영화 이야기를 할 필요는 없지 않은가. 내가 세상의 끝에 도착한 사람의 포즈로 혼자 술을 마시고 있는 것도 영화 때문인데. 게다가 몸이 허공으로 떠오르는 사람에 대한 영화라면 이미 수십 편은 나와 있다고. 어젯밤에 넷플릭스에서 본 것만 해도 제목이 '중력을 거스르는 남자'였다니까. 당신 머리에 떠오를 정도의 아이디어라면 이미 수많은 사람들이 작품으로 만들었을 게 뻔하다고.

나는 그렇게 항의하고 싶었지만 입 밖으로 뱉지는 않았다. 내가 예의 바른 사람이어서는 아니다. 이제 슬슬 자리를 정리하고 숙소로 돌아갈 시간이었기 때문이다. 하지만 자코메티는 다음과 같이 말함으로써 결정적으로 나를 주저앉혔다. 그는 사람의 약한 고리를 건드릴 줄 알았다.

"그러니까, 지난번 영화는 잊고."

나는 소주병으로 자코메티의 머리통을 내려치는 대신, 화요 한 병을 추가로 주문했다. 어쩌면 나는 예의 바른 사람인지도 모른다.

"지난번 영화요? 그걸 아십니까?"

나는 그렇게 물었다. 지난번 영화에 대해서는 자코메티에게 말한 적이 없었다. 게다가 그 영화는 극장에서 개봉한 것도 아니고, 초보 감독의 단편영화로 몇 군데 영화제에 출품되었을 뿐이다.

"알지, 알다마다. 지금은 좋은 세상 아닌가. 올레에 들어가면 후배들 졸업 작품까지 다 볼 수 있는 세상인데. 나는 생각보다 자네한테 관심이 많다니까. 게다가 나한테는 남는 시간도 많거든."

자코메티는 의기양양하게 말한 뒤, 자못 진지한 표정으로 덧붙였다.

"우울한 과거의 기억에 사로잡혀 있는 건 바보 같은 짓이야. 새로운 사랑을 찾으라고. 게다가 지금은 밖에 비가 내리고 있지 않은가."

자코메티는 요령부득의 화법을 갖고 있었다. 우울한 과거의 기억에 사로잡히지 말라고? 새로운 사랑을 찾으라고? 그게 지난 영화에 사로잡히지 말라는 뜻인지, 떠난 정혜는 그만 잊으라는 뜻인지, 그 둘을 한꺼번에 말하는 것인지 애매했다. 물론 밖에 비가 내리고 있는 것은 명백한 사실이었지만.

출입구 옆의 하나뿐인 쪽창을 통해 거리 풍경이 보였다. 거리에는 인적이 없었고 비가 내리고 있었다. 빗방울들은 아스팔트 바닥에 속절없이 떨어져 산산이 부서졌다. 가로등 불빛이 반사되어 빗방울 하나하나가 반짝이고 있었다. 나는 우울한 감상에 빠져들었다.

선배 영화는 내 취향이 아니야. 너무 노골적이라고. 정혜는 얼굴색 하나 변하지 않고 그렇게 말했다. 나는 항의했다. 와, 그거 너무 스트레이트한 코멘트 아니냐? 정혜가 무표정한 얼굴로 말을 받았다. 스트레이트하다고? 스트레이트 같은 건 선배가 좋아하는 거라니까. 사실 선배는 총질밖에 할 줄 아는 게 없잖아. 인물들도 그래. 다 정신적 포르노그래피라고. 머릿속으로 생각한 걸 입 밖으로 다 내뱉지 말라고. 그건 솔직한 게 아니야. 노골적인 거지. 구분 좀 하고 살자고.

정혜가 내 얼굴 앞에 검지를 들어 좌우로 흔들었다. 내 눈동자가 정혜의 손가락을 따라 좌우로 움직였다.

정혜가 그런 말을 한다고 해서 기분이 나빠지지는 않았다. 정혜는 정혜니까. 그런 식으로 악담을 퍼부어도 미워지지 않는 기이한 능력의 소유자니까. 나는 정혜가 좋았고, 정혜가 그렇다면 그런 것이고, 설령 정혜가 내 영화를 욕한다고 해도 그런 건 마찬가지였으니까. 왜 그런가 하고 누가 묻는다면 순환논법으로 답할 수밖에 없다. 그렇게 말하는 게 정혜였기 때문에…… 나는 정혜가 좋았으므로…….

내가 감상에 빠져 있을 때 홀 쪽에서 갑자기 큰 목소리가 울렸다. 실내의 데시벨이 한꺼번에 올라갔다. 홀에 앉아 있던 손님이 언성을 높인 모양이었다. 나는 창밖의 비 내리는 풍경, 말하자면 서정적인 미장센을 감상하며 쓸쓸한 사랑의 추억에 잠겨 있다가, 홀 쪽에서 벌어지는 액션 누아르 시퀀스 속으로 빨려 들어갔다.

몸집이 큰 백인 사내가 청년에게 화를 내고 있었다. 자이언츠의 성적 같은 것 때문은 아닌 듯했다. 머니라든가 섹스라든가 드러그, 갬블링 같은 단어들이 반복적으로 튀어나왔다. 청년은 침묵으로 일관하고 있었다.

저 백인 남자는 이런 곳에서 왜 저렇게 떠들고 있나. 그것도 영어로. 슬랭 잘 쓴다고 자랑하는 건가. 마피아라도 되는 건가. 돈과 섹스와 약물과 도박이라니. 인생의 쾌락과 욕망은 다 모아놓을 기세가 아닌가. 그런데 아무리 봐도 한국 조폭이나 미국 갱스터 같지는 않은데. 갱스터라기에는 아랫배가 너무……. 아닌가. 갱스터니까 아랫배가 저렇게……?

그때 남자의 앞에 앉아 있던 동남아계 여자가 F로 시작하는 욕설을 내뱉었다. 짧고 낮고 간결하지만 강력한 욕설이었다. 나의 햄스터 같은 귀는 정확하게 그것을 포착했는데, 그 순간 갑자기 액션 누아르 화면이 음소거 정지 화면으로 바뀌었다.

백인 사내가 말을 멈추고 여자를 노려보았다. 여자 역시 할 테면 해보라는 눈빛으로 남자를 노려보았다. 분위기가 험악해지고 있었다. 무엇보다도 자이언츠 모자를 쓴 남자 곁에는 사냥용 엽총이 세워져 있었다. 무대에 총이 걸려 있으면 결국 쏘아져야 한다. 이건 체호프식 드라마투르기지만 사실 오늘날의 영화에는 구태의연하게 느껴진다. 20세기식 인과론과 기승전결은 무시할 줄 알아야 한다. 지금은 21세기니까. 관습과 기대는 배반하라고 있는 것이니까.

그래서일까? 세 명의 손님들은 서로를 노려볼 뿐 별다른 액션을 취하지는 않았다. 대화도 칼로 자른 듯이 끊어졌다. 백인 사내가 자기 앞에 놓인 맥주잔을 들어 천천히 마셨다. 여자의 욕설 한마디에 갑자기 맥이 풀린 모양이었다. 여자도 잔을 들어 마셨다. 청년은 팔짱을 긴 채 침묵을 유지하고 있었다. 소강상태였다.

나는 잔을 든 채 그 광경을 지켜보다가 주인 남자 쪽을 바라보았다. 아무래도 홀에 나가 상황을 살펴야 하는 것 아닌가 하는 생각이 들었기 때문이다. 하지만 자코메티는 유리잔을 닦는 데 열중할 뿐 홀의 분위기나 손님들에 대해서는 신경을 끄고 있는 눈치였다. 홀과 바 사이에 유리막이라든가 스크린 같은 것이라도 있는 것처럼. 내가 자코메티에게 궁금한 건 이런 것이다. 손님도 없는 술집에서 대체 왜 저렇게 하염없이 잔을 닦고 있는 건가.

"그런 영화라면,"

자코메티가 작은 입을 뻐끔거리며 말했다.

"나도 제법 관심이 있는데."

"그런 영화라니요?"

"자네가 만든 영화 말이야."

나는 사코메티의 입을 바라보았다. 또 무슨 빤은 말을 하려나 싶어서였다. 내 생각을 듣기라도 한 듯 자코메티가 유리잔 닦기를 멈추더니, 주방에서 식칼과 도마와 야채 바구니를 가져왔다. 그러고는 파, 양파, 홍당무를 순서대로 썰어 작은 바구니에 담기 시작했다. 손님도 없는데 뭘 만들려고 저러시나. 자코메티가 식칼을 허공에 치켜든 채 말했다.

"내가 존 웨인 나오는 서부영화를 좋아하거든."

"존 웨인이라고요?"

"왜 있잖은가. 말 타고 달리면서 인디언들에게 총을 난사하는."

존 웨인이라니, 이 아저씨가. 나는 인상을 찌푸렸다. 내가 만든 작품은 그런 종류가 아니다. 존 웨인 같은 반공보수주의자가 아파치들을 소탕하는 영화와는 차원이 다르다. 굳이 서부극에 갖다 댄다면 샘 페킨파나 세르지오 레오네와 비교해달라. 아니, 샘 페킨파고 세르지오 레오네고 간에 지금은 21세기가 아닌가. 백인의 관점을 넘어선 총질, 선악의 구분을 넘어선 총질, 인간의 심연에 가닿는 총질, 리얼한 총질, 진짜 총질, 21세기식 총질……만이 필요할 뿐이다…… 라는 건 물론 내 생각일 뿐이지만. 어쨌든.

나는 항의하듯 자코메티에게 말했다. 예의를 갖춰서. 정중하게. 하지만 구체적으로.

"「역마차」 같은 영화는 취급 안 합니다. 「하이 눈」이라든가 「관계의 종말」이라면 또 몰라도."

그래? 정말? 하는 표정으로 자코메티가 내 말을 받았다. 자코메티의 칼질이 빨라졌다. 잘린 파, 양파, 홍당무가 바구니에 쌓여갔다. 파, 양파, 홍당무, 파, 양파, 홍당무…….

"아니, 「역마차」가 뭐 어때서. 「하이 눈」이나 「역마차」나 마찬가지 아닌가? 「관계의 종말」은 또 어떻고? 그래서 자네 영화에 「노킹 온 헤븐스 도어」 같은 노래가 나오는 건가?"

이건 무슨 아크로바틱한 얘긴가? 나는 자코메티의 말을 금방 이해하지 못했다. 여기까지 와서 주인 남자와 이런 귀신 씻나락 까먹는 대화를 해야 하다니. 나는 잠자코 들어줄 수가 없었다.

"아니, 그건 그렇게 생각할 게 아니라……."

자코메티가 흥미롭다는 듯 내 쪽으로 상체를 숙였다. 왜, 지난번 영화 얘기를 하려고? 그런 표정이었다. 내가 서부극의 역사에 대해 말하기 위해 입을 벌리는 순간, 격렬한 총성이 내 말을 지워버렸다. 홀 쪽에서 고성이 오간다 싶더니 총성 두 발이 연달아 울린 것이다. 화약이 폭발하는 소리가 실내를 박살 낼 듯 강렬하게 울려 퍼졌다. 선반에 세워진 유리잔들이 흐드드득 흔들리다가 문득 정지했다.

나는 본능적으로 몸을 움츠리며 홀 쪽을 바라보았다. 대체 무슨 일이 벌어지고 있는 건가. 총소리라니. 여기는 미국 서부가 아니다. 동아시아, 동아시아 중에서도 대한민국, 대한민국 중에서도 지방 소도시다. 평생을 살아도 총소리 같은 건 들을 일이 없는 곳이라는 뜻이다.

홀에는 다시 정지 화면이 펼쳐져 있었다. 엽총을 들고 서 있는 것은 백인 사내가 아니었다. 그의 앞에 앉아 있던 여자였다. 여자가 들고 있는 엽총의 총구에서 느리게 연기가 피어올랐다. 총구는 천장을 향하고 있었고, 천장에서는 시멘트 조각이 푸스스 떨어져 내렸다. 아아, 그렇지. 근처에 허가받은 수렵 구역이 있다고 했지. 아니, 그렇다고 주점에서 총기 난사라니. 여기가 아메리카인가. 텍사스인가. 한국에도 총기 협회 같은 게 있나. 로비 같은 걸 하나.

백인 사내는 총을 든 여자 앞에 얼어붙은 듯 서 있었다. 몇 초의 시간이 흐른 뒤에 사내는 다리가 풀린 듯 제자리에 주저앉았다. 그의 아랫배가 출렁거리는 모습이 눈에 들어왔다. 여자는 총을 든 채 서 있고,

청년은 꼼짝도 않고 자리에 앉아 있었다. 여전히 냉정한 얼굴이었는데, 다르게 보면 부드럽게 미소를 짓고 있는 것 같기도 했다.

그때 자코메티가 입을 열었다.

"나도 한때는 고다르 빠였거든. 트뤼포랑 고다르가 싸울 때도 나는 고다르 편이었으니까. 트뤼포는 영화를 찍는 거고, 고다르는 세계를 찍는 거라고 생각했지. 트뤼포는 영화를 사랑하고, 고다르는 세계를 사랑하고……."

그는 홀에서 벌어지고 있는 일에는 관심 없다는 듯 추억에 잠긴 표정으로 말했다. 파, 양파, 홍당무. 파, 양파, 홍당무. 그는 계속 야채를 썰고 있었다. 그가 식칼을 들고 말했다.

"그런데 알고 있나? 그 고다르가 젊은 대학생 상황주의자들한테는 또 퇴물이었거든. 적폐였지. 꼰대였고. 아메리카 자본에 찌들어 아티스트연하는 가짜라고 욕을 먹었잖나. 코카콜라나 마시고 꺼지라는 식으로."

트뤼포와 고다르가 싸울 때 옆에 있기라도 한 듯한 말투였다. 그의 말은 내 귀에 들어오지 않았다. 아니, 지금 고다르니 상황주의자니 하고 떠들 때인가? 빨리 경찰에 신고를 해야 하는 것 아닌가? 홀에 나가 말리든지 몸을 피하든지 해야 하는 것 아닌가? 아니면 권총이라도 꺼내 대응 사격을 하든가.

하지만 홀의 여자는 천장에 두어 발을 쏘았을 뿐이다. 사람을 쏜 게 아니다. 진짜 총알인지 공포탄인지도 알 수 없다. 나는 냉정을 되찾고 다시 홀 쪽을 주시했다. 백인 사내의 얼굴이 한껏 일그러져 있었다. 엽총을 든 여자는 그 표정을 보고 맥이 풀린 듯 피식, 웃음을 흘렸다. 여자는 바에 앉아 있는 나와 주인 남자 쪽으로 시선을 돌리더니, 아무 일 아니라는 듯 미소를 지으며 고개를 저어 보였다. 소동을 피워서 미안. 천장은 변상할게. 됐지? 그렇게 말하는 표정이었다.

하지만 상황은 종료된 게 아니었다. 여자가 엽총을 탁자에 내려놓고 자리에 앉으려는 순간, 이번에는 청년이 벌떡 일어나 총을 집어 들더니 다짜고짜 백인 남자를 겨눴다. 화가 나거나 뚜껑이 열린 표정은 아니었다. 차가운 무표정 그대로였다. 하지만 그랬기 때문에 오히려 격렬한 반감이 이쪽까지 전달되었다. 저런 표정으로 사람을 죽이면 아무런 죄책감도 느낄 수 없을 텐데……. 그런 엉뚱한 걱정이 들 정도였다.

그때 여자가 다급하게 소리를 질렀다. 명료한 한국어였다.

그만둬!

청년은 움찔, 하더니 그 자세 그대로 정지했다. 백인을 향해 총을 겨눈 채였다. 백인 사내는 하얗게 질린 표정으로 청년을 노려보고 있었다. 될 대로 되라는 것인지, 자포자기한 것인지, 그는 손을 올려 항복을 표시하지도 않았고 살려달라고 애걸하지도 않았다. 여차하면 달려들어서 엽총을 빼앗을 자세도 아니었다. 적막한 긴장이 주점을 지배했지만, 이쯤에서 다시 소강상태로 돌아가야 할 타이밍이었다.

하지만 청년은 내 예상 따위는 단숨에 박살 냈다. 청년의 손가락이 방아쇠를 당기는 모습이 슬로모션 화면처럼 내 눈에 들어왔다. 총구에서 느리게 불꽃이 튀어 올랐다. 총소리가 주점을 가득 채우는 데 기나긴 시간이 걸린 느낌이었다. 총알이 느리게 허공을 날아갔다. 한 발, 두 발, 세 발. 총알은 백인 사내의 머리와 가슴과 뱃살을 관통했다. 사내의 머리와 가슴과 뱃살에서 붉은 핏방울들이 튀어나와 허공에 떠올랐다. 핏방울들은 허공에 잠시 멈추었다가 이윽고 주점 벽을 물들였다. 청년은 총질을 멈추지 않았다. 총소리가 아주 느리게…… 천천히…… 연속으로…… 주점의 작은 홀을 가득 메웠다. 벽면의 붉은 핏자국 위로 백인 사내의 살점이 날아가 붙었다가 서서히 미끄러져 내렸다. 사내의 배에서 내장이 흘러나와 바닥으로 쏟아지는 모습이 보였다. 청년이 든 다연발 엽총의 총구에서 연기가 느리게 피어올랐다. 여자는 자리에 앉은 채 이 하드고어한 광경을 표정 없이 바라보고 있었다. 나는 본능적으로 귀를 막고 눈을 감고 몸을 움츠렸다.

이윽고…… 고요가 찾아왔다. 긴 시간이 흐른 느낌이었다. 나는 가만히 눈을 떴다. 자코메티가 양파 썰던 손을 멈췄다. 그는 나를 바라보고 있었다. 그러더니 천천히 입을 열어 말했다. 그의 말이 폭탄처럼 내 귓속으로 날아들었다.

"이봐, 지금 뭘 보고 있는 거야? 왜 또 혼자서 드라마틱한 표정을 짓고 있나? 돌아와, 돌아오라고. 혼자 먼 데 가서 그러지 말고."

나는 문득 정신을 차렸다. 아, 이런……. 나는 불현듯 몸을 펴고 시선을 들어 홀 쪽을 바라보았다. 홀에는 백인 남자와 동남아계 여자와 청년이 앉아 있었다. 그들은 조용히 맥주를 마시며 대화를 나누고 있었다. 차분한 표정들이었다. 무슨 얘기를 하는 것인지는 들리지 않았다. 자코메티가 다시 입을 열었다.

"자네, 저 엽총 보고 그러는 건가? 저거 모조품이야. 장식이라고. 비비탄도 못 쏴. 못이 빠져서 잠깐 내려놓은 것뿐이야."

자코메티는 어이없는 표정을 짓고 있었다. 내가 여전히 얼이 빠져 있자 그는 식칼을 내려놓고 허리춤에 손을 얹은 채 진지한 어조로 말을 이었다.

"영화에서 그 살인자한테 미친 듯이 총을 난사한다고 해서 희생자들이 기뻐할 줄 알았나? 괜히 윤리적인 척 스트레스 해소하지 말라고.

총을 쏘더라도 예리하고 깊은 곳을 쏘란 말이야."

거의 설교조였다. 재수가 없었다. 나는 항변이라도 하려다가 왠지 의욕이 완전히 사라진 느낌이 들어 입을 닫았다. 자코메티는 멍하니 앉아 있는 나를 바라보다가 다시 칼질을 시작했다. 파, 양파, 홍당무. 파, 양파, 홍당무……. 잘게 썰린 야채들이 바구니에 차곡차곡 담기고 있었다.

노보 아모르. 내 영화 제목이었다. 일가족 살인 사건의 범인을 잔혹하게 보복 살인하는 내용으로, 피가 튀고 살점이 날아다니는 하드고어 장르물이었다. 문제는 그게 당시 벌어졌던 실제 사건의 인물 구성과 닮았다는 데 있었다. 자극적인 이미지로 비극을 소비했다, 피해 유가족이 있는데 대체 뭐 하는 짓이냐, 인물과 상황 설정을 조금 바꾼다고 해서 면죄부 받을 수 있는 게 아니다 등등. 인디영화 게시판에서 논란이 되고 비판이 쏟아졌을 때 나는 적극적으로 반론을 폈다. 이 영화는 애도의 표현이었다고, 살인자의 잔혹함을 부각시키려는 의도였다고. 영화는 대중의 복수심을 대리 표현했을 뿐이라고. 쿠엔틴 타란티노도 이런 영화를 찍었다고. 이건 하나의 장르라고.

사람들은 혀를 찼다. 아니 지금 이것도 논리라고 들이대는 것인가…… 어디서 타란티노 형님을 끌어와서……. 그런 분위기였다. 시간이 흘러 논란은 유야무야됐지만, 나는 진이 다 빠진 상태였다.

혼잣말인 듯 아닌 듯 나는 중얼거렸다.

"이래서는…… 요양이고 뭐고…… 다 틀린 것 같군."

자코메티가 나를 바라보았다. 무슨 귀신 씻나락 까먹는 말을 혼자 중얼거리고 있느냐는 표정이었다. 생각의 여름이 스피커에서 흘러나왔다.

너는 내가

너를 사랑하는 나를 사랑하게 하네.

너는 내가

나를

사랑하게 하네.

"참, 내일부터는 여기 나오지 말라고."

자코메티가 말했다. 나는 생각의 여름에 빠져 있다가 주인 남자의 얼굴을 바라보았다.

"내가 며칠 동안 서울 가거든. 2차 항암이야. 이번만 끝내면 좀 나아지겠지."

자코메티는 칼질을 멈추고 나를 바라보았다. 그리고 훈계조로 또 한마디를 날렸다. 하지 않아도 될 말이었다.

"이봐. 행복하게 살라고. 그건 연습이 필요한 거야. 농담이 아니라니까."

아아, 이 사람은 끝까지 귀신 씻나락 까먹는 소리만 하는구나. 귀신 씻나락 까먹는 소리를 이렇게……. 그런데 귀신이 씻나락을 까먹는다는 건 무슨 뜻일까. 귀신은 왜 굳이 씻나락을 까먹는 것일까. 옛날 사람들은 참 이상한 말을 잘도 만들지. 어쨌든…… 항암 치료가 잘돼야 할 텐데. 잘되겠지. 요즘엔 의학이 발달했으니까…….

나는 잔을 들어 단번에 목구멍에 털어 넣었다. 창밖에는 비가 내리고 있었고, 빗방울들은 점점이 바닥에 부서지고 있었으며, 행인은 아무 데도 보이지 않았다. 가로등 빛이 포도에 드리워져 적막하고 외로운 풍경을 완성하고 있었다. 아, 근데 타란티노가 시를 좋아하면 어쩌지? 타란티노도 시를…… 아니 타란티노니까 시를……?

홀에 있던 세 사람이 자리에서 주섬주섬 일어났다. 어색하지만 유창한 한국어로 백인 사내가 소리쳤다. 사장님, 잘 마셨어요! 여자와 청년은 부드러운 미소로 동조했다.

나도 자리에서 일어났다. 서부영화식으로 지폐를 내려놓고 쿨하게 주점을 나서지는 않았다. 신용카드로 계산했다. 자코메티는 영수증 줄까? 하고 묻지도 않았다. 신용카드를 돌려주면서도 그는 예전처럼, 왜 한잔 더 하고 가지, 그런 말도 꺼내지 않았다. 나는…… 서운했다. 자코메티의 표정이 쓸쓸해 보였다. 나는 뭔가 말을 하려고 하다가 입을 닫았다. 대신 고개를 깊이 숙여 인사를 하고는 말없이 몸을 돌렸다.

주점을 나서기 전에 뒤를 돌아보니 뜻밖의 광경이 펼쳐져 있었다. 자코메티가 서서히 공중으로 떠오르고 있었다. 그의 발이 지상에서 5센티미터…… 아니 10센티미터…… 정도 떠올라 있었다. 아, 저 사람은 저런 자세로 산책을 하는구나. 주점에서도 집에서도 저렇게 산책을 하겠구나. 나는 생각했다. 며칠 후 들러서 치료 경과를 물어봐야지.

어느새 비가 그쳐 있었다. 찬 바람이 황량한 밤거리를 돌아다니고 있었다. 주점에 있던 세 사람은 이미 흩어졌는지 보이지 않았다. 입간판 위로 빗방울 떨어지는 소리가 적막했다. 텍사스 어디쯤, 사막 끝에 외따로 떨어져 있는 펍을 나온 기분이었다. 고독한 총잡이는 어디에도 없고, 세상의 끝인 듯 밤의 빗줄기만이 허공에 가득했다.

나는 숙소까지 걸어가기로 했다. 버스도 끊겨서 다른 방법이 없었다. 남은 화요를 가져올걸 하는 생각이 들어서 나는 걸음을 멈추었다. 가는 길에는 편의점도 없는데. 화요는 비싼 술인데. 큰맘 먹고 주문한 건데. 그것도 두 병씩이나.

"여기 자주 오시나 봅니다."

그때 등 뒤에서 목소리가 들렸다. 나는 뒤를 돌아보았다.

홀에 앉아 있던 청년이 서 있었다. 1미터 정도 떨어진 가까운 곳에서 나는 그이를 멍하니 쳐다보았다. 가까이서 보는데도, 이 사람이 여자인지 남자인지 분간이 되지 않았다. 여자인지 남자인지 꼭 알아야 하는 것은 아니지만, 구분을 할 수 없다는 것 자체가 나를 괴롭게 했다. 머릿속의 틀에 대상이 딱 들어맞지 않으면 사람은 고통을 느끼는 법이니까.

"괜찮으시다면, 어디 가서 한잔 더 하지 않겠습니까? 듣자 하니 영화를 만드신다고 하던데."

그이는 매력적인 눈빛으로 나를 바라보며 말했다. 부드럽고 깊은 시선이었다. 다연발 엽총을 들고 난사하던 사람이라고는 믿을 수 없는 표정이었다.

두 가지 버전의 엔딩이 내 머릿속을 지나갔다. 하나는 가볍게 고개를 저으며 "다음 기회에"라고 말하는 버전이었고, 다른 하나는 부드러운 미소를 지으며 "당연히"라고 말하는 버전이었다. 그렇게 생각하는 순간에도 나는 내가 뭐라고 답할지 이미 알고 있었다. ▪

임솔아

초파리 돌보기

1987년 대전 출생.
소설집 『눈과 사람과 눈사람』 『아무것도 아니라고 잘라 말하기』. 장편소설 『최선의 삶』.
〈중앙신인문학상〉〈문학동네대학소설상〉〈신동엽문학상〉〈문지문학상〉 수상.

초파리 돌보기

이원영은 초파리를 좋아했다. 초파리의 날개와 눈을 특히 좋아했다. 투명하고 얇은 날개는 성당에서 보았던 스테인드글라스를 닮았다. 정교하게 짜인 무늬 사이사이로 무지갯빛이 감돌았다. 새빨간 눈은 석류의 단면을 닮았다. 붉고 영롱한 수천 개의 알갱이들이 빼곡하게 모여 하나의 동그라미를 이루었다. 마취된 초파리는 생명이 유지된 채 멈추어 있었다. 초파리의 눈을 보고 있자면 눈을 이루는 무수한 동그라미들이 일제히 원영의 눈동자를 쳐다보는 것처럼 느껴졌다. 초파리와 교감을 하는 것 같았다.

이원영은 호스 밸브를 열었다. 쉭, 하는 소리와 함께 이산화탄소가 빠져나오기 시작했다. 호스와 연결되어 있는 재물대載物臺 위로 이산화탄소가 차올랐다. 바구니에서 시험관 한 개를 꺼냈다. 시험관에서 목화솜 뚜껑을 뽑아내고, 안에 들어 있는 초파리들이 도망가지 못하도록 재빨리 재물대에 쏟았다. 초파리들의 움직임이 멈추었다. 원영은 스테레오스코프에 두 눈을 가져다 댔다. 실체 현미경의 배율을 조절했다. 조금씩 확대해나갔다. 초파리의 모습이 드러나기 시작했다. 배율을 더욱 높여 50배로 확대했다. 원영은 넋을 놓고 바라보았다. 보석상에 처음 들어온 사람처럼 그랬다. 보석보다 아름다웠다. 살아 있었으니까.

원영은 붓을 들었다. 초파리가 다치지 않도록 붓 끝으로 살살 건드렸다. 눈동자가 하얗거나 하트 모양으로 찌그러진 초파리들을 재물대 왼쪽으로 치웠다. 유전자 변형이 일어난 것들이었다. 눈동자가 동그랗고 붉은 빛깔이 또렷한 것, 털과 무늬의 간격이 균질하며 영양 상태가 좋은 초파리를 한 마리씩 골라냈다. 새로운 시험관에 담았다. 수백 마리의 초파리 중에서 가장 건강한 열다섯 마리를 골라 번식시키는 것이 원영의 업무였다. 원영의 선택을 받은 초파리들은 시험관에서 일주일을 더 살 것이다. 나머지는 냉동실에 보관된 후 폐기 처분될 것이다.

실험동 아르바이트를 소개해준 것은 미선이었다. 원영은 미선과 텔레마케터 일을 하며 만났다. 텔레마케터 일을 시작했을 때 원영은 기뻤다. 채용되지 못할 것이라 예상했기 때문이다. 이미 몇 군데의 일자리에 지원했다가 거절당한 후였다. 원영은 1978년 가발 공장 취업 이후 외판원, 마트 캐셔, 초등학교 급식실 조리원, 볼펜 부품을 조립하는 부업 등을 거치며 쉬지 않고 일을 해왔다. 그럼에도 '50대 무경력 주부'로 취급되었다. 면접을 보러 오라는 곳 자체가 드물었다. 주변 사람들은 왜 일을 하느냐 했다. 집에 있어도 되지 않느냐 했다. 딸에게 개인 교습을 시켜줄 수는 없었지만, 학원에 보낼 수 있을 정도는 되었다. 학원에 보낼 형편이 안 되었던 시절에도 원영은 비슷한 말을 들었다. 학원비 몇 푼 버느니 집에서 아이를 돌보는 편이 낫지 않느냐는 식이었다. 원영은 자기 일을 갖고 싶었다. 집을 갖고 싶다거나 아이를 갖고 싶다는 여느 사람처럼 그랬다. 중학교를 졸업한 이후로 33년 동안 그랬다. 텔레마케팅 사무실은 창문이 없긴 했지만 무제한으로 믹스 커피를 제공하는 탕비실이 있었고 천장에는 시스템 에어컨이 있었다. 칸막이가 설치된 책상이 직원 모두에게 제공되었다. 가져본 적 없는 자신만의 책상이었다. 첫 출근 전날 원영은 문구점을 찾아갔다. 딸의 책상에서 본 볼펜과 필통, 사무실 의자용 방석과 무릎 담요, 텀블러와 손뜨개 코스터 따위를 구입했다. 가족사진이 들어 있는 작은 액자도 가방에 챙겼다. 사무실 책상을 꾸미기 위해서였다.

"그건 안 두는 게 나을걸요."

액자를 꺼내는 원영에게 옆자리의 미선이 말을 건넸다. 며칠 지나지 않아 원영은 미선의 말을 이해했다. 하루 아홉 시간을 근무했고, 아홉 시간 동안 전화번호를 눌렀고, 자주 헤드셋 너머로 쌍욕을 들었다. 보이스피싱도 대출 광고 전화도 아니었다. 인터넷몰이나 홈쇼핑에서 마케팅 동의를 한 사람에게만 새로 출시한 상품에 대해 안내 전화를 거는 것이었는데, 사람들은 다짜고짜 욕을 해댔다. 고객보다 먼저 전화를 끊어서는 안 되었다. 한 손으로 관자놀이를 짚은 채 원영은 평생 들어본 적 없는 말들을 듣고 있었다. 액자 속에서 가족과 함께 웃고 있던 자신과 눈이 마주쳤다. 자신이 인간이라는 당연한 사실이 기억났다. 어째서 텔레마케팅 업무는 보수가 좋은지, 어째서 이 공간을 갓 스물이 넘은 여자아이와 주부들이 채우고 있는지도 이해하게 되었다. 고객들은 남자 목소리에 대고는 최소한 욕은 하지 않았다. 욕을 듣는 것. 욕을 다 듣고도 상냥하게 상품을 홍보해서 팔아내는 것. 그것이 그들의 일이었다. 직원은 자주 바뀌었다. 새로 온 사람과 통성명을 할 필요가 없다는 걸 알게 되었다. 유일하게 말을 트고 지냈던 미선도 차라리 식당 일을 다시 하겠다며 그만두었다. 그리고 석 달 만에 원영에게 연락을 해왔다.

"언니, 당장 그만두고 이리 와."

좋은 일자리가 있다는 미선의 말을 원영은 믿을 수 없었다. 그 일은 일에 대한 얘기라기보다는, 오래전에 꾸었던 꿈 얘기 같았다. 원영의 딸이 여덟 살이었을 때 나눴던 대화가 떠올랐다.

"엄마, 나는 크면 연세대학교에 갈 거야."

딸은 첵스초코가 가득 담긴 시리얼 볼에 연세우유를 붓고 있었다. 시리얼은 일요일 아침에만 허용되는 딸의 특식이었다. 그것을 먹으면서 「디즈니 만화동산」 애니메이션을 볼 생각에 딸은 일요일마다 새벽같이 눈을 뜨곤 했다. 시리얼 볼을 두 손으로 들고서 딸은 초콜릿색으로 변한 우유를 남김없이 마셨다. 그러곤 캬, 소리를 냈다.

"뭣 하러 대학을 서울까지 가. 그냥 집 가까운 데로 가. 엄마랑 계속 같이 살자."

원영이 말했다.

"집 가까운 데 어디?"

"옆에. 과학기술원."

매년 4월마다 원영은 딸을 데리고 과기원 앞 벚꽃 길을 걸었다. 벚꽃 축제라면 신탄진 쪽이 유명했지만, 굳이 그 길을 택했다. 갑천에서 돌다리를 건너가면 과기원으로 이어지는 대로가 나왔다. 오가는 자동차는 많았으나 인도에 사람이 없었다. 휑한 보도블록 위에 밟히지 않은 벚꽃 잎만 수북이 떨어져 있었다. 딸의 손을 꼭 쥐고서 원영은 천천히 그 위를 걸었다. 벚나무 아래에 딸을 세워두고 사진을 찍었다. 대학 정문 앞에 멈춰 섰다. 캠퍼스 안쪽으로 뻗어 있는 넓고 곧은 도로를 원영은 바라보았다.

"아무것도 없네."

원영이 혼잣말을 했다. 저 멀리까지 아무것도 가로막는 게 없었다.

원영은 미선을 따라 대학교에 갔다. 늘 멈춰 서던 정문 앞에서 머뭇거렸다. 캠퍼스 안에 들어가보는 건 처음이었다. 미선이 빨리 오라고 손짓을 했다. 원영은 고개를 끄덕였다. 도로 양옆으로 제라늄이 활짝 피어 있었다. 제라늄 너머로 분수가 뿜어져 나오는 커다란 연못이 보였다. 거위를 조심하라는 표지판을 보았고, 정말로 거위 떼가 위풍당당하게 횡단보도를 건너고 있었다.

"저 횡단보도가 거위 전용이래."

미선이 키득키득 웃었다. 자동차 한 대가 횡단보도 앞에 멈춰 서 있었다. 거위들이 모두 지나간 이후에야 자동차는 횡단보도를 지났다. 원영은 대학 안에 있는 생명과학연구원에서 간단한 면접을 보았다. 곧바로 채용이 결정되었다. 지금껏 일했던 어떤 곳보다 보수가 좋았다.

실험동 1층에는 백쥐 실험실이 있었다. 2층에는 초파리 실험실이 있었다. 원영과 같은 주부 아르바이트생들이 백쥐와 초파리들의 먹이를 만들고 양육을 담당했다. 원영은 초파리 양육 파트에 배정되었다. 쥐보다는 초파리가 덜 무서웠고, 밥을 만드는 일보다는 밥 먹는 걸 보는 일이 나았다. 집에서도 밥은 안 만들고 딸이 밥 먹는 걸 지켜보기만 할 수 있으면 좋겠다고 생각했다. 의사들이 입을 법한 새하얀 가운이 제공되었다. 깃 주변에 때가 타 있거나 주머니 속에 먼지가 굴러다니지 않는, 완전히 깨끗한 가운이었다. 현미경이나 시험관, 붓 등 모든 물건은 멸균 처리되어 있었다. 호텔 숙박객처럼 원영은 그것들을 사용하기만 하면 되었다. 24시간 온도와 습도가 일정하게 유지되었다. 여름에는 시원했고 겨울에는 따뜻했다. 점심시간이면 과기원 학생들이 이용하는 학내 식당에서 푸짐한 학식을 먹었다. 서로 모르는 학생들 사이에서 서로 모르는 학생처럼 밥을 먹었다. 휴식 시간에는 오리 연못이나 노천극장, 어은동산 같은 곳을 산책했다. 거위들이 원영을 알아보고 다가오기 시작했을 때, 원영은 느낄 수 있었다. 오랜 꿈이 이루어졌다.

눈으로 보기에는 똑같은 초파리였지만, 초파리 시험관에는 고유 번호가 있었다. 번호는 2만 개가 넘었다. 각각 다른 특성을 지닌 초파리들이었다. 어떤 번호의 초파리는 유난히 더위를 탔다. 그런 초파리들은 기온이 조금만 높아져도 열대야에 잠을 설치는 사람처럼 수면 시간이 줄었다. 어떤 번호의 초파리는 당뇨나 알츠하이머 증세가 있었고, 어떤 번호의 초파리는 식탐이 심했다. 원영이 관리하는 초파리는 2,500종 정도였다. 먹이가 담긴 시험관이 원영에게 전달되면, 그 시험관 안에 건강한 초파리들을 넣었다. 초파리들은 먹이 속에 알을 깠다. 5일 정도 지나면 먹이에 2밀리미터 정도의 얇은 층이 생겼다. 그 층에서 구더기들이 태어났다. 수백 마리의 구더기가 시험관 벽을 타고 열심히 돌아다녔다. 5일 정도가 더 지나면 성충이 되었다. 건강한 성충을 골라냈다. 이토록 세밀한 날개와 눈동자를 만드는 데에 필요한 시간이 5일이라니. 원영은 초파리들이 기특했다. 하루하루 쑥쑥 자라났던 딸을 키울 때처럼 그랬다. 연구원에서 오더가 내려오면, 맞는 번호의 초파리를 골라 보냈다. 원영이 키운 초파리들은 과기원 내에서는 물론이고 세계 곳곳으로 수출되었다. 하버드나 예일대학 같은 곳에서도 원영의 초파리를 주문했다. 인기가 좋은 초파리는 품귀 현상을 빚기도 했다.

초파리는 사람과 닮은 점이 많았다. DNA가 절반 이상 같았다. 질병에 관여하는 유전자는 70퍼센트 이상 일치했다. 인간이 앓는 질병을 초파리도 비슷하게 앓는 경우가 많았다. 일정한 질병을 앓고 있는 초파리들의 염기 서열을 분석하면 그 질병에 관여하는 유전자를 찾아낼 수 있었다. 약물에 대해서도 사람과 비슷한 영향을 받았고, 비슷한 행동 패턴을 보였다. 초파리의 눈이나 장기, 배아 등에 약물을 주입하여 어떤 변화를 일으키는지 살펴볼 수 있었다. 초파리의 가격은 쥐에 비해 훨씬 저렴했다. 번식은 왕성했다. 수명은 고작 2주 내외였다. 유지비마저 저렴했다. 실험이 다음 세대에 어떤 영향을 미치는지도 보다 빨리 목격할 수 있었다. 겨우 한 달이면 3세대까지 관찰이 가능했다. 4세대가 되어서야 뒤늦게 반응이 올라오는 경우도 있다고 했다. 어떤 일들은 아주 나중에야 볼 수 있다고. 4세대 초파리는 자신에게 생긴 일을 결코 이해할 수 없을 것이다.

한번은 폐기 처분될 초파리들을 몰래 훔쳤다. 폐기 처분될 시험관에 담아서 가운 주머니에 넣었다. 예뻐서 그랬다. 버려질 보석을 주워 가는 마음으로 그랬다. 방학을 맞은 딸이 오랜만에 집에 와 있었고, 하트 모양의 눈을 가진 초파리를 보여주고 싶었다. 그날 원영은 종일 가운 주머니에 한쪽 손을 넣고 지냈다. 시험관을 꼭 쥐고 있었다. 실험동을 나오면서도 겉옷 주머니에 손을 넣고 있었다. 온도 변화가 걱정되었다. 자신의 체온으로 시험관을 덥혀가며 집으로 돌아왔다.

"초파리가 너무 작아서 눈에 안 보이잖아. 근데 잘 보면 이쁘다. 다 살아 있어."

딸은 텔레비전을 응시한 채 고개를 끄덕였다. 원영은 안방으로 가서 옷장을 열었다. 겉옷 주머니 속에 넣어둔 시험관을 꺼내 왔다.

"내가 데려왔어."

"뭘?"

"초파리들."

딸은 비명을 질렀다. 징그럽다며 시험관에 손도 대지 않았다.

*

이제 이원영은 국민연금으로 생활하는 나이가 되었다. 엄마의 환갑을 축하하기 위해 본가로 향하는 시외버스에 타기 직전에, 권지유는 터미널에 있는 제과점에 들어갔다. 케이크를 주문했고, 포장이 되는 동안 가판대를 구경했다. 크림빵에 작고 검은 점 몇 개가 찍혀 있었다. 검은깨인 줄 알았다. 조금씩 움직이다 획 하고 날아올랐다. 초파리였다.

권지유는 버스 옆자리에 케이크 박스를 놓았다. 박스에는 희미하게 먼지가 쌓여 있었다. 손바닥으로 먼지를 닦아내자 박스의 투명한 창으로 케이크가 보였다. 케이크는 생과가 아닌 통조림 과일로 장식되어 있었다.

어떻게 이런 걸 잊나.

원영의 올해 생일은 잘 챙겨야겠다고 지유는 다짐해왔다. 그러나 잊어버렸다. 미리 설정해두었던 알람이 아침에 울렸을 때에야 알았다. 부랴부랴 버스 터미널에 갔고 부랴부랴 아무 제과점에 들어갔다. 이 제과점이 아니라면 케이크를 살 데가 없을 듯했다. 어느 날부터인가 지유는 중요한 일을 자꾸 잊었다. 원고 마감 날을 잊었다. 출판사와의 미팅을 잊었다. 침대에 누워 휴대폰으로 게임을 하다가 연락을 받을 때도 있었다.

"어디쯤 오셨어요?"

알람을 설정하는 버릇은 그래서 생겼다. 가끔은 어떤 이유로 알람을 설정한 것인지도 잊어버렸다. 이틀 전에 울렸던 알람에는 '큐브'라고 적혀 있었다. 지유가 사용하는 공기청정기 브랜드였다. 지유는 공기청정기 필터를 교체했다. 카페 '큐브'에서 기다리고 있다고 연락을 받은 것은 한 시간 뒤였다. 작가와의 만남 행사 준비로 소설가 신치온과 회의를 하기로 약속했다는 게 그제야 기억났다. 지유는 다급하게 달려 나갔다. 어째서 늦었는지 설명하는 데에 애를 먹었다. 게으름이나 소홀함으로 쉽게 오해될 만한 일이었다. 지유의 이야기를 듣고 신치온은 고개를 끄덕였다. 그리고 치온은 약속 장소로 오는 동안 자신이 겪었던 일을 지유에게 들려주었다. 치온의 이야기를 듣고 지유는 자신도 모르게 웃음이 터졌다. 소리가 나도록 크게 웃었다. 얼굴에 피가 몰리도록 웃었다.

"아니, 반가워서요."

웃음이 멈추질 않았다.

"저만 이렇게 사는 줄 알았거든요."

약속 장소에 오기 위해 지하철을 탔다가 치온은 무언가를 보았고 기분이 상했다고 했다. 화가 치밀었다. 속으로 욕을 하다가 내려야 할 역을 지나쳐버렸다. 카페에 앉아서도 그랬다. 맹물을 벌컥벌컥 들이켜다가 문득, 근데 내가 뭘 보았더라, 했다. 지하철 스크린에 지나가는 뉴스였던가. 핸드폰에 띄워둔 뉴스였던가. 입주민 단체 채팅방이었던가. 메일함. 통장 잔고 알림. 보이스피싱 메시지와 지하철 벽에 붙어 있는 광고들. 같은 칸에 앉아 있던 승객들. 이유가 기억나지 않았다. 분노감만 남아 있었다.

소설을 쓰면서 지유는 종종 시작점을 잊어버렸다. 어떤 생각이나 장면으로부터 소설이 시작된 것인지에 대해서. 이유는 분명 있었다. 그 소설을 써야만 한다고 결심하게 만든, 중요한 무엇인가가 있었다. 그런 게 있었다는 것만 기억이 났다. 소설을 처음 쓰게 된 이유라거나, 작가로 살아가기로 결심한 이유에 대해서도 마찬가지였다. 내가 왜 소설을 쓰기 시작했더라. 지유는 이유를 지어냈다. 이제 지유 안에 자리 잡고 있는 것은 잊어서는 안 되었던 무언가가 아니라, 중요한 것을 잊을지 모른다는 두려움이었다. 시장은 트렌드에 맞춰 글을 써줄 것을 은근히 요구하고 있었고, 작가들은 기민하게 다음 책을 출간하고 있었다. 다음 이야기, 그다음 이야기로 더 빨리 뛰어야만 했다. 그래야 잊히지 않을 수 있었다. 매번 시험대에 올라서는 기분이었다. 정신없이 글을 쓰다가 문득 주변을 둘러보면, 무엇인가 잊어버렸다는 생각에 사로잡혔다. 뭐였더라.

버스 문이 닫혔다. 터미널이 점점 멀어졌다. 몇몇 사람이 승강장에 서서 손을 흔들고 있었다. 지금 버스가 출발한다고 지유는 원영에게 문자메시지를 보냈다.

우리 딸, 3년 만에 보겠네.

원영이 답장을 보냈다. 3년 동안이나 원영을 보지 못했다는 사실도 지유는 그때에야 알았다. 마지막으로 원영을 본 것은 경희대학교병원에서였다. 진료 때문에 서울에 가는데 함께 밥이라도 먹자고 원영이 말했고, 지유는 그러자고 답했다. 회기동에 있는 병원에 도착해 로비를 둘러보았지만 원영은 보이지 않았다. 원영도 지유를 기다리고 있었다. 원영은 상일동 경희대학교병원에, 지유는 회기동 경희의료원에 간 것이었다. 지유는 택시를 잡아탔다. 상일동에 도착했을 때에는 이미 원영의 기차 시간이 가까워져 있었다. 곧바로 택시를 타고 서울역으로 가야만 했다. 택시 안에서 어떤 대화를 나누었는지는 기억나지 않았다. 병원에서는 뭐라더냐고 지유가 물었을 때, 다 고쳐준다 하더라며 원영이 밝게 웃었다는 것만 기억이 났다. 이후로 지유는 종종 원영에게 치료 경과를 물었다. 아주 좋아졌다고, 잘 지내고 있다고 원영은 답했다. 매번 똑같이 답을 했다. 어느 순간부터는 어떻냐는 안부도 묻지 않았다.

3년 만에 만난 원영은 집 안에서도 털모자를 쓰고 있었다. 옷을 왜 이렇게 춥게 입고 왔느냐며 원영은 지유를 타박했다. 그리고 옷장에서 기모 안감으로 된 바지를 꺼내 줬다.

"엄마, 지금 5월이야."

지유는 원영의 옷장을 열었다. 얇은 옷은 보이지 않았다. 너무 추워서 얇은 옷은 박스에서 아예 꺼내지 않았다고 원영은 말했다.

지유는 테이블에 케이크를 올렸다. 초를 꽂았고 노래를 불렀다. 케이크를 보자 초파리 생각이 났고 지유는 케이크를 먹고 싶지 않아졌다. 원영도 배가 부르다고 했다. 원영의 남편만 케이크를 조금 잘라 먹었다. 지유는 남은 케이크를 다시 상자에 넣었다. 원영의 남편은 일찌감치 잠자리에 들었고 지유는 원영이 좋아한다는 트로트 경연 프로그램을 원영과 함께 보았다. 슬픈 노래가 나오자 원영의 눈이 빨개졌다. 원영은 원래 텔레비전을 보며 잘 울었다. 슬픈 장면이 나와도 울었고 기쁜 장면이 나와도 울었다.

"또 봐도 재밌어."

"이미 본 거였어?"

"응. 늘 보고 싶은데 일주일에 한 번만 방영하잖아."

"볼 때마다 울어?"

원영은 고개를 끄덕였다. 밤에는 원영에게 민화투를 배웠다. 원영은 다 보이게끔 패를 쥐고 있었지만, 지유는 계속 졌다. 자리를 정리할 무렵에야 자신이 이길 때까지 원영이 기다려주었다는 사실을 지유는 알아챘다. 잠자리에 들기 전에 원영은 말했다.

"이거 틀어두고 자."

액정에 유튜브 동영상이 떠 있었다. 보기만 해도 건강해지는 기적의 음파. 지유는 알겠다고 답했다. 침대에 누워 지유는 원영과의 하루를 곱씹었다. 원영은 한 계단 한 계단 유아처럼 두 발로 디뎌가며 올랐다. 한 손으로는 난간을 잡았고, 다른 쪽 손으로는 무릎 쪽을 짚었다. 연한 채소와 죽 외의 음식은 먹지 못했다. 삼키기가 불가능한 것은 아니었지만, 곧 게워낼 것이 뻔했기 때문이었다. 그마저도 반 공기 정도의 식사량이었다. 그렇게 된 지 오래되었다고 했다. 두꺼운 겨울옷 속 원영의 몸은 앙상했다. 체모가 거의 사라지고 없었다. 머리카락이며 눈썹이며 속눈썹과 심지어 코털까지.

지유는 머리맡의 휴대폰을 집었다. 동영상 속에서 그래프가 지그재그로 움직이고 있었다.

경희대학교병원에 찾아가기 전에 원영은 분당에 있는 한의원에 다녔다. 20여 년 전통의 탈모 전문 한의원이었다. 한약을 먹으면서부터 소화가 안 된다고 원영은 말했었다. 그 전에는 대전에 있는 대학병원 세 군데에서 정밀 검사를 받았다. 자궁에서 혹이 발견되긴 했지만 양성이었고, 굳이 떼어낼 필요도 없다고 했다. 그 이전에는 탈모 치료기를 구입했다. 몸 여기저기를 번갈아가며 쬐면 하루의 절반이 지나갔다. 그 전에는 피부과에서 주사를 맞았다. 그 전에는 먹는 탈모약과 바르는 탈모약을 사용했다. 그 전에는 족욕을 하고 영양제와 서리태를 먹었다. 지유는 그 전에 대해 생각했다. 초파리들이 시험관을 빠져나와 안방 구석구석을 날아다니는 장면이 눈앞에 펼쳐졌다. 그날 지유는 자신을 부르는 원영의 목소리를 듣고는 안방 문을 열었다. 안방 욕실문을 열었다. 샤워기에서 물줄기가 쏟아지고 있었다. 물줄기 속에 원영이 쪼그려 앉아 있었다. 젖은 머리카락을 거꾸로 늘어뜨리고서, 두 손으로 새카만 뭉치를 들고 있었다. 머리카락이었다.

실험동에서 초파리를 훔쳐 왔던 그날부터 원영의 머리카락은 뭉텅뭉텅 빠졌다. 일주일 만에 정수리부터 두피가 드러나기 시작했다. 눈썹과 속눈썹도 사라졌다. 원영은 통풍이 잘되는 두건과 모자를 구입했고, 가발을 맞췄다. 눈썹은 그려 넣으면 넣을수록 티가 났다. 실험동 동료들은 원영에게 자꾸 괜찮으냐 물었다. 버스나 길에서 사람들이 자꾸 쳐다보는 것 같다고 원영은 말했다. 잠깐 쉬어야겠다는 마음으로 직원에게 사정을 설명했고, 언제든 실험동으로 돌아오라는 대답을 들었다.

2013년에 정권이 교체되면서 과기원 실험동은 국가 지원금이 끊어져 폐쇄되었다. 그곳에서 일하던 주부들은 일자리를 잃었다. 초파리 실험동은 원영의 마지막 일자리가 되었다. 원영은 취업을 시도하지 않았다. 모임에도 나가지 않았다. 다른 사람들에게 자신을 보이고 싶어 하지 않았다.

원영에게 나타나는 증상이 일반적인 탈모가 아니라는 것쯤은 지유도 짐작하고 있었다. 자가면역질환이나 희귀병 검진까지, 예측 가능한 모든 검진을 받았으나 결과는 늘 깨끗했다. 지유는 50대 여성이 겪는 지독한 갱년기 증상 정도로 여겼다. 호르몬 때문에 체온 변화가 급격해졌고, 열 때문에 가늘어진 체모가 빠져버리는 것이라고 이해했다. 소화가 안 되는 것도 독한 한약을 장복한 탓에 나타나는 일시적인 부작용으로 추측했다. 갱년기라는 것은 지나가기 마련이었고 다 지나간 줄 알았다.

갱년기 때문에 음식을 못 삼킬 수는 없었다. 원영의 몸은 11년 동안 꾸준히 약해진 것 같았고, 이제는 일상생활이 불가능할 정도였다. 산재다. 지유는 의심이 들었다. 초파리 실험실에서부터 원영이 잘못된 것이다.

"이게 생숙탕이야. 이렇게 섞어 마시면 몸 안에 좋은 기류가 생긴대. 설사도 낫고, 소화도 잘된대. 꼭 뜨거운 물에 찬물을 부어야 해. 반대로 하면 안 돼."

지유와 원영은 식탁에 마주 앉아 생숙탕을 마셨다. 원영은 욕실로 갔다. 천일염을 잇몸에 문지르고 머금고 있다가 뱉어냈다. 그다음에는 야로 오일을 입 안에 한 방울씩 떨어뜨렸다. 그다음에는 테니스공으로 발바닥을 마사지했다. 그다음에는 림프선과 안구를 마사지했다. 원영은 이 일들을 매일 아침 반복한다고 했다. 첵스초코를 사두었다고 원영이 지유에게 말했다. 지유는 이제 첵스초코를 좋아하지 않았지만, 잠자코 시리얼에 우유를 부었다. 실험동에 대해 지유는 알고 싶었다.

"초파리들이 엄청 예뻤어."

원영은 실험동이 아닌 초파리에 대해서만 이야기했다. 원영은 인터넷으로 초파리를 종종 검색한다고 했다. '성가신 초파리 퇴치법' 같은 것들이 대부분이지만, 초파리 연구에 대한 인상적인 기사도 더러 찾아졌다.

"너도 볼래?"

원영은 지유를 보일러실로 안내했다. 커다란 상자들이 쌓여 있었다. 그중 하나를 원영이 가리켰고, 지유는 그 상자를 들었다. 뚜껑을 열었다. 클리어 파일이 차곡차곡 쌓여 있었다. 표지마다 연도가 적혀 있었다. 원영은 능숙하게 파일 하나를 꺼냈고, 페이지를 펼쳐 지유에게 내밀었다. 초파리 연구로 노벨상을 받은 과학자에 대한 기사였다. 원인을 알지 못했던 미진단 질환의 원인을 초파리에게서 찾아내어 치료법까지 개발했다고 적혀 있었다. 다음 장에는 기억과 망각에 대한 초파리 연구 기사가 있었다. 기억 정보를 운반하는 단백질이 바이러스의 흔적이라는 사실을 발견했으며, 망각은 뇌 용량의 한계에 의해 수동적으로 발생되는 것이 아니라 망각 세포의 적극적이고 능동적인 파괴 기능이라는 것이었다.

"실험동에서 하얀 가운을 입었다고 했었잖아. 마스크나 장갑은 꼈어?"

기사를 보는 척하면서 지유는 원영에게 물었다. 없었지만 대신 손을 깨끗하게 씻고 양치도 열심히 했다고 원영이 말했다.

"그건 왜 물어?"

지유는 뜸을 들였다. 사소한 걱정에도 원영은 잠을 설치곤 했다. 세탁소에 맡긴 바지 하나가 분실되었다거나, 마트에서 구입한 물건의 유통기한이 지나 있었다거나, 딸이 주말 동안 전화를 안 받았다거나. 왜 그렇게 걱정을 사서 하느냐고 하면 원영은 자신의 기억을 들려주었다. "한 열댓 살 때였나, 아랫동네에 진숙이라는 애가 살았는데, 진간장을 국간장으로 잘못 샀나 그래서 혼자 슈퍼에 갔다가……." 사소하게 시작되어 암담하게 끝이 나는 이야기들이었다.

"소설에 쓰려고. 내 소설 속 인물들 직업이 다 비슷비슷하잖아. 특별한 직업을 쓰면 좋을 것 같아서."

지유는 떠오르는 대로 둘러댔다.

"엄마가 소설에 나오는 거야?"

원영은 기쁜 기색이 역력했다. 소설가가 되고 싶다고 말했을 때부터 원영은 자신의 이야기를 써보라고 했다. 지유의 손을 꼭 잡고서 자신에게 일어났던 엄청난 이야기들을 들려주었다. 엄청난 이야기인 것은 명백했지만 소설로 쓰다 보면 놀라울 정도로 기시감이 넘치는 레퍼토리였다. 원영은 아홉 남매의 여섯 번째 딸로 태어났는데, 어린 시절 폐렴을 앓아 열 살이 되도록 학교에 가지 못했다. 어느 날 원영은 언니의 책을 구경하다가 '강'이라는 글자를 스스로 읽어냈다. 'ㄱ'도 아니고 '가'도 아닌, 동그라미 받침이 있는 '강'.

"아무도 안 알려줬는데 읽었다니까, 내가."

엄청나지 않으냐고 원영은 말했다. 아무도 한글을 가르쳐주지 않았다는 사실과 '강'이라는 글자를 혼자서 읽어낸 것 중 어느 쪽이 엄청난 사건인지를 생각하다가 지유는 혼자서 한글을 깨친 것이냐고 맞장구를 쳤다. 그건 아니고, 그 한 글자만 읽어냈다고 원영이 답했다. 그렇지만 그 한 글자를 읽어냈기 때문에 언니가 한글을 알려주기 시작했다고 했다. 한 글자를 못 읽어냈더라면 글자를 못 배웠을지도 모른다고.

지유는 원영에게 다시 질문을 했다. 실험동에서 퓸후드나 글러브박스 같은 것을 본 적이 없느냐고 물었다. 클로로포름이나 크롬 같은 것을 사용하지는 않았느냐고 물었다. 무엇이든 좋으니, 이상하다고 느꼈던 것은 다 말해보라고 했다.

"초파리 밥에서 시큼한 냄새가 났어."

골똘히 생각하다가 원영이 말했다.

"밥에 뭐가 들어 있었는지 알아?"

"유산균하고 옥수수 전분. 그 시큼한 게 그렇게 맛이 있나 봐."

사람의 몸을 아프게 할 만한 것을 본 적이 없느냐고, 지유는 직접적으로 물었다. 왜 그런 것을 묻느냐고 원영이 되물었다.

"소설 속 인물이…… 아플 거라서 그래."

"많이 아파?"

"나도 잘 모르겠어."

엄마의 이야기를 더 들어봐야 명확해질 것 같다고 지유는 말했다.

*

지유는 원영에게 매일 전화를 걸었다. 함께 일했던 동료의 이름이 뭐였냐는 둥, 실험을 주도했던 교수는 누구였냐는 둥 물었다. 지유는 원영을 닦달했다. 잘 기억해보라고, 잊고 있는 것이 분명 있을 거라고 했다. 하루는 지각을 했다고 원영이 말했다. 손을 씻는 것을 잊어버렸다. 초파리들은 바이러스에 걸렸다. 그날 원영이 손을 댄 초파리는 다 죽었다. 굳이 따지자면 해를 끼친 쪽은 초파리가 아니라 자신이라고 원영은 덧붙였다.

"이상한 건 없었다니까."

없는 얘기를 지어내려는 지유가 원영은 탐탁지 않았다. 아무 문제가 없는 곳을 문제가 있는 것처럼 쓰면 안 된다고 여겼다. 초파리 실험

동은 원영의 꿈이 이루어진 곳이었다. 어째서 지유가 나쁜 방향으로
이 이야기를 쓰겠다 고집하는지 이해할 수 없었다. 질문을 받을 때마
다 원영은 원치 않는 상상을 하게 되었다. 빨갛고 영롱했던 초파리의
눈동자가 화학물질에 절어 있는 불투명한 눈동자가 되었다. 실험동은
수만 마리의 벌레들이 득실거리며 병균을 옮기는 공간으로 바뀌었다.
차가운 형광등, 그 아래에서 허리를 구부정하게 굽히고서 현미경을 들
여다보는 동료들, 머리카락이 후둑후둑 빠지는 원영. 원영의 기억을
지유가 훼손하는 느낌이었다.

"지유야, 이야기가 너무 뻔하지 않니?"

원영은 실험동의 동료들을 떠올렸다. 미선이 아프다면, 적어도 실
험동 때문은 아닐 것 같았다. 20년 동안 가족의 저녁 밥상을 차리다가
고등어구이에서 올라오는 미세 먼지에 노출되어 암에 걸릴 확률이 더
높을 것 같았다. 페스트에 걸려 죽은 사람보다 모기에 물려 죽은 사람
이 더 많다고, 원영은 실험동 교수에게 들은 이야기를 지유에게 전했
다. 모기가 퍼뜨리는 질병에 의한 사망자는 집계 자체가 어렵다더라
고. 모기가 퍼뜨리는 질병의 종류가 너무 많고, 그중 말라리아에 걸려
죽는 사람만 연 50만 명에서 100만 명 가까이 된다 했다고.

"그래, 사소한 게 쌓일 수도 있지."

지유는 수긍하는 눈치였다. 그리고 말을 이었다.

"실험실에서 이산화탄소를 썼다고 했지? 이산화탄소가 몸에 쌓이면
어떻게 되나 알아봐야겠다."

그게 아니라고 원영은 말을 다잡았다.

"도대체 뭐가 원인일 것 같은데? 엄마가 말해봐."

원영은 소설의 아이디어를 제공하는 척하며 자신의 이야기를 들려

주기 시작했다.

"나라면 이렇게 쓸 거야. 주인공 이름이 원영이라고 해봐. 원영이네 택배가 엉뚱한 집에 배달된 거야. 그래서 원영이 남편이 택배 기사하고 다툰 거야. 근데 이 택배 기사가, 이후로 원영이만 보면 욕을 하는 거야. 남편한테는 아무 말 안 하면서. 아줌마, 내 눈 쳐다보지도 마쇼. 막 눈을 뽑아버린다고 그러고. 근데 원영이는 남편한테 암말도 못 하는 거야. 세상이 얼마나 무섭니 지유야. 싸움이 커졌다가 해코지하면 어쩌나 싶은 거지. 집 주소도 알고, 공동 현관 비밀번호도 아는데. 해코지도 원영이한테 할 거 아니니. 끙끙 앓다가 아프기 시작하는 거지."

그 이야기야말로 인터넷 기사에서 많이 본 것 같다고 지유는 답했다. 원영은 다른 이야기도 들려줬다. 텔레마케팅 사무실에서 헤드셋 너머로 종일 욕설을 듣는 여자 이야기. 평생 자기 책상을 가져보지 못해서 아프기 시작한 여자 이야기. 식기세척기를 구입하면 어떻겠냐고 물으면서도 책상이 필요하지 않으냐고는 한 번도 묻지 않는 가족 이야기. 밀가루가 체질에 맞지 않아 늘 위무력증에 시달렸지만 남편이 국수를 좋아해서 30년 동안 국수를 먹은 여자 이야기. 체할 때마다 그러게 왜 국수를 먹느냐고 다그치던 딸 이야기. 그러면서도 일요일 저녁이면 와, 국수다, 라며 손뼉을 치던 딸 이야기…… 원영은 조금씩 이야기를 바꾸어가며 말했다. 거의 소설이 되어갔다. 원영은 너무 사소해서 오히려 무시했던 일화들을 처음으로 누군가에게 말하고 있었다. 지어내다시피 한 이야기지만 속이 후련했다.

*

 지유는 유리문을 열었다. 테이블을 둘러봤다. 치온은 보이지 않았다. 시계를 봤다. 약속 시간보다 10분 일찍 카페에 도착했다. 커피 한 잔과 케이크 한 조각을 주문하고 지유는 자리를 잡았다. 포크로 케이크를 잘라 먹으면서, 지유는 자신이 두고 온 케이크를 떠올렸다. 원영의 환갑 케이크. 애초에 원영은 그 케이크를 먹을 수 없었다. 더 이상 밀가루는 먹을 수 없게 되었으니까.

 원영이 지유에게 먼저 전화를 걸기 시작했다. 소설 생각을 했다면서, 이런 얘기는 어떠냐면서, 원영은 계속 말을 하고 싶어 했다. 원영의 하루하루를. 하나 마나 한 말처럼 별것 없는 사건들을. 그 이야기들은 처음 듣는 것처럼 낯설었다. 지유는 또 다른 가능성을 생각하기 시작했다. 모기에 물리는 것만큼 사소하면서도 무서운 일들에 대해 생각했다. 이야기를 끝마칠 때마다 원영은 지유에게 같은 질문을 했다.

 "얼마큼 썼어?"

 원영은 지유의 소설을 기다리고 있었다. 어느 지면에 발표할 건지, 단편인지 장편인지 물어왔다. 애초에 소설로 쓸 생각이 없었으므로 지유는 대답을 얼버무렸다. 어제는 소설의 결말이 떠오르지 않는다고 얼버무렸다.

 "결말이 생각이 안 나?"

 잠시 생각을 하다가 원영이 말했다.

 "지유야, 원영이가 깨끗이 다 나아서 건강해지는 결말을 써줘."

 털이 식물처럼 쑥쑥 자라나고 온몸에 근육이 탄탄하게 붙는, 해피 엔드를 써달라고 원영은 말했다. 지유는 자기가 쓴 소설의 주인공들을 떠올렸다. 칼을 휘둘러 살인을 시도하거나, 가까운 누군가가 죽거나, 직장에서 해고를 통보받거나, 혼자 고독하게 방에서 쓰러지던 인물. 원영은 소설가 지유는 기특해하면서도 지유의 소설은 좋아하지 않았다. 왜 이렇게 어두운 이야기를 쓰냐면서, 등장인물들이 모두 화해를 하고 따뜻한 깨달음을 얻고 행복하게 끝이 나는 이야기를 쓰라면서, 병든 강아지를 어루만지듯 슬픈 표정을 지었다. 지유가 꼬마였을 때, 반찬을 골고루 먹으라거나 목 뒤쪽까지 깨끗하게 닦으라고 말할 때 원영이 쓰던 말투였다. 그때마다 지유는 잘라 말했다.

"엄마는 내 소설이 부끄러워?"

이번에는 이 말을 할 수 없었다. 원영이 다 낫는 결말을 쓸 수 없다고 원영에게 말할 수는 없었다. 해피엔드를 쓰는 것이 어떤 소용이 있다고 생각되지도 않았다.

"그렇게 쓰면 뭐 해. 소설은 소설일 뿐인데."

수화기 너머로 원영의 들뜬 기운이 꺼져가는 것이 느껴졌다. 그러니, 그런가, 같은 말을 중얼거리다가 원영은 물었다.

"소설일 뿐이면. 왜 써?"

지유는 포크를 내려놓았다. 시계를 봤다. 약속 시간이 20분 지나 있었다. 치온에게 전화를 걸었다.

"우리가 약속을 했다고요?"

지유는 달력 어플을 열었다. 빨간색으로 '큐브'라고 적혀 있었다. 회의에 가야 할 시간에는 공기청정기 필터를 갈았고, 공기청정기 필터를 갈아야 할 시간에는 카페에 앉아 있었다. 원영의 집에 두고 온 케이크 생각을 하면서 케이크를 먹었다. 지유는 한숨을 쉬었다. 치온에게 더 듬더듬 설명을 했다.

"착오가 아닌 걸로 만들죠."

금방 갈 테니 조금만 기다리라고 치온이 말했다.

배기 바지를 입고서 야구 모자를 쓴 치온이 나타났다. 처음 만나는 것처럼 치온이 낯설었다. 일이 아닌 문제로 두 사람이 만나는 것은 처음이었다. 일이 아닌 문제로 사람과 대화를 나누는 것이 지유에겐 아주 오랜만이었다. 어떤 이야기를 해야 할지 떠오르지 않았다. 치온과 지유는 걷기로 했다. 바깥을 걸으면 바깥이 보이니까, 바깥에 대해 이야기를 나눌 수 있었다.

"저게 이팝나무였나요, 조팝나무였나요."

지유가 물었다.

"이팝나무네요."

"어떻게 알았어요?"

"이팝나무 꽃잎은 이─ 발음할 때처럼 길쭉하게 생겼고, 조팝나무 꽃잎은 조─ 발음할 때처럼 동그랗게 생겼어요."

지유는 고개를 갸우뚱했다.

"이 얘기, 다른 사람한테 들은 적이 있는 것 같아요."

"저도 다른 사람한테 들은 얘긴데요."

치온과 지유는 서대문자연사박물관을 돌아 안산 둘레길로 접어들었다. 계단 때문에 숨이 찼다. 긴 대화를 나눌 수 없었다. 그 점이 지유는 편안했다. 빈 정자가 나타났고, 정자의 지붕 아래만 그늘이 져 색감이 흐릿했다. 치온과 지유는 그곳에 앉아 땀을 말렸다.

"요즘에도 잊어요?"

지유가 물었다. 치온은 선뜻 답하지 못했다. 자신이 어떤 말을 했는지, 어디까지 털어놓았는지를 가늠하는 듯한 눈빛이었다. 다른 누군가를 향해 지유 또한 자주 짓게 되었던 표정이었다.

"이유를 잊는다면서요."

치온은 그제야 자신이 말한 이야기를 기억해냈다. 아! 소리를 냈다. 한참을 생각에 빠져 있다 온몸의 땀이 마르고 선득함이 느껴질 때쯤 치온이 입을 열었다.

"이유를 잊게 되는 원인은 있을 거예요. 스트레스 상황이 반복되면서 단기 기억력이 나빠진 것일 수도 있겠죠. 그런데 이유를 잊어야만 하는 이유가 따로 있는 것 같다는 생각이 들어요. 지워진 게 아니라 필요에 의해 치워졌다고 해야 할까요. 이런 생각을 하다 보면 원인과 이유가 일치할 수 없다는 것을 종내는 알게 돼요. 그 불일치가 나한테는 원인인 것 같아요."

치온은 잠시 눈동자를 굴리며 기억을 되짚었다.

"얼마 전에 하나 떠올랐어요."

치온은 여섯 살 때의 일화를 지유에게 들려주었다. 어린이날이었다. 친척들과 다 같이 밴을 타고 딸기농장에 가기로 했다. 밴은 자리가 비좁았고, 에어컨은 시원찮았다. 치온이 노래를 부르자 다들 좋아해줬다. 농장에서 딸기를 배불리 먹었다. 집으로 돌아가기 위해 다시 밴에 올랐다. 창가에 자리를 잡은 치온의 엄마가 말했다. 여기 올 때에도 창가에 앉았는데, 땡볕이 쏟아져서 너무 괴로웠다고. 그래서 이번에는 반대 방향 창가에 자리를 잡았다고. 그런데 그사이에 해가 기울어 이번에도 자기 자리로 땡볕이 쏟아진다고. 친척들은 웃었다. 치온은 갑자기 엄마가 무서워졌다. 앉은 자리에서 딸기를 다 토했다. 이후로 딸기농장은 줄기차게 치온의 꿈에 나왔다. 엄마와 눈이 마주치면 치온의 입에서 짓뭉개진 시뻘건 딸기가 끝도 없이 쏟아졌다.

"제가 아직도 딸기를 못 먹거든요? 근데, 도무지 기억이 안 나는 거예요. 어째서 엄마가 무서웠는지. 분명 무서워서 겁에 잔뜩 질렸는데. 도대체 왜 무서웠지?"

치온이 말을 이었다.

"얼마 전에 어린이날이었잖아요. 한 아이를 봤어요. 오른팔을 번쩍 들고서 횡단보도를 건너고 있더라고요. 사람들이 북적북적 길을 건너는데, 아무도 손을 안 드는데, 혼자서 너무 열정적으로 팔을 귀 옆에 딱 붙이고 들고 있는 거예요."

요즘 아이들도 팔을 들고 길을 건너는구나, 치온은 생각했다. 그러다 기억났다. 자신도 여섯 살짜리 어린이였다는 사실이. 길을 건널 때면 누가 어떻든 높이높이 팔을 들고, 두 손바닥을 배꼽에 모아 깍듯하게 인사를 하고, 밥을 먹기 전에는 큰 목소리로 '잘 먹겠습니다'를 외치던, 그런 어린이였다는 사실이.

"엄마가 앉았다던, 그 땡볕 쏟아졌다는 창가에 앉은 사람이 나였어요. 그 자리에 앉을 때 엄마랑 눈이 마주쳤어요. 엄마가 밝게 웃으면서, 딸기가 맛있었느냐고 물었어요. 엄마의 계산이 틀리지 않았더라면 내가 몇 시간 동안 땡볕 속에 앉아 있었겠죠."

치온은 지유를 바라보며 말했다.

"그때는 무서웠고 지금은 무섭지가 않아요. 내가 무서움에 내성이 생기면서 이유가 너무 사소해졌어요."

그리고 치온은 지유의 표정을 살폈다. 눈가와 입술을 유난히 쳐다봤다. 둘레길을 올라올 때 작은 날벌레들이 눈 속으로 들어오려 했던 게 기억났다. 얼굴에 벌레가 붙었나, 지유는 자신의 얼굴을 손끝으로 더듬었다.

"이번엔 안 웃네요?"

그러고 보니 웃음이 나질 않았다.

역 앞에서 헤어질 때 지유는 치온에게 말했다.

"죄송했어요."

"오늘 나는 좋았는데요."

치온이 답했다.

"오늘 말고요. 저번에 내가 웃은 거요."

이번에는 치온이 웃음을 터뜨렸다. 그러자 지유도 웃음이 터졌다. 치온과 지유는 오래도록 시원하게 웃었다.

지하철에 앉았을 때에야 지유는 부재중 전화와 문자메시지를 발견했다. 원영이 여러 통의 문자메시지를 보내놓았다.

지유야, 원영이가 안 나으면 엄마가 너무 괴로울 것 같아. 다 낫는 걸로 써주었으면 해.

지유야, 전화 안 받네. 혹시 서운한 거 아니지?

지유야, 무슨 일 있어?

마지막 문자에는 다 잊어달라고 적혀 있었다. 지유가 쓰고 싶은 대로 쓰면서 살라고, 별일 없다는 문자 하나만 보내달라고. 지유는 원영에게 전화를 했다. 또 걱정을 사서 하고 있었느냐고 말했다. 긴 산책을 했다고 말했다. 좋은 일이 있었다고 말했다. 이팝나무와 조팝나무에 대해 말했다. 내년 이맘때쯤에, 이팝나무와 조팝나무의 차이점에 대해 또 이야기 나누자고 말했다.

원영은 보일러실 문을 열었다. 상자들이 차곡차곡 쌓여 있었다. 오른쪽에는 초파리 기사들이 담긴 상자가, 왼쪽에는 지유의 소설이 담긴 상자가 있었다. 문예지나 소설집을 군이 사서 모으지는 말라고 지유는 말했지만, 원영은 지유 몰래 그것들을 모아왔다. 원영은 상자를 열었다. 소설집 한 권을 꺼냈다. 책상에 가 앉았다. 스탠드를 켜고, 책상 서랍에서 돋보기를 꺼냈다. 안경닦이로 알을 닦고, 돋보기를 썼다. 초점이 맞도록 얼굴을 뒤로 쭉 뺐다. 목차에 적혀 있는 페이지를 확인했다. 책장을 후루룩 넘기다가, 281페이지에서 멈췄다. 지유의 소설 속에서, 원영은 초파리를 들여다봤다. 초파리가 아름답게 표현돼 있었다. 이 소설에서 원영은 결말 부분을 가장 좋아했다. 모든 것이 초파리와 실험동 덕분이라고 생각했다.

지유가 소설을 쓰기 시작했을 무렵, 원영은 초파리에게 로열젤리를 투여하는 실험이 있었다는 기사를 발견했다. 원영이 키웠던 초파리들도 로열젤리를 먹었다는 사실이 그제야 기억이 났다. 11년 전 진행했던 실험의 결과가 원영 앞에 도착해 있었다. 로열젤리를 투여받은 초파리 애벌레는 산란능력이 두 배나 증가했고 수명도 두 배나 늘어났다고 했다. 로열젤리는 면역력을 높여주고 호르몬을 조절하여 갱년기 여성에게도 효과를 발휘한다고 했다. 로열젤리를 먹으면서부터 원영의 팔뚝에서 하얀 솜털이 자라기 시작했다. 민들레 홀씨만큼 가느다란 털이었다. 하얗고 보송보송한 솜털로 머리가 뒤덮였다. 그리고 목덜미의 머리카락부터 검어지기 시작했다. 조금씩 굵어져갔다. 배냇머리처럼 빠졌다 자랐다를 반복하며 튼튼해져갔다. 로열젤리가 아니었더라면 지유는 소설을 끝맺지 못했을 거였다.

요즘에는 계단을 한 발로 올라가느냐고 지유는 물었다. 당연한 걸 왜 묻느냐고 원영은 답했다.

"내가 그 정도는 아니었지."

자신이 한 발로 계단을 오르지 못했다는 사실을 원영은 기억하지 못했다. 원영의 외출이 잦아졌다. 누군가 자신을 쳐다볼까 봐 걱정할 이유가 없어졌다. 매일 바깥을 걸었다. 이팝나무 아래를 걸을 때면 휴대폰으로 꽃잎 사진을 찍었다. 이것이 무슨 꽃인 것 같으냐고 지유에게 퀴즈를 냈다. 지유는 여전히 이팝나무와 조팝나무를 헷갈려했다. 원영은 걸을수록 더 멀리까지 걸을 수 있게 되었다.

원영을 괴롭혔던 미진단 질병은 초파리와 실험동 때문일 수 있다고, 지유는 여전히 생각했다. 아니면 노화의 수순일 수도 있었다. 누군가에게는 노화가 서서히 자연스럽게 오고, 누군가에게는 치명적인 위력을 행사할 수 있다. 원영이 지유에게 소설로 써달라고 했던 그 모든 사연의 총합이 원인일 수도 있다. 어쩌면 지유의 소설도 사연의 한 부분일 것이다. 가장 시시한 문장으로 지유는 소설을 끝맺었다. 이원영은 다 나았고, 오래오래 행복하다. ▪

정지돈

지금은 영웅이 행동할 시간이다

ⓒ이상우

1983년 대구 출생.
2013년 『문학과사회』 등단.
소설집 『내가 싸우듯이』 『우리는 다른 사람들의 기억에서 살 것이다』 『농담을 싫어하는 사람들』.
중편소설 『야간 경비원의 일기』.
장편소설 『작은 겁쟁이 겁쟁이 새로운 파티』 『모든 것은 영원했다』.
〈젊은작가상〉〈문지문학상〉 수상.

지금은 영웅이 행동할 시간이다

이것은 실제로 있었던 이야기다. 코로나 바이러스로 전 세계의 공항과 기차역, 터미널, 카페, 술집과 거리, 삶이 봉쇄되고 멸균되기 전에 있었던 일이며 사람들이 진보적 낙관주의에 대한 희망을 품고 있었을 때의 이야기다. 그러나 돌이켜 생각해보면 그때 이미 헛된 꿈이었다는 사실을, 우리가 이뤘다고 생각한 것들이 스크린에 투영된 이미지였다는 사실을 알고 있었다. 조짐은 언제나 그 자리에 있다. 알 수 없을 뿐이다.

내가 런던으로 떠난 다음 날, 엠은 처음으로 자전거를 빌려 파리를 횡단했다. 동쪽에서 서쪽으로, 19구에서 시작해 오페라 가르니에를 지나 볼로뉴 숲까지 갔다. 구글 맵에서 알려준 것보다 1.5배의 시간이 걸렸지만 날씨는 완벽했다. 자전거에게 샹젤리제의 부산함은 걸림돌이 아니었다. 잘 닦인 자전거 전용 도로에서 바퀴를 굴리며 엠은 영화 속의 장면, 소설 속의 장면, 회화 속의 장면이 자신의 실제와 함께 현실이라는 이름으로 상연되고 있음을 느꼈다. 어떤 영화인지, 어떤 소설인지, 어떤 회화인지 말할 수 없지만 말이다. 뭔가 뭉뚱그려서, 어쩌면 스냅사진일 수도 있고 패션화보일 수도 있고 CF나 무빙 이미지일 수도 있다.

유튜브 채널일 수도 있고.

그건 아니야.

내 말에 엠은 단호히 반대했다. 엠은 고전주의자다. 이런 말이 우스꽝스러워도 어쩔 수 없다. 태어난 연도로는 MZ세대였지만 엠은 이상할 정도로 새로운 매체에 저항적이었다. 틱톡이나 유튜브는 물론이고 페북, 인스타, 트위터, 클럽하우스 모두 증오했다. 하지만 아이디는 있었다.

눈팅용이야.

엠이 말했다. 시대와 불화하려면 시대를 알아야 하거든.

흠……. 싫은 걸 위해 노력할 필요까지 있나. 이해가 안 갔지만 엠은 그런 사람이었다. 할머니가 입던 옷을 입고 다녔지만 꽂히는 브랜드가 있으면 거금을 썼다. 머리를 감을 때 샴푸를 쓰지 않았지만 한번 자를 때는 유명 디자이너의 숍을 예약했다.

불로뉴 숲에 간 건 루이비통 파운데이션에 가기 위해서였다. 9월 초에 있는 Architectural Journey 기간 동안 전시 없이 건물 내부와 루프트탑, 테라스를 공개했다. 프랭크 게리의 거대한 똥을 제대로 볼 수 있는 기회야. 엠이 말했다. 악취미라고 생각했지만 엠에게 이런 말을 했다가는 논쟁이 벌어지기 십상이므로 말하지 않았다.

그래서 잘 봤어?

엠은 볼로뉴 숲에 이르기 직전 통과한 16구의 주택과 작은 규모의 아파트먼트들이 인상적이었다고 했다. 그곳은 어딘가 휴양지에 위치한 장소 같았어. 언덕을 넘거나 골목을 돌아 나가면 백사장이 나올 것 같은 느낌, 도로의 너비나 인도의 배치, 상점 간판의 색상, 바람의 세기나 감촉이 잘 조성된 해안가의 마을 같았고 자전거 바퀴 돌아가는 소리를 들으며 사람들 사이를 지날 때 생각했다고, 다른 게 있다면 냄새야, 여기는 소금기 어린 땀 냄새나 건조된 해산물의 비린 향이 나지 않아, 그렇다고 10구처럼 오줌 냄새나 하수구 냄새가 올라오지도 않지. 모르겠어, 무슨 냄새일까.

하지만 문제는 짧은 횡단의 마지막에 일어났다. 엠은 10구로 돌아와 카페에서 커피와 뺑오레쟁을 먹었고 집으로 오는 길에 편집숍에서 데님을 샀다고 말했다. 평소에 눈여겨봐둔 일본 브랜드의 오카야마산 데님이었는데 팔더라구.

한국보다 더 싸게?

아니, 더 비싸게.

그런데 왜 샀느냐고 묻자 엠이 말했다. 너는 소비가 어떤 의미인지 이해하지 못하는구나…….

물론 나는 이해하지 못했다.

허영심 같은 거야?

아니. 지정학.

흠.

아무튼 엠은 자전거를 편집숍 앞에 세워두고 쇼핑을 했고 점원의 친절과 데님의 탄탄함에 매혹되어 약간 들뜬 기분으로 밖으로 나왔는데,

자전거가 사라졌어.

엠이 말했다. 분명히 자물쇠를 채웠는데 말이야, 자전거가 사라졌다고!

엠이 타고 다닌 자전거는 파리의 공유 자전거 벨리브였다. 메흐드! 엠은 흥분해서 가게 점원에게 자전거가 사라졌다고 말했지만 점원은 고개를 저었다. 반납을 하고 왔어야지. 파리 거리에 자전거를 세워두는 건 도난 방조나 다름없어.

그래서 지금 경찰서에 가는 길이라고 엠이 말했다. 벨리브 이용 약관에 따르면 자전거 분실은 300유로거든. 도난에 따른 책임도 이용자에게 있고. 엠은 경찰에 신고해서 벨리브를 찾을 거라고 했다.

괜찮겠어? 너무 위험하지 않아?

내가 말했다. 자전거를 훔친 게 지역 갱일 수도 있고 그들과 연계된 아랍계나 아프리카계 조직, 세르비아인이나 체첸인들이 너를 가만두지 않을 수도 있어.

쓰레기 같은 할리우드 영화 좀 그만 봐.

엠이 말했다. 동네 꼬마가 훔친 거겠지. 아니면 처음부터 나를 노린 10구의 인종차별주의자나 섹시스트일 수도 있어. 파리 놈들, 본때를 보여주겠어.

엠의 파리 체류는 총 세 달이었고 자전거 도난은 첫 주에 일어난 일이다. 나는 엠과 함께 파리에서 지낼 예정이었지만 그 전에 먼저 일주일가량 런던에 머물러야 했다. 이유는 고서적 수집. 조지 오웰 100주기를 맞아 그의 책들을 모을 생각이었다. 엠에게 런던으로 오라고, 같이 다니자고 했지만 거절당했다.

조지 오웰? 조지 오웰 좋아해?

아니…….

하지만 읽어보면 생각보다 괜찮다고, 나는 엠에게 말했다. 우리는 페이스타임으로 대화 중이었다. 엠은 거리를 산책하며 통화했다. 생 마르탱 운하의 검은 물길 위로 파리의 오렌지색 조명이 흩어졌다. 아직 끝나지 않은 여름의 바람이 스피커를 통해 들려왔다. 밤거리가 위험하지 않으냐고 했지만 걱정하지 마, 여기도 사람 사는 곳이야, 엠이 말했다.

엠은 조지 오웰을 고리타분한 작가로 생각했다. 경직된 리얼리즘? 단순한 메시지의 사회파 작가?

조지 오웰을 시시한 작가 취급하면 안 돼. 내가 말했다. 좌파와 우파 모두 좋아하는 단 두 명의 작가 중 하나거든.

또 하나는 누군데?

봉준호.

메흐드…….

엠은 어제저녁 알리베르 거리의 선술집 르 카리용에서 만난 사람들 이야기를 들려줬다. 르 카리용은 '황금 삼각지대' 중심에 있는 알제리 산악지방풍의 술집으로 스페인식 요리를 판매하지만 아무도 요리에는 관심 없다. 테이블과 의자가 있지만 역시 아무도 관심 없다. 사람들은 모두 잔을 들고 서서 술을 마시거나 거리에 나와 술을 마신다. 당연히 엄청나게 시끄럽고 국적 불명의 음악이 영업 시간 내내 쿵쾅거리고 그것보다 더 큰 목소리들이 정신을 혼미하게 한다. 그러나 거리의 누구도 이의를 제기하지 않는다. 생 마르탱 운하에 '돈키호테의 아이들'이라는 구호단체가 있었거든. 노숙자, 이민자, 걸인들을 위한 곳이었는데 르 카리용은 이들의 집결지였어.

여기가 왜 황금 삼각지대인지 알겠지?

음……. 왜?

엠은 르 카리용에서 베네를 만났다고 했다. 베네는 스타호크라는 이명으로 활동하는 공산당원으로 직업은 간호사였다. 벨기에 태생이고 파리에 산 지 3년, 베네와 같이 르 카리용에 온 남자는 인터내셔널 서커스 그룹에서 목마를 타는 남자로 얼마 전까지 충칭에서 공연을 하고 돌아왔다. 이름은 기억 안 나. 그 사람도 공산당원이야? 아니. 그는 자신이 노동자라고 했어. 그리고 요즘 노동자들은 공산당을 지지하지 않는다는 말을 덧붙였지.

아무튼 베네는 엠이 서울에서 왔다는 이야기를 듣고 봉! 봉! 거리며 소리를 질렀다고 했다. 바로 며칠 전에 「기생충」을 봤다고, 정말 끝내주는 걸작이었다고 말이다. 그게 바로 우리 공산당원들이 원하는 영화야. 서커스 단원은 영화를 못 봤다고 했다. 사실 그는 영화를 보지 않는다. 1년에 한두 번 리암 니슨을 보러 극장에 갔고 대부분의 시간 동안 핸드폰 게임을 한다. 핸드폰 게임? 프랑스 사람도 핸드폰 게임을 해?

엠이 고개를 끄덕였다. 손이 이따만 한데 그걸로 핸드폰을 만지작거리더라니까.

서커스 단원은 서울이 어딘지 안다고 말했다. 왜냐하면 자기는 베이징도 갔고 도쿄도 갔는데 서울은 그 사이 아니냐고, 당신의 나라에 가보지 못한 게 아쉽다고 말했다. 서울에서 인터내셔널 서커스 그룹을 초청하면 언제든 갈 용의가 있다고 했다. 나의 목마는 다리가 무지 길어서 바다를 걸어서 건널 수 있거든.

와우.

베네는 엠의 잃어버린 자전거를 찾아줄 수 있다고 말했다. 경찰 같은 관료주의 돼지 놈들은 믿지 말고. 대신 조건이 있어.

뭔데?

내일 있을 페테 드 뤼마니테에 같이 가자.

페테 드 뤼마니테는 매년 열리는 축제로 코뮤니즘 페스티벌로도 불린다. 프랑스 공산당 기관지였던 『뤼마니테』가 1930년 처음 시작해 지금까지 이어져온 유서 깊은 페스티벌이야. 펄잼이나 시네이드 오코너, 프란츠 페르디난드, 이기 팝 같은 유명 뮤지션도 오고. 당파적이거나 정치적인 목적을 위한 이벤트는 아니야. 물론 페스티벌을 계기로 공산당에 입당하면 더 좋지만.

종교나 정치나 선교하는 건 같구나.

몰랐어?

몰랐지……. 그래서 가려고?

자전거를 찾아야지.

엠이 말했다.

런던의 공유 자전거 산탄데르는 스페인에서 시작된 거대 은행 산탄데르에서 기증한 것이다. 런던 같은 대도시에 제대로 된 공유 자전거가 없다는 사실이 놀랍지만 신자유주의의 꾐에 넘어가 모든 걸 민간 영역으로 돌린 나라에서 흔히 일어나는 일이라고 엠은 말했다. 그러거나 말거나 나는 산탄데르를 타고 첼시 브리지를 건너 배터시 발전소를 지났고 템스강을 보며 BFI 사우스뱅크까지 갔다. 내셔널 시어터의 정원에 사람들이 가득했다. 비눗방울 만드는 행상을 쫓아 달리는 앵글

로색슨계 아이들, 텅 빈 로비에서 헤드폰을 끼고 믹싱에 열심인 흑인 청년, 3층 테라스에 모여 현대무용 동작을 반복하는 고스족 타입의 무리, 나는 1층 카페의 캠핑 의자에 앉아 아이스 아메리카노를 마셨다. 런던과 파리의 가장 큰 차이는 런던에선 어디서나 아이스 아메리카노를 살 수 있다는 사실이다. 파리 사람들은 아이스 아메리카노를 못 알아듣는 척하거나 미지근하게 얼음 하나 띄워준다. 이것도 신자유주의와 관계된 문제일까?

엠은 다음 날 아침 뷔트 쇼몽이 보이는 10구의 주택에 베네를 만나러 갔다. 그곳은 밀짚모자를 쓴 왕년의 신좌파, 그러나 지금은 금융업에 종사 중인 디디에의 집으로 베네와 디디에 그리고 헝가리 출신인 페트라가 있었다. 페트라는 키가 180센티미터였고 양팔에 문신이 가득했으며 맨해튼에서 프로페셔널 도미나트릭스 일을 한다고 했다. 도미나트릭스? 그게 뭔데? 남성을 지배하는 여성. 페트라는 BDSM 던전에서 한 달에 만 달러씩 벌었다. 남자들은 그녀 앞에 스스로 무릎 꿇고 묶이고 기어 다니고 촛농, 채찍, 피즐로 얻어맞으며 죄를 고백했다. 일종의 성직자라고 생각해. 페트라가 말했다. 죄를 사하는 게 아니라 죄를 짓는 거지만. 사실 이 둘은 비슷한 면이 있거든.

베네와 디디에, 페트라가 무슨 사이인지는 알 수 없었다. 나누는 얘기로 보건대 데면데면한 사이 같았다. 서로에게 별 관심 없어 보였고 다들 각자 떠들기 바빴다는 말이다. 대화라는 게 원래 그런가? 디디에는 아무나 붙잡고 자신의 여유와 경험을 떠들고 싶어 하는 제1세계 중년 아저씨였고 때때로 엠과 베네, 페트라를 음흉한 눈으로 봤지만 정확한 속내는 알 수 없었다. 그냥 생긴 게 그런 걸 수도 있잖아.

과연 그럴까? 엠이 말했다.

무죄추정의 원칙은 늘 우리를 가로막는다. 판단을 유보하거나 중지하라는 불가능한 임무. 인간에 관해서는 소 잃고 외양간을 고치는 식으로 대응할 수밖에 없다는 것이다. 문제를 미리 해결하려고 하면 폭력이 된다.

그러면 어찌 됐든 소는 잃을 수밖에 없다는 거네.

그래서 우리에겐 새로운 소가 필요해.

엠이 말했다. 엠의 새로운 소는 페테 드 뤼마니테에서 만난 한국인 유학생이었다. 일신상의 문제, 프라이버시 때문에 유학생의 이름은 알려줄 수 없다고 했다. 그러니 편의상 그의 이름을 엔씨NC(New Cow)라고 하자.

엔씨는 작고 마른 남자로 나이를 짐작할 수 없었다. 곱슬머리였는데 타고난 건지 햇볕에 그을려 꼬이기 시작했는지 알 수 없었고 밋밋한 안경 너머 조그만 눈이 어디를 보고 있는지도 알 수 없었다. 그는 땅에서 솟아난 듯 불쑥 엠의 일행 사이에 들어왔고—그들은 메인 스테이지의 너른 잔디밭 어디쯤 막 자리를 잡은 참이었다—디디에는 대놓고 그를 무시했지만—알고 보니 둘은 안면이 있는 사이였다—엔씨 역시 디디에를 무시했다. 페트라는 엔씨 같은 타입의 고객은 한 명도 없다고 말했다. 베네가 반전으로 엔씨 같은 타입에게 SM 취향이 있을 법도 하다고 했지만 페트라는 딱 잘라 말했다. 반전 같은 건 영화에나 있지. 엔씨가 만약 SM이라면 그는 괴롭힘을 당하는 쪽이 아니라 괴롭히는 쪽일 거라고, 그러니 나와 만날 일이 없어. 엔씨는 그 모든 이야기를 듣고 있었다. 다시 말해 그들은 엔씨에 대한 평가나 감상을 그의 면전에서 했는데 누구도 불편함을 느끼지 않았다. 엔씨는 어딘가 투명인간 같은 면이 있는 사람이었다.

메인 스테이지인 그랑 센느에는 정체불명의 펑크 밴드가 있었고 프랑스에서는 꽤나 인지도가 있다고 했지만 엠의 귀에는 시끄럽기만 했다. 페테 드 뤼마니테는 일반적인 록 페스티벌과 다를 게 없었다. 메인 스테이지가 있고 몇 개의 중소 스테이지가 있다. 뤼마니테가 열린 장소는 파리 외곽 도시인 라쿠르뇌브의 조르주 발봉 파크로 수도권에서 세 손가락 안에 드는 거대한 규모의 공원이었다.

엠 일행은 지하철을 타고 왔고 역에서부터 인파가 엄청났다. 엠은 뭔가 대단한 실수를 했다는 사실을 깨달았다. 지하철에 온통 늙은이뿐인 거 있잖아. 진짜 늙은이가 아니라 중년들, 지나간 시절을 추억하고 자신의 상태를 고집하는 것 말고는 큰 관심이 없는 사람들이 인파의 대부분을 차지했고 그 외의 사람들은 딱 봐도 관광객이나 파리의 휘광에 이끌려 온 유학생, 이민자, 떠돌이들이었다. 르 부르제역에 도착하자 사람들이 우르르 내렸고 엠은 그때부터 조르주 발봉 파크까지 줄곧 커다란 덩치들의 등을 보며 왔다고 말했다.

다른 게 있다면 그랑 센느 옆에 세계 각국의 공산당 세포가 차린 부스가 있다는 사실이야. 수십 개국의 공산당 또는 사회주의당, 아나키스트 분파가 부스 안에서 뭔가를 하고 있었다. 굿즈를 팔거나 세미나를 진행하고 이벤트를 열었다. 한국 부스에선 풍물패가 사물놀이를 하고 있었다. 엔씨가 한국 부스에서 식혜를 받아 왔다. 네 잔을 들고 왔는데 디디에와 베네는 먹지 않겠다고 했다.

구더기가 떠 있잖아. 디디에가 말했다.

잇츠 라이스.

엠이 말했다. 디디에가 히죽 웃으며 고개를 저었다. 노노…… 내가 인류학자라면 이런 걸 먹겠지만 나는 애널리스트라고.

페트라는 한 잔 먹더니 눈이 뒤집혀 한 잔 더 마셨고 심지어 엔씨의 몫까지 뺏어 마셨다. 그리고 일어나서 트랜스 상태로 춤을 추기 시작했다. 아직 해가 쨍쨍했고 그랑 셴느에선 느끼한 프랑스 남자가 랩과 샹송의 잘못된 결합으로 탄생한 노래를 부르고 있었다. 다시 말해 페트라의 춤과 어울리는 건 지상에 없었다. 음료에 뭐 넣은 거야? 베네가 말했다. 약이라도 탔어? 엔씨는 수줍게 미소 지었다. 아무것도……. 디디에가 어디선가 맥주 캔을 잔뜩 구해 왔고 스톤 콜드 스티브 오스틴처럼 마시는 걸 보여주겠다고 했지만 아무도 스톤 콜드 스티브 오스틴이 누군지 몰랐다. 그때부터 사람들이 뒤섞여 알코올을 들이붓기 시작했고 하나둘 일어나 춤을 추거나 대화를 나누고 어디론가 사라졌다고, 엠은 말했다. 엔씨는 술을 마시지 않았다. 그는 잔디밭에 홀로 앉아 시끌벅적한 사람들을 멍하니 보고 있었다. 엠은 엔씨가 거슬렸다. 그가 나쁜 짓을 했거나 나쁜 의도가 있어서가 아니라, 대체 왜 여기 있는지 알 수 없었기 때문이었다. 뭐지? 왜 우리 틈에 있는 거지? 내가 한국인이라서 그런가? 그럼 한국 부스에 가지?

이유가 뭐래?

내가 물었다. 엠은 그랑 셴느에서 한참 떨어진 공원의 호숫가를 걷고 있었다. 해는 졌고 주위는 숲속마냥 어두웠지만 멀리서 희미하게 쿵쿵거리는 베이스 음이 들렸다. 엠은 페스티벌에 있는 게 불편했지만 페트라가 난리를 치는 탓에 어울려 춤을 췄고 베네의 손에 이끌려 이 스테이지 저 스테이지 다니며 술을 마시고 알 수 없는 버섯을 먹고 다양한 종류의 연초를 얻어 피웠으며 어느 순간 지쳐 쓰러져 잠들었다고 했다. 일어나니 아무도 없더라고, 그래서 혼자 잠깐 몸을 흔들며 놀다가 인도네시아 부스에 가서 미디어 아티스트와 공산당원, 이맘이 함께 하는 토크를 보고 있는데 옆을 보니 엔씨가 있지 뭐야.

소름…….

엔씨는 불문학 전공자로 10년 전에 파리에 왔다고 했다. 박사가 목표였지만 석사만 수료했고 한국으로 돌아갈까 했지만 타이밍을 놓쳤다고 했다. 무슨 타이밍인지는 알 수 없었다. 요즘은 문학작품을 번역하며 지낸다고 말했다. 본격적으로 한 권 전체를 번역하는 건 처음이라고, 20세기 초 활동했던 초현실주의 시인(그러나 대부분의 초현실주의자가 그렇듯 곧 그룹에서 탈퇴한) 기 로지의 유일한 소설로 한국에는 물론이고 영어권 국가에도 번역되지 않은 책이라고 했다. 사실상 프랑스에도 거의 알려지지 않은 작가예요. 그는 10구의 자선단체에서 운영하는 헌책방에서 이 책을 구했다며 단돈 1유로에 샀다고 말했다. 헌책방의 주인은 그와 오랜 기간 알고 지낸 백발의 이자벨로 책을 사는 사람이 없다, 책을 버리는 사람만 있는 것 같다, 그런데 왜 계속 책이 나오는 거지, 같은 소리를 매번 늘어놓았다. 아무튼 기 로지의 텍스트는 전설에 값하는 놀라운 것이었다. 그런데 번역을 시작한 지 한 달 뒤부터 이상한 일이 일어나기 시작했다. 초반의 맹렬한 속도와 흐름이 잦아들며 번역을 제대로 하고 있는 게 맞는지, 이 텍스트를 통째로 오해하고 있는 건 아닌지 지금까지의 내용을 생각했을 때 지금처럼 전개되는 게 말이 되는지 의문에 휩싸였을 때, 엔씨는 번역 원고가 스스로 진행된다는 사실을 발견했다.

무슨 말이야?

그러니까 밖에 나갔다 작업실에 돌아오니까 번역이 되어 있었다는 거야. 아직 시작도 안 한 부분이 한 페이지가량, 그 전의 원고에 이어서 번역되어 있었다는 거지. 엔씨는 자기가 착각했나 싶었다고, 그럴 수도 있잖아, 깜빡했다거나 전에 미리 해둔 부분이었다거나. 근데 아니었다. 그날 이후 엔씨가 작업실을 비우면 번역은 자동으로 진도가 나갔고 심지어 번역의 질도 거의 완벽에 가까웠다고 했다. 누가 장난치는 거 아닐까 생각했지만 엔씨의 작업실을 아는 사람은 거의 없었고 불어를 한국어로 번역할 수 있는 사람은 더더욱 없었다.

흠…… 미친 사람이네.

내가 말했다. 엠은 어깨를 으쓱했다. 나도 그렇게 생각했어. 그래서 그냥 어떡해요, 근데 저는 가봐야 될 것 같아요, 라고 말하고 여기로 왔지. 그렇지만 엔씨가 나쁜 사람인 거 같지는 않다고 엠은 말했다. 너무 열심히 공부하고 너무 외롭고 그러다 보니 정신이 약간 이상해진 거 아닐까. 아니면 정말 그런 일이 생긴 걸지도 모르고(완전자동번역!) 그것도 아니면 이 모든 게 장난질일지도 모르지.

나는 엠의 말 중에 뭐가 가장 합리적인 것일까 생각했지만 알 수 없었다. 누군가 이해할 수 없는 소리를 하면 그걸 어떻게 받아들여야 할지 매번 곤란했다. 그런 상황은 가능하면 피하는 게 상책이다. 모른 척하거나 그 사람이 이상한 거라고 생각하는 식으로 치워두는 거다. 하지만 가끔 그렇게 눙치고 지나갈 수 없을 때가 온다. 사실상 우리 삶 전체가 대충 넘어가고 있는 거라는 사실을 깨닫게 되는 순간이 오는 거다.

나는 숙소에서 멀리 떨어지지 않은 KFC에서 치킨 세트를 먹고 있었다. 밤늦은 시간이라 문을 연 가게가 이곳밖에 없어서 런던까지 와서 KFC에 오게 됐다고 말하고 싶지만 솔직히 말하면 익숙한 음식이 그리웠다. 글로벌 프랜차이즈 정크푸드에 대한 노스탤지어? 건너편 테이블에 두 남자와 한 명의 여자가 있었는데 그중 한 사내가 페이스타임 하는 나를 흘깃 쳐다봤다. 팔뚝이 내 몸통만 한 백인으로 나이가 꽤 있어 보였고 극우주의 폭주족이나 프로레슬러처럼 생겼다. 엠은 이제 슬슬 집으로 가야겠다고 말했고 우리는 전화를 끊었다. 나는 남은 프렌치프라이를 뒤적거리며 인스타그램과 트위터를 확인했다. 그때 백인 사내가 내게 말했다.

웨얼 어 유 프롬?

코리아…….

노스? 사우스?

사우스…….

나는 짧은 영어가 들통날까 싶어 짧게 대답했는데 그는 이미 나에 대한 판단을 끝낸 것 같았다. 사내는 우람한 팔뚝을 의자에 걸치고 몸통을 내 쪽으로 돌리고 말했다. 식사하는 곳에서 그렇게 시끄럽게 떠들어도 돼? 너희 나라에서는 그렇게 하나 보지? 나는 입을 다물고 주변을 둘러봤다. KFC에는 몇몇 사람들이 더 있었고 대화를 나누거나 핸드폰으로 영화 따위를 보며 식사를 하고 있었다. 카운터에는 중동 계열의 점원들이 수다를 떨며 주방을 정리 중이었다. 사내가 근육을 꿈틀거리며 다시 말했다. 내 말 안 들려? 남의 나라 와서 떠들어도 되냐고? 쏘리……. 내가 말했다. 뭐라고? 쏘리……. 백인은 아예 내 쪽으로 몸을 돌리고 앉았다. 카키색 나시를 입은 그의 우람한 상체가 적나라하게 보였다. 목에는 체인 액세서리를 하고 있었다. 그의 일행들은 그가 하는 행동을 모른 척했다. 사내는 두꺼운 손을 들더니 손가락을 자기 쪽으로 까딱까딱했다. 이리 와봐. 네? 이리 와보라고. 나는 프렌치프라이를 손에 들고 엉거주춤했다. 이것만 먹고…….

왓?

리브 힘 얼론.

그때 옆 테이블에서 홀로 햄버거를 먹던 중년의 백인 여인이 말했다. 리브 힘 얼론, 퍽킹 이디엇. 사내가 그녀를 바라봤다. 왓 얼 유 룩킹 앳. 리브 힘 얼론. 여인이 다시 말했다. 그리고 내게 걱정 말라고 했다. 나는 몸이 굳어 아무것도 할 수 없었다. 백인 사내는 여인을 보고 다시 나를 보더니 고개를 돌렸다. 혼자 구시렁댔지만 알아들을 수 없었고 사내의 일행들이 그에게 햄버거를 건넸다. 나는 얼른 자리에서 일어나 남은 음식과 그릇을 정리하고 밖으로 나왔다.

숙소로 돌아오는 내내 백인 사내가 쫓아올까 봐 몇 번이고 돌아봤다. 거의 달리다시피 걸어서―진짜 달리면 눈에 띄니까 빠른 경보로 걸었고―들어오자마자 자물쇠란 자물쇠는 다 잠갔다. 사내의 덩치라면 에어비앤비의 허약한 문 따위 한 방에 박살 낼 것 같았지만 그래도 심리적인 안정이 필요했다. 나는 잠시 침대에 앉아 문 쪽을 바라봤다. 침착하자. 덩치가 크긴 해도 나이가 많으니까 막상 싸움이 벌어지면 해볼 만하다……. 뭐가 해볼 만하지……. 나는 엠에게 전화를 걸까 했지만 우스운 꼴이 될 것 같아 참았다. 그렇게 조금 있으니 마음이 진정됐다. 사내는 쫓아오지 않았고 거리는 적막했다. 중년 여인에게 고맙다는 말을 하지 못한 게 마음에 걸렸다.

샤워를 하고 침대에 누워 조지 오웰의 책을 펼쳤다. 영국의 국민성과 정치 성향에 대한 에세이에서 언급된 시인이자 공산주의자 존 콘퍼드의 시 「우에스카의 폭풍전야」를 봤고 핸드폰으로 전문을 검색했다. 시의 원제는 '티에르자의 만월'이며 이렇게 시작한다. "과거에, 빙하가 산을 뒤덮었고/ 시간은 서서히 흘러갔으며 모든 것은 어둠 속에 있었다." 마지막 구절은 다음과 같다. "우리가 미래다. 마지막 싸움을 준비하자." 존 콘퍼드는 1936년 12월 28일 스페인 내전에서 전사했다. 조지 오웰은 콘퍼드의 시를 1차 대전 선전용으로 유행했던 헨리 뉴볼트 경의 시와 비교하며 두 시 모두 애국심을 고취한다는 측면에서 유사하다고 말한다. 애국심만큼 좌파와 우파 모두에게 잘 먹히는 발명품은 없다고 말이다. 또한 애국심은 무엇보다 중산층 그룹의 애용품이며 그런 의미에서 중산층은 국가의 근간이 된다고 말한다. 애국심과 그로 인한 군사주의, 전쟁이 아무리 싫어도 대체할 무언가가 없다면 정치에서 승리할 수 없다는 이야기다. 나는 자연화된 집합적 정체성과 이데올로기에 대해 생각했고 들뢰즈가 말한 좌파의 조건이 떠올랐다. "좌파라는 것은" "멀리 내다보는 것"이다. 그에게 좌파는 거리의 문제였고 지정학적 인간이었다. 멀리 있는 사람, 멀리 있는 사건을 자신의 일처럼 생각하는 것. 반면 우파는 자신의 앞마당만 생각하는 사람이다. 그런 의미에서 한국인은 좌우 모두 보수주의자다……. 너는? 흐릿한 형체의 엠이 묻는다. 나는 나를 위협하던 백인의 금발 머리칼과 팔뚝을 떠올린다. 나는…… 멀리 있는 사람들을 생각한다. 그러나 그 거리는 공간이 아니라 시간이며 관념과 매체 속에서 공간처럼 오갈 수 있는 장소다……. 나는 가수면 상태에서 조지 오웰의 에세이를 손에 들고 이런 공상을 하며 드문드문 경련을 일으켰고―잠 속으로 빠져든다는 신호, 꿈과 현실의 경계를 통과할 때 일어나는 신체의 반응―그때 엠에게서 전화가 왔다. 소란스러운 소리가 들렸고 화면은 핸드헬드로 찍은 액션 영화처럼 마구 흔들렸다. 엠의 얼굴이 어둠 속에서 갑자기 나타났다. 지금 지하철이 끊긴다고 해서 역으로 뛰어가는 중이야! 엠이 외쳤다. 무슨 말이야? 갑자기? 엠이 헉헉 소리를 냈다. 뒤에서 좀비 떼라도 쫓아오는 것처럼 사람들이 소리를 지르며 달려가고 있었다. 몰라! 베네랑 다른 애들이 다 전화를 안 받잖아! 엠이 말했다. 엠은 일행을 찾아 조르주 발봉 파크를 헤매고 다녔지만 아무도 찾을 수 없었다. 전화를 걸었지만 아무도 받지 않았고 12시쯤 되니 슬슬 걱정이 되기 시작했다. 뤼마니테의 사람들은 절반 이상으로 줄어 있었다. 그때 몇몇 사람들이 어디론가 급히 움직이는 모습이 보였다. 무슨 일이에요? 곧 지하철이 끊길 거예요. 지금 안 타면 여기서 자야 돼요. 여기서? 엠은 공원을 둘러봤다. 술이나 약에 취해 갈 데까지 간 인간들만 남아 있었다. 페테 드 뤼마니테는 우리말로 인류의 축제야…… 인류……. 사람들이 알 수 없는 소리를 지르며 떼로 뛰어가는 모습이 보였다. 보여? 보여? 으아아아악! 엠도 소리를 지르며 뛰어갔다. 그때 스피커에서 덜컥하는 소음이 나더니 화면이 빙그르르 돌았다. 괜찮아? 놀란 내가 외쳤다. 엠의 얼굴이 다시 나타났다. 넘어졌어. 아 씨발……. 엠이 말했다. 그러는 중에도 사람들은 지하철 입구로 몰려가고 있었다. 아니…… 막차가 뭐라고……. 엠이 도착했을 땐 간발의 차로 지하철이 떠나고 난 뒤였다. 제때 도착했더라도 아마 못 탔을 거야. 사람이 너무 많잖아. 이제 어떡할 거야? 엠은 주위를 둘러봤다. 막차를 놓친 사람들이 해파리처럼 지하를 떠다녔다. 우선 여기서 나가야지. 무슨 방법이 있겠지. 나는 엠에게 우버를 타라고 했다. 돈 걱정은 나중에 하고, 너무 위험하니까. 엠은 고개를 저었다. 근데…… 나 배터리가 다 됐어. 엠이 말했다. 뭐? 배터리가 1프로 남았는데……. 그리고 전화가 끊겼다.

엠이 르 부르제역 입구에서 서성거릴 때 엔씨가 다시 나타났다. 엔씨는 자전거를 타고 있었다. 엠은 순간 이 자식이 나를 스토킹하나 생각했지만 사물에 가까울 정도로 선하고 무력해 보이는 엔씨의 인상으로 미뤄보건대 그런 것 같지 않았다. 자전거를 타면 파리까지 한 시간

안에 갈 수 있다고 엔씨가 말했다. 자전거가 없어요. 엠이 말했다. 엔씨는 뒤에 타라고 했다. 엔씨의 자전거에는 뒷좌석이 있었지만 엔씨와 엠의 체구는 비슷했고 자전거의 상태로 봤을 때 두 사람을 태우고 앞으로 나갈 수 있을 것 같지 않았다. 엠이 고개를 저었다. 그냥 걸어갈게요. 엔씨는 걱정 말라고 했다. 이 자전거는 이보다 더한 일도 해냈다고 이 정도 역경은 문제도 아니라고. 엔씨는 헬멧을 썼고 광부처럼 헬멧에 달린 카바이드램프를 켰으며 천천히 페달을 밟고 앞으로 나아가기 시작했다. 엠과 엔씨를 태운 자전거가 어두운 국도 위를 천천히 달렸다. 걷는 것과 큰 차이 없는 속도로 움직였지만 때때로 검은 빙판 위를 미끄러지는 것처럼 앞으로 나아갔고 이상 기온 때문인지 9월 중순 파리의 밤하늘에서 부드럽고 따뜻한 지중해풍 바람이 불었다. 엠은 갓길에 버려진 차와 키 높이만큼 쌓여 있는 매트리스, 인터체인지, 고가도로 아래 줄지어 있는 텐트와 불을 피우고 모여 있는 사람들을 보았고 방리유의 낡은 주택가 사이를 통과하는 오토바이 무리에 둘러싸였지만 두렵지 않았다. 오토바이를 탄 친구들은 어리석고 시대를 알 수 없는 포즈를 취하며 멀어졌고 엔씨와 엠은 오르막이 나오면 자전거에서 내려 천천히 걸었으며 내리막이 나오면 엠이 앞에 타고 엔씨가 뒤에 탔다. 엠은 엔씨를 태우고 파리까지 충분히 갈 수 있겠다고 말했다. 생각보다 힘들지 않고 자전거가 좋다고, 지금부터는 제가 페달을 밟을게요. 그러자 엔씨가 말했다. 여기가 파리라고, 우리는 이미 목적지에 도착했다고.

사티에르는 프랑스어로 고양이가 드나드는 문이라는 뜻이다. 엔씨의 작업실이 있는 지하 동굴은 아홉 개의 사티에르를 통과해야 이를 수 있었다. 지하 동굴? 내가 반문하자 엠이 고개를 끄덕였다. 엔씨가 잃어버린 자전거를 찾아주겠다고 했거든. 파리의 카타콤에 대해서는 들어봤지? 엠이 말했다. 나는 고개를 저었다. 카타콤? 무덤?

엠의 말에 따르면 파리의 카타콤은 중세의 지하 채석장에서부터 시작됐다고 한다. 파리, 라틴어로 루테티아는 에오세 기간 동안 생성된 천연 석회암 위에 지어진 도시였고 약 12세기경부터 사람들은 지하의 석회암을 파내 건물과 도시를 지었다. 수백 년간 진행된 채석은 파리 지하에 또 하나의 도시를 만들었고 거리, 교차로, 밀실, 광장, 수로 등 도시의 순환계에 필요한 모든 것이 거꾸로 뒤집힌 거울의 반대상처럼 땅 아래 형성됐다. 이후 파리는 지하 도시를 적극 활용했다. 산 자들을 압박하는 죽은 자들의 흔적을 지하 공동묘지로 이관했으며 전국 최대 규모의 버섯 농원을 만들었고—파리 지하 원예학회의 회원 수는 2,000명이 넘었다—나치 점령기에는 레지스탕스가 피난처로 활용했고 전쟁 말기에는 비시정부와 나치가 숨어 지냈다. 지하 공간 마니아들인 카타필은 극장과 클럽, 바, 살롱 등을 땅 아래에서 운영했으며 버려진 채석장은 범죄자들의 밀수 공간, 은신처, 불법체류자와 노숙인들의 쉼터가 되기도 했다. 프랑스 정부는 1955년 이후 파리 지하망을 관광용으로 바꿨고 지하 경찰 이른바 카타플릭스들을 배치해 자유로운 이동을 통제했다. 그러나 카타필과 도망자들은 사라지지 않았고 여전히 지상 아래 존재했다.

엔씨는 16구의 집에서 쫓겨난 후 지하철역과 생 마르탱 운하, 레퓌블리크 광장을 떠돌며 거리 생활을 했고 결국 카타콤에 자리를 잡았다고 했다. 한인 식당에서 일을 시작했지만 다시 방을 구할 생각이 들지 않았다. 비싼 월세도 문제였지만 그에게 지상의 집은 무의미했기

때문이란다. 노숙자, 지하 생활자는 생각보다 많았고 음식을 구하는
건 어렵지 않았다. 가장 큰 문제는 카타플릭스들로 그들만 피한다면
두더지처럼 살 수 있었다. 지하에는 주인이 없었다. 뤼 당페르, 사람들
은 이곳을 지옥의 거리 또는 지옥으로 가는 입구라고 생각했고 진기
한 구경거리라고 생각할 뿐이었다. 엔씨는 삶의 절반을 지하에서 보냈
고 나머지 절반은 파리 시내를 떠돌며 보냈다.

쉽게 말해 노숙자인 거야?

엠은 엔씨를 따라 이틀간 지하에 머물렀다. 핸드폰도 안 되고 햇빛
도 없고 나무나 꽃 같은 식물도 없고 어디서 오는지 모를 차고 축축한
바람이 가끔 불어와 피부에 닿았다. 그러나 따뜻하고 조용했고 냄새
마저 코의 점막 안으로 차갑게 달라붙는 걸 느끼며 어쩌면 이곳에 누
워 평생 지낼 수 있을지도 모른다고, 여기에선 시간 감각이 달라지고
시간 감각이 달라지면 필요로 하는 것과 욕망하는 게 달라진다고, 엔
씨가 사물에 가깝게 보였던 건 그런 이유 때문이었는지도 모르겠다고
엠이 말했다.

잃어버린 자전거는 분더캄머라고 불리는 구역에 있었다. 이곳은 자
전거들의 안식처, 굴러다니는 것들의 피안으로 도둑맞거나 주인 잃
은 자전거, 고장 나고 기능이 손실된 저 세상의 체인과 바퀴, 타이어들
이 모여드는 곳이었다. 누가 가져다 놓는 거야? 아무도. 엔씨는 자전
거 스스로 이곳을 찾아온다고 말했다. 그의 번역 원고처럼 말이지? 그
렇지. 엠은 진흙투성이가 된 벨리브를 끌고 버려진 지하철역의 터널을
통해 지상으로 나왔다. 이틀 동안 씻지 못했으니 거지꼴이었지만 이상
하게 얼굴은 평소보다 더 맨질맨질하고 윤기가 흘렀다. 오카야마산 데
님은 서부 개척시대의 미국 노동자처럼 더러워졌고 입에선 치즈 냄새

가 났다. 엠이 자전거를 끌고 편집숍 앞을 지나는 모습을 본 점원이 엄지 손가락을 치켜세웠다. 그러나 경찰과 벨리브는 엠이 찾은 자전거는 잃어버린 자전거가 아니라고 했다. 일련번호가 달라요. 자전거를 찾아준 건 고맙지만 이건 당신의 자전거가 아닙니다. 루이스 블랑가의 경찰서 접수계 직원 마르셀이 엠에게 말했다. 한번 잃어버린 건 다시 찾을 수 없어요. 찾더라도 예전 같은 모습은 아닐 겁니다.

다음 날 아침 엠은 파리 북역으로 갔다. 샤를 드골 공항에서 오전 11시 런던행 비행기를 탈 예정이었다. 엔씨는 자전거를 타고 역까지 따라 나왔다. 런던에서 돌아오면 보자고 말했지만 엔씨에게는 핸드폰이 없고 연락할 방법이 없었다. 그러나 르 카리용이나 알리베르 거리, 생마르탱 운하의 어디쯤에선가 갑자기 등장하겠지? 두더지처럼 말이야. 엔씨는 대답 없이 미소를 지으며 고개를 끄덕였다. 엠은 자전거를 찾아줘서 고맙다고 했다. 내 자전거는 아니지만. 그게 엠과 엔씨가 나눈 마지막 대화였다.

나는 런던의 글로스터로드역으로 엠을 마중 나갔다. 엠은 평소와 다를 바 없는 모습이었지만 조금 하얘진 것 같기도 했다. 우리는 카페에서 팬케이크 따위를 먹으며 대화를 나눴다. 근데 엔씨의 자동번역원고는 확인했어? 엠이 고개를 끄덕였다. 저절로 쓰인 부분이랑 엔씨가 번역한 부분 필체가 완전 같더라구. 그래? 그러면…… 어떻게 된 거야?

그래서 내가 말했어. 전혀 다르지 않네요. 엔씨의 헬멧에 달린 카바이드램프의 둥근 불빛이 원고를 비추었고 미색 종이가 희게 빛났다. 그렇죠. 그게 정말 이상한 점이에요. 엔씨가 말했다. ▪

조해진

허공의 셔틀콕

2004년 『문예중앙』 등단.
소설집 『천사들의 도시』 『목요일에 만나요』 『빛의 호위』 『환한 숨』.
장편소설 『한없이 멋진 꿈에』 『로기완을 만났다』 『아무도 보지 못한 숲』
『여름을 지나가다』 『단순한 진심』 『완벽한 생애』.

허공의 셔틀콕

오랜만에 저녁 약속이 잡힌 날이었다.

일하면서 친분을 맺은 사회복지사가 모바일 청첩장을 보내왔는데 하객 수가 제한된 결혼식에 참석하는 것보다는 저녁이나 먹으며 축의금을 전해주는 것이 나을 듯해서 내가 먼저 제안한 자리였다. 더욱이 나는 타인의 결혼식장에서 석주와 마주치고 싶지는 않았다. 그녀는 나보다 오히려 석주와 관계가 돈독하니 그가 결혼식에 나타날 확률은 꽤 높은 셈이었다.

낯선 벨 소리가 들려와 깜짝 놀란 건 약속 장소인 베트남 식당의 홍등이 막 시야에 들어온 순간이었다. 나는 걸음을 멈추고는 반사적으로 재킷 주머니를 뒤적이며 같은 자리를 빙그르르 돌았다. 내 휴대전화가 소리의 진원지인 건 분명했지만 평소 설정해놓은 벨 소리가 아닌 탓에 손길만 다급할 뿐, 누군가 내게 전화한 것이 맞는지 여전히 확신하지 못한 채였다. 휴대전화는 가방 안쪽, 파우치와 잡지 사이에 끼여 있었다.

휴대전화 화면을 보고 나서야 이모의 아들, 그러니까 사촌 동생 호수가 보이스톡으로 전화를 걸어왔다는 걸 확인할 수 있었다. 보이스톡은 내가 한 번도 이용한 적 없는 통화 방식이었다.

얼결에 전화를 받은 나는 고유명사가 모두 빠진 말로 헐거운 안부부터 물었는데, 호수가 미국 주립대학 공대에서 유학 중인 건 알고 있었지만 대학 이름이나 전공의 세부 명칭은 기억나지 않아서였다. 그가 유학을 갈 즈음 엄마는 항암 치료 중이었으므로 그때 나는 내 주변의 어떤 정보도 제대로 흡수할 수 없는 상황이었다. 그는 잘 지낸다고, 그런데 부탁이 하나 있다고, 오랜만에 연락해서 부탁을 하게 되었다고, 흡사 자신이 한 말에 쫓기듯 빠르게 다음 말을 이어갔다. 우리는 외가 쪽 가족 행사에서나 마주치곤 했을 뿐 따로 통화를 한 적도 거의 없는 데다, 내가 이모와 멀어졌다는 걸 그도 대충은 알고 있을 테니 갑작스럽게 부탁을 해야 하는 그의 난처한 입장이 이해되긴 했다. 나는 호수의 부탁을 제대로 듣기 위해 인도 구석으로 가서 휴대전화를 대지 않은 한쪽 귀를 손으로 막았다.

호수는 말했다.

두 달 전에 농구를 하다가 갈비뼈를 다쳤는데 그때는 지금보다 바이러스가 성행할 때여서 받아주는 병원이 없었다고, 그때 애틀랜타 종합병원의 데이비드라는 간호사가 도와주지 않았다면 응급처치 시기를 놓쳐서 무척 고생했을 거라고, 실제로 뼈가 부러지기 직전이었다고, 그렇게 데이비드에게 몇 차례 치료를 받는 동안 그의 개인사를 알게 되었고 그를 도울 수 있는 방법을 고민하다가 사회복지사로 일하는 사촌 누나를 떠올리게 되었다고……. 호수의 긴 설명을 듣는 동안 나는 그래, 그래, 두어 번 의미 없이 맞장구를 쳐주었을 뿐 구체적인 대꾸는 하지 않았고, 내 직업은 사회복지사가 아니라 구청의 사회복지과 직원이라고 굳이 정정해주지도 않았다. 데이비드라는 한국계 미국인 입양인의 사연이 현실적으로 느껴지지 않아서이기도 했고 그의 말을 집중해서 듣는 게 쉽지 않은 탓도 있었다. 그와 나 사이의 수천 킬로미터에 이르는 거리 때문인지 목소리는 점선처럼 군데군데 끊겨서 전달됐고, 연착되거나 너무 멀게 들리기도 했다. 날짜변경선이니 명암경계선을 뚫고 바퀴도 없이 허공을 질주하다가 내 휴대전화로 들어오자마자 급하게 정차한 먼 곳의 목소리…….

문득 겹쳐지는 목소리가 있었다. 아이트란타, 라고 발음하는 엄마의 목소리와 언니, 애틀랜타, 애, 틀, 랜, 타, 라고 뒤이어 말하는 이모의 목소리였다. 아마도 호수가 유학을 간 도시와 대학이 화제에 오른 뒤였을 것이다. 엄마와 이모의 목소리는 마치 스위치인 양 그 목소리가 빚어진 공간을 순식간에 환하게 밝혔는데, 그래서인지 기억 속 그곳—엄마가 입원 중이던 그 병실은 이제 막 막이 오른 연극 무대 같기만 했다. 털모자를 쓴 채 베개에 등허리를 기댄 엄마와 침대 끝에 엉덩이를 걸치고는 사과를 깎고 있는 이모, 그리고 손님용 의자에 얌전히 다리를 모으고 앉은 2년 전의 석주에게 차례로 빛이 비춰졌다. 외래어를 발음할 때 길게 끌거나 '아' 소리를 넣는 건 엄마의 습관이긴 했다. 엘리베이아타가 없어서 고생했다거나 케이타엑스를 예매해달라는 말을 엄마는 스스럼없이 하곤 했는데, 그날은 석주 앞이어서인지 이모의 지적에 얼굴을 붉히고는 더 이상 '아이트란타'를 입에 올리지 않았다.

나는 내 대답을 기다리는 호수에게 데이비드와 직접 이야기를 해보고 싶다고, 이메일 주소를 알려줄 테니 전해달라고, 그와 연락하면서 내가 할 수 있는 범위 안에서는 그를 돕겠다고 말했다. 호수는 연거푸 고맙다고 대답했고, 우리는 서로의 근황에 대해 조금 더 이야기를 나누다가 곧 통화를 끝냈다.

다시 식당 쪽으로 걸어가는 동안에도 과거 속에서 불을 밝힌 병실은 좀처럼 암전되지 않았다. 기습적으로 기억나는 장면이 있었다. 언니 상태 생각하지 말고 하루빨리 석주와 식부터 올리라고, 곧 마흔인데 여기서 더 미루면 임신도 어려울 거라고 이른 뒤, 막말로 언니마저 가버리면 혜은이 너 혼자 이 세상 어떻게 살려고 그러니, 그렇게 말을 매듭짓던 이모를 건너다보며 엄마가 짧게 웃던 장면이었다. 눈과 코와 입이 미묘하게 헝클어지면서 얼굴에 밴 감정의 농도가 희석되던 순간을 나는 놓치지 않고 보았다. 내 결혼식을 보고 싶으면서도 참석하지 못하리란 걸 예감했던 걸까. 아니면 곧 죽을지 모르는 자신의 상태가 딸의 애인 앞에서 조금은 난폭하게 들춰진 것이 그저 민망했던 걸까. 이제는 아무것도 확인할 수 없다.

엄마는 그해 겨울을 넘기지 못했다.

*

혜은, 당신의 사촌인 호수의 도움으로 이렇게 메일을 씁니다.

나는 데이비드 베이커, 한국 이름은 신영목입니다. 생후 10개월 때, 그러니까 1997년 8월에 위스콘신주州 밀워키에 사는 베이커 부부에게 입양되어 미국에 오게 되었습니다. 아기용 내복 몇 벌과 기저귀 한 세트, 한국의 전통 무늬가 새겨진 꽃신과 인삼차 한 박스, 그리고 서류

몇 장—가족 관계가 빠진 채 신영목이라는 내 이름 하나만 등록된 고아 호적과 그 호적을 기반으로 발행된 단수여권, 국제 예방접종 증명서 같은 것이었습니다—이 그때 내게 딸려온 것들이죠.

솔직히 말하면, 나는 성장하면서 내 근원을 궁금해하지 않았고 알려 하지도 않았습니다. 20파운즈pounds의 아기를 포기하는 부모라면 그 처지가 어떠하더라도 이해할 가치가 없다는 게 내 생각이었으니까요. 그러다가 삶의 어떤 계기를 통해 애틀랜타로 이주하게 됐고, 그때부터 친부모, 특히 생모birth mother를 찾겠다는 결심을 하게 되었습니다. 쉽지는 않았어요. 애초에 서류를 완비하지 않은 채 서둘러 입양을 진행한 탓인지 미국과 한국의 입양 기관은 나에 대한 정보를 거의 갖고 있지 않았죠. 아기였던 나를 미국으로 데려온 중년 여성은 공항 입국장에서 나와 내 짐을 양부모에게 인도하자마자 페덱스fedex나 이엠에스EMS 기사처럼 사라졌기 때문에 어디에도 그녀의 명함 한 장 남아 있지 않았고요. 차단된 정보 앞에서 절망하며 몇 년을 보내다가 입양인 커뮤니티를 통해 브로커를 소개받았고 그에게 친부모를 찾아달라고 의뢰하게 된 것입니다.

브로커가 6개월 가까이 조사한 끝에 알아낸 것은 내 생모의 이름과 나이가 전부였습니다. 그녀의 이름은 신정원, 내 한국 성이 그녀의 가계에서 왔다는 것을 유추할 수 있게 해주는 이름이죠. 사실 나는 '신'이라는 성에 자부심에 가까운 호감이 있었습니다. 2년 전부터 한국어 수업을 듣기 시작했는데, 내 한국어 선생님이 'sin'과 발음이 유사한 '신'이 한국어로는 'god'의 의미를 갖는다는 걸 알려주었을 때부터 그랬죠. 철학적인 아이러니 아닌가요? 우리는 신이 있기에 죄를 인지하기도 하고 죄를 깨달을 때 신을 찾기도 하잖아요.

혜은, 생모의 나이는 한국 성에 대한 내 그런 호감과 자부심을 순식간에 슬픔과 괴로움과 미안함이 뒤엉킨 감정으로 변형시켰습니다. 생모는 나보다 고작 열일곱 살이 많더군요. 그녀는 한국 나이로 열여덟 살에, 그러니까 성인이 되기 전에 예상하지 못했고 원하지도 않았을 임신을 한 것입니다. 내 성이 생모와 같다는 것, 그리고 그녀가 고등학생일 때 나를 낳았다는 것, 이 두 가지 사실은 혹독하도록 외로운 영토로 나를 데려갔습니다. 내가 세상에 나올 무렵 내 생부는 생모에게 없는 사람이나 마찬가지였다는 것, 나를 갖게 되면서 아직 어른의 보살핌을 받아야 하는 생모가 임신, 출산, 입양 같은 무거운 일에 휘말리게 되었다는 것, 그리고 그녀는 누구의 도움이나 조언 없이 혼자 첫아들의 이름을 지었으리란 것…….

브로커는 생모의 현재 연락처나 주소는 알아내지 못했지만 대신 그녀가 25년 전에 임신한 몸을 의탁했던 미혼모 시설의 이름과 위치에 대해서는 정보를 제공해주었습니다. 그 시설에 가면 생모에게 접촉할 수 있는 단서가 있으리라 확신합니다. 물론 내가 직접 가서 알아보는 게 가장 좋겠지만, 짐작하다시피 혜은, 나는 지금 병원을 떠날 수 없는 처지입니다. 바이러스로 매일이 비상시인 이곳 병원에서 휴가를 내는 건 현실적으로나 도의적으로 거의 불가능하고, 설혹 휴가가 허락된대도 14일의 격리 기간이 지나면 나는 다시 미국행 비행기를 타야 할 테니까요.

만난 적도 없는 타인을 위해 미혼모 시설을 방문하여 한 사람의 흔적을 찾는 일은 결코 쉽지 않을 것입니다. 어쩌면 이 일이 당신에게 이미 큰 부담으로 작용하고 있는지도 모르겠습니다. 알면서도 혜은, 나는 낯선 당신에게 부탁할 수밖에 없군요. 왜냐하면…….

왜냐하면, 지금은 당신 외에 날 도와줄 사람이 없으니까요.

이곳에서도 통화 가능한 생모의 휴대전화 번호를 알게 된다면 좋겠습니다. 그것만 알면 그 뒤로는 내 힘으로 그녀와의 재회를 계획할 수 있을 거예요. 물론 그 전에 그녀에게도 나와 연락하고 싶은 마음이 있는지, 그리고 그녀가 제도적으로나 개인적으로 안전하게 지내고 있는지 확인해야겠죠. 실은 많은 것이, 너무도 많은 것들이 궁금합니다. 날 도와줄 사람이 나타났다고 생각하니 제어장치가 풀린 기계처럼 믿을 수 없을 만큼 조급해지기도 합니다. 그러나 혜은, 지금 내가 가장 알고 싶은 것은 당신의 의사입니다. 어떤가요, 혜은?

나를 도와줄 수 있겠습니까?

*

내비게이션의 안내 목소리가 목적지 근처임을 알렸다. 일단 공용 주차장에 차를 주차한 뒤 지도 앱을 열어 동광빌라를 입력했다. 동광빌라는 입양 동의서에 적혀 있던 신정원의 주소지였다.

이틀 전, 나는 데이비드가 일러준 미혼모 시설에 갔다가 신정원이 직접 작성한 입양 동의서를 열람하게 됐다. 미혼모 시설은 김포에 있는 교회 옆 3층짜리 주택으로 현관에서부터 순한 분유 냄새가 연하게 코를 자극하던 곳이었다. 50대 초반쯤으로 보이는 원장이 반갑게 나를 맞아주었는데, 그때 나는 원장의 환대가 내가 일하는 사회복지과 팀장이 만남을 주선해준 덕분이라고만 생각했다. 신자들의 후원과 기부로 운영되는 교회 부속의 복지시설은 폐쇄적인 경우가 많고 세금 감면이나 자금 세탁에 이용되기도 한다는 선입견 때문이었을 것이다.

데이비드가 입양 과정이 기록된 서류 한 장 구하지 못해 브로커까지 고용한 건 시설이 불투명하게 운영되었다는 증거이기도 한 것이다.

원장이 입양 동의서를 건넬 때보다 그곳 미혼모 시설에서 일한 지 9년째라고 밝혔을 때 사실 나는 더 놀랐다. 내가 가진 선입견에 대한 미안함이 포함되어 있는 놀라움이었다. 신정원은 그녀의 기억 속에 없는 사람이었다. 자신이 부재했던 시절의 일이라면 모른 척할 수 있었을 텐데도 그녀는 내가 방문하기 전에 낡은 서류함을 뒤져 신정원의 입양 동의서를 찾아낸 것이다.

"신정원 님이 1997년에 직접 작성한 거예요. 여기, 사인 보이시죠? 파일이 아니라 이렇게 문서로만 남아 있어서 내어드릴 수는 없지만 사진은 찍어 가도 됩니다."

그녀의 말에 언뜻 서류를 보니 신정원의 주민등록번호와 거주지 주소, 집 전화번호가 적혀 있었다. 연락처 칸에는 015로 시작하는 숫자들이 보였는데 휴대전화가 보급되기 전까지 중요한 통신수단이던 무선 호출기 번호란 걸 알 수 있었다. 1997년도의 주소랄지 집 전화나 호출기 번호가 사람을 찾는 데 유효한 정보는 못 될지라도 입양 동의서 자체는 신정원을 실체로 느끼게 해주는 힘이 됐다. 나는 원장에게 몇 번이나 감사 인사를 한 뒤 선물로 준비한 롤케이크를 건넸다. 원장이 내게 생면부지의 입양인을 돕게 된 계기에 대해 물은 건 내가 서류의 앞면과 뒷면을 휴대전화 카메라로 찍고 있을 때였다.

"사회복지 쪽 일을 해서인가요? 아무래도 인간에 대한 사랑 없이는 할 수 없는 일이잖아요. 그 일 하면서 어려운 분들 많이 도와줬을 테고요."

이상했다. 배려와 존중이 실린 그 질문에 나는 얼굴이 화끈거렸다.

내가 대답을 찾지 못해 머뭇거리자 원장이 안경을 고쳐 쓰며 다시 물었다.

"아니면 개인적인 이유라도?"

"……아뇨, 그런 건 아니에요."

잠시 뒤에야 나는 애매하게 대답했다. 나에 대한 어떤 정보도 담기지 않은 투박한 말이었는데, 다행히 원장은 더 이상 묻지 않았다.

신정원이 살던 동광빌라는 재개발구역 안에 있었다.

자동차 한 대가 겨우 다닐 수 있는 오르막길 양쪽으로 단독주택과 다가구주택이 번갈아 이어졌고 재건축을 환영한다는 플래카드와 중단하라는 플래카드가 뒤섞인 채 펄럭였다. 닫힌 대문들엔 무단출입을 금지한다고 적힌 노란색 경고문이, 띄엄띄엄 서 있는 전봇대엔 이주 공고문이 붙어 있기도 했다. 신정원이 아직 동광빌라에 살 확률은 제로가 된 셈이다. 처음부터 제로에 가까운 확률이긴 했다. 20년 넘게 같은 집에 사는 가족은 드물고, 더욱이 지금 40대가 된 신정원이 아직 부모의 집에 거주할 가능성은 낮은 것이다. 그 모든 악조건을 알면서도 이곳에 온 건 내게 남은 퍼즐 조각이 더 이상 없어서였다. 입양 동의서에 적힌 전화번호는 결번이었고, 이 구역 주민센터에선 주민등록번호로 현재의 휴대전화 번호를 추적할 수 없을뿐더러 설혹 그게 가능하다 하더라도 사생활보호법에 위반된다는 답변을 들었다. 결번을 알리는 안내 방송, 사서함이 부재하는 호출기 번호, 유감스럽다는 듯 바라보는 공무원들의 눈빛, 그 모든 것은 신정원의 세계 바깥에 내걸린 자물쇠 같았고 나는 점점 절박해졌다.

오르막길을 걷는 동안 수거되지 않은 소파와 냉장고, 싱크대 문짝, 붉은색 라커로 '공가관리'라고 거칠게 쓰인 담벼락이 하나하나 시야에 들어왔다. 한참을 걷다가 잠시 멈춰 선 나는 저속한 농담과 노골적인 캐리커처가 낙서된 어느 집의 담벼락을 가만히 건너다봤다. 열여덟 살의 신정원이 그 담벼락 앞에 경직된 채 서 있는 모습이 상상됐다. 배가 불러오면서, 학교와 또래 친구들에게서 배제되고 수치를 강요하는 주변 어른들의 날카로운 시선을 받으면서, 그녀는 자주 그렇게 소문의 벽 옆에 혼자 서 있곤 했을 것이다. 누군가의 보이지 않는 눈물이 기록된 세상의 또 하나의 끝……

동광빌라는 오르막길 끝에 있었다. 나는 부서진 공동 현관문을 살짝 밀고는 컴컴한 계단을 하나하나 밟으며 3층으로 올라갔다. 302호는 현관문 손잡이가 떨어져나가고 없었고 문틈은 테이핑되어 있었다. 몇 번이나 문을 두드려봤지만 현관문은 끝내 열리지 않았다.

이게 끝인가.

생각하니, 무릎이 꺾였다.

마른 먼지 냄새가 짙게 번져 있는 계단에 나는 털썩 주저앉았다. 계단 곳곳엔 구겨진 캔, 종이컵, 담배꽁초와 여러 상점의 전단지가 널려 있었다. 나는 손을 뻗어 전단지 한 장을 가져와 손바닥으로 먼지를 툴툴 털어냈다.

그런 날이 있었다.

그날 엄마는 음식점 전단지를 드라이어로 말리고 있었고 숙제를 하다가 방에서 나온 나는 그런 엄마를 물끄러미 바라보다가 뭐 해, 라고 물었다. 길에서 할머니가 이걸 나눠주는데 어떻게 안 받아, 엄마는 대답했다. 이게 다 돈이야. 비에 젖었다고 막 버리면 안 돼. 잘 말려서 누구 줘야지. 그 순간, 며칠 전 엄마를 따라 외사촌 언니의 결혼식에 갔다가 처음 본 어른들이 낮은 목소리로 나누던 대화가 떠올랐다. 나를 흘끗 보며 쟤가 개야, 로 시작된 그 대화가 사실이라면 엄마는 여상을 졸업한 뒤 식료품 공장에서 일하다가 한 남자를 만났고 그는 내가 생겼다는 것을 알자마자 자취를 감췄다. 직장을 그만뒀고 이사를 갔으며 연락처를 바꾸었다. 그렇게 사라져버린 뒤엔 다시는, 평생, 단 한 번도 엄마 앞에 나타나지 않았다. 그건 사랑이 아니었다. 당시 겨우 중학생이던 나도 그 정도는 알 수 있었다.

"엄마는 왜 남들처럼 제대로 버리지도 못해?"

"응?"

"나도 그래서 낳은 거잖아, 아냐?"

"……?"

엄마가 그제야 드라이어를 끄고 어리둥절한 얼굴로 날 바라봤다. 정확한 시기는 기억나지 않지만, 언제부터인가 나는 엄마가 보통의 어른들과 다르다는 걸 눈치채고 있긴 했다. 엄마는 카드 결제 내역이나 세금 고지서를 제대로 이해하지 못했고 단순한 셈도 어려워했으며 자주 길을 헤맸다. 논쟁이나 싸움을 하지 않는 대신 미안하다는 말을 달고 살았고, 억울하거나 슬픈 감정이 북받쳐 오르면 사람들의 시선을 신경 쓰지 않은 채 무방비로 울기도 했다. 훗날 내 스무 살 생일에 고깃집으로 나를 불러낸 엄마는 마시지도 못하는 소주를 석 잔 연속 들이켠 뒤 자신의 지능은 열두 살, 혹은 열세 살에 멈춰 있다고 고백했는데, 사실 그때는 나도 그 비밀 아닌 비밀을 다 알고 있었던 것이다.

내가 결혼식에서 들은 이야기를 전하자 엄마가 허둥대며 자리에서 일어났다. 엄마의 치마에 놓여 있던 전단지 몇 장이 바닥으로 떨어졌고 엄마는 해명하듯, 아니 사정하듯 무슨 말인가를 시작했지만 기억 속에서 그 목소리는 조금씩 와해되었고 희미해졌다.

터널을 지나가듯…….

정적이 그림자처럼 번져가더니 잠시 뒤 사람들이 움직이는 소리와 그렇지, 좋아, 옆으로, 아래 보고, 하는 목소리가 그 정적을 깨며 점점 더 가깝게 들려오기 시작했다. 그제야 나는 계단에서 일어나 동광빌라에서 나갔다. 한껏 치장한 젊은 여자가 기울어진 담벼락에 기댄 채 포즈를 취하는 모습이 보였는데, 그녀 주변엔 몇몇 사람들이 메이크업 가방과 카메라와 조명판을 든 채 서성이는 중이었다. 봄 햇살이 짙어지긴 했지만 바람 끝은 아직 찼다. 여름용 민소매 원피스를 돋보이게 할 가난의 구조물 위로 사람들의 그림자가 어른거렸다.

*

8년 전 여름이었어요.

토론토에서 여름휴가를 보내기 위해 고속도로를 달리던 중이었습니다. 비행기 대신 자동차로 토론토까지 가게 된 건 양모인 모니카에게 심한 고소공포증이 있었기 때문이죠. 운전은 스티븐, 그러니까 양부가 했고 조수석엔 모니카, 그리고 뒷자리엔 사무엘과 내가 앉아 있었습니다. 사무엘은 모니카가 임신을 포기하고 있던 때에 태어난 아이예요. 그해 사무엘은 여덟 살, 나는 열일곱 살이었는데 나이와 상관없이 우리는 정말 돈독한 형제이긴 했습니다. 그 뜻밖의 사고는 미국에서 캐나다로 넘어가는 국경 근처에서 일어났습니다. 도로를 획 가로지르는 검은색 털 뭉치—아마도 야생 오소리나 라쿤이었을 거예요—에 놀란 스티븐이 핸들을 급하게 꺾었고 차는 가드레일을 들이받고는 그대로 멈춰 섰지요.

나는 지금도 그날의 자동차 사고가 일어나지 않은 내 인생을 가정해보곤 합니다. 만약 그 사고가 없었다면, 나는 내 양부모가 태어나 자랐고 결혼해서 가정을 이룬 밀워키를 떠나지 않았을 것 같습니다. 밀워키를 떠났다 해도 그들과 관계를 유지했을 테고 추수감사절이나 크리스마스엔 선물을 사 들고 찾아가 저녁 식탁의 한 자리를 차지했을 거예요. 생모를 찾겠다며 입양 기관을 드나들고 브로커를 고용하고 응급 환자였던 한국인의 사촌 누나에게 이런 메일을 보내는 일련의 과정을 경험하지 않았을 가능성도 높겠지요.

스티븐과 모니카는 빠르게 자동차에서 내린 뒤 뒷좌석 문을 열고는 얼굴이 빨개지도록 울고 있던 사무엘을 안아 올렸습니다. 차의 보닛에서는 연기가 피어오르고 있었죠. 나는 꼼짝도 할 수 없었어요. 서둘러 차에서 내려야 하는 위험한 상황이란 걸 몰라서도, 앞좌석 등받이에 이마를 세게 부딪히면서 흘러내리기 시작한 핏물이 두 눈을 찔러서도 아니었습니다. 자동차 앞창 너머로 보이는 세 사람이 그려내는 풍경—모니카는 사무엘을 꼭 안은 채 같은 자리를 맴돌고 있었고 스티븐은 보험사이거나 경찰서에 전화를 거는 듯했습니다—때문이었습니다. 텅 빈 도로와 도로 양옆으로 펼쳐진 들판, 그리고 사위어가는 태양을 등지고 있는 세 사람……. 그들의 결속력은 단단해 보였고 진심으로 서로를 걱정하는 듯했습니다.

그건 뭐랄까, 그래요, 소독하는 풍경이었어요. 미국에서 베이커 가족의 일원으로 살아온 내 지난 시간—모니카에게서 피아노를 배우고 스티븐과 야구 경기장에 가거나 퍼즐게임을 하고 내 유치가 하나씩 빠질 때마다 그들이 걱정과 장난이 골고루 섞인 얼굴로 번갈아 내 입안을 들여다보던 그 모든 추억과 감정과 웃음을 휘발시키는, 역한 소독약 냄새가 진동하는 풍경……. 생모와 나는 공교롭게도 같은 나이에 같은 진실을 배운 셈이죠. 우리 각자는 결국 혼자라는 바로 그 진실을 말이에요.

여름휴가는 취소되었고 우리는 밀워키로 돌아왔습니다. 스티븐과 모니카, 그리고 사무엘은 곧 일상으로 복귀했지만 나는 그럴 수 없었습니다. 그날 이후 나는 밀워키를 떠날 생각 외엔 아무것도 할 수 없었어요. 다행히 이듬해 대학 입학시험을 치르게 됐고 나는 밀워키에서 먼 애틀랜타로 이주하게 되었습니다. 대학을 졸업한 뒤엔 이곳 병원에서 쭉 일해왔고요. 애틀랜타에 살면서 양부모에게 연락한 적은 한 번도 없고, 그들도 내게 몇 번 연락을 시도하다가 3년 전부터는 아예 포기해버렸죠. 그들이 날 키워준 건 사실이고 사무엘이 보고 싶을 때도 있지만 그날의 풍경이 내 삶에서 다시 소환되는 것을 나는 허락할 수 없었습니다. 나는 내가 가치 없는 존재일지 모른다는 자학적인 의심과 완벽하게 결별하고 싶었으니까요.

혜은, 당신은 썼습니다. 나를 도우려 했던 시도들이 확실한 결과로 이어지지는 못한 것 같다고요. 아뇨, 그렇지 않습니다. 지난번 메일에서 당신은 당신의 엄마 이야기를 해주었죠. 당신은 나와 닮았더군요, 우리 각자의 엄마들이 준비되지 않았을 때 태어났다는 점에서요. 엄마들은 우리를, 우리는 엄마들을 외롭게 했다는 점도요. 우리 삶에는 숨겨진 페이지가 있게 마련입니다. 당신이 용기를 내어 그 페이지를 열어 보였기에 나도 그동안 아무에게도 말하지 않은 그날의 사고를 고백할 수 있었고, 내 삶이 그 시기를 잘 지나왔다는 것을 이제야 깨닫는 것입니다.

넘쳐나는 환자로 과로에 시달리던 지난겨울, 마스크라도 잠시 벗고 싫어 병원 뒤뜰로 혼자 나갔다가 검은색 방수 비닐 밖으로 삐죽 빠져나온 발을 본 적이 있습니다. 발이 아주 까맸죠. 발의 주인이 흑인이라는 것만 짐작할 수 있을 뿐, 그 사람의 나이나 성별은 판독이 불가능했고 외모와 직업 역시 유추할 수 없었습니다. 바이러스 확진자와 사망자 숫자가 날마다 갱신되던 그때는 시신 중 상당수가 트럭 냉동고에 보관되다가 장례 절차 없이 그대로 매장되곤 했습니다. 내가 할 수 있는 일이라곤 그 발을 다시 비닐 안으로 넣어주는 것, 그리고 부주의하게 열려 있던 트럭 뒷문을 닫아주는 것, 그뿐이었어요. 깜짝 놀랄 만큼 차가웠던 익명의 발, 그러나 한때는 다른 사람들은 잘 모르는 길과 도시와 나라들을 누비고 다녔을 고유한 발……. 나는 그날로부터 많은 시간이 흐른 지금까지도 그 발에 새겨졌을 어떤 지도를 생각하곤 합니다.

혜은, 우리는 모두 그런 발을 갖고 있습니다. 내 생모의 흔적을 찾기 위해 지난 2주 동안 당신이 나를 위해 누비고 다녔던 김포와 인천이 당신의 삶에서 특별한 공간으로 기억된다면 나는 무척 기쁠 것입니다.

*

오후 4시가 다가올수록 일이 손에 잡히지 않았다. 서류의 글자들은 잘 읽히지 않았고 문의 전화에는 제대로 응답을 해주지 못했다. 4시 15분쯤, 나는 결국 휴대전화를 챙겨 비상계단으로 갔다. 시상식은 최소한의 사람들만 참석하는 대신 유튜브에서 실황으로 중계된다고 나는 이미 알고 있었다. 한 달 전 시상식을 주최하는 인권재단 홈페이지에서 확인한 내용이었다. 홈페이지에 공개된 유튜브 링크를 클릭하니 시상식은 이미 꽤 진행되었는지 연단에 올라가 수상소감을 전하는 석주의 얼굴이 휴대전화 화면을 채웠다.

석주는 20년 가까이 청소년 쉼터에서 아이들을 보살피는 일을 했다. 그들과 함께 먹고 자며 생활을 공유했고 필요한 경우에는 밤늦게까지 과외를 해주기도 했다. 이미 퇴소한 아이들에게서 학비든 병원비든 급한 돈이 필요하다는 연락을 받으면 기부금에 여유가 있는 재단이나 시민단체를 방문하여 간곡하게 지원을 부탁하는 일도 마다하지 않았다. 때로는 각종 관공서를 드나들기도 했는데, 그중엔 내가 일하는 구청의 사회복지과도 포함되어 있었다. 그와 연인으로 만나는 동안 나는 그가 우는 모습을 딱 한 번 보았다. 본드 흡입으로 현장에서 체포되어 벌금형을 선고받은 쉼터 아이 한 명이 징역으로 벌금을 대신하겠다고 밝힌 날이었다. 유치장 면회실에서 담담하게 그런 말을 전하는 아이를 석주는 눈에 실핏줄이 생기도록 뚫어지게 건너다보다가 말없이 밖으로 나갔고 뒤늦게 그를 따라간 나는 벽 쪽으로 돌아서서 흐느끼는 그를 보았다. 벌금을 마련하는 건 불가능했다. 명백한 비행을 저지른 아이를 구제해줄 기금이나 지원금은 없는 것이다. 벌금 500만 원을 끝까지 구하지 못해 아이가 전과자가 되기 직전, 우리는 결혼 자금으로 만든 공동 명의의 적금을 해지했다.

그가 인권상을 받을 자격이 충분하다는 건 누구보다 내가 잘 알았고 쉼터 아이들을 향한 그의 헌신에 대해서라면 나는 세상 어느 법정에서라도 증언할 수도 있었지만, 사랑, 희생, 나눔 같은 표현이 빈도 높게 들어간 그의 수상소감을 나는 끝까지 듣지 못했다. 그렇게 아름다운 단어들로 점철된 삶이면서, 근데.

근데, 왜 나한테는 그러지 못했을까, 그는.

엄마의 장례 이후 결혼 이야기가 오갈 즈음 쉼터 아이 한 명이 또 사고를 쳤는데, 술을 마시다가 싸움이 붙었고 그 와중에 상대 무리에서 청년 한 명이 전치 3주의 부상을 당하는 일이 발생했다. 석주는 이번에도 합의를 이끌어서 아이가 어떻게든 징역형을 선고받지 않게 하려고 애썼는데, 나는 도무지 그런 그를 이해할 수 없었다. 아니, 거의 용서할 수 없는 마음에 가까웠다. 다친 청년은 나의 엄마처럼 정신지체3급이었다. 싸움 대상이 되지 않는 약한 사람을 때렸다면 그건 본드 흡입과는 차원이 다른 것이다. 더욱이 내 엄마를 알고 그런 엄마와 함께 살았던 내 마음을 헤아린다면 그는 결코 상해를 가한 아이 편에 서면 안 된다고 나는 생각했다. 그는 동의하지 않았다. 이 사회에서 가족이라는 울타리도 없는 아이가 전과까지 갖게 되면 그 남은 삶은 재기 불가능하다고, 그 아이의 미래를 그렇게 망가지게 할 수는 없다고 그는 항변했다. 이별을 앞두고 우리가 서로의 마음을 가장 상하게 한 말은 이기적이라는 단어였다. 그에게 나는 엄마 생각만을 한다는 점에서, 내게 그는 쉼터 아이를 위해 내 고통을 보지 않는다는 점에서 이기적이었다.

정지된 유튜브 화면을 물끄러미 내려다보다가 다시 플레이 버튼을 누르자 사람들이 연단으로 올라가 석주를 중심으로 자리를 잡는 모습이 재생됐다. 기념사진 촬영은 마지막 식순이었을 것이다. 곧 영상이 끊겼고, 나는 동그랗게 몸을 웅크린 채 계단참 창밖으로 흘러가는, 저녁이 오기 전에 덧없이 흩어지게 될 구름을 올려다봤다.

미혼모 시설 원장에게서 전화가 온 건 내가 사무실 책상으로 돌아갔을 때였다.

오늘 교회 신도들과 함께 시설 대청소를 하다가 창고 캐비닛에서

비디오테이프 세 개를 발견했다고 그녀는 말했다. 비디오테이프 겉면에는 '다큐용 인터뷰 모음'이라고 적혀 있었고 1995년부터 1997년까지 차례로 라벨이 붙어 있었다. 주변에 비디오플레이어가 없어서 내용은 확인하지 못했지만 아마도 당시 시설에 머물던 미혼모들의 인터뷰로 다큐멘터리 제작이 예정되었던 모양이라고 그녀는 추측했다.

"가져가서 한번 검토해보시겠어요?"

그녀의 이어진 제안에 나는 퇴근 후 바로 찾으러 가겠다고 대답했다.

데이비드…….

퇴근하자마자 김포로 차를 몰면서 나는 데이비드만을 생각했다. 그 영상에 신정원의 인터뷰도 담겨 있다면 데이비드는 드디어 생모의 얼굴을 확인할 수 있게 되는 것이다. 신정원이 갓난아기인 데이비드, 아니 신영목을 안고 있거나 애틋하게 내려다보는 상상 속 장면은 정원의 한가운데 심어진 영원의 나무로 이미지가 확장됐다. 봄의 새싹과 여름의 무성한 잎, 가을의 열매와 겨울의 곧은 가지가 불화 없이 공존하는 신비로운 나무…….

그날로부터 두 달여가 지나 드디어 만나게 된 신정원은 내 이야기를 경청한 뒤 모든 계절에 소속된 영원永의 나무木라는 이미지가 좋다고, 무엇보다 정원 한가운데 심어진 나무라는 점이 무척 마음에 든다고 대답했다. 안산에 있는 마트 뒤편의 벤치에서였다. 그 마트는 신정원의 직장이었다. 미리 전화로 약속을 잡았던 그날, 마트에 도착한 나는 과일과 채소 칸을 정리하던 그녀를 한눈에 알아볼 수 있었는데 아마도 그녀의 얼굴에 영상에서 보았던 소녀가 남아 있어서였을 것이다. 대화가 끝나갈 즈음 그녀는 또 한 번 영원의 나무를 언급하며 웃었다.

웃었고, 웃음을 멈춘 뒤엔 한참을 말없이 자신의 발끝만 내려다봤다.

땅바닥에 드리우는 나뭇잎들의 그림자가 빛의 테두리 안에서 출렁이던 여름 초입이었다.

*

생모의 인터뷰 영상을 열두 번째 본 밤입니다.

비디오테이프를 파일로 변환하고 미리 호수에게 부탁해서 영어 자막을 넣어준 당신의 수고로 나는 생모의 열여덟 살부터 열아홉 살까지의 얼굴을 알게 되었고 인터뷰 내용도 모두 이해할 수 있었어요.

당신도 보아 알겠지만, 인터뷰는 생모의 출산 전부터 내 입양 직후까지 이어졌고 분량은 15분 정도 됩니다. 모든 장면이 내 마음 깊은 곳에 각인됐지만 특히 생모가 뒤늦게 아들의 입양을 알게 되었다는 사실은 내게 큰 충격을 안겼습니다. 그녀는 말했죠. 출산한 아들을 미혼모 시설에 맡겨놓았던 시기, 집과 학원을 오가며 고등학교 졸업시험을 준비하고 있던 때, 그녀의 어머니와 아버지, 그러니까 내게는 외할머니와 외할아버지가 되는 분들의 일방적인 결정으로 태어난 지 1년도 안 된 아들이 입양 절차에 들어갔다는 것을 알게 되었다고요. 그녀는 그 밤 아들을 되찾아오기 위해 미혼모 시설이 있는 김포 쪽으로 무작정 걸었다고 말했습니다. 태풍이 서울과 경기도에까지 북상한 밤이었다고, 버스와 지하철이 끊긴 데다 택시비가 따로 없어서 걷는 것 외엔 할 수 있는 게 없었다고 덧붙이기도 했죠.

생모가 태풍이 찾아온 거리를 혼자 걷는 장면은 영상에 없었지만, 나는 어린 신정원이 광포한 바람에 맞서 미혼모 시설을 향해 두 팔을 휘휘 내저으며 걸어가는 모습을 꼭 본 것만 같았습니다. 빗줄기가 사

선으로 내리붓는 길 위의 그녀는 혁명에 뛰어든 전사 같기만 합니다. 내가 예측한 것보다 훨씬 더 용감했던 영 걸young girl, 비에 젖은 얼굴을 작은 주먹으로 쉼 없이 훔쳐내는 모습, 휘날리는 머리카락, 그녀 삶의 숨겨졌던 페이지…….

생모가 끝내 내 입양을 막을 수 없었던 건 어른의 결정권을 갖지 못한 미성년자라는 신분 때문이었겠죠. 알면서도 혜은, 나는 생모의 의사와 상관없이 내가 미국으로 입양된 것이나 그녀가 내 입양 이후에야 어른들의 강요로 입양 동의서를 작성했다는 것을 도무지 납득할 수 없었습니다. 미혼모들의 인터뷰 사이에 잠깐 등장한 내 외할머니와 외할아버지는 아직 살아갈 날들이 많은 딸과 손자의 행복을 위해 그런 결정을 내렸다고 말하더군요. 그들이 말한 행복이 무엇인지 나는 궁금했습니다. 나는 나와 확연히 다르게 생긴 가족과 공동체 안에서 성장하며 혼란과 원망으로 살과 피가 침식되는 듯한 경험을 하곤 했습니다. 생모는 죄책감과 회한을 떠안은 채 살아야 했을 테고요. 그들은 안이 텅 빈, 그러니까 폐건물처럼 쓸모없고 스산하며 언젠가는 무너질 수밖에 없는 행복을 딸과 손자에게 강요한 셈입니다, 최소한의 책임도 지지 않은 채.

외할아버지는 벌써 5년 전에 돌아가셨고 외할머니는 알츠하이머로 투병 중이라고 하더군요. 당신과 메일이 잠시 중단된 동안 브로커가 알아내어 전달해준 휴대전화 번호로 전화를 걸었을 때 생모, 아니 'umma'가 알려준 소식이죠. 그래요, 혜은, 나는 이제 엄마와 연락을 하게 되었습니다. 사실 브로커의 정보력은 당신이 사진으로 보내준 입양 동의서 덕분이기도 합니다. 엄마의 휴대전화 번호를 알아내는 데 그 서류에 나온 주민등록번호가 유효한 단서가 되었다고 브로커는 밝혔으니까요.

처음 통화를 할 때부터 나는 엄마, 라는 호칭을 사용했는데 그렇게 부르고 나니 감정의 덩어리들이 모두 이동하는 느낌이었습니다. 슬픔과 괴로움과 미안함이 한꺼번에 이동하면서 새로운 감정이 생성됐는데, 아마도 '보고 싶다'라는 문장으로 수렴되는 감정이었을 것입니다. 나는 엄마와 이미 여러 번 통화했어요. 다행히 엄마는 나와 연락이 닿은 것을 기뻐했고 국경을 넘어 여행할 여건이 된다면 꼭 나를 초대하겠다고도 했습니다. 우리는 주로 영어로 대화합니다. 엄마의 영어는 유창하지는 않지만 나와의 대화는 자연스럽습니다. 통화를 할 때마다 어쩌면 엄마는 나와 대화할 날을 기다리며 꾸준히 영어를 공부해왔는지도 모르겠다는 생각이 들곤 합니다. 내가 지난 2년 동안 한국어 수업을 들은 것처럼 말이에요.

혜은, 그녀는 당신을 만나고 싶어 합니다. 지금 이곳 미국에서 내가 당신에게 줄 수 있는 거라곤 그녀의 휴대전화 번호뿐이군요. 그녀를 만나 당신이 한 번이라도 웃게 된다면 좋겠습니다. 지금 내가 바라는 건, 혜은, 오직 그것뿐입니다.

*

나는 아이의 손을 잡고 들판을 헤매고 있었다. 안산에서 신정원을 만나고 한 달이 흐른 뒤, 뉴스에서 바이러스 백신이 곧 완성된다는 소식을 들은 날이었다.

들판에 가득한 풀은 내 키만큼 웃자라 있었고 풀과 풀 사이를 통과하는 바람은 셌다. 내 손에 잡힌 채 끌려오듯 따라오던 아이의 숨이 거칠어지고 있었지만 나는 맹목적으로 걷기만 할 뿐, 아이 쪽은 보지도 않았다. 그리고 보니 아이가 누구인지, 몇 살이고 생김은 어떤지 전혀 모른 채였다. 모르네, 아무것도, 생각한 순간 손과 손의 압착이 느슨해지더니 실이 끊기듯 갑자기 아이의 손이 내 손에서 미끄러져 내렸다. 그제야 걸음을 멈추고 아이 쪽을 보자 믿기지 않게도 아이는 이미 죽어 있었다. 다리에 힘이 빠지면서 나는 그대로 주저앉았다. 아이의 발은 상처투성이였고 아주 까맸다. 신발도 신지 않은 아이는 미련할 만큼 성실하게 나를 따라 흙길을 걸어온 것이다. 나는 아이의 맨발을 연신 손으로 쓰다듬으며 하염없이 울었다. 가여웠다. 꽁꽁 몸이 언 채 작별의 인사도 없이 떠나버린 아이가, 그 까만 발에 새겨진 수많은 이야기를 제대로 말해본 적 없는 생애가, 가엾고 또 가여웠다.

내가 사진으로만 본 적 있는 아이 때의 얼굴로 나타난 엄마는 끝내 눈을 뜨지 않았다.

나는 곧 소파에서 일어났다. 퇴근 뒤 소파에 앉아 책을 읽고 뉴스를 보다가 그대로 잠이 들었던 모양이다. 꿈은 끝났지만 꿈의 출구는 아직 닫히지 않은 듯 찬 기운이 몸을 휘감았다. 추웠다. 어쩌면 외로웠던 건지도 모르겠다. 다시 잠이 올 것 같지는 않아 대충 옷을 껴입고 집에서 나오자 거리는 이른 아침의 희붐한 대기로 고요히 물결치고 있었다. 한참을 걸으니 탕, 탕, 하는 소리가 들려왔다. 소리를 따라가자 젊은 커플이 공터에서 배드민턴을 치고 있는 모습이 보였다.

내 스무 살 생일이었던 그날, 연신 소주를 들이켜서 발그레하게 취기가 오른 얼굴로 엄마는 말했다. 점심시간이면 동료들과 함께 공장 마당에서 배드민턴을 쳤는데 그 사람과 자주 짝이 되었다고, 어느 날 셔틀콕이 이마에 세게 부딪혔을 때 그가 가장 먼저 달려와 괜찮냐고 물은 뒤 손바닥으로 이마를 쓸어주었다고, 그러니까 그게 다였다, 엄마가 그와 한 데이트는……. 나의 작고 어렸던 엄마는 그를 올려다보며 웃었고, 쑥스러워하면서도 그가 내민 손을 잡고는 자리를 털고 일어나 다시 라켓을 쥐었다. 셔틀콕을 허공에 던진 뒤 라켓으로 탕 칠 때 엄마의 몸짓은 암사슴처럼 날렵했다. 아마, 그랬을 것이다. 본 적 없지만 본 것 같은 그 장면을 이제 나는 영원히 잊지 못할 터였다. 커플은 곧 라켓을 챙겨 공터를 떠났지만 둥근 선을 그리며 반복해서 오가는 셔틀콕이, 신의 뜻도 아니고 죄의 결정체도 아닌, 그저 그 중간쯤의 어딘가에서 흔들리며 머무는 삶의 한 덩어리 은유가 내게는 계속 보였다.

　나는 아주 오랫동안 그곳에 혼자 서 있었고, 언젠가 데이비드에게 다시 메일을 쓰게 된다면 그때까지 그 공터에서 진자처럼 움직이고 있을 셔틀콕에 대해 이야기해주리라 생각했다. 허공의 셔틀콕, 영원한 그 풍경에 대해……. ▪

한정현

쿄코와 쿄지

1985년 전남 구례 출생.
2015년 『동아일보』 등단.
소설집 『소녀 연예인 이보나』. 장편소설 『줄리아나 도쿄』.
〈오늘의작가상〉 〈젊은작가상〉 수상.

쿄코와 쿄지

내 이름은 쿄코きょうこ, 저는 한국인으로, 한국식으로 하자면 경자입니다. 서울 경京 아들 자子를 쓴 이름이냐고요? 잠시만요, 그 전에 중요한 것을 이야기해야만 해요. 이름보다 더 중한 것이요. 그런 게 있다니, 네, 그런 게 있게 되었네요. 있게, 되었습니다.

나는 과거에서 왔습니다. 아니, 과거에 있습니다. 아, 그것도 아니에요. 나에게는 이곳이 현재. 나의 소중한 영소에게는 이곳이 나의 과거. 그러면 나는 어느 시간 즈음에 있는 사람, 이게 더 좋을 것 같네요. 영소는 아마 35년이 지난 다음에 이 편지를 보게 될 거예요. 그럼 이건 행운의 편지가 될까요? 영소가 열셋 무렵 유행하게 되는 그 행운의 편지 말이에요. 누군가의 과거가 어떤 이에게는 행운이 될 수도 있는 걸까요? 네, 사실 저는 그랬으면 좋겠습니다. 이 편지가, 그리고 나의 과거가 영소에게 행운으로 기억되면 좋겠습니다.

자, 드디어 다시 이름입니다. 태어난 직후 모부가 지어준 이름은 김경녀. 그 시절 서울로 가야 뭐라도 한다는 생각에 넣은 이름이겠지요. 그래봤자 당시 여성들의 서울이란 대부분 공장지대였을 텐데요. 어쨌거나 경녀는 스물이 되던 해 김경자로 개명합니다. 경녀의 녀는 女. 나는 처음에 이것을 子로 바꾸어요. 녀女가 자子가 되어버린 이유는 말하지 않아도 짐작 가능하니까 생략, 해볼까도 했는데. 영소, 나의 영소가 그걸 궁금해합니다.

"있지, 엄마. 나 궁금한 게 생기고야 말았어."

영소가 여섯 살 무렵이에요. 유치원을 다녀온 길이었지요. 영소는 어디서 배웠는지 하고야 말았다, 는 말을 쓰곤 합니다. 그리하여 궁금한 게 생기고야 만 여섯 해의 영소. 그중 처음이 바로 나의 이름입니다.

"엄마는 왜 경자가 되었어?"

우리는 그날 곧장 집으로 향하지 않았어요. 목덜미에 손수건이라도 둘러줘야 하는 조금은 쌀쌀한 날씨였는데 그만큼 공기도 차분하여 바람을 쐬어주고 싶었던 거죠. 문방구에 들러 한창 유행했던 호돌이 열쇠고리를 영소에게 쥐여주고 동네 놀이터에도 들릅니다. "왜 호순이는 없어?" 이렇게 말하는 영소에게 어라, 그러네, 하고 맞장구를 쳐주기도 하고 그네에도 앉혀줍니다. 이번엔 모래를 가지고 영소와 호돌이를 호순이로 바꿔 만들어요. 그러다가는 또, 생각해보니 나는 무슨 호돌이 반대말로 호순이를 떠올렸나 싶어 아예 새 이름을 지어주자 해봐요. 그리고 그제야 내 이름 이야기를 시작하지요. 내가 경자가 된 건 고등학교를 졸업하던 해였습니다. 당시의 나, 김경녀에게는 어린 시절부터 친구인 혜숙, 미선 그리고 영성이 있었어요. 우리가 언제나 같은 반이었다거나 하는 건 아니에요. 내 고향은 광주가 아니라 구례이기도 했고요. 또 그때는 중·고등학교도 입학시험이라는 게 있었으니까요. 공부를 아주 잘했던 혜숙이는 수석으로 전남여고에, 그런가 하면 아들들은 광주일고에 가야 한다는 전통이 있는 집안 출신의 영성이는 과외까지 받아가며 가까스로 그곳에 입학하게 되었고요. 미선이는 종교적 희망을 따라 살레시오여고로 갔습니다. 참 이상하지요, 그래도 우리 넷은 늘 많은 이야기를 나누었으니까요. 그런데 고등학교를 졸업하니까 심지어 누군가는 도를 넘어야 하는 일도 생긴 거예요. 이번엔 조금 겁이 났어요. 우리 때는 서울이 다 뭔가요, 대구도 멀고 멀었는데요. 88고속도로를 무작정 대여섯 시간이나 달려야 나오는 곳이었던 거예요.

'너희 말이야. 시집가고 장가가고 가정 생기면 다 각자의 길인 거야.'

넷이서 길을 걷고 있으면 어른들이 여, 하고는 저렇게 놀렸죠. 대부분 장난인 기세였지만 가끔 영성에게는 한심하다는 듯 혀를 차는 어른도 있었지요. 기집애들하고만 어울려서 사내놈이, 하는 식이었어요. 그 뒤로 나는 그 어른을 보면 절대 인사하지 않았어요. 그런 기억 때문인가요, 사실 장난과 시비는 익숙해졌다고 느꼈거든요. 하지만 정말로 이별 앞에 서게 되니까 그런 장난이나 시비를 더는 받아들이기가 어려웠어요.

"우리 우정을 위해서 혈서를 쓰든가 아니면 나무 아래서 술을 마셔야 그럴듯한 걸까." 영성이가 문득 제안했죠. 영성이는 학교에서 아이들이 돌려 보던 무협지를 떠올린 모양이에요. 그러다 이내 고개를 저었어요. 자신이 즐겨 읽던 고전들도 뒤져봤지요. 되레 기운이 조금 더빠진 것 같았어요. 영성이에게 왜 그러냐 물으니 이러더군요. 책을 많이 읽었다고 해서 반드시 좋은 사람이 되는 것만은 아닌 것 같다고요. 고전이라고 불리던 책 속에서 우정을 맹세하는 내용이라곤 남자 대여섯이 모여 피를 보거나 술을 나눠 마시는 게 전부였기 때문에요. 사실, 나와 친구들도 잠시간은 그런 방법들을 고민했었습니다. 그러나,

"세상 어디에선가는 진짜 칼에 베여 죽어가는 사람도 있을 텐데." 신학대에 입학하게 된 미선이 망설였고,

"맞아, 감염의 위험도 있어!" 저 멀리에 있는 의대를 수석으로 가게 된 혜숙이 맞장구를 쳤습니다.

그렇다면 저의 생각은? 그러게요, 피를 떠올렸을 때 폭력적이지 않은 것이라곤 헌혈, 수혈과 같은 합법적인 의료뿐이었는데……. 여기까지 생각하고 있는데 불쑥, 혜숙이 이번엔 어쩐지 분노를 다스리는 목소리로 이렇게 중얼거렸어요.

"피로 얽혀서 폭력적이지 않은 게 없어, 집에 있는 가족들만 봐도 그렇잖아? 난 너희랑 피로 얽힌 가족은 안 되고 싶어."

혜숙의 말에 잠시간 침묵. 사실 혜숙은 전남대 의대를 희망했습니다. 하지만 장학금을 받긴 어려웠나 봐요. 그때 혜숙이네 오빠가 몇 년째 재수 중이었거든요, 혜숙이는 장학금을 받지 않으면 대학에 가기 힘들다고 했어요. 우리 중 누구도 혜숙의 그런 결정에 뭐라고 하지 못했어요, 왜냐면 혜숙은 집에서 네, 라는 말 외엔 거의 하지 않는다고 했거든요. 말대꾸라도 하는 날엔 오빠에게 헛간으로 끌려가 주먹으로 얼굴을 맞는대요. 우리는 그 말을 듣자마자 목이 움츠러드는 것 같은 공포를 느낍니다. 얼굴을 들면 헛간에 쏟아지는 피. 내 가족이 나를 그렇게 때린다면 그것은 무슨 공포일까요. 사실 혜숙이가 그런 말 하기 전까지 우리는 혜숙이네 오빠를 글쓰기 상도 받고 반장도 하는 모범

생으로 알았거든요. 사실 저는요, 누군가에게 질문을 하는 타입은 아니에요. 하지만 그날은 참기 어려웠던 것 같아요. "대체 너네 오빠는 널 왜 때리는데?" 처음이었습니다. 나의 질문도, 내 말에 혜숙이 아무 대답도 하지 않았던 것도요. 물론 폭력 앞에서 인간은 그 두려움에 압도되어 침묵하기도 한다는 걸, 그때는 몰랐지요.

"자, 그럼. 방법이, 뭐가 있을까? 피보다 강하게 얽힐 방법 말이야."

영성이 무언가 제자리로 돌려놓겠다는 듯 말을 이었습니다. 말이라는 게 참 신기합니다. 혜숙네 오빠에 대한 증오로 맹렬하던 내 신경이 그 방법이라는 것을 향해 뻗어가니까요. 그러다 음악 시간에 선생님께 들은 이야기가 떠올랐어요. 러시아로 간 유명 작곡가가 그의 친구들과 이름 끝을 모두 참 진眞으로 바꾸고 진짜의 삶을 맹세했다는 거 말에요. 그러면 우리는 무엇으로 바꾸지? 너희는 무엇이 정말 되고 싶은 거니?

"나는 아들이 되고 싶어."

불쑥 혜숙이 그렇게 중얼거립니다. 남자? 혜숙의 말에 이번엔 미선이 낮게 되물으며 영성을 힐끗 봅니다. 사실 혜숙네 오빠에 대해 말할 때마다 미선과 영성은 말없이 듣기만 했습니다. 어느 날엔가 영성은 자신처럼 말이 없는 미선이를 보며, 우리 베로니카 자매님은 나만큼이나 겁이 많잖아 하고, 자조인지 비난인지 모르겠는 말을 하기도 했습니다. 미선이 또한 그런 영성을 보는 시선이 복잡했지요. 사실 영성이나 미선이의 그 잠잠한 속은 아무도 모를 일이었지요. 그즈음 나는 아마, 인간의 마음이란 이렇게 하나인 듯 붙어 있어도 결코 알 수 없는 부분이 생겨버리는 것이라고, 영소가 먼 훗날 '생겨버리고야 말았다'고 하는 것처럼, 우리 사이에도 각자의 무언가가 생겨버리고 만 것이라고 느끼고 있었으니까요. 그리고 그 시작은 아마도…… 네, 우리는 가끔 고해성사 가는 미선을 따라가곤 했는데요. 그날은 혜숙과 저만 따라갔습니다. 영성은 제 아빠를 따라서 양복을 맞추러 간 날일 거예요. 한데 영성이네 부모님은 그 애가 종종 내 옷을 입어본다는 건 알고 있을까요? 그런데 또 왜 나는 그런 영성이를 떠올리면 마치 누군가 내 심장을 밟는 것처럼 마음이 아파올까요? 이런 생각을 한편에 담아두고서, 또 한편으로는 베로니카 자매님은 오늘 무슨 죄를 고했을까, 이런 생각도 해봅니다. 그때 한쪽 구석에서 담배를 피우던 혜숙이 꽁초를 비벼 끈 뒤 내게 손짓을 합니다. 잘 들어봐, 경녀야. 시작은 이러했지요.

"그건 순전히 은유야."

"국어 시간에 나오는 은유? 그 은유?"

"그래, 그렇지."

"뭐가 은윤데?"

"난 아들이 되고 싶은 게 아니라 아들 대접이 받고 싶어."

"아, 근데 그건 나도."

"어라. 그건 너도?"

"어, 아마 그건 미선이도 그럴걸?"

"다들?"

'음, 여자가 되고 싶은 영성이 빼고?' 이 말은 하지 못했어요. 영성이가 여자가 되고 싶다는 것과 혜숙이 아들 대접을 받고 싶다는 것. 어떤 면에서는 같지만 또 한편으로는 몹시 다르다는 걸 알고 있었습니다. 그 같고 다름에 대한 생각은 오래 지속된 것 같아요. 20여 년이 흐른 다음 영소의 말에도 나는 둘을 떠올렸거든요.

"엄마, 있지, 우리 삶은 말이야. 어쩌면 서로를 가로지르며 나아가고 있는 건지도 몰라."

"가로질러? 서로 연관이 있다는 거야?"

"그렇기도 하고. 아, 엄마. 그렇게 복잡한 표정 하지 말고 그냥, 그…… 우리가 가족인 건 맞고 그렇게 하나로 묶여서 말해지기도 하지만 또 거기서 엄마는 엄마의 역할이 있고 난 딸이라는 역할이 있어서 어떤 면에서는 입장이 달라지기도 하는 것처럼……. 에이, 심각한 거 아니야. 어쨌거나 그렇게 가로지르다 보면 서로 교차되기도 하는 거니까 어딘가에서는 만나는 거 아니겠어?"

알 듯 말 듯한 영소의 말에 나는 다시 그 둘을 생각해봅니다. 영성이가 그렇게 바라던 전교 1등을 하던 여성으로서의 혜숙이. 그러나 아버지가 판사인 집안에서 돈 걱정이라고는 해본 적 없는, 세상이 그렇게 반기는 아들인 영성이. 내가 골똘해 보였는지 영소가 고개를 갸웃합니다. 그런 영소에게 나는 그저 웃어 보이고 맙니다. 하지만 마음속으로는 영소에게 혜숙이와 영성이, 미선이의 이야기를 해주고 싶어요. 이렇게 시작하는 거죠, 이를테면.

혜숙이와 영성이에 대해서 조금 더 말해볼게요. 우선 혜숙이부터예요.

광주는 시위가 아주 거센 곳이어서 시내버스에서 30분씩 앉아 있는 건 일도 아니었는데요, 어느 날 내 옆에 앉아 있던 영성이가 무릎으로 내 왼쪽 다리를 툭 치는 거예요. 영성이는 항상 다리를 붙이고 앉아 있던 애였어요. 무슨 일인가 봤더니 시위대 사이에 혜숙이가 있었죠. 손을 흔들려는데 영성이가 내 팔을 잡습니다. 보니, 혜숙이가 대학생으로 보이는 남자와 골목길로 숨어들고 있었어요. 문득 미선네 성당에서 하던 양서협동조합 모임에 갑자기 열심이던 혜숙이 떠올랐어요. 게다가 굳이 들불야학 수업까지 들었죠. 혜숙이는 대학만 들어가면 꼭 자신도 그 야학에 속할 거라 했습니다. 내가 하자고 할 땐 끄떡도 없던 혜숙이의 변화가 어리둥절했는데 영성이가 미소를 머금으며 이렇게 말하네요. "좋아하는 사람을 따라 다른 세계로 갔구나, 혜숙이는" 하고요. "다른 세계?" 조금은 의아한 표정으로 되묻는 내게 영성이는 고개를 작게 끄덕이며 웃어 보여요. 영성이는 시랑 소설을 많이 읽어서 그런가, 가끔 내가 이해 못 할 소리를 해요. 한번은 '움직이고 싶어, 큰 걸음으로 뛰고 싶어, 깨부수고 싶어, 까무러치고 싶어, 까무러쳤다가 10년 후에 깨고 싶어' 이러길래 놀라서 그게 다 무슨 소리야? 했더니 좋아하는 시를 기억나는 대로 말한 거래요. 교과서에서도 못 본 시이고 영성이는 내게 광주일고 독서회도 나가지 않는다고 했는데, 그런 책들은 다 어디서 구하는 걸까요?

조금 더 신기한 건 그다음 날부터예요. 영성이가 성당에 나온 거예요. 영성이는 자신이 성당에 가면 사람들이 기집애 같은 애를 좋아한다고 저를 놀릴 거라고 했었어요. 내가 곤란해지는 게 싫은가 싶으면서도 섭섭했죠. 하지만 영성이도 혜숙이처럼 다른 세계에 발을 디뎌보려는 걸까요. 이 이야기를 들으면 영소는 그런 말을 하겠죠? 아마도 혜숙이와 영성이는 어느 순간 서로의 인생을 교차했을 거라고요. 교차하면, 언젠가는 마주치게 되는 거니까 혜숙이와 영성이도 어느 한 지점에서는 같아졌을지도 모르겠어요. 그렇게 나온 성당에서 영성이는 아이들에게 시나 소설을 읽어주었어요. 어느 날엔가 "이 여자 시인은 공장에 다니면서 시를 썼대" 하며 읽어준 시는 나처럼 문학은 전혀 모르는 사람에게도 참 좋았어요. 그런데, "이 시대의 아벨은 누구예요?"

한 아이가 신부님께 그 시 제목에 나온 이름에 대해 물었어요. 미선은 다음 날 영성에게 선의가 항상 선의로 남을 수 있는 건 아니라고 말했어요. 잠시 입술을 말던 미선은 이런 말도 덧붙였습니다. 좋은 환경에 있는 사람이 갖는 정의가 약한 사람들에게는 가끔 독이 될 수도 있다고요. 약한 사람들은 보호받기가 더 어렵기 때문이라고요. 영성이는 아무 대답도 하지 않았지만 미선의 얼굴에 드리운 그늘을 본 것 같았어요. 곧 그 일을 그만두었죠. 하지만 혜숙이는 아니었어요, 시집 사건 이후로 미선이네 성당에서는 아이들을 가르치는 일이 잠시 중단되었는데 혜숙이는 곧 다른 성당에서 아이들을 가르친다고 했어요. 그 대학생 오빠와 함께하는 곳일까요? 이유야 무엇이든 하고자 하는 일은 밀고 나가는 혜숙이답다, 하고 생각했죠. 그런 혜숙이는 여자에겐 인기가 있었지만 남자에겐 아니었어요. '너는 입만 다물면 괜찮은데.' 남자 선배들은 이런 말을 했어요. 나는 설마 그 대학생 오빠라는 사람도 혜숙에게 그런 말을 하는 걸까? 하고 걱정했어요. 혜숙이는 그 오빠가 전남대를 다니며 학생운동을 하는 정의로운 사람이라고 했지만 내 눈엔 썩 좋아 보이진 않았어요. 왜냐면…… 그 오빠가 어느 날 혜숙이 친구라고 우리 넷을 불러 다방에서 아이스크림을 사준 적이 있었어요. 그날 그 오빠가 피우는 담배 연기에 내가 잔기침을 하자 영성이가 계속 손부채질을 해줬어요. 혜숙이는 담배를 피워도 그렇게 담배 연기를 사람 얼굴에 내뱉듯 한 적이 없었는데 말이에요. 이윽고 영성이가 내게 손수건을 꺼내서 건넸는데 그 모습을 보던 그 오빠라는 사람이 이렇게 중얼거렸어요. '혜숙이랑 영성이 너, 둘이 바뀌면 딱 좋은데.' 혜숙이는 그 말을 미처 듣지 못한 것 같았지만 영성이와 나는 그 말을 들었습니다. 영성이는 어릴 때부터 그런 말을 자주 들어서인지 웃고 말았지만 나는 식은땀이 났어요. 나는 알고 있어요. 영성이가 무엇을 감내하고 있는지, 나는 잘 알고 있었어요. 영성이가 하루는 저에게 그런 말을 했었습니다.

"나는 남자 성기랑 여자 성기를 모두 가지고 태어났대."

내가 고개를 갸웃하자 영성이가 이번엔 구석으로 나를 데리고 갔습니다. 그러고는 가방을 열어 무언가를 꺼내줬죠. 그것은 피가 묻은 팬티였어요. 한 달에 한 번 이런 게 나와, 라고요. 하지만 그때 우리는 고작 고등학교 입학 전이었어요. 나는 영성이가 아픈가 싶어서 얼른 병원에 가자고 했습니다. 영성이가 미소를 지으며 고개를 저어요. 그러면서 자기는 남자와 여자 둘 모두의 염색체를 가지고 태어났대요. 그런데 생각하기에 자신은…… 여자래요. 자신을 과외해주는 의대생 선생님께 부탁해서 책을 구해 보았대요. 그러면서 나중에 돈을 벌면 아주 멀리 가서 자신의 삶을 선택할 거라고 했어요. 그런데, 어렵게 그 말을 꺼낸 영성이를 두고 나는 다짜고짜 이런 생각이 떠올라요. '나는 그럼, 누굴 좋아하는 거지?' 이후 내 속에서는 많은 사람들이 스쳐 지나갑니다. 어린 시절을 보냈던 읍에서 같이 살던 그 삼촌들 같은 건가? 아니면 여자랑 결혼하겠다고 해서 집안에서 쫓겨난 이모할머니? 생각에 잠기느라 나도 모르게 미간을 찌푸린 모양이에요. 영성이는 쓰다듬듯 내 미간을 펴주며 이렇게 말하네요.

"그러게, 나 같은 사람은 들어본 적 없지? 나도 내가 인간인지 아닌지 많이 생각했는데."

혹시 누가 그런 말을 해? 나도 모르게 소리를 높인 게 민망해서 입술을 안으로 마는데 영성이가 웃음을 터뜨립니다. 하지만 정말 그래요. 영성이가 인간이 아니라뇨? 나는 영성이를 알던 순간들을 떠올립니다. 시골에서 전학 왔다고 놀림받던 나에게 가장 먼저 인사를 건네주던 아이, 내가 감기에 걸렸을 때 혼자 자취를 하는 내 방에 와서 콩나물국을 끓여놓고 가던 아이, 자신에게 시비 거는 사람들은 웃어넘겨도 우리에게 고약한 농담을 하는 놈들에게는 달려가 사과까지 꼭 받아내는 아이, 다른 이들이 시끄러울까 봐 공공장소에서는 소곤거리듯 작은 목소리를 내는 아이. 그런 네가 인간이 아니면 대체 누가 인간이야?

하지만 나는 저런 말을 다 하는 대신 정말 하고 싶은 말 한 마디만을 겨우 꺼내놓습니다.

"영성아, 나중에 나도 데리고 가."

나는 그런 생각을 했던 것 같아요. 이모할머니는 자신을 버린 가족들의 바람과 달리 친구인지 애인인지 모를 어떤 할머니랑 죽을 때까지 잘 살았어요. 내 말에 영성이는 잠시 눈을 감았다 뜨며 이렇게 말해주었어요.

"경녀야. 나는, 난 너랑 같아."

혼란스러운 마음은 그 웃는 얼굴과 말 속에 흩어집니다. 그래, 네가 행복하다면……. 가끔 좋아함은 이렇게나 편리하죠. 모든 걸 설명하지 않아도 되니까요. 영성의 아버지는 아들을 얻기 위해 영성의 어머니와 재혼했다고 들었어요. 하지만 나는 영성이 남자든 아니든, 성기가 두 개든 한 개든, 사람들이 기집애 같은 놈을 좋아한다고 놀리든 말든 전혀 상관없습니다. 사실 이상한 건 사람들이에요. 누군가를 좋아한다는 게 왜 놀림거리죠? 게다가 나도 여잔데 왜 자꾸 내 앞에서 기집애 같은 애 좋아하면 안 된다고 하죠? 그냥 기집애나 기집애 같은 게 만만한 모양 아니었을까요? 그리고, 사실은 뭐랄까요. 내게는 딸을 아들로 키우는 아버지는 없었지만 남동생에겐 야구 글러브를 사주면서 저에겐 자전거조차 사주지 않는 아버지는 있었어요. 다리에 상처라도 나면 어떡하냐, 했지만 진실은 다른 데 있었습니다. 처녀막이 터지면 어쩌냐는 것이죠. 아버지고 뭐고 좀 징그러운 느낌이었습니다. 미선이도 어느 날엔가, 여자는 남자보다 신에게 가깝게 다가갈 수 없는 걸까? 이런 말들을 했어요. 생각해보니 성당에서 미사를 진행하던 신부님은 모두 남자라는 게 떠올랐어요. 그런데 우리 중에서도 혜숙은 역시 패나 심각했어요. 그 대학생 오빠 때문인지 아니면 혜숙이를 때리는 오빠 때문인지 하여튼 오빠 때문에 혜숙이는 기숙사 생활이 가능하면서도 우리와 멀어지지 않을 수 있는 전남대 의대를 희망했던 건데요. 결국 혜숙이는 자신을 때리는 오빠의 재수 비용 때문에 기어이 장학금을 주는 타 도시의 대학으로 가게 되었어요. 거긴 신사임당의 고향이다, 자애로운 어머니 신사임당의 땅 어쩌고. 혜숙이는 어른들이 그런 말을 하면 퉤퉤 하는 시늉을 하고 돌아서곤 했습니다.

'하지만 혜숙아, 아니, 혜자야. 그해 봄, 그날 나는 바랐어, 네가 그곳에 계속 있었기를 말이야. 물론 네가 사랑하는 사람을 위해 다시 광주로 돌아왔다는 것을 알았어도 나는 너를 말리지 못했겠지⋯⋯.'

모래 장난에 여념이 없는 영소 앞에서 경녀 아닌 경자는 그런 말을 중얼거려요. 물론 이렇게 제가 미래를 보게 될 줄도 몰랐지요. 사람들은 나보고 인지 장애니 조기 치매니 하는 것 같아요, 젊은 날 내 기억이 트라우마가 되었다나요? 내가 말하는 게 미래라는 걸 믿지 않고 말이죠. 그래요, 사람들이 말하는 '아직 오지 않은 시간'으로 미래라는

것이 굳어진다면 나는 미래를 보는 게 아닐지도 모르죠. 왜냐면 미래
란 내게…… 어쩌면 끝나지 않은 과거가 이어지는 것인지도 모르니까
요…….

　당시 혜숙이는 광주를 떠나기 전, 어떻게든 담뱃불을 실수인 척 흘
려서 헛간을 홀랑 태워버리겠다고 했어요. 아들내미 주겠다는 소를 탈
출시키고 헛간은 태워버리는 거야. 소를 죽일 수는 없잖아. 혜숙은 그
러면서 다시 한번 자기는 꼭 아들 대접이 받고 싶다 했네요. 그러나 남
자 되는 건 싫다. 이렇게요.
　"그럼 아들을 이름에 넣어버리자."
　다시, 혜숙이 말했습니다. 나는 영성을 바라봤습니다. 미선이는 깊
은숨을 들이쉬었지요. 영성이는 가만히, 마치 작은 모래를 골라내듯
신중한 목소리로 말해요. "내가 영자가 되면, 그러면 여자 이름 갖는
거네?"
　그래요, 그 영자 말이에요, 30년이 흐른 뒤에도 불리는 그 이름 영
자. 결혼 지참금 마련을 위해 성판매 여성의 일을 계속하게 되는 영자,
그러다가 그 돈을 떼어먹히자 포주의 집과 자신의 몸에 불을 붙이는
그 영자 말이에요. 그런데 참 신기하죠? 다들 책을 읽고 영화를 보면
서는 그 영자를 동정하지만 실제 영자들을 보면 손가락질했으니까요.
'너도 공부 안 해서 좋은 남자 못 만나면 저렇게 되는 거야.' 아버지도
늦은 밤 금남로 뒤편의 여자들을 향해 그런 말을 했습니다. 혜숙이가
영성이의 어깨를 툭, 한번 치며 묻네요. "판사집 아드님, 영자의 삶, 감
당할 자신 있니?" 여성과 남성을 동시에 가지고 태어난 영성이에게 그
삶은 선택이 아니었어요. 어쩌면 그때 처음으로 선택지 앞에 선 것일

지도 몰라요. 물론 영성이는 알고 있었을 거예요. 그 이름을 갖는다고 해도 어떤 면에서는 여전히 영자와 영성이의 삶은 같을 수 없다는 것을요. 그게 아마, 여태 혜숙이가 제 오빠 이야기를 할 때 묵묵할 수밖에 없던 이유겠죠. 그래도 용기를 내보고 싶었던 걸까요. 잠시 골몰하던 영성이가 곧 고개를 크게 끄덕입니다. 나는 영성이의 그 짧은 침묵과 금남로 뒤편의 여자들을 보며 너무나 쉽고 빠르게 혀를 차던 아버지가 선명하게 대조되는 것 같았어요. 그러자 나 또한 함께 끄덕일 수 있었어요. 곧이어 미선이도 큰 숨을 내뱉듯 고개를 끄덕입니다. 네, 그렇게 혜자, 미자, 영자 그리고 나 경자까지 모두 자 자 돌림의 공동체가 되었습니다. 우정으로 만들어진 가상 아들들의 공동체. 그런데 얼마 뒤 여기서 다시, 우리는 생각해요. 굳이 우리가 또 그놈의 아들 될 이유는 뭐지?

"너네한테 아들을 권하고 싶진 않아. 아들 되기 전에 인간 되는 거 고려해보는 게 어때?"

그렇게 갖고 싶다던 흔한 여자 이름을 갖게 된 영자가 다시 한번 이런 말을 했고,

"그럼 최종적으로 인간 자者?

미선이 그럼 이거는, 하는 표정으로 물었을 때, 이번엔 내가 다시 말했습니다.

"스스로 자自,는 어때?"

영자가 미소를 짓네요. 혜숙이는 오, 하는 표정을 지어 보이고 미선이는 고개를 끄덕입니다. 그때까지 실제 아들 子로 개명 신청이 완료된 것은 나 경자, 하나뿐이었거든요. 차라리 이 기회에 스스로 自로 모두 정정 신청을 마치면 되겠다고, 다들 그런 생각이었습니다. 그렇게

우리는 아들들의 공동체를 통과하여 최종적으로는 스스로의 공동체로 들어가고자 했습니다.

아, 지금 생각해도 조금 고소하달까 그런 거 있어요. 이제 혜자가 된 혜숙네 오빠는 군대에서 사람을 때려 영창에 갔습니다. 처음엔 기쁘면서도 억울한 것도 있었어요. 혜자가 맞을 땐 어른들 모두 오빠가 동생을 가르치다 보면 때릴 수도 있지, 하더니만 군대에서 선임을 때렸다고 바로 경찰이 와서 처단해줬다고 하니까 기막히고 그런 거예요. 그래도 일단은 혜자가 헛간에 불을 질러 범죄자가 되지 않아서 다행이라고 생각했어요. 나쁜 놈은 그놈이니까요.

"사실 나 날마다 고해성사 때 그 말 했어."

확실히 속이 시원하다는 내 말에 미자, 베로니카 자매님이 저 말을 꺼내며 이렇게 덧붙여요. 날마다 혜숙이 오빠가 꺼졌으면 좋겠다고 기도하는 저를 벌하여주십시오, 했다고요. 그렇게 모두 다, 어쩌면 폭력에 대해선 같은 마음이었던 거예요. 그런데 그건, 30년 후의 영소도 마찬가지인 모양이에요. 이제는 컬러텔레비전 앞에 앉아 있는 영소와 나. 우리는 여동생을 야구방망이로 때린 어떤 놈의 뉴스를 봅니다. 그렇게 사람을 때려놓고 살해 의도가 없었다며 상해치사로 풀렸다네요. 흥분한 영소가 저런 놈은 고소미 맛을 제대로 봐야 한다는 둥, 웬 과자 이름을 가지고 와서 흥분합니다. 아무리 시간이 흘러도 다 소용없구나, 내가 중얼거리자 영소가 엄마 때도 그랬어? 하며 눈을 반짝이네요. 이야기해달라는 거지요. 그런데 대체 어디서부터 이야기를 해야 할지, 그저 이름에 관한 이야기만 중언부언해봅니다.

"있지, 엄마. 그런 걸 보고 요즘은 뭐라고 하게."

"뭘? 그런 게 뭐야? 내 친구들? 우리를 보고 부르는 말도 있어?"

"진정한 연대라고 하지 않을까."

"연대? 시위하는 거?"

"아니, 꼭 시위만을 말하는 거 아니고. 요즘은 시위도 별로 없어. 평생 시위에 안 나가본 사람도 많은걸? 아, 이걸 뭐라고 설명하면 좋으려나. 가만있어봐, 엄마의 자는 우리가 다 아는 그 아들 子였기 때문에 이것이야말로 진정한 미러링이라고도 할 수 있으려나?"

"미러, 미러 뭐?"

연대야 그래도 아는 단어지만 미러링은 또 뭘까요. 아마 영소가 이걸 물었을 때 한국과 일본, 세계 곳곳에서는 여성과 소수자의 목소리를 찾고자 하는 시도가 많아졌을 거예요. 미래의 어느 부분이 어둡지만은 않아서 나는 안심이 됩니다. 그런 영소의 이야기를 듣고 나는 미래의 내가 낙관하는 사람이 되어 있기를 간절히 희망해봅니다. 그런데요, 나는 영소가 그런 말을 할 때쯤은 정말 다른 사람이 되어 있어요. 나는 연대나 시위 같은 말을 들으면 숨이 차오르는 사람이 되어버렸습니다. 엄마는 5·18을 겪은 것도 아니잖아? 영소가 이 말을 하면 더 질색하는 표정이 돼요.

엄마. 그런데, 엄마는 5월 18일에 어디에 있었어?

그러게요, 저는…….

나는 1958년 전남 구례에서 태어나 국민학교 입학 직후 광주로 이주하여 중·고등학교를 다닌 후 광주의 한 대학에 진학했습니다.

사실 지방대라고 해도 그 시절 여자가 4년제에 진학하는 건 어려운 일이에요. 아들에게 줄 돈을 딸에게 주는 집은 거의 없었어요. 게다가 고등학교 때까지도 나는 아버지의 교육열에 못 이겨 겨우 중간 등수를 유지하는 학생이었어요. 돈 때문에 혜숙이조차 원하는 대학에 가지 못했는데, 이런 생각에 망설여졌지만 그때 내가 그 기회를 잡았던 건 바로 좋아함, 설명이 필요 없는 그 유일한 것 때문이었죠. 영성이, 영자와 같은 대학에 들어가게 되었거든요. 영자는 집안에서 바라던 법대가 아닌 일문과로 입학하게 되었는데요, 처음엔 영자의 아버지가 영자에게 재수를 안 할 거면 당장 군대에 가라고 했대요. 그런 아버지를 영자의 어머니가 울면서 가로막았다는 건 광주 바닥에서 유명한 일화가 될 정도였고요. 비록 영자의 모부는 그렇게 비극의 주인공이 되었지만 나는 어쩐지 점점 행복해지는 것만 같았어요. 게다가요, 영자는 대학을 졸업하면 멀리 갈 거라고 했잖아요. 이 아이를 따라가려면 나도 돈이 있어야 했죠. 그 시절 여자가 그나마 생활이 가능할 만큼 돈을 벌려면 사무직이 되어야 했으니 대학 졸업장이 필요할 것 같았고요. 거기에, 영자가 가려는 먼 곳이 어딘지는 몰라도 일문과를 간 걸 보면 일본일 것 같기도 했고요. 이번엔 일본어를 좀 해야 할 것 같았죠. 외국어를 배우려면 역시나 대학을 가야겠고요. 그런데 막상 영자는 자신이 일문과를 선택한 건 어떤 시인의 시 때문이라고 했어요. 오키나와 출신의 여자 시인이 쓴 시래요.

"그 시 제목이 뭔데?"

"「헨젤과 그레텔의 섬」. 제목 근사하지? 아직 시집으로는 안 나왔지만."

영자가 씩 웃으면서 태평양전쟁 때 섬에 남겨진 어린 소녀의 시선이 담긴 시집이라고 덧붙여줍니다.

"오키나와라는 섬이 있대, 너도 들어봤지?"

"아, 미자한테 들었어. 일제 때 광주 교구 신부님이 오키나와에서 오신 와키다 신부님이었다고."

"응, 근데 거기는 원래 일본 땅도, 미국 땅도 아니었고 평화로운 곳이었나 봐. 전쟁도 폭력도 없이, 동물과 사람들이 어울려 평화롭게 살던 아름다운 섬."

"그런데 일본이 또 침략한 거야? 조선에 그랬던 것처럼?"

"응, 근데 갑자기 일본이 섬을 지배하면서 그런 질문들을 하기 시작한 거야. 넌 일본인이냐, 오키나와인이냐. 아니면 설마 너 조선인? 이런 거 말이야. 그때 오키나와 사람들과 조선인들은 거의 같은 취급을 당했대. 전쟁 때 죽은 오키나와인들의 시신을 수습해준 것도 조선인들이고. 그래서 위령비가 있다지. 아무튼 그래서, 오키나와인들은 살기 위해서 자신이 일본인이라는 걸 어떻게든 증명해야 했대. 모두가 마음으로는 일본이 싫었겠지만 그렇다고 모두가 그런 순간에 용기 있게 정의를 말할 순 없는 거니까."

영자 네가 남자인지 여자인지 증명해보라고 말하면서 사실은 네가 남자라고 말하길 바라는 그런 사람들이 그곳에도 있던 걸까. 그런 사람들은 전쟁 중 섬에 홀로 남겨진 소녀에게도 일본인인지 아닌지를 물어서 죽이려고 했던 걸까. 그들은 어떻게 사람을 단 한 가지 조건만으로 설명할 수 있다고 생각한 걸까. 내가 아무 말도 하지 않고 그저 자신을 바라보기만 하자 영자는 아마 내가 그곳에 대한 설명을 더 듣고 싶어 한다고 생각한 모양이에요. 영자는 이윽고 어떤 문장을 하나 말해주었어요. "들어봐, 경자야. 사람은 말이야. 잊고자 하는 일에 보복을 당하기 마련이래." 고개를 갸웃하는 내게 영자가 그 말의 의미를 덧붙입니다. 그 말은 오키나와를 연구한 유명한 학자가 역사 속에서는 기록되지 못했을 대다수의 오키나와 사람들을 기억하자는 의미로 했던 거래요. 절대 반성하지 않은 일본 정치인들을 향해서요. 나는 그 말의 뜻은 다 알지는 못했지만…… 적어도 일본이 조선에게 한 것처럼 오키나와 사람들을 죽이고 죽이고 반성하지 않은 것만은 알 것 같았어요. '꼭 기억할게, 영자야. 나라도 꼭.' 하지만 나는 이런저런 말은 그저 삼켜버리고 다른 말을 중얼거렸어요.

"전쟁 중이어도 아이는 자라고 섬에는 꽃도 나무도 피어났나 봐……."

내 말에 영자가 자신도 그 섬에 가보고 싶다 했어요. 그러고는 곧 그 시를 다시 읽어줍니다. 시의 모든 내용을 기억하는 건 아니에요. 다만 그 시의 마지막 문장만은 선명합니다.

그것은 작고 투명한 유리잔 같은 여름이었다.

하지만 그런 여름을 사람들은 사랑이라 부르는 듯했다.

그 아름다운 섬으로 가자, 우리도. 나는 그렇게 영자를 생각하며 공부에 매달렸습니다. 성적은 날이 갈수록 좋아졌어요. 그해 여름, 장학금을 받아서 영자와 함께 갔던 라이브 다방도 떠오르네요. 이거는 너무나 제가 좋아하는 기억이에요. 그때 충장로에는 '그랑나랑'이라는 라이브 다방이 유행이었어요. 제일 컸어요. 또래와 데이트라고 하면 주로 볼링장 아니면 라이브 다방이었어요. 가서 종일 음악 듣고 신청곡 적어 내고 또 음악 들어요. 그러다가 '돈까스후비까스' 가서 계란 프라이 추가해서 돈가스 먹고 하이트 맥주 좀 마시면 너무 좋은 날인 거예요. 조선대 다니던 애들은 증심사도 많이 갔죠. 정문 앞에서 무등산 넘어가는 버스가 많으니까요. 나도 장학금 받은 돈으로 영자와 '그랑나랑'에 갔다가 돈가스 먹었답니다. 그런데 이 이야기를 하는 내 표정이 너무 좋았나요? 듣고 있던 영소가 웃음을 터뜨리네요. 기껏 광주에 대해 말해달라고 그렇게 조르더니요.

"엄마. 무슨 대학을 놀려고 다녔어? 웬 상호가 그렇게 줄줄 나와? 결국 요약하면 뭐야, 데이트하러 다녔다, 이거 아니냐고."

영소는 그즈음 대학에서 강의하는 사람이 되었어요. 방학 때도 소논문인지 뭔지를 쓴다고 조사를 하러 돌아다녀요. 그런데 언제부터인가 자꾸만 광주에 대해 묻네요. 인터넷 찾아보라니까 그냥 '사람들'이 궁금하대요. 내가 헛기침을 하자 영소가 못 말리겠다는 듯 고개를 몇 번 저으며 웃습니다.

"엄마, 지금 그 자리엔 다른 게 있겠지?"

"그러게. 아마 많이들 변하니까. 그래, 뭐 변해야 좋지."

"내가 구글 로드뷰로 광주 한번 보여줄까?"

퍼뜩, 광주를 보여주겠다는 영소의 말에 나는 고개를 저어요. 그냥, 그대로…… 어떤 것은 그저 그대로. 변해야 좋다고 했지만 사실 어떤 건 그대로 둬도 좋겠다 싶어요. 이를테면 그때 나에게 시를 읽어주던 영자의 목소리라든지요. 아니, 근데 아련한 건 아련한 거고 영소의 오해는 풀어줘야겠습니다. 나 김경자가 어디 사랑 때문에만 사는 사람이겠어요?

"영소야, 이 엄마 그저 사랑밖에 난 몰라 아니다?"

영소의 장난에 나도 짐짓 더 근엄한 표정을 지어 보여요. 그런데, 조금 더, 솔직하자면 사랑이라는 게 그런 건지도 모르겠어요. 시작은 영자뿐이었을지라도 과정은 나 경자와 영자가 함께했죠. 나는 처음으로 내가 무언가를 결심하고 거기에 열심이었던 게 좋았어요. 장학금을 받은 학기에 김경자, 석 자가 대자보에 새겨지는 것을 보고 깊은 쾌감도 느꼈습니다.

저 말을 해두고 보니, 훗날 미자가 우리에게 신학대를 가겠다고 선언한 날이 떠올라요. 수녀님이 되는 거야? 다들 그렇게 물었던 이유는……

미자의 어머니는 무당입니다. 그리고 할머니는 일본인이래요. 일제강점기 때 일본의 집이 너무 가난해서 한국으로 돈을 벌러 온 거라고 해요. 그렇게 온 일본인 중에 가난한 여자들은 대부분 현지처가 되거나 카페나 호텔의 여급으로 일했는데, 일본이 철수할 때 이들은 데려가지 않았대요. 미자의 외할머니도 조선에 온 일본 남자의 현지처가 되어서 미자의 어머니를 낳았는데 그 일본 남자 혼자 본국으로 돌아가고 외할머니와 미자의 어머니는 데려가지 않았대요. 일본에서는 재조 일본인과 조선 현지처 사이에 태어난 아이를 인정하지 않는 사회 분위기가 있었다던데 사실 정확히는 모르겠어요. 소문에 의하면 미자의 어머니가 무당이 된 건 일본인도 한국인도 아닌 채로 할 일이 없어서 그랬다던데 이것 또한 잘 모르겠습니다. 왜냐면 미자는 학교에서 친일파라고, 더러운 피라고 괴롭힘을 당하곤 했으니까 그런 걸 물어보면 가슴 아플 거라 생각했어요. 얼굴에 일본인이라고 써 있다나요? 그런데 일본인과 한국인을 얼굴로 구분하는 게 가능한가요? 나는 사실 속으로만 그렇게 분노하고 말았어요. 혜자는 조금 더 분명했어요. '대단하신 나의 조상님이 일본인이나 중국인이면서 한국인이라고 했을 수도 있잖아? 단일민족이라고 얼굴 어디에 써 있냐?'라고요. 그리고 영자가 된 영성이는,

"그냥 베로니카와 어머니의 종교가 다른 거, 그뿐 아닐까."

아마도, 그렇겠죠? 뭐가 됐든 나는 미자가 자신의 종교를 갖게 된

것이 좋아 보였어요. 왜냐면 한번은 미자에게 무슨 죄를 그렇게 많이 지은 거냐고 우리가 물었거든요. 그러니까,

죄를 열심히, 말할 수 있는 게 좋을 뿐이야, 라고, 미자가, 베로니카 자매님은 그렇게 대답했습니다. 물론 그때는 '죄를 말할 수 있다', 이것이 쉬운 문장이지만 진심으로 어려운 일이라는 걸 잘 몰랐죠. 그저 나는 미자가 좋은 게 있다니 좋다고 생각했어요. 그것이 종교든 무엇이든 말예요.

자, 그러면 나 경자는 그로부터 몇 년 후 대학원에 진학했나요? 유학을 준비했나요?

아니요.

아니요? 그럼 저는 어디에 있나요?

나는 서울 광화문 뒤편의 재수 학원에 있습니다. 여자의 인생은 좋은 남편을 만나는 것으로 결정된다고 믿었기에 딸을 영부인과 대학 동기로 만들고자 했던 아버지의 뜻에 따른 거지요. 당시 나는 장학금으로 학비를 해결하는 것 외엔 경제권이라고는 없었으니 순순히 재수 학원으로 가게 된 거예요. 불행했느냐면 당연히 그렇다고도 할 수 있는데 또 어떤 면에서는,

"다행일지도 몰라."

어느 날엔가 미자가 그렇게 중얼거렸다지요. 그해 봄, 도망친 사람들을 숨겨주기 위해 성당 문을 열었던 미자가, 군인의 만행을 담은 유인물을 제작하여 미사 직전 나눠주었던 베로니카 자매님이 말이에요. 며칠 후 어느 정신병원에서 머리가 하얗게 센 채 발견된 미자가 그런 말을 끝없이 중얼거렸다지요.

"정말 다행이야. 네가 없어서."

그리고 또 한 사람. 시집을 읽고 머리를 기르는 그 아이를 용납할 수 없던 아버지가 군대에 보내버린 영성이, 영자가 그런 말을 했습니다.

"경자야, 정말 네가 아무것도 보지 않아서, 정말 다행이야."

1980년이 다 가기 전 겨울이었습니다. 말바우시장의 팥칼국숫집이 성황이었던 기억으로 보아 아마도 동짓날이었나 봅니다. 그날 나는 장기 휴가를 받은 영자와 함께 미자가 있다는 정신병원을 찾아갔습니다. 하나 기억에 남는 것이라면 군복을 입은 소영성이 군복을 입은 다른 남자들을 볼 때마다 어깨가 움츠러들도록 몸을 떨었다는 것입니다. 나는 이전보다 더 홀쭉해진 영자를 데리고 돈가스를 먹었습니다. 괜찮아, 괜찮아. 영자는 누가 묻지도 않는데 그런 혼잣말을 하곤 했어요. 하지만 정작 머리가 하얗게 센 미자를 마주했을 때 영자는 조금도 괜찮은 것 같지 않았어요. 한참 만에야 여전히 몸을 떠는 영자를 대신해 내가 미자에게 고해성사 없는 삶이 답답하지 않냐고 묻습니다. 차마, 그날 이후 있었던 일들은 말하지 못하고요. 그해 5월 이후 계림성당과 남동성당의 신부님들은 도망 중입니다. 감옥에 가신 분들도 계시다 들었어요. 하지만 미자에게 더 이상의 충격을 주고 싶지 않았어요. 그런데 미자는 어쩐지 가뿐한 목소리로 이제 성당에 가지 못하는 건 괜찮다고 합니다.

"내 죄를 말할 수 있는 거, 그거 이제 필요 없으니까."

"왜, 미자야. 정말 좋아했던 거잖아. 게다가 혜자 아이도 찾았어, 감사하게도 성당에서……."

나는 뭐가 그렇게 다급했던 걸까요? 나는 혜자의 이름을 말하던 내 입을 가립니다. 하지만 미자의 시선은 어느새 군복을 입은 소영성에게 고정된 채였죠.

"왜냐면, 신은 그곳에 있는 게 아니라 광주에 있었거든, 그 군인, 모든 걸 멋대로 할 수 있던 그 군인. 설마 그 군인이 인간은 아니었겠지?"

나는 영자가 조금씩 뒷걸음질 치는 걸 보았어요. 영자의 팔을 잡으려고 했어요. 미자는 이제 막 말문이 터진 어린아이 같습니다.

"그러니까, 가장 죄 많은 건 바로 그 신이야."

소영성에 고정되어 있던 미자의 시선이 이번엔 영자의 얼굴로 향합니다.

"너도 혜자 같은 사람들에게 총을 쐈니?"

나는 순간 의자를 박차고 일어서 영자를 뒤에서 꽉 끌어안았습니다. 영자가 뒤로 넘어갈 것만 같았어요. 무언가 빠져나간 것처럼 느껴지던 영자를 끌어안으며 미자가 앉아 있던 곳을 바라보았을 때, 그곳엔 죄 없는 백발의 노인이 베로니카 자매님 대신 있었습니다.

그래, 미자야, 그런데. 너 대체 정말 무엇을 본 거니? 그리고 영자 너는 또 무엇을…….

그로부터 다시 시간은 흘러 우리는 또 다른 봄들을 맞이했습니다. 그래요, 5월은 어김없이 있으니까요. 영자는 그때 지산동, 조선대학교 쪽으로 넘어가는 산수오거리에 나와 함께 살았습니다. 영성이는 입대하자마자 최전방으로 배치되었어요. 그런데 영자는 그곳에서 기간을 다 채우지 못했습니다. 그 봄에 광주에 와서 사람 죽이는 일을 했대, 이런 수군거림과 함께 돌아온 영자는 이제 부모님과 함께 살지 않았습니다. 미쳐서 돌아왔다는 사람들의 말과 달리 영자는 나와 함께 살던 그 방에서 행복해 보였습니다. 머리를 길렀고 남자 옷을 입지 않았어요. 시집을 곁에 두고 하루에 한 편씩 읽어주기도 했습니다. 가끔씩, 자다가 생전 하지 않던 욕설을 할 때가 있긴 했어요. 그 욕설 섞인 잠꼬대의 마지막엔 어쩐지 축 늘어진 것 같은 체념의 말투로 이런 말들을 했습니다. "난 그냥 나예요. 광주 사람도, 북한 사람도 아니고 남자도 여자도 아니고 그냥 나라고요." 하지만 내가 흔들어 깨우면 곧 말간 얼굴로 웃어 보였습니다. 그렇게 나와 영자는 가을도, 겨울도 함께했어요. 다시 봄이 왔을 때 나는 이제 정말 모든 것이 괜찮아진 것 같다고 느꼈습니다. 그런데, 그날은 5월치고는 더웠습니다. 마치 여름의 한가운데 같았죠. 나는 그날 무명녀로 되어 있던 혜자 아이의 출생신고를 했어요. 영자에게는 깜짝 발표를 하려고 말을 하지 않은 채였죠. 본가에서 몰래 반찬도 몇 가지 챙겨 나왔습니다. 영자의 어머니께서 간혹 돈과 반찬을 아버지 몰래 두고 가셨지만 그걸로 해결이 다 안 될 때가 있었거든요. 도둑처럼 반찬을 챙길 땐 풀이 좀 죽었었는데, 막상 영자와 살던 동네 어귀에 이르러서는 영자에게 아이의 이야기를 할 생각에 마음이 부풀었습니다. '우리 아이의 이름은 무엇으로 할까? 네 이름을 따서 소영이로 할까? 소영이, 근데 혜자는 여성스럽다고 안 좋아할 거 같기도 하고. 그럼 영소 어때? 네 이름 앞 두 글자를 뒤집어서 말이야.' 이런 생각 끝에 이제 우리가 정말 피보다 강한 것으로 얽혔을지 모른다고 느꼈을 때였습니다. 문 앞에 서자 영자가 내게 읽어주던 그 시가 방 안에서 들려오는 듯했어요. 내 착각이었을까요? 하지만 그때 나는 아, 그래. 이제 정말 괜찮아진 것 같다고, 나는 정말 그렇게 생각을 했습니다.

깊은 숲속에서 양치식물의 포자가 금빛으로 쏟아지는 소리가 났다.

부뚜막 안에서 마녀가 되살아나고 있었다.

그이의 호주머니에 더는 빵 부스러기나 조약돌이 남아 있지 않았다.

나는 그 시의 마지막 두 문장을 여전히 기억하고 있었어요. "그것은 작고 투명한 유리잔 같은 여름이었다. 하지만 그런 여름을 사람들은 사랑이라 부르는 듯했다." 이 문장 말예요. 그리고 앞선 문장도 다시 들으니 그때는 시 전체가 기억이 나더군요. 그런데 그날 알았어요. 내가 그 시에서 단 한 문장만은 아예 잊고 지냈다는 것을요. 바로 이 문장이었어요.

그렇게 짧은 여름의 끝에 그이는 죽었다…….

내가 문을 열었을 때 방 가운데 떠 있는 것처럼 조금씩 흔들리던 영자의 발. 그리고 그 발밑으로 덩달아 흔들리던 그림자 속에 남겨졌던 영자의 편지.

경자야, 너는 아무것도 보지 못한 거야. 다 잊어. 다 잊고 살아가. 나도, 그 무엇도.

영자야…… 너 소영자는 소영성으로 대체 무엇을 해야만 했니, 무엇을 그렇게 잊어야만 하니? 그렇게 묻기도 전에 가버린 그 아이가 본 것은 아마도.

내가 떠난 그해 광주에서는 민주화항쟁이 있었습니다.

"엄마. 엄마는 고향이 광주잖아. 그러면 엄마도 5월 18일을 알아?"

처음 영소가 그것을 내게 물어왔던 건 김대중 대통령이 당선되고 광주가 다시 뉴스에 나오기 시작했을 때예요. 뉴스에서는 흑백의 전남 도청 사진이 나오고 있었습니다. 나는 대답하는 대신 뉴스를 꺼버렸습니다. 어리둥절한 표정의 영소가 나와 텔레비전을 번갈아 보는 때에 나는 참지 못하고 콘센트마저 뽑아버립니다. 할 수 있다면 나는 아마도 온 동네의 전기를 내려버렸을 것입니다. '엄마 그때 「뮤직뱅크」를 못 보게 했단 말이야.' 영소는 이렇게만 기억합니다. 미안해요, 나는 그저 뉴스를 끄고 싶은 거였어요.

"하지만 엄마. 엄마는 그곳에 없었잖아?"

그래요. 나는 그곳에 존재하지 않았습니다. 하지만 그렇다고 해서 내가…….

"그럼 엄마. 엄마는 대체 어디에 있었어?"

나는 당시 한참 재수 학원에 적응하느라 전라도 사투리를 안 쓰려 안간힘을 다하고 있었을 뿐입니다. 전라도에서 왔다고 하면 빨갱이라는 말을 들을 때였어요. 나는 김대중 이런 사람들에게 관심도 없는데, 좀 억울했어요. 나는 전라도 말이 하고 싶을 땐 이미 군대에 가게 된 영자에게 편지를 썼습니다. 경자가 씀, 까지 쓰고 나서 자 이제 됐다 하고 다시 나가 서울말을 쓰며 다녔습니다. 그날도 다르지 않게, 그렇게 5월 18일이 내 곁을 지나치는 것만 같았습니다.

광주에 간첩이 나타났대.

1교시가 시작될 무렵 학원에서는 사람들이 그런 말을 하며 웅성거렸습니다. 간첩이라니. 곧장 군대에 있는 영자가 떠올랐어요. '여기는 온통 전라도 사람뿐이야, 매일 손발톱을 잘라서 봉투에 넣으래. 언제

죽을지 모르니까.' 한번은 영자가 자신이 있는 곳은 그저 날마다 살인 기술을 가르치는 데라고, 이 안에서도 더 약한 사람을 골라내 그 기술을 쓰는 것 같다고 편지를 보내왔어요. '여자 같은 애들은 항상 표적이 되는 것 같아. 그러니까 나 같은…….' 그 편지를 받고 다급하게 면회 신청을 넣기도 했습니다. 그 면회 신청은 거부당했지만요. 영자가 편지를 보내올 때마다 겉봉에 씌어진 소영성이라는 이름이 퍽 낯설어서 답장으로 보낸 편지에는 소영자에게라고 쓰기도 했었는데요. 그래도 나는 고개를 저어 생각을 멀리 보내봅니다. 영자도, 더불어 혜자도 전라도와 멀리 떨어진 곳에 있으니 이럴 때는 차라리 다행이라는 생각만 했습니다. 나는 뒤돌아보지 않았습니다. 나와는 무관한 일이야. 그렇게 중얼거렸습니다.

나와 상관없는 일이야. 나와는.

나는 그렇게 5월 18일을 통과해가는 것만 같았습니다. 하지만,

나와는?

그래요. 하지만 나는 알고 있었잖아요, 혜자와 영자를 차마 떠올리지 못했다 해도 이미 그곳엔 미자가 있었습니다. 그렇게 신부가 되고 싶었지만 수녀가 될 수밖에 없는 베로니카 자매님이 있었습니다, 그리고 사랑하는 남자와 뜻을 같이하기 위해 광주로 되돌아간 혜자가 있었습니다. 이후 그 남자와 자신이 추구하는 정의가 조금은 다르다는 걸 알고 홀로 되길 택한 혜자가, 그러나 아직은 광주를 벗어나지 못했던, 어느 순간에는 자신의 배 속에 있는 아이를 위해서, 그런 아이들이 죽어가는 걸 그대로 볼 수만은 없어서 시위에 나섰던 혜자가…….

나와는 무관한 그곳에 그렇게.

거기에 있었습니다. 그리고, 거기에는.

또 그 반대편에서 총을 겨누었던, 칼로 사람을 찔렀던. 아니, 그러라고 명령을 받았던 영자가 있었습니다. 압니다, 모든 군인이 다 영자는 아니에요, 절대 아니에요. 그러니 그저 영자라고 하겠습니다. 그렇게, 영자가 그곳에 있었어요. 그리고 다시, 여자의 삶을 선택한 영자를 받아들일 수 없던 소영성의 부모가 죽어서까지도 소영성으로 사망신고를 한, 소영자가 소영성인 채로 또 그렇게 있었습니다. 영성이가 아닌 영자와 함께 살았던 나는 아무런 제도적 힘이 없어서, 그렇게 소영성인 채로 보내야 했던 소영자가 정말 그곳에 있었습니다.

"엄마, 있지. 사람은 왜 죽어?"
"응?"
"나는 왜 태어났고 아빠는 왜 죽었어?"

영소의 질문에 다른 사람이 추가되었습니다. 어린 시절부터 아이들의 놀림을 받는 건 괜찮다고 하던 영소였습니다. 그리고 그때 우리는 이미 오키나와로 이주한 뒤였지요. 30년 후에는 오키나와도 유명한 관광지가 되지만 그때는 본토와의 거리도 멀고 한국에서도 아는 사람이 별로 없었지요. 단 한 사람, 소영자 빼고 말이에요. 해외 일자리 중개 업소에서도 오사카와 후쿠오카를 추천했습니다. 하지만 나는, 그래요, 오키나와로 가고 싶었어요. 사람들에겐 그저, 영소랑 먹고살 일이 있으면 어디든 간다고 답했습니다. 영자 덕분에 배우게 된 일본어가 내게 큰 힘이 되어주었죠. 그렇게 온 오키나와, 이곳에서 나는 경자, 여전히 경자지만.
처음 체류 신고를 하던 날 버벅대던 나를 도와 서류를 받아 적던 직원이 경자? 하더니 서울 京 아들 子로 내 이름을 기록했습니다. 그가 확인을 위해 나를 한 번 올려다보았지만 나는 그것을 빤히 보고도 아무 말을 하지 않았습니다. 아들 子가 아닌 스스로 自. 스스로의 공동체는 그 뜻이었는데 말이에요. 혜자, 미자, 그리고 영자……. 나는 고개를 돌렸습니다. 그리고 그렇게 京子, 쿄코가 되었습니다. 쿄코로 사는 것, 아무 문제도 없는 것만 같았지요. 나는 열심히 일했고 영소를 키워 냈으니까요. 영소가 고등학교에 들어갈 무렵엔 마음에 맞는 남자와 몇 년을 함께 살기도 했습니다. 시집을 좋아하던 점잖은 일본 사내였죠. 그리고 그사이, 아무도 내 이름을 부르지 않았습니다. 영소 엄마, 저기 이모, 김 여사, 김상……. 단 한 번, 영소를 일본의 학교에 입학시키려던 그때 빼고요. 가족 관계를 살펴보던 영소의 담당 선생님이 왜 아빠가 없는지 물어왔던 것입니다. 사실 무례하지 않은 의례적인 질문이었어요. 그러게요, 그런데 영소가 태어나기 위해 영소의 아버지가 죽은 건 아닙니다. 삶과 죽음이 그렇게 순차적으로 이뤄진다면 차라리 평안에 이르기가 쉬울 테지요. 하지만.

"영소야. 네 아빠는."

"응."

"자살했어."

그 말의 의미를 묻지도 않고 그저 '죽었다'는 말 자체에 눈물을 흘리던 어린 영소가 이제는 벌써 30대 중반을 훌쩍 넘어갑니다. 나는 그때까지 영소가 막연히 동아시아 역사를 전공한 후 대학에서 강의를 하는 정도로 알고 있었어요. 영소는 그중에서도 한국학을, 한국학 중에서도 광주에 대해서 공부하고 있었더군요. 5월 18일에 대해서 말이에요. 나는 아무 말도 하지 않았습니다. 하지만 그제야 나는 삶이라는 걸

어렴풋하게 알 것 같았어요. 죽음이 아니라, 겨우 삶에 대해서요. 그것은 뭐랄까요. 아주 탄력이 느슨한 고무 밴드 같은 걸 늘 허리에 감고 있었다는 느낌, 그 느슨한 탄력감 때문에 느끼지 못했을 뿐 나는 아주 천천한 탄력으로 그곳으로 돌아가고 있었던 것일지도 모르겠어요. 하지만 나는 그렇다치고 영소는 대체 무슨 예감이었던 걸까요?

"나와, 정말 상관이 없는데, 엄마. 그렇지?"

영소가 그렇게 말했습니다. 무어라 대답도 하기 전에 눈물이 흘러내렸습니다. 그걸 아시나요? 태풍이 불면 온 사위가 깜깜할 것 같지만 태풍 가운데 들어가면 바람이 잠잠하고 무엇보다 맑은 하늘을 볼 수 있습니다. 나는 태풍이 많은 오키나와에 와서야 그걸 알았습니다. 눈물도 그런 것 같아요. 눈물이 흐르면 처음엔 앞이 흐리지만 나중엔 오히려 시야가 맑아지죠. 평생 나는 어떤 곳에 비켜서서 울음을 삼키기만 했다는 걸 알았습니다. 그렇게 또렷하고 깨끗한 시야에 그제야 울음을 간신히 참고 있는 영소의 얼굴이 들어왔습니다. 그 얼굴과 나란히, 혜자와 미자가, 그리고 영자가 그곳에 있었습니다. 나는 아마도 무슨 말인가를 더 하려고 했던 것 같아요. 하지만 그즈음엔 나도 부디 평안에 이르고 싶었던 것 같습니다.

"그런데 왜 이렇게, 고통스러운 걸까, 엄마."

연구를 하면 할수록 말이야, 영소는 내 너머로 시선을 둔 채 속삭이듯 중얼거립니다. 어쩌면 영소도 나처럼 이제 평안에 이르고 싶었던 걸까요. 영소는 나를 자신의 연구에 기록할 거예요. 5월 18일 그곳에 있었고 그날 이후 더는 어느 곳에도 있지 않은, 그러면서도 내 주위 어디에나 있는 혜자, 미자. 그리고 영자, 에 대해서요. 그 후엔 아마도…….

*

여기서부터 이것은 나, 김영소의 기록이다. 김영소의 기록엔 그러나 김영소는 존재하지 않는다. 그러므로 저 말에서 잠깐 나는 머뭇거렸다. 김영소의 기록?

이것은 쿄코라 불렸던 쿄지 상, 김경자 씨의 기록이다.

김경자, 호적상 한자 표기는 金京子, 1958년 1월 30일 전라남도 구례 출생. 동명중학교와 살레시오여자고등학교 졸업. 그로부터 3년 후 광화문 재수 학원에서 대학이 아닌 또 다른 학원으로 다시 자리를 옮긴다. 그사이 어떤 일이 있었는지 자세히는 나도 모른다. 다만 이미 그때 나는 갓난아이로 존재했다. 내 아버지는 내가 존재하는지도 모르는 시점에 죽었다고 했다.

"자살이야."

그 말을 하는 엄마의 목소리엔 떨림이 없다. 아버지는 엄마의 오랜 친구 중 한 명이었다고 한다. 엄마가 그를 좋아했던 이유는 뭐였을까. 단 한 번, 그런 이야기를 했었다. "그 사람은 참 다른 남자들 같지 않게 뭐든 조심스러웠어. 목소리도 크지 않았고 버스를 타면 다리를 모으고 앉았거든. 뭔가…… 반대야." 뭐가 반대라는 걸까. 엄마는 누군가의 이름을 중얼거렸다. 얼핏 혜, 그리고 자라는 글자가 들렸지만 엄마의 또 다른 이야기가 이어졌으므로 그 이름에 대해선 다시 묻지 못했다. 어쨌거나 아버지에게 이상행동이 온 것은 광주에서 살게 되면서부터였다. 왜 그곳이었을까. 둘은 서로에게 모든 걸 말하는 사이였지만 단 하나만은 말하지 못하는 사이기도 했다. 광주, 5월 18일. 그렇게 광주에 내려온 지 얼마나 흘렀을까. 그렇게 얌전해서, 다른 남자들 같지 않아서 엄마가 좋아했던 그는 밤마다 소리를 지르고 욕설을 내뱉고 머리를 쿵쿵 벽에 찧기도 했다. 후에야 알았다. 아버지는 그때 군대에 있었다. 그날 밤, 손발톱을 모두 깎아 편지 봉투에 넣어 부모님께 보내라던 그날 밤, 그는 전라도 출신이라는 게 확인된 뒤 다른 전라도 출신들과 광주로 보내졌다. 거기서 그가 무슨 일을 보았는지 엄마도 정확히는 모른다고 그랬다. 그가 그렇게 죽을 줄은 더 몰랐을 것이다.

엄마는 내가 열넷 무렵 오키나와로 거주지를 옮겼다. 바뀌어버린 환경에 종종 입을 다물고 시위 아닌 시위를 하던 그즈음 나에게 엄마는 종종 '전생의 업보다, 업보야' 이런 말을 중얼거렸다. 아버지의 죽음에 대해선 담담하던 엄마도 나에게는 침착하지 못했던 거다. 사실 나는 그런 엄마에게 할 말이 없는 자식이었다. 엄마가 온갖 과외며 학원을 보내줬는데도 잘하는 게 없었다. 그나마 본토의 대학으로 입학한 게 유일한 효도였달까. 신기한 건 엄마는 그것 때문인지 내 학창 시절을 모두 좋게만 말한다는 거다. 마치 내가 일본으로 간다니까 잘사는 나라로 간다고 그저 부러워하던 한국에서의 친구들처럼 말이다. 한국은 IMF로 힘들 때여서 이해할 수도 있었다. 하지만 엄마는 어째서였을까. 반에서 따돌림을 당하던 사람은 총 네 명, 나와 재일 조선인 아이, 그리고 동성애 스캔들을 일으킨 아이, 자기가 남자라고 주장하던 아이. "더러운 피." 사람들은 나를 보고, 나와 함께 따돌림 당하던 아이들을 보며 종종 그런 말을 했다. 지나고 나서야 알았다. 폭력은 그저 약한 이들에게 유사하게 반복되고 있을 뿐이라는 것을. 나는 가방에 과도를 하나 넣어 다니기 시작했다. 나를 지키기 위해서, 라고 되뇌었지만 마음속으론 나를 모욕하던 인간들의 얼굴을 그어버리고 싶었다. 아니, 그보다는 그 인간들 앞에서 보란 듯이 내 손목을 그어버리고 싶었다. 내 피를 봐, 너네 피와 다르지 않다고. 폭력은 그렇게 약한 존재에게 늘 자신을 파괴하는 방식의 자기 증명을 요구한다. 과도는 괴롭힘이 심해질수록 크기가 커져서 나중엔 식칼이 되었다. 아마, 엄마에게 그 식칼을 들키지 않았으면 나는 아마도…….

"아, 엄마. 아빠도 자살했다며!"

식칼을 발견하자마자 싱크대로 달려가 던져버린 엄마가 전생의 업보를 꺼내 들기 시작했을 때였다. 내 말에 엄마는 잠시 아무 말 없이 나를 바라보기만 했다. 엄마는 아버지 이야기를 하면서 운 적이 한 번도 없었다. 동요도 없었다. 그런데 그날은 엄마가 좀 달랐다. 너, 너. 너희 아빠는. 너희 아빠는. 조금은 넋이 나간 사람처럼 그런 말을 중얼거리던 엄마.

"전혀 죽고 싶지 않았어. 살고 싶었어. 그 아이는 너무나 살고 싶었어."

거기 있던 모두가 그냥 살고 싶었던 거야. 엄마가 그렇게 말했을 때, 왜였을까. 나는 다시 물었다. 엄마는 나를 사랑해? 아니면 미안한 거야? 엄마는 그 질문에 아무런 답도 하지 않았다.

그런 내가 본토의 대학에 갈 수 있었던 건 나하 중심부의 학교에서 외곽으로 전학을 결정하고 그곳에서 역사 과목을 들으며 공부에 흥미를 느꼈기 때문이었다. 우익 교과서를 채택하지 않았던 학교였기에 오키나와의 역사와 조선인들의 역사, 재일 조선인의 역사를 배울 수 있었고 나에게도 발언권이 주어졌었다. 아이러니하게도 나는 내가 왜 이곳에서 혐오의 대상이 되어야 했는지를 배우면서부터 안정을 찾았던 거다. 왜냐면 그것이 나의 잘못이 아니라는 걸 알게 되었으니까. 게다가 역사 선생님은 가끔 교과서가 아닌 시집이나 소설을 가져와서 오키나와에 대해 이야기하기도 했었다. "말하는 방식은 다양할수록 좋아." 시는 잘 이해하지 못했지만 역사 선생님의 그 말이 좋았다. 선생님이 오키나와 출신의 시인 미즈노 루리코의 『헨젤과 그레텔의 섬』이라는 시집을 읽어준 날, 나는 전학 이후 절대 가지 않았던 나하 중심부로 나가 백화점 안에 있는 서점에 찾아갔었다. 아직 모노레일이 없던 때라 쨍쨍한 볕을 고스란히 받으며 버스 창가 자리에 붙어 앉아 갔던 기억이 선명하다. 그런 기분에 열심이다 보니 역사 선생님과도 어느 정도 친해졌었는데, 하루는 선생님이 나를 불러 한국에서 온 손님들을 안내해줄 수 있냐고 물었다. 일반적인 관광이라면 엄마가 허락하지 않을 것 같다는 생각에 바로 거절했을 텐데 그들은 미군 기지와 조선인 위령비를 둘러본다고 했다. 내 말에 엄마는 어디서 오신 분들이냐고 물었다.

"응, 광주. 5·18 피해자 유가족분들하고 관련 연구하시는 분들이래. 그게 오키나와하고 무슨 연관인지는 모르겠지만."

순간 엄마의 등이 미약한 경련을 일으킨 것처럼 보였다면 과한 걸까. 하지만 엄마는 그 일을 반대하지 않았다. 며칠 동안 나는 광주에서 왔다는 그 손님들에게 나하시에서부터 미군 기지, 조선인 위령비까지 모두 안내했다. 기억에 남는 사람은 한국에서 온 가이드 나나 씨와 연구자 경아 씨였다. 여자가 우리 셋뿐이기도 했지만 둘다 일본어에 아주 능숙했고 어리다고 반말을 하기도 했던 다른 사람들과 달리 나에게 깍듯이 존댓말을 했기에 좋은 인상이었다. 특히 경아 씨는 일에 치여 늘 긴장 상태였던 나나 씨와 나를 도와 자연스레 일본어 통역도 맡아주었다. 하지만 처음엔 그가 주는 좋은 인상에도 쉽게 마음을 열지는 못했었다. 당시 일본이나 한국이나 갑자기 오키나와를 주목하는 분위기였는데, 사람들이 주목하는 오키나와란 뻔했다. 버려진 땅, 소외받은 땅, 미국과 일본의 폭력으로 얼룩진 땅. 나는 처음엔 경아 씨도 마찬가지라 생각했다. 그런데 경아 씨는 언제나 내 생각을 벗어난 사람이었다. 기껏 위령비나 미군 기지 앞에 데려다 놓으면 점심으로 먹은 오키나와 전통 소바나 맥주 이야기를 해댔다. 그 점이 나에겐 오히려 편안하게 느껴졌다. 뭐랄까, 엉뚱하게도 경아 씨라면 남편이 자살하고 홀로 생계를 책임지면서 남겨진 아이를 키우겠다고 오키나와로 이주한 엄마를 마냥 불쌍하게 보진 않겠다는 마음이 들었던 거다. 그래요, 오키나와엔 그런 폭력이 분명히 있었죠. 하지만 소바도 있고 맥주도 있고 고구마도 있네요. 엄마랑 나는 가끔 싸우고 그래도 또 웃을 때도 있어요. 나는 그런 말들이 자꾸 하고 싶었다.

며칠을 함께 다니다 보니 사람들은 묻지 않아도 서로의 이야기를 할 때가 있었다. 어느 날엔가는 경아 씨 이야기가 나왔다. 한국에서 온 줄 알았는데 경아 씨는 조선적 재일 남편과 결혼해서 지금은 도쿄에 살고 있다고 했다. 일본에서 세상 오갈 데 없는 처지가 조선적 재일인데 경아 씨가 가졌던 마음은 대체 뭐였을까. 경아 씨는 그런 사정을 다 알고 내린 결정이었을까. 그때까지 나는 눈에 띄는 게 싫어서 불편도 질문도 최대한 참는 편이었는데 경아 씨에게는 질문을 하고야 말았다. 대뜸 무슨 연구를 하는지 물었던 거다.

"나는, 식민기 한국에 현지처로 있었거나 호텔 여급으로 취직하러 왔던 일본인 여성에 관해 연구해요. 그들 대부분은 일본에서도 한국에서도 하층이었고요. 일본 제국이 패망한 후 철수할 때도 본국으로 데려가지 않았죠."

"저, 그런데…… 실례지만 그러면 5·18하고 그게 무슨 연관이에요? 이번 여행은 5·18 유가족분들이나 관련 연구를 하는 분들이 오시는 거라고 들었는데요."

"네, 관련이 없을 수 있죠, 그런데, 음…… 영소 씨, 나도 뭐 하나만 이야기해도 될까요?"

내가 작게 고개를 끄덕이자 경아 씨는 고맙다는 듯 웃어 보이고 잠시 입술을 말았다.

"내가 한국에 살 때 말이에요. 그때 한국에서 재조 일본인의 손녀를 취재한 적이 있었어요. 신학대를 다니던 중 5·18을 겪으셨고 그 충격으로 하룻밤 만에 머리가 하얗게 센 여성분이었죠. 그분을 뵌 날, 내가 그랬었어요. 공적인 자료에는 신부님들에 대한 기록뿐인데 어떻게 이 일에 관여가 된 것이냐고요. 그러다 뭔가 스스로도 이상한 거죠. 그래요. 거기는 수녀님들도 계시고 성당에 다니던 사람들도 있었고. 나 조금은 당연한 걸 그제야 깨달은 거죠. 아니, 당연하다고 생각되는 것 외에는 다 당연하지 않은 것으로 취급하면서 배제하며 살았다는 걸 깨달은 거죠, 그렇게 옳은 일 하며 산다고 자부했던 내가 말이에요."

그랬다. 사람들은 너무나 당연하다고 생각하는 것이 있기에 그 당연함에 들어가지 않는 것을 굉장히 불편해할 때가 있다. 그럴 때 어떤 사람들은 그 불편하게 만드는 존재들을 아예 지워버린다, 가령 학교에서 나와 같은 존재…… 그리고 어쩌면, 엄마와 아빠와 같은.

"그때 그분이 그런 말씀을 하시더라고요, 어릴 적 외할머니가 재조 일본인이라 한국에서는 친일파라고, 또 일본인들에게는 현지처 자식이라고 더러운 피라고 욕을 먹었는데 이제는 광주 사람이라고 빨갱이라고 욕을 먹는다고요."

더러운 피⋯⋯. 이 말에 난 무언가 한 대 맞은 기분이 되어 경아 씨를 조금은 빤히 바라보았다. 경아 씨가 한숨처럼 낮게 말을 이어갔다.

"사실 이렇게 결연하게 말했지만, 솔직히는 논문 쓰고 잊었었어요. 그런데요, 하루는 여기 넘어와서 험한 시위대를 마주친 거죠. 그들이 지나가길 기다리며 길 한쪽에 서 있었는데 어떤 사람이 저를 똑바로 보고 말하더라고요. '한국인, 더러운 피.' 그때, 생전 나를 본 적도 없는 사람이 나를 증오하고 혐오하고 있다는 걸 알았어요. 그날 집에 돌아와 이유도 없이 샤워를 내가 몇 번이나 했는지 몰라요. 이상했죠. 그러다가 그다음엔 나도 처음 보는 그 남자를 붙잡아 욕을 하고 싶다는 생각에 잠이 오지 않을 정도였어요. 그런데 내 말에 남편은 그저 한숨을 내쉬더니 이렇게 말하더군요. 이제 그런 말에 익숙해져야 할지도 모른다고 말이에요."

경아 씨, 나도 그 말을 들은 적이 있어요. 나를 알지도 못하는 사람들에게조차요. 나랑 같이 따돌림 당하는 애들도 들었죠. 한국인이라서, 동성을 사랑한다고 해서, 자신의 성별을 받아들이지 않는다고 해서요. 그냥 우리보고 더럽대요. 이 말은 목에 걸려 나오지 않았다. 이 말을 하면 오래 참았던 울음이 먼저 나올 것만 같아서였다.

"그때, 잊고 있었다고 생각했던⋯⋯ 광주에서 뵈었던 그분이 떠오르더라고요. 그러면서 어렴풋하게 이런 생각이 들기 시작했어요, 뭔가⋯⋯ 우리가 연결되어 있다는 생각. 어쩌면 서로의 삶을 교차하고 있다는 생각."

나는 경아 씨의 말을 들으며 내내 엄마를 떠올렸다. 어떤 시절의 기억에 대해선 아주 모르는 사람처럼 고개를 숙이고 눈을 감아버리는 엄마. 그때 왜 나는 줄곧 엄마를 떠올리며 이제 다시 볼 수 없을지도 모르는 경아 씨에게 그런 말들을 한 걸까. "그런데요, 경아 씨. 엄마가 자꾸만 자신은 과거에 있대요, 미래를 봤대요. 엄마는 누구와 무엇으로 연결되어 있는 걸까요?"

하지만 난 이내 다시 고개를 저었다. "그래요, 뭐…… 엄마가 왜 그러는지 내가 알아서 뭘 하겠어요. 어쨌거나 이제 나와는…… 정말 상관없는 일이잖아요?" 그때까지 묵묵히 내 말을 듣던 경아 씨가 가만히 미소를 지어 보였다. 어쩐지 조금은 낮고 쓸쓸했던 그 미소 끝에 그가 해준 마지막 말은 이거였다.

"'사람은 잊고자 하는 일에 보복을 당하기 마련이다.' 제가 공부를 시작할 때 영향을 많이 받은 오키나와 연구자가 한 말이에요. 전쟁의 기억을 지워버리려는 일본 제국을 향해 한 말이었죠. 음…… 영소 씨, 어떤 사람들은요. 죽어도 꼭, 살아 있는 것 같잖아요? 또 어떤 사람들은 살아남았어도 늘 과거에 사는 거 같기도 하고 말예요."

그날 경아 씨와의 만남 이후 다시 20여 년의 시간이 흘렀을 때 나는 연구를 위해 최종적으로 광주행을 선택하겠다고 엄마에게 말했다. 광주라는 말에 주저앉던 엄마. 엄마는…… 그곳에 없었잖아? 내 말에 아무 대답 없이 눈물을 흘리던 엄마. 그곳에 있다고도 없다고도 할 수 없었던 엄마는. 그곳의 많은 사람이 그러했을 것처럼 위로할 수도 받을 수도 없는 시간을 모두 떠안아야 했던, 살아남은 사람이 아닌, 그저 그곳에 남겨진 사람이었던 엄마는.

"엄마는 어디에 존재하는 사람이야?"

아주 작게 입을 열어 무언가를 중얼거리던 엄마. 엄마, 뭐라고 말하는 거야? 무얼 말하려고 하는 거야? 자세히 들어보니 그것은 누군가의 이름들이었다.

그 이름들을 소리 내어 부른 엄마는,
그렇다면 엄마 경자 씨는
이제 평온에,
이르렀을까.

이것은 나 김영소가 엄마인 김경자 씨를 써 내려간 기록이 될까, 아니면 기억이 될까. 서울 京 아들 子의 쿄코 상이라고 불렸던, 실은 스스로 自를 쓰는 경자 씨는 조기 치매 증상으로 마지막 몇 달을 병원에서 보냈다. 첫날 쿄코 상이라고 씌어진 침대의 글자를 기어이 쿄지 상으로 바꾸겠다 고집을 부리던 엄마는, 어느 날엔 "혜자야, 너 이제 아들 대접 충분히 받고 있어?" 하고 물었고 또 가끔씩은 "미자야, 나도 죄를 말할 수 있을까?" 이렇게 묻기도 했다. 나는 혜자도 미자도 아닌 엄마 딸 영소라고 화도 내고 달래보기도 했지만 소용없었다. 그 이름들이 어린 시절 들었던 엄마의 친구들 이름이라는 게 떠오른 이후에는, 평생 부르지 못한 그 이름을 마음껏 부르고 싶나 해서 그저 고개를 끄덕여주거나 맞장구를 쳐주었다. 그렇게 그곳에서의 몇 달, 그날은 아침부터 엄마의 시선이 내 어깨 너머 어딘가를 향하고 있었다. 텔레비전을 걸어놓은 자리였는데 여태는 엄마가 그곳을 응시한 적이 없었다. 시선을 따라 돌아본 곳에서는 1980년 그 군인이 법원 앞에서 자신의 무죄를 주장하는 한국발 뉴스가 나오고 있었다. 냉소를 머금으며 볼륨을 조금 높여보려 할 때였다. 엄마가 무어라 중얼거리기 시작했다. 부탁을 들어주지 못해 미안해, 가만 들어보니 누군가에게 엄마는 끝없이 사과 중이었다. 이번엔 미자 이모한테 미안한 거야, 아니면 혜자 이모야? 내가 다시 엄마에게 돌아섰을 때였다. "나 너를 잊지 않았어…… 영자야." 영자? 처음 듣는 이름이었다, 경자 씨가 자신의 생에 마지막으로 소리 내어 부른 이름이기도 했다. 그리고 그 이름을 부른 경자 씨가 다시 그 군인이 나오고 있는 텔레비전의 화면을 똑바로 바라보며 남긴 말은 이거였다.

"사람은 잊고자 하는 것에 보복을 당하기 마련이다."

쿄코 상이 아닌 쿄지 상이 그곳에서 웃으며 울고 있었다. 여느 때보다 맑은 눈으로. ▪

* 소설의 사유에 도움을 준 자료

고정희, 『이 시대의 아벨』, 문학과지성사, 2019(재판).

권김현영 외, 『남성성과 젠더』, 자음과모음, 2011.

노영기, 『그들의 5·18』, 푸른역사, 2020.

최승자, 「나의 詩가 되고 싶지 않은 나의 詩」, 『이 시대의 사랑』, 문학과지성사, 1981.

미즈노 루리코, 『헨젤과 그레텔의 섬』, 정수윤 옮김, 인다, 2016.

스티븐 로우즈·R. C. 르원틴·레온 J. 카민, 『우리 유전자 안에 없다』, 이상원 옮김, 한울, 2009.

우치다 준, 『제국의 브로커들』, 한승동 옮김, 길, 2020.

츠루미 슌스케, 『다케우치 요시미』, 윤여일 옮김, 에디투스, 2019.

코델리아 파인, 『젠더, 만들어진 성』, 이지윤 옮김, 휴머니스트, 2014.

박진경·미야지마 요코, 「카페의 식민지근대, 식민지근대의 카페: 재조일본인 사회, 카페/여급, 경성」, 『한국여성학』 제36권 제3호, 한국여성학회, 2020.

송혜경, 「일제강점기 재조일본인 여성의 위상과 식민지주의: 조선 간행 일본어 잡지에서의 간사이韓妻 등장과 일본어 문학」, 『일본사상』 제33호, 한국일본사상사학회, 2017.

유경남, 「사회운동 관점에서 본 광주YMCA·YWCA와 5·18항쟁」, 『한국기독교와 역사』 제53호, 한국기독교역사연구소, 2020.

윤선자, 「한국천주교회의 5·18 광주민중항쟁 기억·증언·기념」, 『민주주의와 인권』 제12권 2호, 전남대학교 5·18연구소, 2012.

이선윤, 「제국과 '여성 혐오misogyny'의 시선: 재조일본인 가타오카 기사부로片岡喜三郞의 예를 통해」, 『일본연구』 제39집, 중앙대학교 일본연구소, 2015.

정호기, 「천주교회의 '5월운동'과 사회참여: 1980년대 전남지역의 활동을 중심으로」, 『신학전망』 182호, 광주가톨릭대학교 신학연구소, 2013.

Baudewijntje P. C. Kreukels & Antonio Guillamon, "Neuroimaging studies in people with gender incongruence", International Review of Psychiatry, 28(1), Gender Dysphoria and Gender Incongruence, 2016, pp. 120~28. (DOI: 10.3109/09540261.2015.1113163)

Dick F. Swaab, "Neuropeptides in Hypothalamic Neuronal Disorders", International Review of Cytology, vol. 240, Elsevier Academic Press, 2004, pp. 305~75.

Giancarlo Spizzirri et al., "Grey and white matter volumes either in treatment-naïve or hormone-treated transgender women: a voxel-based morphometry study", Scientific Reports, 8, 2018. (https://doi.org/10.1038/s41598-017-17563-z6)

Mairead Enright et al., "POSITION PAPER on The Updated General Scheme of the Health (Regulation of Termination of Pregnancy) Bill 2018". (https://lawyers4choice.files.wordpress.c om/2018/08/position-paper-1.pdf)

Timothy Cavanaugh, "Sexual Health History: Talking Sex with Gender Non-Conforming & Trans Patients". (https://fenwayhealth.org/wp-content/uploads/Taking-a-Sexual-Health-History-Cavanaugh-1.pdf)

기꺼이 어려운 인터뷰에 응해주신 분들께 감사를 전합니다.

심사평

수상소감

동시대적 연대의 마음

강동호

〈현대문학상〉예심을 위해 올해 발표된 작품들을 다시 읽어나가면서, 한국 소설의 동시대적 스펙트럼이 매우 넓다는 사실을 새삼 체감할 수 있었다. 물론 특정 시기를 관통하는 주요한 화두와 문제의식이 있을 수 있으며, 그에 따라 한 시대의 소설적 풍경을 대변하는 유력한 키워드를 제시할 수도 있을 것이다. 그러나 한국 문학의 현재적 깊이와 넓이가 소수의 몇몇 텍스트 또는 문학상이라는 제도적 상징을 통해 온전히 대변될 수 있는 것은 아니다. 어쩌면 중요한 것은 언어적 상상력과 시대의 한계를 갱신하는 글쓰기들의 다양성, 그리고 그러한 다채로운 풍경을 통해 형성되는 모종의 동시대적 연대의 분위기인지도 모른다. 그런 의미에서 올해 예심에 참여한 심사위원들이 추천한 작품들이 크게 겹치지 않고, 저마다의 개성과 매력을 갖춘 작품들이 다양하게 포진되어 있다는 점이 내심 반갑기도 했다. 후보작으로 선정된 작품들 모두 수상의 자격을 갖추고 있다는 전제하에, 몇몇 작품들에 대한 간략한 소회를 적는 것으로 예심평을 대신하고자 한다.

김멜라의 「저녁놀」은 존재의 이유(쓸모)를 상실해버린 딜도를 고백적 화자로 내세움으로써 남성성의 몰락을 알레고리적으로 풍자한 매우 도발적인 작품이다. 비록 소설이 전달하고자 하는 메시지가 뚜렷하고, 그것이 알레고리화하는 당대적 현실이 다소 평면적인 측면이 있지만, 「저녁놀」의 유머와 조롱이 발휘하는 소설적 힘과 매력은 그러한 한계를 압도적으로 넘어서고 있었다.

손보미의 「해변의 피크닉」은 어린 여성 화자의 목소리를 통해 인간 욕망의 원초적 근원을 기괴하고도 섬뜩하게 묘파하고 있는 문제작이다. 집요해 보일 정도로 냉철하고 날카롭게 세계를 그려내고 있는 작가의 역량이 유감없이 드러나는 매력적인 작품인데, 특히 화자의 언어에 대한 물신적 욕망을 형상화하는 그로테스크한 대목들은 플로베르의 소설을 읽을 때와 유사한 독서의 쾌감을 선사하고 있었다.

임솔아의 「초파리 돌보기」는 개인적으로 올해 가장 감동적으로 읽은 작품 중 하나이다. 임솔아의 작품은 인간의 고통에 대한 소설적 탐구와 독자에게 희망을 선사하는 일이 동시에 가능한지를 진지하게 묻고 있는 텍스트이다. 사실상 이 작품 자체가 해당 질문과 동행하면서 쓰이는 수행적 텍스트라고 할 수 있거니와, "이원영은 다 나았고, 오래오래 행복하다"라는 마지막 문장에 도달했을 때, 나는 소설 속 이야기와 소설 바깥의 삶(작가의 글쓰기) 사이의 어떤 군건한 장벽이 일시적으로나마 허물어졌음을 느꼈던 것 같다. 글쓰기와 삶의 관계를 치열하게 고민하고 있는 임솔아의 행보를 향한 깊은 신뢰를 다시 한번 확인시켜주는 소설이었다.

정소현의 「그때 그 마음」은 불행했던 과거를 잊은 채 무의미하게 삶을 연명해나가는 인물 혜성이 23년 만에 친구 순정과 조우하면서 나타나는 마음의 파문을 섬세하게 묘사하고 있는 작품이다. 이제는 완전히 소멸되어버렸다고 간주했던 혜성의 마음이, 모종의 착각과 외로움 속에서 다시 복구되고 회생되는 과정을 담담하게 따라가고 있는 이 작품은 설명하기 힘든 미묘한 감동을 독자들의 마음에 흔적처럼 남기고 있다.

　정지돈의 「지금은 영웅이 행동할 시간이다」는 진보적 낙관주의의 꿈이 헛된 것으로 판명된 오늘날을 살아가는 시대착오적인 인물의 동시대성을 조명하고 있는 작품이다. 들뢰즈의 말을 변용하여 그가 쓴 문장, 다시 말해 좌파는 "멀리 있는 사람, 멀리 있는 사건을 자신의 일처럼 생각하는 것"이라는 테제는 정지돈 소설의 핵심을 잘 드러내주는 문장처럼 읽힐 수 있을 것이다. 그의 소설이 자주 실패한 과거 또는 현재 발생하는 시대착오에 집중하는 이유는, 멀리 있는 사람과 사건을 자신의 일처럼 생각하는 사람을, 정지돈 또한 멀리서 자신의 일처럼 생각하고 있기 때문일 것이다.

　수상자에게는 아낌없는 축하의 인사를 전하며, 지면 사정상 이 자리에서 언급하지 못한 작품들에게도 같은 시대를 살아가는 동시대인으로서의 연대와 경의의 마음을 보낸다. ■

설명 (불)가능한 매혹들

백수린

　예심을 준비하는 과정은 쉽지 않았지만 특별한 경험이었다. 평소 계간지를 부지런히 따라 읽지 못하는 게으른 독자인 나에게 지난 1년 동안 발표된 소설들을 찾아 읽는 시간은 한국 문학이 지닌 활기와 풍요로움을 다시금 확인할 수 있는 계기가 되어주었다.

　여러 작품들에 대한 논의 끝에, 세 명의 심사위원들이 최종적으로 본심에 올리기로 합의한 소설들은 총 열두 편이었다. 심사위원들마다 더 지지하는 작품은 조금씩 달랐지만 본심에 올릴 작품들을 최종적으로 합의하는 과정은 비교적 수월했는데, 그것은 서로 다른 개성을 지닌 작품들이 이루어낸 성취에 쉽게 동의할 수 있었기 때문이었을 것이다. 모든 후보작들에 대해 이야기할 수 있으면 좋겠지만, 그럴 수 있을 만큼 지면이 충분하지는 않기 때문에 예심 과정에서 심사위원들의 고른 지지를 받았거나 내 마음에 특히 오래 머물렀던 몇몇 작품에 대해서만 짧게 언급하려 한다.

한정현의 「쿄코와 쿄지」와 김멜라의 「저녁놀」은 내게 같은 토양에서 싹을 틔웠지만 서로 다른 방향으로 싱싱하게 줄기를 뻗어나간 작품들처럼 읽혔다. 「쿄코와 쿄지」가 5·18과 오키나와 그리고 퀴어를 겹쳐놓음으로써 5·18을 재해석하는 한편 오랜 세월 동안 사유체계의 근간을 이루어온 로고스 중심의 이분법적 위계(남성과 여성, 이성애자와 성 소수자, 일본인과 한국인, 혈연 중심의 정상 가족과 비정상 가족……) 너머의 새로운 질서, 새로운 공동체의 가능성을 모색해보려는 소설이라면 「저녁놀」은 로고스 중심주의의 핵심인 남근을 대놓고 조롱하는 유쾌한 소설이기 때문이다. 뿌리는 같지만 각자만의 고유한 방식으로 근사하게 완성된 이 이야기들이 반갑고 작가들의 다음 소설이 기다려진다.

손보미의 「해변의 피크닉」은 어른들의 세계를 지탱하는 것이 위선과 비밀이라는 것을 깨달아버린 한 시절에 대한 회고 형식의 소설이다. 작가는 조숙한 여자아이의 시선을 통해 어른들의 거짓말과 가부장제 내에서 서로 부딪치는 여러 세대 여성들의 욕망을 절묘하게 그려 보인다. 다른 연작소설들과 같이 읽어야 더욱 의미가 풍성해지겠지만 정교하게 세공된 유리 구조물처럼 빛나는 이 작품은 이 자체만으로도 충분히 매력적이다.

어떤 소설들은 판단이나 해석이 개입되기 전에 마음을 흔드는데, 조해진의 「허공의 셔틀콕」, 임솔아의 「초파리 돌보기」, 정소현의 「그때 그 마음」이 내겐 그런 소설들이었다. 「허공의 셔틀콕」에서 본 적 없는 생부와 "작고 어렸던 엄마"가 셔틀콕을 주고받는 모습을 상상하는 장면이 어째서 아름다운지, 남들 눈에 경력이 인정되지 않는 일만 평생 하다 과학기술원 실험실에서 병까지 걸려버린 엄마를 위해 해피엔딩의 결말을 쓰는 소설가가 등장하는 「초파리 돌보기」를 읽고 왜 창밖을 오래도록 바라보고 있어야 했는지를 명료하고도 논리적인 방식으로 설명할 재간이 내게는 없다.

흥분해서 오랜 시간 동안 떠들며 얼마나 매혹적인 작품인지 누군가에게 끝내 설명하고 싶어지는 소설과 도무지 왜인지 설명할 길이 없는데 마음이 사로잡혀버린 소설 중 무엇이 더 좋은 소설일까, 예심을 준비하는 내내 나는 그것이 궁금했다. 답은 끝내 찾지 못했지만 각자의 자리에서 자신의 세계를 확장하고 갱신하기 위해 지난 한 해 동안 분투한 수많은 소설가의 작품을 읽는 것만으로도 충분히 값진 시간이었다.

올해의 수상작은 정소현의 「그때 그 마음」이다. 많은 것을 상실한 이후에도 황폐해진 자신의 마음 안에 "고통이 살아 있'었'듯, 사랑 또한 그 자리에 살아 있'었'음"을 기억해내는 주인공을 먹먹함 속에서 쉽게 떠나보내지 못했던 한 사람으로서 기쁜 마음으로 수상자에게 축하의 인사를 건넨다. 수상자가 되지는 못했지만 좋은 소설들을 읽는 즐거움을 선물해준 선후배 동료 소설가들에게도 감사한 마음을 전한다. ▪

행운의 별자리

백지은

한국 소설을 읽어온 기간이 길어질수록 한국 소설에 대해 더 잘 알게 되었다고 느끼는 것은 자연스러운 일일까. 얼마간은 그랬는지도 모른다. 또 얼마간은 그것이 얼마나 틀린 생각인지 깨달아 '한국 소설에 대해 잘 안다'는 게 대체 무슨 앎일 것이냐고 스스로 이것저것 따져보기도 했다. 이야기 속 세상의 분위기가 익숙하고 문제로 다뤄지는 사건과 배경이 크게 놀랍지 않고 이야기를 전달하는 말투가 친밀하다 해서, 그것이 내가 아는 한국 소설일 수도, 내가 한국 소설을 잘 안다는 뜻일 수도 없는 것이다. 이번 〈현대문학상〉 예심을 위해 지난 한 해 발표된 단편소설 120여 편을 검토하며 낯설도록 다채로운 세계를 만난 기분에 휩싸여 묘하게 설렜다는 고백을 일단 해야겠다. 한국 소설은 서로 마주 보고 서로 경청하고 서로 이끌리는 이야기들의 세계지만, 또한 서로 달아나고 서로 멀어지는 자리에서 모두 제 모습을 갖추며 진화해간다. 쓰는 입장들과 읽는 입장들이 복잡하게 겹치는 두터운 지반에서, 전에 볼 수 없던, 지금 나올 수밖에 없는 이야기들이 새록새록 터져 나오고 있다. 안보윤은 정소현과 마주 보고 이장욱은 손보미를 경청하고 위수정은 조해진에 이끌린다. 한정현은 정지돈에서 달아나고 김멜라는 임솔아에서 멀어진다. 견강부회를 무릅쓰고 해보는 이런 주관적인 얘기는, 모든 후보작들의 위치를 지정하려는 의도가 아니라 각 후보작들의 작용에 대한 반응으로 튀어나오는 게 아닌가 싶다. 이 현장을 증명하듯 예심위원 셋의 추천 목록은 거의 겹침이 없이 넓게 퍼져 있었고, 더 많은 후보작을 마련해야 한다 해도 어려움은 없을 것 같았다. 셋의 공약수가 적다는 사실은 이 시대의 '문학성'이란 이미 규범적이지도 고정적이지도 않다는 뜻일 수 있으니, 다양한 자리에서 저마다 빛나는 소설들을 알아볼 독자들의 눈도 그만큼 자유롭고 유연해졌다고 할 수 있지 않을까? 추천작이 겹치지 않았음에도 셋의 합의는 전혀 어렵지 않았는데, 토론이 진행될수록 우리는 완고해지거나 날카로워지지 않고 느슨하고 부드러워졌던 것이다. 규범적이지도 고정적이지도 않은 이 시대의 '문학성'이란 것이 어느 때보다 개방적으로 작동하고 있다는 생각이 자동적으로 따라왔다. 남근의 상징이 '치트키'처럼 통용되었던 온갖 권위의 대상을 다 수렴하여 세상의 퇴행적 면모를 일갈하는 '모모'가 있는가 하면, 5월 광주를 한 세대 후에 말하는 이 시대의 이야기가 내용적으로 표현적으로 이토록 어울릴 수 있구나 싶은 '쿄코와 쿄지'가 있고, 여느 때와 마찬가지로 이번에도 기막히게 심리를 강타하는 실수와 착각과 후회의 드라마 속에 살아도 사라지지 않거나 사라져도 살아 있는 '그때 그 마음'이 있었기 때문이다. 수상작을 비롯한 모든 후보작들, 나아가 최근 발표된 다양한 한국 소설들을 읽어보는 행운을 많은 사람들이 누렸으면 좋겠다. 이곳은 언제나 미지의 사건과 에너지로 들끓는 곳이지 친숙한 패턴으로 차분해지는 곳이 아니다. 소설이든 무엇이든 오래 볼수록 더 알아지는 것보다 더 보고 싶어지는 것이 진짜 매력이고, 그런 매력에 이끌리는 건 일상의 행운이 맞다. ▪

상투적인 삶은 없다

소영현

본심 후보작들은 각기 다른 테마들을 두고 고른 완성도를 보여주었다. 바깥을 상상할 수 없는 장막 안에 갇힌 듯, 암흑 속의 우주에 내던져진 듯, 작가들은 한없이 외로운 시간 속에서도 자기 세계를 탄탄하게 구축하는 데에서 멈추지 않고 흥미로운 시도를 통해 다른 걸음을 내딛고 있었다.

레즈비언 커플의 섹스 라이프가 한국 문학에 당도했음을 선언하는 김멜라의 「저녁놀」은 순탄치 않은 현실에도 경쾌함을 잃지 않는 'K-레즈'의 다음 이야기를 기대하게 한다. 소녀의 통과의례를 다룬 손보미의 「해변의 피크닉」은 아마도 섹슈얼리티라는 이름에 합당할, 허영심과 죄의식으로 포착되었던 '애매모호하고 두루뭉술하고 미심쩍고 불미스러운 느낌'이 고급스럽게 해체되어 세련된 감각의 서사가 될 수 있음을 보여준다. 안보윤의 「밤은 내가 가질게」가 지구적 차원에서 새롭게 던져진 질문인 '돌본다는 것은 무엇인가'에 대해 성찰하게 한다면, 임솔아의 「초파리 돌보기」에서는 공장 노동자에서 급식실 조리원 그리고 실험동 아르바이트까지 쉬지 않고 일해온 중년 여성 노동자의 이야기가 '기시감 넘치는 레퍼토리'에 갇히지 않을 수 있는 새 길을 만나게 된다.

가족과의 거리를 통해 자신의 존재 거처가 마련되는 여성들이 직면하는 외로움, 중산층 여성의 한가로운 푸념이라는 말로는 다 포착할 수 없는 미치기 직전의 마음, 상투적인 이야기로 손쉽게 환원되어버리는 중년 여성 노동자의 보호받지 못한 일상, 손에 잡히지 않으며 눈에 보이지 않는 이 마음들을 소설화하기 위한 작가들의 고투를 두고 여러 각도에서 논의했고, 마음을 잡아끄는 농도 짙은 마음들을 서늘하고 날카롭게 포착하는 정소현의 「그때 그 마음」을 수상작으로 결정했다.

유학을 준비하던 20대 시절 단짝 친구였던 두 여성이 20여 년 만에 만나면서 드러나는 그녀들의 삶의 흔적을 좇는 「그때 그 마음」은 가족 관계 속에서 여성에게 자신만을 위한 삶이 가능한가를 묻는다. 그녀들의 비극적 삶은 IMF 외환 위기로부터 시작된 것처럼 보이기도 한다. 그러나 정말 그러한가. 위태로운 가족을 건사하기 위해 멕시코 취업을 선택해야 했던 순정과 자신의 처지를 부정하며 '않았더라면'의 세계를 사는 혜성에게 밝은 미래가 예정되어 있었다고 말해도 좋을까. '최대한 쓸모없고 아름다운 것'에서 가족으로부터 최대치의 거리를 발견하는 순정을 만나, 모든 관계를 정리하고 폐지 줍는 금욕의 삶을 유지하던 혜성이 자신이 잊고 있던 "요동치는 마음"을 새삼 발견한다. 정소현의 「그때 그 마음」은 당연해서 새로울 것 없고 그래도 잊어도 좋았던 마음들을 건져내고, 가난하고 나이 든 여성의 폐허라 불러도 좋을 얼굴들을 발견한다. 손에 잡히지 않고 눈에 보이지 않는 마음들에 대한 이야기에서 상투적인 것은 그녀들의 마음이 아니라 그 마음을 짚어내지 못하는 무딘 시선과 언어였음을 소설로써 전한다. ▪

마음이 다 한 이야기

이기호

본심에서 주로 논의된 소설은 안보윤의 「밤은 내가 가질게」와 김멜라의 「저녁놀」, 손보미의 「해변의 피크닉」과 정소현의 「그때 그 마음」이었다.

안보윤의 「밤은 내가 가질게」는 제목에서부터 예감할 수 있듯 '밤'과 '낮'에 대한 이야기이자, 삶의 함수관계에 대한 서사이기도 하다. 밤의 몫을 담당하는 자는 언제나 비난받고 '개 같을' 수밖에 없는 처지라는 것. 문제는 어떤 사람들은 그 비난과 곤경을 스스로 선택한다는데 있다. 핵심은 스스로 선택한다는 것. 왜? 우리는 언제나 '네가 필요해'라고 말하는 사람들이니까. 시종일관 냉정한 목소리를 내는 '나무' 또한 그 뿌리는 땅속 깊이 다른 나무들과 이어져 있으니까. 그 땅속 깊이 숨겨진 마음을 절묘하게 그려낸 수작이었다.

김멜라는 근래 들어 가장 논쟁적이고 첨예한 작가인데, 「저녁놀」에 이르러선 아이러니와 풍자, 유머의 지점까지 그 보폭을 넓혔다. 이전 소설에서의 '딜도'가 초라한 남성성에 대한 상징적 위무였다면, 김멜라의 '딜도'는 그야말로 '무쓸모'의 노래가 되어버렸다. '눈점'과 '먹점'의 경제적 상황이 괜찮았다면 '딜도'의 지위도 변했을까? 아니, 아마 그러진 않았을 것이다. 이것은 마치 '기후'가 바뀐 것처럼 '딜도' 자체의 정체성이 변해버린 것이다. 그 사실을 '딜도'만 모르고 있을 뿐. 그 무지가 허세와 만나 색다른 유머를 만들어냈다. 김멜라를 계속 응원하고 싶고 지지하고 싶은 마음뿐이다. 더! 더! 더! 다른 모습을 또 보여주길.

손보미의 「해변의 피크닉」은 한 편의 성장소설이었다. 우리에겐 이미 많은 성장소설이 있지만, 손보미가 새롭게 해석한 성장의 의미는 바로 '이중 언어'라는 것. 이 '이중 언어'는 작품 속에서 볼드체로, 때론 연극의 대사처럼 정교하게 강조되는데, '정우맨션'에서 만난 '돋보기안경을 쓴 남자아이', '엄마'가 주인공 '나'를 할머니 집에 보내면서 하는 말, 그리고 할머니와 삼촌의 대사를 통해 더 구체적으로 구현된다. '괜찮아유'라는 말이 함의하고 있는 뜻을 알아가는 것이 '성장'이라는 것. 그리고 그 '성장'의 과정을 통과하기 위해선 어쩔 수 없이 '부모만이 내릴 수 있는 고유의 결정'에 의해 옷을 입어야 한다는 것. 손보미가 예리하게 포착해낸 삶의 한 단면이 해변의 환한 햇살 아래 낱낱이 파헤쳐진 듯한 소설이었다.

정소현의 「그때 그 마음」은 무겁고도 고통스러운 이야기를 정통 방식의 서술 기법으로 끝까지 밀어붙인 소설이었다. 각각 가족과의 관계에서 큰 상처와 고통을 받은 순정과 혜성은 23년 만에 재회하게 되는데, 그 세월의 무게만큼이나 서로의 상황도 확연하게 다른 처지이다.

하지만 그 다른 처지를 통해서 작가는 각자의 고통의 무게를 재는 데 열중하지 않고, 무게를 분산하는 서사를 만들어낸다. 어설픈 위로나 감상적인 설득 없이, 정직하고 담담한 필치와 상황으로 두 사람의 삶을 탐구하면서 종내에는 '마음'의 힘을 인정하게 만드는 이 소설은, 폐허와 무너진 가족의 리얼한 묘사 때문에 그 힘이 더 셌다. 그 위에 서 있는 두 사람을 그리는 작가의 곡진함이 심사위원 모두에게 전해졌다. 이번 〈현대문학상〉 수상작은 「그때 그 마음」이다. 마음이 다 한, 마음이 전해진 소설이었다. 수상을 진심으로 축하드린다. ▪

여전한 그 마음

편혜영

기성 작가를 대상으로 한 심사는 대개 작가들의 그간의 작업에 대
한 경탄을 새삼스럽게 확인하는 자리가 되기 쉽다. 이번 심사도 여지
없이 그런 시간을 보냈다.

김멜라의 「저녁놀」에 대해서라면 경탄했다고밖에 말할 수 없다. 이
작품은 작가의 의미 있는 스타일 실험이 유독한 재치와 순조롭게 결
합한 소설로, 내내 탄복하며 읽었다. 이 소설을 읽고서야 오랫동안 이
런 발칙한 소설을 기다려왔다는 생각이 들었는데, 이 소설을 써낸 사
람이 김멜라여서 좋았다. 남성 성기의 무용론과 작중 화자의 말대로
K-레즈 커플의 사랑을 이렇게 솔직하고 대담하게 써낼 수 있는 소설
은 당분간 없을 것이다. 작가의 이야기가 얼마나 더 확장될지 기대하
고 있다.

안보윤의 「밤은 내가 가질게」는 지금 현재를 정확히 재현한 소설이었다. 선의를 잃지 않음으로써 상냥한 사람으로 남으려는 욕망과 모든 것을 낱낱이 까발리고 냉혹하게 재단하여 자신이 옳다고 믿는 선의를 수행하는 인물은 지극히 현재적이다. 이처럼 명확하게 의미를 가지는 인물들이 응집력 있게 이어지기 쉽지 않은데, 안보윤은 특유의 능수능란함으로 매끄럽게 이 모든 것들을 잇고 있다.

임솔아의 「초파리 돌보기」에서 '원영'이 들려준 이야기들이 너무 좋아서, 그 부분을 여러 번 읽었다. 한 중년 여성의 일생이 훤히 보이는 듯한 그 짧은 장면 때문에 이 이야기가 해피엔딩이 되기를, 인물들이 오래오래 행복하기를 진심으로 바랐다.

손보미를 빼놓지 않고 읽어온 독자로서, 손보미가 최근 쓰고 있는 어린 여성 화자 연작(이라고 불러도 좋을)소설들에 대한 애정을 고백하고 싶다. 외형적 성장담 아래 조형적으로 배치된 인물과 상황은 정확한 서술의 힘으로 낯설고 독특한 분위기를 만들어낸다. 이 소설의 여러 장면이 좋았는데, 피크닉 장면에서 보여주는 매혹과 증오가 동일해지는 찰나의 포착을 빼놓을 수 없다. 결국 어린 시절이란 이미 매혹을 잃어버린 어른들의 선택에 의해 배가 꽉 끼는 옷을 입어야만 하는 시절이리라는 마지막 장면에 이르면, 이야기의 초반에 이웃 소년의 이야기로 시작해야만 했던 것을 수긍하게 되면서 이 자연스럽게 지속되는 긴 이야기가 형식적 구성미까지 갖추었다는 점에 탄복하게 된다.

간혹 읽은 소설을 다시 읽게 될 때가 있다. 좋은 소설이 아니고서야 이미 경험한 이야기를 다시 읽기는 쉽지 않은데, 만약 어떤 소설이 여러 번 읽어도 좋을 소설이냐고 묻는 사람이 있다면, 정소현의 「그때 그 마음」을 권하고 싶다.

　23년 만에 재회한 혜성과 순정은 이름에서부터 짐작할 수 있는 대로, 삶이 깎여나가는 모습을 지켜보며 살아온 중년 여성이다. '최대한 쓸모없고 아름다운 걸' 사는 데 돈을 써버리려는 순정과 폐지를 수거하는 일을 하는 혜성은 애써 살아온 결과로 그런 처지에 놓인 인물들이라기보다 그렇게 살기로 결심한 인물들이다. 특히 '혜성'은 고요하게 수도승처럼, 세상에 폐를 끼치지 않고 살아가려고 하는데, 어느 날화가의 추억에 속절없이 빠져들면서 낯선 감정에 휩싸인다. 폐허와 비극을 지나 고독을 받아들이는 것은 한때의 사랑이 있기 때문임을, 한때 우리를 먼 곳으로 데려가주는 기분을 느끼게 해준 사랑이 있기 때문임을 깨닫는 순간, '그때 그 마음'은 지금도 여전한 그 마음이 되고만다. 인물의 내면에 이는 담담한 일렁임과 실패를 지켜보노라면 언뜻 무심하고 투박해 보이는 서술의 적층이 남긴 고독과 슬픔의 잔여물을 속절없이 받아들이게 된다. 심사위원들이 애쓸 것도 없이 쉽게 공감해 버린 그 마음이기도 하다.

　수상을 축하드린다. 고독하고 쓸모없고 아름다운 작가의 나날에 이상이 좋은 동료가 되었으면 좋겠다. ▪

잃어버린 마음을 다시 만나기 위해

정소현

나는 쉽게 흥분하지 않고, 분노하지 않고, 놀라지 않는다. 쉽게 미워하거나, 기분 나빠하거나, 슬퍼하거나, 초조해하지 않는다. 대부분의 일들에 대해 그럴 수 있다고, 최악은 아니라고 생각한다. 그러나 나는 쉽게 감동하지 않고, 즐거워하지 않고, 기뻐하지 않는다. 무엇에도 마음을 잘 싣지 않고, 어차피 모든 것이 지나가버릴 거라고 생각한다. 내가 이렇게 되어버린 것은 내 탓이지만, 한편으로는 다행이라고 생각하며 아무렇지 않게 살아가고 있지만, 실은 내 어딘가가 훼손되었으며 마음을 잃어버렸음을 알고 있다.

소설을 쓰는 동안 나는 잃어버린 마음들을 만나곤 한다. 도려내고 억눌러버린 오래전의 마음들, 적당한 것을 모르는 열정과 밤새 길을 걷게 했던 분노를, 드러내지 않고는 못 배기던 증오와 불가해한 고독과, 사랑으로 가득했던 마음을 다시 만난다. 그 마음들이 한때 그곳에 있었음을 기억하고 애도하는 순간, 나는 내 것이 아니라고 버려둔 마음을 다시 끌어안고 앞으로 나갈 수 있다. 소설 속의 혜성과 순정도 부디 그럴 수 있기를 바란다.

소설을 쓰는 동안 늘 길을 잃고 헤매는 기분이지만, 길을 찾아 그곳에서 빠져나오고 나면 이전보다 조금은 나은 사람이 되어 있다는 생각이 들곤 했다. 그러나 지금의 나는 소설 밖으로 나와서도 길을 잃고 헤매는 중이어서 수상 소식이 각별했다. 심사위원 선생님들이 미흡한 내게 그쪽이 맞다고, 계속 가면 된다고 응원해주시는 것 같아 마음이 따뜻해졌다. 선생님들의 격려와 지지에 깊이 감사드린다. 수상 소식과 함께 축하와 격려의 말씀을 전해주신 양숙진 회장님과 항상 용기를 주시는 윤희영 팀장님께 감사드린다.

유난히 힘들었던 해, 전화벨이 울렸던 그 순간을 기억하며, 소설의 힘을 믿고 계속 써나가겠다. ▪

2022 現代文學賞 수상소설집
그때 그 마음 외

지은이 | 정소현 외
펴낸이 | 김영정

초판 1쇄 펴낸날 | 2021년 12월 10일
초판 4쇄 펴낸날 | 2022년 12월 20일

펴낸곳 | ㈜현대문학
등록번호 | 제1-452호
주소 | 06532 서울시 서초구 신반포로 321(잠원동, 미래엔)
전화 | 02-2017-0280
팩스 | 02-516-5433
홈페이지 | www.hdmh.co.kr

ⓒ 2021, 현대문학

ISBN 979-11-6790-079-1 03810